靈魂擁抱

S o u l s

E m b r a c i n g

十五週年淬鍊真實紀念版

侯文詠

新版序

到底是誰在跟誰擁抱？

1

今年是選舉年，我有位住新北市的年輕朋友，一休假就拚命往選舉場合跑。本來以為她是個懷抱政治熱情的選民，沒想到，她參加的場合不但政黨顏色不忌，甚至非她選區的外縣市造勢，也樂此不疲。看著她得意洋洋展示一張一張與候選人、政治明星笑容燦爛的自拍，像是什麼琳瑯滿目的收集品似地，只能說瞠目結舌，歎為觀止。

或許對一般老百姓來說，再也沒有比現在更容易親近這些大人物的時刻了。但我這位年輕朋友這樣的作為，某個程度來說，完全模糊、甚至顛覆了民主選舉原有的定義——管你什麼政黨競爭、政策辯論，一切都比不上一個普通的老百姓想靠近明星偶像（管你藍綠白紅）的原始慾望。

變成偶像——或者至少，擁有與偶像間某種可收集甚至公開展示的關係，變成了一種生活的必需品。吃美食、玩立槳、上健身房必要，公幹之必要、開噴之必要、網美景點、與名流合照之必要、捕獲野生名人之必要、上傳之必要……在這個每個人都可以擁有名氣的虛擬世界裡，既然被視為是個ＩＤ的存在，好像就沒有什麼道理，不用一種跟現實世界全然不同的方式繼續存活下去。

這樣的顛覆從政治到新聞、運動、宗教、旅遊、美食、天文、地理甚至團購……無所不在的。沒有一個領域不需要明星，也沒有人不渴望自己成為那個虛擬世界裡面的明星。

2

這些鋪天蓋地的變化，讓許多原本我們習以為常的價值，開始有了新的質疑。就以「名實相符」或「實至名歸」這樣的概念來說，變成了這樣的時代，還是個標準嗎？所謂的名與實，會不會就像戲劇一樣，所謂的「名」只是一種角色扮演，跟「實」是本質上完全不同的兩件事？

延伸下去，問題更多了。當我們為任何大人物（不管是政治人物、學者、企業家、或網紅）按讚或投下一票時，是因為他們堅持了跟我們一樣的價值，或者單純只是他們討人喜歡？或者反過來，一個成功的典範，應該優先追求「被喜愛」（先求名後求利），或者是「堅持理想」（做自己）呢？

無可否認的，一個像這樣虛虛實實的世界，誰也無可脫逃。問題是，穿梭在這一層又一層名氣造就的面具中久了，我們還認得出自己嗎？

當我們彼此需要、互相擁抱時，在名氣與靈魂之間，我們真的知道到底是誰跟誰在擁抱嗎？

……

這些以及更多沒有列出來的問題，都是當初寫小說時想替大家（或者說，這個世界）提問的。

3

重讀舊作《靈魂擁抱》有點近鄉情怯，擔心在那個Facebook都還沒有在台灣出現的年代所寫的東西，會不會顯得陳舊過時。但是重讀感覺卻驚心動魄。

十五年下來，故事中的假新聞、情感詐欺、恐怖情人、認知作戰、媒體霸凌……這些原本應該只出現在小說中的驚悚故事，變成了每天新聞中的日常。儘管訊息變得方便、人與人之間的交流也變得頻繁，靈魂與靈魂之間無法擁抱的焦慮，卻變得越來越巨大。

原來文明並不一定總是隨著時間，往好的方向演化。

當初寫這個故事的心情是矛盾的。一方面，我期待寫出驚悚、停不下來的故事——畢竟提供愉快的閱讀經驗是作者起碼的責任。但另一方面，我又渴望給讀者帶來困頓、傷腦筋的思考空間。反省起來，這樣的初衷（或著說，自討苦吃的野心），當然有好有壞。但如果能夠透過故事呈現，讓問題進入公共視野，給大家帶來一些爭辯、討論，甚至因為這些交流，讓我們更靠近答案一點點，那就再好不過了。

愛，不容許那被愛的從愛中解脱。

——但丁·《神曲》〈地獄篇〉

楔子

「俞先生，你相信真理嗎？」

我第一次注意到她，是當她這樣問我時。我抬頭看了她一眼。她戴著一頂鴨舌帽，可能是剪著短髮或某種時尚造型吧，看不到帽子底下的頭髮。她的膚色還算白皙，臉龐小小的，也許正因為這樣，她臉上有一種絕望的眼神，在那樣絕望的眼神裡，一對烏黑、深邃的瞳仁不安地跳動著，那種強烈又呼之欲出的什麼給我一種難忘的印象。

「真理？」我問。

「對，我是說，真正的真理。」

剛錄完影，從電視台走出來就遇見她了。她自我介紹說她在去年校友會大會時見過我，問我是不是不記得了？老實說，我完全不記得了。在我這個行業，很多時候，類似的事情難以避免。一開始我有點不好意思，以為她是我的校友之類的舊識，和她周旋了一下，不過很快我就辨識出來，事實並不是這樣。

「真理，是啊。」我想了一下，說：「我當然相信。」

不知道為什麼，聽我這樣說，她變得很激動，眼淚一下子就從眼眶流了出來。她說：「我就相信，你一定會這麼說……」

場面有點尷尬，我回頭望了望電視台，我的經紀人還在裡面。之前我碰到類似的狀況，標準的處理方式會是和對方握手或者簽名什麼的，然後找個理由，和善地脫離現場。不過，由於剛剛已經和經紀人約好搭他的汽車回市區的廣播電台，於是我只好在他和裡面的製作人周旋完畢走出來之前，繼續招呼這位粉絲。

我讓她哭了一會兒，然後掏出手帕，遞給她。

她用一種受驚的表情看著我，伸出的手在空中猶豫一下，然後接過了手帕。

「我就知道，你不像其他那些名人，你不是那種虛假的，我不知道該怎麼說……」她的語氣顫動得很厲害，擦著眼淚的手也不斷地發抖，呼吸變得愈來愈急促，「對不起。我真的沒想到……」

她試圖深呼吸，花了一會兒時間，才讓自己平穩下來。

「我知道這麼激動是不對的，」她說：「天啊，我太興奮了。我不應該這樣。」

「沒有關係。」我說。

她顯然停止哭泣了，可是並沒有歸還手帕的意思。

「我有個請求，希望不會造成你的困擾。你知道，我也寫一些東西，我有一些關於寫作的問題希望能夠當面請教你。」她說：「你可以給我你的手機號碼嗎？」

「這，」我猶豫了一下，「可能不太方便。」

「求求你，這對我真的非常重要。」

「我可以給妳經紀公司和經紀人的電話，妳可以透過他們聯絡我。」

「我早透過經紀人聯絡你很多次，可是每次總是石沉大海。」

「真有這種事？」

「拜託啦。你知道嗎，我為了等你，已經在這裡站三個多小時了。我和你其他的粉絲不一樣，他們只在乎你的外表，可是我卻是真正瞭解你的書迷。我想請教你的是關於寫作，真正嚴肅的問題。我保證，我不會占用你太多的時間，也絕對不會造成你的困擾……」

事實上困擾已經造成。可是我仍虛偽而客氣地說：

「手機是私人電話，何況我們不是很熟……」

儘管小心翼翼，可是我相信我還是觸怒了她內在的一些什麼。

「我們怎麼可能不熟呢？」儘管她仍維持笑容，可是卻提高聲調說：「你寫書寫了十多年，我認識你、瞭解你，熟悉你一切的一切，已經整整超過了我的人生一半以上的時間了……」

就在她打算劈哩啪啦地繼續說下去的時候，我看到我的經紀人小邵從電視台裡面走了出來。我無奈地看了小邵一眼，彷彿自己掉在一片狼狽的汪洋裡，快要滅頂了似的。他憐憫地回望了我一眼。我們彼此心領神會，心照不宣。

「俞先生，原來你在這裡，害我到處找你。」小邵用一種無知、無辜的表情，強行打斷我們的談話，並且介入。他大聲地問：「這位小姐是……」

「她是我的忠實書迷。」我說。

「幸會，幸會。」小邵伸出手說：「我是邵中興，俞先生的經紀人。妳叫我小邵就可以了。」

我的書迷怨怨地看著他，不願意握手，也不願意叫他小邵。

「請問這位小姐有什麼事嗎？」小邵就是有本事把懸在空中的手很自然地放下來，一點也沒有勉強，或者為難。

沒有人接腔，於是我說：「這位小姐抱怨說，她好幾次透過公司找我聯絡事情，可是每次都石沉大海。」

「喔？那我得好好查一查。」小邵拿出一本小記事簿來，裝模作樣地說：「妳可以告訴我大名和聯絡方式嗎？我保證一查完，馬上給妳一個滿意的答覆。」現在輪到我們窺探書迷的隱私了，我相信反守為攻一定給小邵帶來很大的快感。

書迷不答話。她很明智，一點也不相信小邵。

「這樣好了，以後有什麼事情想聯絡俞先生，妳直接找我好了。」小邵掏出皮夾，拿出他的名片，硬塞給這位書迷，他拍胸脯保證說：「名片上面有我的公司和行動電話，歡迎隨時找我。實在不好意思，俞先生真的很忙，我們急著趕下一個行程，沒辦法再耽擱，真的很對不起。」

在恬不知恥的道歉和鞠躬連連中，小邵邊走邊把我往停車場的方向推。我回頭看了一眼書迷，她似乎明白某個最佳的時刻已經錯失了，只是低著頭，透過歪斜的目光瞪著我。她仍然笑著，但是沒再糾纏上來。

我隨著小邵，很快走到停車場，坐上汽車。

「你還好吧？」小邵邊發動引擎邊問。

「沒事，幸好你及時趕到。」我鬆了一口氣。

「我看，以後你最好還是盡量避免單獨行動。你有多紅你自己恐怕都不知道。」

「謝謝你喔。」老實說我分不清楚小邵到底是恭維還是抱怨，不過我還是說：「我只是受不了那些製作單位，想出來透透氣，抽根煙，哪想到外面更麻煩。」

「好啦，沒事了。」小邵安慰我。

我沒再說什麼。不過汽車才開出停車場，小邵行動電話鈴立刻就響了。

「喂，」小邵按下了通話鍵，又戴上藍芽耳機。他邊開車邊對著電話說：「嗯……嗯，好，嗯，沒問題……嗯，一定……當然，一定轉告。」

小邵掛斷電話之後，我問：「什麼事？」

「沒什麼，」小邵若無其事地說：「是剛剛那個女人。」

「她想幹什麼？」儘管我極力地讓語氣聽起來若無其事，卻感覺到心臟不由自主地緊縮了一下。

「你剛剛是不是給她一條手帕？」

「啊，對了，手帕。」

「她要我問你，能不能保有那條手帕作紀念？」

我忽然有種直覺，猛然回頭往車後看。果然她就站在停車場出口的地方。她一定看見我回頭了，興奮地對我揮舞著白色的手帕。這樣的場面讓我想起蔣宋美齡九十多歲最後一次應邀到美國國會演講時，她穿著一身旗袍，也同樣地揮舞著一條小小的手帕，向起立歡迎的國會議員致意。那樣應該安靜地待在歷史的畫面活生生地搬到現實的街頭時，無論如何，就是讓我感到一陣坐立不安。

「還是，」小邵問我，「你要我把車掉頭，開回去跟她要那條手帕？」

我的確不想把手帕留在她那裡，可是更不想回頭繼續和她再糾纏下去了。

「不用了。」我說。於是我就這樣面向車尾，在暮色中看著她的身影離我愈來愈遠，直到那個晃動著的白色手帕消失在道路的盡頭為止。

我問小邵：「你曾經很著迷什麼事情，或者人嗎？」

「著迷，當然有啊。我記得國中年代，台灣的青少棒代表隊得了世界冠軍，當家主投就讀我們隔壁國中。我每天跑到他們學校門口去等他，跟蹤他回家。想著如果他跟我說話，我要說什麼，問什麼，然後想著他會怎麼回答……」他笑了起來，問我：「你呢？也當過粉絲嗎？」

「我啊？」我笑了笑，沒說什麼。一個女歌手。曾經有過一個夏天。當我抓著話筒撥打千方百計弄來的電話號碼到她家去時，耳朵裡可以清楚地聽見自己心跳撲通撲通的聲音。那種記憶和感覺……

「對了，就剛剛那個粉絲。」小邵說：「她要我轉告你。」

「什麼？」

「她說：她永遠都會支持你。她說：她要你明白，她是全世界最關心、最在乎你的粉絲。」

第一章

你覺得人生是孤獨的嗎？你覺得這個生命是扭曲的？

你覺得生活是痛苦的嗎？

1

下一個行程是廣播訪問。我們到達廣播大樓時距錄音時間還早，於是就在樓下的餐廳先解決晚餐。小邵點的是肉絲蛋炒飯，我的則是海鮮炒飯。沒有什麼別的好選了，除了這兩樣之外只剩下麵，而所有的麵都已經賣完。一如往常，我抱怨節目主持人為什麼不肯好好讀我的書，總是繞著什麼最有價值的單身男作家、喜歡的女明星，再不然就是什麼星座、八卦之類的問題發問。也一如往常，小邵用那套「宣傳就是這樣嘛，不要看得太嚴重啦，反正作家最重要的是作品，至於宣傳，只要引起觀眾興趣，目的就達到了，你不能事事要求完美啊……」之類的說法打發我。

「何況，」小邵又說：「偶爾你也會碰到一些很用心的主持人。我相信等一下要採訪你的宋菁穎就是。」我知道宋菁穎，她是目前ＶＴＶ電視台夜間當家新聞主播。小邵不斷地稱讚她做廣播節目多麼用心，多麼認真，並且再三保證她絕對會讀完我的書，很嚴肅地對待這個訪問……

我和小邵沒再交談。他埋頭安靜地扒著他的肉絲蛋炒飯，我則安靜吃我的。

距離新書出版雖還有一、二週，我的宣傳行程卻已開跑兩個多禮拜了。

我曾出版過四本長篇小說、一本短篇小說、一本極短篇，以及三本散文集。目前發行的新書是第十本。這些作品雖然曾讓我贏得出版年度大獎、張愛玲文學獎，甚至進入國家圖書文學獎的最後決選名單，不過真正讓我聲名大噪的卻是幾年前被改編成電視連續劇的長篇小說《逾期的愛情》。《逾期的愛情》講的是一對不倫戀情男女，互相約定三年內維持著偷情關係，不打破各自的婚姻與生活的故事。這個故事從眼看三年就要逾期的情勢開始說起。男女主角一方面想要維持原來的婚姻，但另一方面又陷入彼此不可自拔的熱戀與糾纏。逾期的愛情能不能再延長呢？延長的愛情會不會變質？電視劇製作人把息影十年的熟男熟女演員再度發掘出來，演活了這對耽溺的男女與婚姻愛情之間的悲喜情仇。那是我寫作生涯裡面的一段美好時光，無論是報紙、網路的評論或者是書店的銷售排行榜，都讓我嘗到叫好又叫座的滋味。當然，那已經是四年前的往事了。最近四年來我的情況只能說每況愈下。

我被小邵歸類成「滿腹牢騷型」的作家。當然，很少有每況愈下的作者不是滿腹牢騷的。不過小邵的形容別出心裁，他說：

「你嫌很多東西不高級不想寫，但是再低級的事情都能讓抱怨連篇。只可惜那些抱怨不能賣錢，否則，跟你的作品相比，你的抱怨顯然更豐富更精采。」

有時候我真的懷疑我應該跟小邵角色互換。除了滿腹牢騷外，他實在比我更具備「尖酸刻薄」這種好作家稀有的特質。我在四年前拍「逾期的愛情」時認識小邵。當時他是幾個剛出道小明星的經紀人，跑來天花亂墜跟我說作家如何需要一個有視野、前瞻、想法與作為的經紀人，並且毛遂自薦。台灣作家的收入不豐，很少有人真正需要什麼經紀人打理的。不過，我卻誤信他的說法，以為可以省卻許多麻煩瑣事，兩個人就這樣一拍即合。說穿了，小邵的如意算盤無非指望我繼續寫出高收視率的影視劇本，如此他經紀的小明星們就可以搭上平步青雲的順風車。可惜人算不如天算，四年來，我沒有再寫任何新的劇本，而他經紀的小明星，雖然紅了，但經紀約期一滿，多半琵琶別抱投向其他的更大的經紀公司。漸漸，我成了小邵旗下最資深的「藝人」。其實我和小邵的經紀約在一年前早就滿了，我們沒有再簽新的合同。不過小邵依然為我做事，我照舊讓他從我的版稅中抽成。我們彼此有種心照不宣的默契。我不知道小邵的想法是什麼。一方面我不想再簽什麼綁手綁腳的經紀合約了，可是另一方面，我也很明白，我那些肆無忌憚的「滿腹牢騷」實在需要一個聽眾。

「對了，」小邵想起什麼，忽然從背包裡拿出一張A４大小的文件交給我，「你看看這個，出版社交給我的，上面有你的署名，我想應該是你寫的。」

我接過文件看了看，那是一篇短文。

靈魂的擁抱

朋友！你覺得人生是孤獨的嗎？你覺得這個生命是扭曲的？你覺得生活是痛苦的嗎？如果你一直有這樣的感覺，也許你可以聽聽最近朋友對我傾訴的一個故事。它可能改變你的看法。

朋友從小一直覺得父親很威嚴，慢慢長大以後，更因為大學選填志願，和父親發生了意見上的衝突。因此，大學畢業之後，他故意搬離父親居住的城市，到別的地方去工作。朋友的父親常常寫信給他。朋友父親的書法很好，可是朋友潛意識裡不喜歡父親的信，覺得信裡面充滿了規訓的意味。朋友認為寫信不過是父親生活中練習書法的例行工作。他很少回信，如果有什麼非處理不可的事，也總是打電話處理。每次提到父子關係，他總是無奈地告訴別人：「我和我父親不熟。」總之，外出工作之後，朋友和父親的感情更冷淡了，有時，就算逢年過節回家，住了沒多久，往往也是以爭吵離家結束。

直到最近，朋友的父親得了癌症。朋友去看父親的次數才變得頻繁起來。出乎朋友意料，生病的父親很少抱怨自己的病情，卻不斷地關心他的工作情況。朋友的工作並不順利，父親瞭解了他的情況之後，給他加油打氣的信變多了，甚至有時候一天寫兩封信。朋友最後一次見到父親時，他已經病得不輕，可是仍然勉力坐在桌前，寫了一封給朋友的信，請對方代為多照顧自己的孩子。朋友的父親把信交給他，對他說：「本來想親自帶你北上拜訪朋友，可是我身體狀況恐怕不允許了。」說完朋友的父親當著他的面前開始哭了起來。從來沒有見父親哭過的朋友簡直手足無措，不知道該怎麼辦才好。他很想去擁抱父親，可是卻又不敢。

朋友以為他應該還有機會再見到父親。沒想到，過了幾天，家人打電話到公司通知他父親病危。等到他趕到醫院時，已經來不及了。父親過世以後，他整個人變得很奇怪，好像失去了什麼一樣。他不斷地看著父親曾經寫給他的信件，慢慢理解到，信裡面那些他曾經以為是壓力、嘮叨、教訓的內容，現在都化成了父親對他的期待、關心和無止境的愛。父親一直在伸出雙手，是他不斷地在逃避、拒絕父親的擁抱。

朋友決定親自為父親更衣入殮。當他看著父親的身體，不曉得為什麼，明明知道死者是自己的父親，卻覺得這個身體對他竟是這麼的陌生。等他想起來這是他從來沒有擁抱過的身體時，他再也克制不住自己，擁抱著父親的屍體，放聲痛哭了起來。

朋友！你覺得人生是孤獨的嗎？你覺得這個生命是扭曲的？你覺得生活是痛苦的嗎？會不會你的人生所以孤獨，世界所以扭曲，生活所以痛苦，只是因為你一直沒有打開心靈的門扉，看不到那些對你伸出來的雙手？

愛從一個感動開始，經由一個微笑渲染開來，最後在一個擁抱裡完成。只要我們放下內在的偏見和冷漠，勇敢地打開心靈的門扉，你會發現，生命並不像我們想像的那麼不堪。這個世界缺乏的，很可能只是一個真誠的擁抱——身體對身體，靈魂對靈魂的擁抱。

「這不是我寫的。」老實說，這篇結論草率的作品，簡直讓我雞皮疙瘩掉滿地，我一點也不喜歡。「你到底從哪裡弄來這種東西？」

「可是作者署名明明是你。」

「你有品味一點好不好？這種東西怎麼可能是我……」

「這篇文章在網路熱門的程度大概連你都想像不到。這一個禮拜，光是我的電子信箱就收到三個不同的朋友，轉寄來同樣的文章。還有，連國立編譯館也想收錄這篇文章到國中的國文課本裡，他們寫信來徵求你的同意。」

「你是說，將來全國的中學生都得讀這篇文章，背註釋，甚至是作者簡介，好應付學校的考試？」看著小邵點點頭，我笑了起來，「這太荒謬了吧？這篇文章根本就是胡說八道。」

「故事還滿好看的啊，結論也很正面啊，很適合當國中生的教材。」

「這種結論根本就是弱智、粗糙。」

「你別那麼憤世嫉俗好不好。」

「你真的以為，這個世界的什麼孤獨、扭曲、所有痛苦和問題，都可以簡化到擁抱這麼容易的答案，一切就能夠迎刃而解嗎？」我站了起來，走到小邵面前說：「站起來，手給我。」

「你想幹嘛？」小邵有點莫名其妙地站起來。我順勢給他一個擁抱。

他的身體比我想像的還要結實，不像看起來肉肉的樣子。

「你說，現在，我們的擁抱，解決了什麼問題嗎？」

小邵掙扎了一下，可是我不放手，直到他放棄抵抗為止。我有一種惡作劇的快感。我可以感覺到我的耳朵貼著小邵的耳朵，雖然看不到他的臉，但是我絕對可以想像他臉上無奈的表情。我說：

「你覺得這個世界，跟剛才有什麼不同嗎？」

「最大的不同是，」小邵試著又掙扎了一次說：「我現在知道你有多變態了。這樣你滿意了吧？」我還是不放手。

「喂，我投降了可以嗎？別鬧了，時間差不多，我們得趕快結束這裡，上去錄音了。」

小邵又說了一次，我才終於放開他。

2

我吹著口哨，尾隨著小邵走向電梯，來到十八樓。電梯門打開時，接待我們的執行製作已經站在櫃台前等我們了。她把我們安排在辦公區旁，一個小小的會客室，讓我們坐下來，倒來了茶水，很禮貌地請我們再等待一會兒。她表示，宋小姐就在裡面的錄音室裡，正在錄一個開場，很快可以輪到我們。說完又匆匆地離開了。

我又吹起口哨，把手上的那篇文章還給小邵。

「真的不再考慮？」

「你不覺得很荒謬嗎？我寫了十多年文章，要選我的文章當教科書課文，有那麼多別的內容好挑，他們卻偏偏要選這一篇，你可不可以去告訴他們……」

「我可把話說在前頭喔，如果你硬要我推掉這一篇文章，我可沒有把握一定能說服國立編譯館換成別的。這可是一個很重要的機會喔，想想，全國的孩子都要讀你這篇作品……」他故意把文章高舉過頭強調了一下，「再說，我也不覺得這篇作品有多糟。至少，你不能否認，它很有人氣。不管你覺得自己是多麼偉大，多麼高貴的作家，容我提醒你，人氣，是你目前最需要，同時也是最缺乏的東西……」

「問題是，**那—根—本—不—是—我—的—作—品—啊！**」

「可是它從一開始就用你的名字發表在網路上。著作權就是這麼一回事，你想想，只要你不反對，誰會有意見呢？」

我站起來，走到小邵面前，再度張開雙手，邪惡地看著他。小邵立刻從座位上跳起來，餘悸猶存地說：

「你別又再來一次你那變態的擁抱了。」

「真誠的擁抱啊，」我說：「你不是說這樣很正面，很有人氣嗎……」

「算了，」他高舉雙手做投降狀，「我只是個經紀人。你是作者。你的未來最後還是要由你自己決定。」

他又退了兩步，確定我沒有進一步行動後，才把文件收回公事包裡。我走回座位，正想坐下來，正好看見了剛剛那個執行製作出現在會客室門口。

「不好意思，宋小姐已經好了，現在你們可以進錄音室了。」

於是我們只好又起身，尾隨著她穿越辦公區，在鞋櫃前換好了錄音室專用的拖鞋，走進了錄音室。

宋菁穎戴著耳機，就坐在麥克風前的椅子上。她一看到我立刻拿下耳機，起身招呼我。印象中她穿著套裝坐在電視主播台前頗有幾分成熟嫵媚的韻味，可是現在她不施脂粉，一身簡單的打扮，看起來只是個小女孩。

「俞大哥，我終於見到你了。我這樣說你不要介意喔，」她跟我握手，小聲地說：「我從小看你的書長大，我可是你貨真價實、如假包換的超級大粉絲喔。」

「我真是受寵若驚。」

接著她開始對我解釋節目進行的流程，以及可能丟出來的問題。我注意到麥克風前的桌面上，零亂地擺滿了流程單，以及各式各樣我的作品——好幾本還攤開著，上面畫滿了記號和重點。

「不瞞你說，我現在還真的有點緊張。」宋菁穎深吸了一口氣。

隔著大玻璃，錄音師透過擴音機要我們試音。

「試音，試音。」我忽然想，我也許應該和她聊聊，熱身一下。「我很好奇，」於是我問宋菁穎，「這個小小的讀書節目會不會讓妳覺得有點……無聊？」

「怎麼會呢？做一個像這樣的節目一直是我夢寐以求的事。」

「怎麼樣的節目？」

「有理想，能按照自己的意思……或者說，能讓自己比較有成就感的節目。」

「播報晚間新聞沒成就感嗎？」

「怎麼可能會有成就感呢？你想想，我們現在的主播不跑新聞，也不能有太多的意見……說穿了只是花瓶或者好看的讀稿機罷了。我才不想一輩子就是那樣呢。」

執行製作在音控室對我們比了一個ＯＫ的手勢。

「來了喔，俞大哥，」宋菁穎戴上了耳機，「我們順錄。」

我也戴上耳機。不久，耳機裡就傳來了開場音樂。宋菁穎說了一些天氣，秋高氣爽之類的開場白，接著她以她最喜歡的作家形容我，俐落地介紹我出場。

「俞大哥好。」

「宋小姐好，」我說：「聽眾朋友好。」

「不曉得聽眾朋友是不是跟我一樣，很著迷俞培文的作品，也常常從俞大哥的作品裡面得到很多的收穫。可是我很好奇，想請教俞大哥，你可不可以告訴聽眾朋友，你是用什麼樣的標準，在創造你的文學作品？」

「我的標準啊？」我想了一下，「簡單說，就是問出好的問題吧。聽眾朋友知道，文學作品其實跟我們的人生很像，我覺得問出好問題，遠比回答出好的答案更加重要。因此，我覺得能夠問出好問題，用心地去思考，追究那個問題的過程，就是好的文學作品，甚至是好的人生最重要的事情。」

「問出好的問題，用心地思考，追究那個問題的過程。」宋菁穎說：「這實在太有趣了。聽眾朋友光是聽到這麼精采的回答，應該就可以預期，今天我們將會有一場豐富的心靈饗宴吧！不過，在開始今天的訪問之前，我想先邀請大家來欣賞一段俞大哥很感人的作品。我相信大家一定能在這篇作品裡面，感受到俞大哥一貫的創作理念。」

在fade out以及fade in之間，我注意到襯底音樂轉換成了有點悲傷浪漫的美聲吟唱。截至目前為止，我對宋菁穎的印象還算不錯：她年輕、認真、有抱負、有企圖，某個程度也的確能夠掌握節奏，一出手就問出了好問題。不過就在我這樣想時，耳機裡卻傳來她朗誦我的作品的聲音：

朋友！你覺得人生是孤獨的嗎？你覺得這個生命是扭曲的？你覺得生活是痛苦的嗎……

靈魂的擁抱

3

我忘了怎麼會告訴宋菁穎我住在木柵的，不過一錄完音，她立刻興奮地表示她住深坑，可以順道送我回家。這本來應該是小邵的工作，不過他看我有香車美人相伴，立刻聳了聳肩膀，很識相地把我交代給宋菁穎了。

我們走出錄音室，那個男人就在大門外，目不轉睛地盯著宋菁穎看。我本來以為他是宋菁穎的舊識，沒想到宋菁穎不但沒跟他打招呼，反而鐵青著一張臉，悶不吭聲地往前走。尾隨在宋菁穎後面，我注意到她頻頻回首，似乎有點不安。那個男人也不說話，就這樣隔著十多公尺的距離一路跟隨。等我們走到路口時，宋菁穎忽然站住了，猛然轉身，生氣地瞪著他看。

宋菁穎回過頭，往前繼續走了兩步，發現他又跟了上來，於是她又回頭用銳利的目光逼視他，企圖嚇阻他。兩個人就這樣走走停停，直到對方似乎放棄了繼續跟進，她才轉過頭，繼續走向停車場。

「妳的粉絲啊？」我問。

「是電視台的同事，」宋菁穎沒好氣地說：「別理他就是了！」

我們走進停車場，宋菁穎發現汽車擋風玻璃前的雨刷夾著一朵白色的玫瑰花。她拿起白玫瑰，二話不說就往地上甩。看她那麼生氣，我直覺應該是剛剛那名無聊男子，但此刻我的情況似乎也不宜多說什麼。很快，我們安靜坐上汽車，發動引擎，並且開車繞出巷弄，轉進信義路，沿著信義路往前走。

「玫瑰花是剛剛那個人放的？」我注意到宋菁穎頻頻望著後照鏡，於是也回頭看了看。

宋菁穎點點頭。

「他是我們電視台採訪中心的記者。」她停頓了一會兒，似乎想著怎麼跟我說這個故事，過了一會兒才繼續又說：「有一次我在華納威秀排隊買電影票，被陌生人騷擾，他和攝影記者跑過來替我解圍。為了表示感謝，我請他們吃過一頓飯。後來他堅持要回請。基於禮貌，我又和他出去吃了一頓飯。總之，那應該就是我們之間全部的交往。不過在那之後，我開始接到他的邀約電話。他的話很少，人有點悶。起初，我很禮貌地讓他碰了幾次釘子，希望他能夠明白我的意思。不過他似乎不死心，繼續又送了很多花朵、小禮物到辦公室給我。我當然覺得很困擾，可是又不想讓別人太難堪，情況變得有點尷尬……後來有一次為了做專題，調出舊的新聞的存檔，我赫然在他訪問角頭大哥的新聞資料畫面裡，看到其中一個流氓竟是在電影院門口騷擾我的陌生人。我想起當初他替我解圍時，表現出和那些人不認識的樣子……這才開始覺得事情不對勁。」

「所以，妳覺得英雄救美是他一手設計的？」

宋菁穎點點頭。

「如果這是他為了追求妳，想出來的伎倆，似乎也無可厚非。」

「或許吧。可是我一點也不喜歡這種被欺騙的感覺。我把禮物全數退還給他，直截了當告訴他我不想再收到任何禮物了。可是他還是繼續糾纏。我甚至很清楚對他表明：我們是同事，但僅止於此，我不希望我們除此之外還有進一步的交往。沒想到他竟開始跟蹤我……」

我們同時沉默了一會兒。汽車轉進入建國南路，沿著高架道路下，往辛亥路的方向繼續行駛。

「我們談點別的吧，俞大哥。」宋菁穎無奈地笑了笑說：「我從前常常想像，如果有機會跟自己的偶像單獨在一起，到底會說些什麼？唉，」她歎了一口氣說：「沒有想到今天遇見你，竟然談這種事。」

「別說我是什麼偶像吧，我又不是明星或歌手，」我抗議說：「聽起來很不適應呢。」

「你別誤會，俞大哥，我說你是我的偶像，絕不是開玩笑，」宋菁穎忽然說：「大學時代，我還曾經寫過信給你呢。」

「真的？」

「當然是真的。我大學依著父母親的期望唸法律系，唸著唸著漸漸對法律很失望，覺得太死板了，一心想轉系改修新聞傳播，和家人發生衝突，內心非常彷徨。我也不明白什麼緣故……可能大學時代讀過你的書，覺得你一定會理解我的心情吧，所以我寫了一封信給你。」

「我回信了嗎？」除非情況特殊，我通常並不給讀者寫回信。

她點點頭。「老實說，寫信的時候，我只想找個人傾訴，一點也沒有預期你會回信。畢竟你是那麼忙碌的一個大作家。當時就算你沒有回信，我其實也完全可以理解。我一點也沒想到一個多禮拜之後，我竟在信箱裡面發現你的回信。我簡直欣喜若狂。你在信中只寫了十六個字。我反覆讀那十六個字至少一百遍以上，我邊讀邊流淚，你知道嗎，那十六個字，就這樣，改變了我一生的命運。」

「我寫了什麼？」老實說，我真的不記得了。

「到現在我都還可以一字不漏地背出來。你說，」宋菁穎說：「傾聽心中的聲音，相信自己內在的渴望。」

「我記得我回過那封信，」那是一封真摯的信，對於理想的追求很令人動容，我說：「原來是妳寫的。」

「那封信到現在我還保存著。那對我是一個很重要的紀念。只要碰到困頓的事情時，我就會把那封信拿出來看。很奇怪，雖然只有十六個字，可是看一看，想想自己的初衷，就覺得心情好很多。」

聽她這樣說時，我其實有種莫名的感動，可是我仍表現得客氣而和藹。

「聽妳這樣說，我真的很開心。妳注意到後來我把這句話寫進《天空的魚》裡面去了嗎？那句話，在書裡面也成了改變主角的命運很重要的力量。」

「說到這個，」宋菁穎興致勃勃地說：「我很清楚記得是前年夏天，《天空的魚》一出版我就買來看了。我坐在沙發上，讀到這句話的時候，興奮地站起來，在客廳走來走去，根本安靜不下來。儘管我讀過那句話，可是當它出現在書裡面的時候，我還是一樣再度被感動了。我不曉得怎麼形容那種感覺，我一直覺得你寫的那句話是屬於我個人很私密的生命經驗，可是當它以另一種對白的形式出現在你的小說裡時，我覺得我的生命經驗竟然和你的故事產生了交集。這真的很神奇，你知道嗎？我不只把你當成我的偶像，我甚至相信我們之間有種特殊的連繫，怎麼形容那種連繫呢？」宋菁穎想了一下，繼續又說：「那種特殊的連繫，是你為我的生命寫了那句話，然後那句話又延伸出了一個感動人的故事，某個程度，我也為了故事裡面同樣的感動而努力地生活著。這樣說，好像很難明白對不對？」

「我想我應該明白。」

「我就知道你會明白。」她笑了起來，「不瞞你說，剛剛節目開始之前，你問我做這樣的廣播節目會不會覺得無聊？我就想跟你說，我做廣播節目，就是為了這個。可是我又怕說得太唐突了。」

汽車穿入地下道，又從地下道爬了出來。

「妳說是這個特殊的連繫？」

「對，我覺得茫茫人海之中，很多時候，你就是知道，你和有些人存在著一種特殊的連繫。我做廣播節目，就是想訪問所有曾經感動過我的人。我想讓他們明白我的感動，這樣，我就能證明這種雖然看不到，但卻又真實地存在著的連繫，把它們重新連結起來，並且讓聽眾感受到。這就好像在你的文章裡面寫的——靈魂對靈魂的擁抱。你明白我的意思嗎？」

我點點頭。

宋菁穎甜甜地笑了起來，她說：

「所以，今天在廣播中唸著稿子，唸到那一段時，我的內心忽然有個很強烈的渴望，可是我很掙扎，不知道該不該說出這個渴望。」

「什麼渴望？」

「希望我說了俞大哥不會見怪。」

「妳說。」

「俞大哥可以給我一個靈魂擁抱嗎？」

「靈魂擁抱？」我有一點訝異。但是她說那是一個渴望。

「如果俞大哥覺得不方便，或者是不好，也沒有關係……」

「妳是說現在？」

汽車在紅綠燈前停了下來。宋菁穎把排檔推進停車檔，解開安全帶，轉身過來，張開雙手，微笑地看著我。

我沒有讓那個等待持續很久，很快地也解開了安全帶，轉身過去抱住她。宋菁穎抱得比我更用力，彷彿一放鬆我就會跑掉了似的。她穿著針織毛線衣，身體很暖和，胸部也很柔軟。我被她髮鬢之際散發出來的淡香弄得有點血脈僨張，但是我告訴自己，這只是一個靈魂擁抱而已，別想太多。紅燈訊號大概持續了三十秒鐘以上，我們就這樣動也不動地相互擁抱著，直到綠燈亮時，才放開彼此。

宋菁穎重新扣好安全帶，又發動了汽車。我注意到自己的頸項背部有點濕濕的，伸手去摸，才驚訝地發現那是她的淚水。

「對不起，」大概是注意到我發現了，宋菁穎擦了擦臉上的淚水，笑著說：「我只是太高興了。簡直不敢相信這是真的。」

汽車沿著往北二高的連結快速道繼續前進，山勢綿延起伏，一路各交流道出口以及道路方向的指標不斷。我們又談了一些新聞工作為了搶收視率不擇手段之類的話題。聽得出來，她對於目前的工作環境非常不滿意，不過對於這些事實我也只感到無奈，一點提不出有效的建議，只好笑著聆聽。

過了隧道之後，有部漆著VTV電視台採訪車忽然在我右手邊的側後照鏡驚鴻一瞥，引起我的注意。我直覺想到會不會是剛剛那個記者，於是提醒宋菁穎注意那部採訪車。

宋菁穎半信半疑看了一眼照後鏡。

「不會吧？」她沉默了一會兒，似乎想著什麼，「要不然，我們來測試看看。坐好了。」說著她緊踩油門，加速一連超越好幾輛前方的汽車，想看看那部採訪車會不會跟上來。果然，那部採訪車立刻不甘示弱地急起直追。

「是他！」宋菁穎回頭看了一眼，咬著下唇，賭氣地愈開愈快。我們就這樣在車陣之中穿梭，前後追逐，驚險萬分。

宋菁穎穿越了一個隧道，又鑽進第二個隧道。直到我們從隧道鑽出來，沒多久，看到萬芳交流道的出口標誌，III，II，I……

「俞大哥，」宋菁穎拋來一個眼神，「抓緊了。」

就在出口之前，她突然把汽車轉向路肩，並且緊急煞車。說時遲那時快，只聽見吱——的煞車聲，我們身體向前傾，被安全帶緊緊勒住。同一時間，我聽到後方的採訪車也傳來煞車的聲音。宋菁穎顯然想利用變換車道及緊急煞車迫使採訪車措手不及，不得不從內側車道超越我們，並且錯過交流道出口。如此一來，我們就可以從容地沿交流道出口而下，甩開對方。不過顯然採訪車看穿了我們的伎倆，就在汽車後方五公尺不到的位置停了下來。

宋菁穎懊惱地說：「我去和他理論。」說完作勢要打開車門。

我連忙抓住她的手，阻止她說：「別激怒他。」

我心想，如果他一直跟蹤我們的話，剛剛紅綠燈前的那個擁抱，他一定注意到了。在這樣的情緒下，誰也不敢保證一個瘋狂的追求者會做出什麼舉動。

從我的位置轉身看過去，光線有點晦暗，對方的臉孔還是依稀可辨。他就坐在駕駛座裡，點燃了一支煙，等待著。

「我看，」我說：「還是先往深坑開吧，別送我了，我們邊走再邊想辦法。」

宋菁穎點點頭，慢慢把汽車駛下交流道。轉進木新路之後，車輛明顯變少了，從照後鏡看過去，那部採訪車也下了交流道，尾隨在我們後方。

我們就這樣一直走，直到眼看要進入深坑。宋菁穎忽然側過頭來，鬼靈精地問我：

「再甩他一遍？」

「好啊。」我沒有反對，謹慎地說：「不過這次最好能找到複雜一點的巷弄，像迷宮那樣的巷弄……不過，這附近妳熟不熟？」

「你問我這附近熟不熟？別開玩笑了，我大學就住在這裡。」正好前面就有一個路口，宋菁穎遞給我一個眼神，她說：「坐好了。」

「坐好了。」我說。

宋菁穎在路口前又一個緊急煞車，把車身猛然轉進巷弄。她緊踩油門，加速前衝。後方的採訪車一點也不甘示弱，依樣緊急煞車也轉進巷弄裡來，並且加速急追。宋菁穎目光不時在車窗以及照後鏡之間來回，她抓緊方向盤，在大型的公寓建築之間，橫衝直撞，左彎右拐。採訪車也跟隨在後，緊咬不放。

繞出曲折的巷弄之後，她又來了一個大轉彎，轉進一條偏僻顛簸的泥土路。震盪搖擺地走了不到十公尺，又一個轉彎，把汽車繞出社區，彎入一片黝暗陰森的田野。突如其來的幾個大轉彎讓後面採訪車有點猶豫，只能憑引擎聲判斷我們的方向。等它確定位置尾隨過來時，兩車已經被宋菁穎拉開一大段距離了。

道路漸漸變成顛簸陡峭的上坡。車後頭忽然變得明亮宛如白晝，回頭去看，原來是採訪車打開了遠光燈。我們全速前進，一路蜿蜒向上，轉個彎，遠光燈消失，沒多久，採訪車跟過來，白皙的一片光亮又恢復了。山路沉默而幽晦，只聽得引擎的聲音回響山間，我們就在乍明乍暗的光線裡追逐。

幾個連續的山坡彎道之後，採訪車漸漸被甩在後頭。宋菁穎突如其來又一個急轉彎，把汽車駛進左邊一條隱晦的小徑裡。加速疾駛了十幾公尺之後，她忽然停下來，熄滅了車燈和引擎。一時之間，我們處在一片安靜的黑暗裡。回頭望去，遠遠看見採訪車的車燈反射在山谷裡的光影恍惚明滅，忙碌得很。一會兒，採訪車奔了過來，如同我們所預期的——錯過了剛剛的小徑入口——往前疾駛而去。

等採訪車的引擎聲漸漸變小時，宋菁穎在幽暗中對我笑了笑，我們才又發動了引擎。

「你要不要參觀我的祕密基地？」宋菁穎問。

「好啊。」我說。

汽車沿著蓊鬱而陰森的樹林開了約莫一分多鐘，來到一處面臨山谷的制高點。宋菁穎停下汽車，我們走下了汽車。車外的視野開闊，風景優美。居高臨下俯看，來時的山路已經完全淨空了。山腳下是燈火通明的華燈夜景。空氣有些濕冷，益發顯得天空的繁星熠熠。

「只要心情不好，我就來這裡。」

「真漂亮！」我說。

如果不計較剛剛驚險的追車以及那個傢伙不怎麼令人愉快的行為，這其實勉強可算是一個滿不錯的晚上。我還教宋菁穎學會了一首歌：

天上的星星，為何，像人群一般的擁擠呢？

地上的人們，為何，又像星星一樣的疏遠？（詞：羅青　曲：李泰祥）

宋菁穎似乎很喜歡這首歌，唱了又唱。我們兩人就這樣在山上待了一會兒之後，才唱著歌，把汽車開回宋菁穎家附近的停車場。本來宋菁穎還想送我回木柵的，不過發生了這樣的事之後，我堅持一定要送她回家才放心。

我陪著宋菁穎從停車場走到門口時，她忽然問我要不要上去坐一會兒，我想了一下客氣地表示：夜深了，改天有機會再專程來拜訪。於是宋菁穎和我說再見，說完了再見，她又情不自禁撲上來給我一個擁抱。好久，她才放開我，然後說：

「謝謝你，俞大哥。今天真的麻煩你了。」

「別這麼說。有什麼問題立刻打我手機，知道嗎？」

宋菁穎點點頭，打開大門，走了進去，很快消失在關起來的大門後。我拿出手機，撥了個電話請無線電計程車到巷口的大馬路上等我。撥完電話之後，我拾起了剛才宋菁穎一路哼唱的調子，吹著口哨往巷口走。走了幾步，我還駐足回首，望著宋菁穎的公寓住處看了好一會。那是一棟七層樓公寓建築，和深坑大部分的住宅很相似的，長方體的結構，一成不變的二丁掛的瓷磚外牆，以及架滿鐵窗的陽台窗戶。

我還陶醉在那陣熱情的擁抱裡。我心裡想著：當宋菁穎要求抱我時，她心裡想的是什麼呢？當我們擁抱時，真的只是靈魂的擁抱嗎？我甚至幻想著好萊塢電影的老式情節——男主角折返敲門，女主角開門而出，兩人忘情地擁抱長吻……想到這裡，我開始笑自己想入非非。老實說，就算事情真的這樣發展，我似乎也不該趁人之危。幾個小時前，我們甚至還互不相識。從廣播錄音、宋菁穎的粉絲告白、靈魂擁抱、飛車追逐到護花使者……這幾個小時似乎已經發生太多事情了。

我就這樣漫無邊際地想著，直到我走出巷口，忽然又觸目驚心地看到停在路旁的採訪車。那個記者就坐在駕駛座裡面，動也不動地瞪著我。說真的，我嚇了一大跳，一點也不知道他怎麼追蹤到我們的，會不會他早就知道了宋菁穎的住處？不過我告訴自己，這是大馬路，我們是男人和另外一個男人。沒有什麼好害怕。我做了一個深呼吸。

說——什——麼——也——不——能——在——氣——勢——上——輸——給——他。

我目不轉睛地凝視著他，好讓自己有繼續往前走的勇氣。我甚至把手伸進口袋裡，抓緊手機，盤算著一旦發生衝突，把手機當成武器的可能性。隨著我們的距離愈來愈接近，我注意到採訪車駕駛座的車門被輕輕推開了。說時遲那時快，我掏出手機，正準備衝上去來個先發制人時，忽然聽到了對街傳來汽車喇叭聲。

「先生，」一個計程車司機搖下車窗，對我嚷著，「是你叫車嗎？」

我舉起了手說：「是我。」

採訪車的駕駛投過來兇惡的眼神。同時間，那扇輕啟著的車門又被關上了。

我上氣不接下氣地跑過對街，坐進計程車。

「到哪裡？」計程車司機問。

「麻煩往木柵，謝謝。」說完我立刻拿出手機，撥電話給宋菁穎。

4

宋菁穎接完俞培文的警告電話之後，特別還檢查了一次門窗，確定所有門窗都已關上、鎖好。還沒等她檢查完畢，電話又響了起來。

「喂。」宋菁穎接起了電話，可是對方並沒有說話。於是她又問了一次：「喂，請問是哪一位？」

對方仍還是保持沉默，可是她可以聽見他呼吸的聲音。

「喂，請問你找誰？再不講話，我要掛電話了！」

呼吸聲大約又持續了五、六秒鐘，沒等宋菁穎掛電話，對方先掛斷了。

第二章

所以如果一個作家因為收了錢，而去「代言」商品，
這等於是放棄了作者獨立思考的立場。
一旦如此，將來我們如何能繼續信任這個作家的價值判斷呢？

1

再度聽到有人提起〈靈魂的擁抱〉是幾天之後的事了。那是在國家劇院演藝廳的中場休息時間。我才從廁所走出來，就被《台北日報》副刊方主編叫住。

「培文兄。」

老實說，我實在不太能適應副刊這一掛動不動就互稱「某某兄」或「某某公」的文化。他的年紀看起來明明比我大很多。方主編臉上堆著笑容，硬把我拉向一個穿著正式套裝，顯然年紀比他更大的女人前面，他說：

「來來，我給你引見教育部汪次長。次長很欣賞你，剛剛還提起你。」

「啊，你就是大名鼎鼎的俞培文先生，」汪次長以一種標準的官員姿勢，大剌剌走過來跟我握手，我識相地立刻伸手回握。她笑咪咪地說：「我女兒最崇拜你了，你是她的偶像。」

「不敢，不敢。」

有個顯然是警衛的安全人員就在她身後一公尺左右的地方盯著我看。儘管我努力地回想教育部汪次長的名字，可是無論如何就是想不起來。這事實在不能怪我，最近幾年教育部長更換頻繁，有時候連部長名字都說不上來，更不用說還有常務次長、政務次長……那麼多次長的名字了。

「這年頭小孩，誰不迷偶像？」方主編說：「次長應該覺得很高興才對，您的女兒崇拜作家，比去崇拜什麼歌手、偶像，層次高太多了。」

「我是很高興啊。」握完手，她從手提包裡拿出節目單，「我真沒想到今天會在這裡遇見你，所以沒帶你的書。請你在節目單上面簽名，不曉得會不會太冒昧？」
「當然不會，這是我的榮幸。」我接過節目單，拿出筆來。
我心裡想，完蛋了，還是想不起她的名字。幸好她只是要我題名給她的女兒。請問妳女兒的大名是？我鬆了一口氣。庭芳？庭院的庭，芬芳的芳。給庭芳，於是我照寫。俞培文。然後是日期。
「我可以跟你合照嗎？」次長又問。
「當然。」
她興奮地從皮包裡拿出手機，招呼安全人員過來，請他幫我們拍照。
「我女兒如果看到合照，一定會後悔死了。誰教她今天不聽我的話一起來看表演。」次長挨到我身邊來，等要拍照時，想起什麼，忽然招呼方主編也來合照，好像我是什麼可口的點心似的。不過方主編很識趣地搖搖手，沒打算過來一起享用就是了。
我們一共拍了三張照片。一邊拍照，次長在我耳邊悄悄地說：
「其實連我自己也很喜歡你的作品。前幾天有個朋友才從網路上傳來你的一篇文章。你講你跟你父親的關係，他常常給你寫信，最後你抱著他，趴在他屍體上痛哭的那篇文章，有沒有？那真的很感人。」
如果可以的話，我想回答的是，那篇文章的敘述觀點用的是「朋友」並不是「我」。換句話說，那是篇以「第三人稱觀點」的故事，並不是「我」的故事。而且，由於家父目前還好好的在永和活著，因此我也不可能有機會抱著他的屍體痛哭。此外，那並不是我寫的文章。不過，任何的進一步說明似乎只會使得事情需要更多的說明，於是我只好平靜而簡單地說：「謝謝。」

拍完照次長顯得很高興，在手機上確認了三張照片都沒有問題之後，又和我握了一次手。方主編乘機提醒次長，我的新書幾個禮拜之後就要上市了，還問我會不會送一本書給次長？

「當然。」我客氣地說。

我分不清那是政治人物的表演習慣還是真情流露，不過次長的確是一臉受寵若驚的表情。她立刻從皮包裡面掏出一張名片給我。

「那就麻煩你寄到教育部給我。」她鞠了一個躬說：「先謝謝你了。」

我連忙跟著行禮如儀。本來我還以為次長會客氣地說：「不用了，身為教育部次長，為了振興出版，提升讀書風氣，我一定以身作則，率先去買書捧場的。」沒想她竟給我一張名片。我真是受寵若驚了。

告別次長，我瞥了一眼手裡那張名片，心裡想著：我總算弄清楚了她的名字。

2

廣播系統已經在催促觀眾盡速進場了。

我會出現在國家劇院，純粹是為了參加開膛手的「他們不知道其實我們知道」的舞台劇首演。《他們不知道其實我們知道》是開膛手下個月要出版的小說，他同時也是這齣同名舞台劇的編導。早期開膛手在網路上發表小說時，我從未注意過他，直到後來他在網路快速竄起，我才漸漸知道他的大名。可能由於年紀相仿，作品都算暢銷吧，我們常被相提並論，甚至拿來比較。也許曾待過唱片公司，開膛手把包裝、宣傳歌手那一套，全部運用在自己身上——什麼積極運作粉絲團體，強力活動造勢，出奇招吸引媒體，還大言不慚地對一些商業性的雜誌大談他在出版界的行銷革命……因此，儘管常接到和開膛手一起參加座談會、廣播錄音，或者是電視錄影的邀請，一想到開膛手這種令人不敢苟同的高分貝強力行銷的風格，我對這些邀請總是敬謝不敏。

也許因為這樣，沒多久，網路上開始傳言我拒絕和開膛手同台。對這類的事情，我實在不想、也沒有辦法進一步多作回應。因此，每次被媒體問到這個問題時，我總是顧左右而言他，或者乾脆就來個傻笑到底。奇怪的是，愈是這樣，大家愈有興趣。各種謠言揣測紛紛，說我不屑開膛手的作品啦，說我們彼此有心結，王不見王啦，或者乾脆就說我眼紅啦，受不了開膛手竄紅太快……

說起來，我們真正擦槍走火的導火線其實來自那次的「廣告事件」。那是一次訪問，報紙派了兩個記者來。不知怎麼談的，談到了「代言」這個話題。我回答記者我從來不接商業廣告。記者問我為什麼，我說我覺得歌手演員代言商品，和他們去唱歌、演戲，本質沒有什麼兩樣，「代言」在觀眾心目中也完全可以理解，但作家處理的卻是「價值」。讀者之所以信任作家，是因為作家獨立思考、創作，並且傳遞那個價值判斷。所以如果一個作家因為收了錢，而去「代言」商品，這等於是放棄了作者獨立思考的立場。一旦如此，將來我們如何能繼續信任這個作家的價值判斷呢？

「所以，」記者問我，「你覺得作家代言廣告，是踐踏自己『價值判斷』的行為？」

我想了一下說：「算是吧。」

這其實只是一個平常得不能再平常的採訪。而我的回答，基本上也是平常得不能再平常的回答。麻煩的是，編輯就是有辦法在「平常」的回答裡看出完全不同的觀點，甚至運用權力，讓事情變得一點也不平常。因此，當我看到這篇採訪刊出來時，報紙的標題變成了：

俞培文：作家代言廣告，是踐踏自身價值判斷的行為

在那篇占了四分之一的版面的報導之下，正好是開膛手代言某個分時度假飯店別墅的半版廣告。我們的照片分別被擺在鄰近而對稱的位置。照片旁邊，有一張暢銷作家vs.網路才子的比較表。列出了我們的學歷、家世、身高、外貌以及銷售數量的資料，我在學歷、身高以及外貌欄項被蓋了**勝**的紅章，開膛手則在家世欄被蓋了**勝**以及銷售數量欄項被蓋了**略勝**的紅章。更旁邊，還有一篇關於我和開膛手最近的種種風波的側寫，當然，側寫的消息來源全得自網路，以及傳言。

我不知道該說是誰朝著誰開了一槍，但情況看起來就像是我在恬靜美好的出版界，平白無故地瞄準開膛手，扣下了扳機似的。這樣的報導會激怒開膛手的粉絲絕對是可以預期的。我只是沒有想到，憤怒的程度有那麼強烈——各種不同的意見，甚至是異議、非理性的留言、謾罵，很快塞滿我官方網站留言版。儘管我曾試圖以平和理性的態度，在開膛手官方網站留言版留言，說明我當時接受訪問時的觀點，以及並非針對開膛手挑釁的立場。不過發表這封信的結果，只是引起更多針對我的人身攻擊，以及辱罵式的回應罷了。

這些非理性的攻擊，自然也觸怒了我的書迷——我不認識這群書迷，也未曾像開膛手一樣試圖影響他們。他們以我的「聖戰士」書迷自居。「聖戰士」不但大規模而有計畫地在開膛手的官方網

站展開踢館式的反擊，甚至還宣告作家代言廣告是一種無恥的行為，並且搜集了「無恥作家」的廣告（或罪行），在網站上如數家珍地一一公告。我本來和大部分拍過廣告的成名作家沒有什麼瓜葛，但拜「聖戰士」之賜，我一夕之間面臨了必須和他們為敵的窘境。儘管我試圖跟幾個作家朋友解釋，不過這些解釋無非使我看起來更可疑罷了。最後，我只好自我安慰，告訴自己這些不過是網路上的虛擬戰爭罷了。

這些效應如果真的只是侷限在虛擬戰爭，或許我不會那麼不安，可是我一點也沒想到，幾個月前，「聖戰士」竟公然跑到開膛手在校園BBS的粉絲板聚去挑釁。他們原先或許只想把真理好好地辯個明白，不想這種「踢館」的行為最後完全失控，演變成嚴重對罵、推擠，導致到最後變成有人受傷的流血衝突。

好事的報紙自然不會放過關於「粉絲戰爭」的報導，隨之而來的指責和討論更是讓事情變得沸沸揚揚。

我寫信給「聖戰士」組織，呼籲保持理性，也決定暫時關閉官方網站留言版，免得戰爭繼續延燒。我注意到開膛手也在他的網站上做出相對動作，暫時關閉了官方網站上的留言版。我們各自的新書出版在即，我相信他應該也和我一樣，不希望整個宣傳陷入彼此無意義的對罵與叫囂裡。於是當我收到開膛手寄來《他們不知道其實我們知道》舞台劇的貴賓券時，我立刻將之解讀成開膛手主動的善意，並且決定以善意回應。我和開膛手沒有私交，我甚至不曾喜歡過他的任何作品，不過我相信這樣善意的回應，應有助於化解那場風波。

這大概就是我會出現在舞台劇首演裡，最主要的原因了。

這時，廣播再次催促觀眾進場。

如同我所預期，從洗手間走回劇院時，幾個記者攔住了我的去路。我停下來，露出燦爛的笑容大方地讓他們拍照。我真的很高興剛剛被汪次長纏住了，以至於現在只剩下一點點時間拍照了。回應善意像走鋼索一樣，你必須非常小心謹慎才行。你得想辦法讓記者全看見你出席了，但又絕不讓他們有機會問出任何不該問的問題。

3

燈光很快暗了下來。下半場幕一拉開，開膛手就站在舞台中央了。他穿著一身只露出臉的緊身的老虎卡通裝，站在舞台中央。

「大家好，」他深深一鞠躬，「我是開膛手。」

他一說完，現場立刻爆出笑聲，接著是一陣久久不息的掌聲。

「你知道我們老虎最喜歡唱什麼歌？」觀眾說不知道。

「我們最喜歡唱〈兩隻老虎〉。」又是一陣笑聲、掌聲。

「你們要不要跟我一起唱〈兩隻老虎〉？」

「要不要？」觀眾反應還是稀稀落落。老虎開始往後台走，「算了，既然大家不想唱，那今天就到此為止。再見，我們散會。」觀眾有人說要。老虎又走回舞台中央問：「什麼？」更多人說要。「什麼，聽不到？」大家一起說要。「再大聲一點，什麼？」觀眾死命地喊要！

然後他真的開始做〈兩隻老虎〉帶動唱教學。

「兩隻」是伸出手比雙指。觀眾比兩指。

「老虎」是雙掌掌面朝前，平貼耳朵。觀眾雙掌朝前平貼耳朵。

「跑得快」蒸氣火車，握拳彎肘，前後推動。觀眾前後推動手肘。

「很好喔，我們要正式來了喔，」開膛手邊唱邊動作，「兩隻老虎，兩隻老虎，跑得快，跑得快。現在大家一起唱！」

觀眾全像幼稚園學生一樣，配合節奏比著動作：

雙指——貼耳朵，雙指——貼耳朵。動手肘。動手肘。

「接著，」開膛手繼續教學，「一隻沒有眼睛，一隻沒有嘴巴，真奇怪，真奇怪。」單指——搖手——指眼睛，單指——搖手——指嘴巴，手轉圈，手轉圈。「好，現在大家一起來！」觀眾跟著配合新的手勢唱著：

「一隻沒有眼睛，一隻沒有嘴巴，真奇怪，真奇怪。」

單指——搖手——指眼睛，單指——搖手——指嘴巴，手轉圈，手轉圈。

「好，現在，從頭到尾唱一遍。」

於是觀眾又唱了一遍〈兩隻老虎〉。

雙指——貼耳朵，雙指——貼耳朵。動手肘。動手肘。

單指——搖手——指眼睛，單指——搖手——指嘴巴，手轉圈，手轉圈。

唱完歌之後又跑出來另外一隻老虎。

「注意了喔，現在，我們不唱老虎，試試看用動作代替聲音，大家一起來。」觀眾出乎意料之外地配合。兩隻——手貼耳朵，兩隻——手貼耳朵，跑得快，跑得快。一隻沒有眼睛，一隻沒有嘴巴，真奇怪，真奇怪。

又跑出來兩隻老虎，「現在不唱老虎，也不跑得快，大家一起來！」觀眾繼續似乎也很樂：兩隻——貼耳朵，動手肘，動手肘，一隻沒有眼睛，一隻沒有嘴巴，真奇怪，真奇怪。

帶動唱就這樣一直搞下去，直到最後，舞台上的老虎愈來愈多，台上台下完全沒有聲音，安靜而整齊地比著動作：

雙指——貼耳朵，雙指——貼耳朵。動手肘。動手肘。

單指——搖手——指眼睛，單指——搖手——指嘴巴，手轉圈，手轉圈。

「再一次！」開膛手喊著，「速度要加快了！」觀眾愈來愈興奮，用更快的動作比著：雙指——貼耳朵，雙指——貼耳朵。動手肘。動手肘。單指——搖手——指眼睛，單指——搖手——指嘴巴，手轉圈，手轉圈。「還要更快！」台上已經滿滿是老虎了，雙指——貼耳朵，雙指——貼耳朵。動手肘。動手肘……

直到觀眾再也跟不上節奏，原來的默契變成了一片掌聲和笑聲為止。

由於上半場的情節實在太誇張也太鬆散了。因此這一點點小把戲，讓下半場漸漸有了一點起死回生的感覺。〈兩隻老虎〉最主要的功能，就是當劇情進展，每次劇中角色出現「他們不知道其實我們知道」的情節時，立刻就出現一隻老虎像抓賊一樣地大喊：「兩隻老虎。」這時候，儘管台上劇情進展著，可是全體觀眾全都像被催眠——或者說得更精確些——醒過來了一樣，整齊劃一地做著那個令他們開心得不得了的動作：

雙指——貼耳朵，雙指——貼耳朵。動手肘。動手肘。

單指——搖手——指眼睛，單指——搖手——指嘴巴，手轉圈，手轉圈。

老實說，我從來沒有喜歡過開膛手的東西。並不是他不聰明，而是他太不在乎自己的作品，也太不在乎觀眾了。觀眾好像付錢請開膛手來殺時間的，而開膛手，如同他的名字一樣，似乎也很樂於這樣做。在作者、作品以及觀眾之間，他們是一整組共謀，想盡辦法用各種精采的方式一起把時間謀殺掉。在他們之間傳遞的，沒有任何東西是活生生、有意義、有價值的。

又有一個劇中人說了很明顯的謊話。有人大喊：「兩隻老虎。」立刻又有穿緊身衣的老虎跑出來了。

「你覺得怎麼樣？」小邵靠過來問我，一邊還配合著台上的動作。雙指——手貼耳朵，雙指——貼耳朵。動手肘。動手肘。

「愚蠢，簡直無法忍受。」我說。

「我就知道你會這麼說。」

「這樣說還算客氣呢。」

「你剛剛中場休息也對記者這麼說嗎？」

「幸好被教育部次長纏住了，沒讓他們有機會問。」

「難怪我看見好幾個記者還在。看來今天他們如果沒從你的嘴巴裡套出點什麼，是不會甘心的。」

「我看我還是提前落跑好了，」我心想，反正剛剛已經有攝影記者拍照存證，至少證明我來過，「免得等一下散場時又被他們逮到，節外生枝。」

「你不把戲看完……」

「你可以繼續看啊，」看著小部像個笨蛋似的在那裡做著單指——搖手——指眼睛，單指——搖手——指嘴巴，手轉圈，手轉圈的動作，我笑了起來，對他說：「能這樣安靜地逃走，我可是求之不得。」

4

我才推開厚重的大門，一個掛著識別證的工作人員立刻叫住了我。

「俞老師。」老師這種稱呼又是表演或劇場這一掛的人的習慣。

我回過頭，露出心虛的笑容。

「開膛手老師請我看到你的時候告訴你，麻煩你到小辦公室等他一下，他有話想對你說。」開膛手老師？

我看了看錶，心想：既然人都來了，見個面也好。

「好啊，」大概不出十五分鐘戲就會結束了吧，我說：「小辦公室在哪裡？」

「不好意思，我無法帶你過去。不過你只要往前，一直走到走廊盡頭，右手邊有一個小房間，推門進去就可以了。」

我跟他說謝謝。依照他的指示，沿著走廊走到盡頭。盡頭處右手邊果然有一扇門。我推開門，裡面赫然坐著四個人，其中一個人看到我走進來，立刻起身扛起他的攝影機。

憑直覺我立刻分辨出他們是記者，不知不覺退後了一步。

「哎呀，俞大作家，你終於來了。」一個留著清湯掛麵頭髮的女生說：「你覺得這次你們兩大天王同時出新書，你的書會賣得比較好，還是開膛手的？」

「對啊，你不是反對作家參與代言廣告嗎？今天這個舞台劇主要的經費全部來自筆記型電腦廠商的贊助，劇裡面到處充滿了廠商的logo，這樣的廣告贊助與代言，你同意嗎？」

我不曉得到底發生了什麼，可是我知道事情完全不對勁。我站在那裡，臉色一陣紅一陣白的。

「開膛手呢？」我試圖讓自己保持冷靜、清醒。

「還在舞台上啊。」清湯掛麵頭說：「你不是剛才從裡面出來？」

「你們怎麼知道我會來這裡？」

「是開膛手告訴我們的。是他保證你一定會過來的啊，否則，我們才懶得在這裡浪費時間呢。」

我本來想反問：「今天是開膛手的首演，你們為什麼不去採訪他，反而跑來這裡等我？」不過話才到嘴邊，我立刻恍然大悟，沒有人對開膛手的首演或者新書有興趣。他們真正在乎的顯然是我們之間的衝突。所以，並沒有什麼善意的邀請，或回應。從頭到尾，開膛手根本就是想藉著我，繼續炒熱那些顯然已經有點冷淡的議題，好讓他能夠繼續保持在鋒頭上。

原來，從頭到尾，只是我的**一廂情願**、**自作多情**罷了。

劇院裡面隱約傳來一陣一陣觀眾的笑聲。那笑聲忽然讓我覺得我和裡面的觀眾沒什麼兩樣——我們全在不知不覺中，被開膛手無恥地操弄了。一想起開膛手穿著噁心的緊身老虎裝，裝模作樣地在舞台上做著〈兩隻老虎〉帶動唱的模樣時，胸中一股無可抑遏的怒氣，像火山岩漿即將爆發似的，變得澎湃洶湧。

清湯掛麵頭似乎沒有看出我的憤怒，試圖轉變話題。

「如果你不想回答那麼困難的題目，我們先扯點輕鬆的好了。你覺得開膛手這部《他們不知道其實我們知道》怎麼樣？」

「他的作品，我只能說，」我發現自己正不自主地全身顫動，「沒——有——任——何——價——值。」

「沒有任何價值？」清湯掛麵頭眼睛裡散發出一種捕捉到獵物的光芒，「你所謂『他的作品』指的是這次新作，還是全部的作品？」

「全部的作品。」

攝影機正拍著，我知道我愈是這樣說，就愈掉進開膛手設計好的圈套裡。可是我就是無法控制。我甚至必須用很大的力氣，才能壓抑那股顫動，一字一句清楚地說：

「他全部的作品都是——沒——有——任——何——價——值——的——垃——圾。」

我知道我不應該那樣說，可是說完話之後那種暢然的快感我實在不知道該如何形容才好。那個看起來安靜、世故，一直沒有發出聲音的記者，終於打開皮包，把她的記事本拿了出來。

「噢？垃圾。」她興致勃勃地問：「怎麼說？」

就在那個時候，我注意到那個拿著麥克風杵在我面前的電視新聞記者。沒錯，我一下子就認出他來。他是宋菁穎的同事，就是那天在暗夜巷口和我打過照面的人。

第三章

壓抑這一切需要的能量是那麼大，

以至於他的心臟愈跳愈快，直到他再也無法負荷，

啜泣像是潰堤的洪水，變成了一股詭異而淒厲的號啕……

1

宋菁穎坐到辦公桌前，正要叫出電腦裡的新聞稿，準備新聞播報時，發現桌上躺著一朵白色玫瑰花。坐隔壁的另一個主播曹心瑩一臉調侃的表情說：

「愛慕者又送花了啊？」

「不要臉。」宋菁穎沒好氣地把玫瑰花丟到垃圾桶去。

「哎呀，大小姐，幹嘛生這麼大的氣？這年頭有愛慕者送花表示妳的行情好啊，別人羨慕都還來不及呢。」

「問題是我至少拒絕他N次了。這種人，妳不覺得受不了嗎？」

「妳受不了，但男人不覺得啊。妳知道我大學時代有個室友，從大一開始就被她的學長追求。那個男人一直對她死纏爛打，糾纏了她十年。」

「妳那個室友的命運一定很悲慘。」

「剛好相反，」曹心瑩說：「十年殷勤的追求，證明了他的堅持，最後他的真心終於打動了美人的芳心，上個月他們結婚了。第一百零一次求婚啊，電視上都是這樣演的……」

宋菁穎聽了簡直哭笑不得。她告訴曹心瑩：

「妳知道他前幾天還開車跟蹤我到家裡去嗎？」

「真的？」

宋菁穎把那天錄完廣播之後，她如何被一路跟蹤到深坑，又如何驚險地甩掉他的採訪車……一五一十都告訴曹心瑩。當然，宋菁穎故意省略掉了俞培文也在車上的那部分。她相信，以曹心瑩的好奇心，俞培文的出現絕對只會讓故事完全失焦。

「妳何不乾脆把車開到派出所，直接報案？」

「報案，妳瘋了？就怕事情不但沒解決，還惹來了一堆記者，總不能叫我坐在播報台上自己播報自己的新聞吧？」

宋菁穎看了看錶，一會兒就要召開編輯會議了。她得先做功課，不能和曹心瑩繼續閒扯下去。她把頭轉回辦公桌前的電腦螢幕上，從檔案裡叫出今天的新聞稿，稍瀏覽了一下。今天的新聞內容有：即將召開的政黨協商會前會，立法院的立委為了黨產條例又打群架，工業廢土隨意傾倒危及二百萬人飲水安全，外商高級主管涉嫌虐待菲傭被函送，五十個員警無照駕車巡邏被檢舉，網站教人自殺害人致死……

其中一則藝文消息很快吸引了宋菁穎的目光：

作家俞培文公開指責網路才子開膛手的作品是毫無價值的垃圾

她注意到採訪記者是彭立中時，皺了皺眉頭，隨即點閱這則消息，把整則新聞稿從頭到尾讀了一遍。宋菁穎又點了其他幾則今天的新聞，隨手拿出紙條，寫下新聞標題，起身走到副控室去，請執行製作把那幾則新聞的ＳＯＴ（sound on tape）畫面調出來看。

執行製作把宋菁穎要看的ＳＯＴ帶子全部調出來，放進機器裡。

「謝謝，剩下的我自己來就可以了。」

執行製作離開後，宋菁穎熟門熟路地操作著機器，就像個認真而謹慎的主播一樣地注視著監視器畫面。她先看完其他她不是真在乎的新聞，接著才看她真正想看的。

這則關於作家指責作家的報導，被剪輯成了一分鐘左右的新聞。畫面裡有兩個作家各自的宣傳活動，書局暢銷排行榜，俞培文批評開膛手和他的舞台劇，以及開膛手對於俞培文批評的回應。宋菁穎注意到俞培文批評開膛手時，旁邊還有一、兩個報紙記者。她看完畫面，覺得其實內容還好。老實說，除了俞培文發言的樣子看起來有些狼狽外，其他都還在她的預期之內。真要問她的想法的話，她甚至百分之百贊成俞培文的說法：開膛手的作品本來就是沒什麼價值的垃圾。

不過彭立中新聞報導最後的結論顯然和她想像的完全不同。彭立中做結論時說：

「作家為了賣書以及宣傳造勢，不惜斯文掃地，互相叫罵，甚至大打口水戰。這使得向來以形象、格調自許的文化界，也陷入一片沒有標準、各說各話的嘈雜聲中。不禁教人感歎，在台灣，哪裡還找得到淨土？」

宋菁穎暗自咒罵了一聲。這算什麼新聞呢？他不分析俞培文和開膛手彼此批評以及論戰的內容，卻在他們風度優不優雅、形象好不好大作文章。這簡直就像一場精采的球賽，記者不評論球員的球技、進攻策略、攻防的內容，只一味報導球員的球衣好不好看、遵不遵守規則一樣。再說，像彭立中這種厚顏無恥的爛人，又憑什麼用那種高道德標準去批評別人呢？

宋菁穎安撫自己不要激動，如果可能的話，她希望在編輯會議上直接把這則新聞抽掉。不過她只是個小主播，編輯會議上不管製作人、主編，或者是採訪主任都比她資深很多，她有點擔心，不曉得他們會怎麼看待這條藝文新聞。

＊

宋菁穎離開副控室往辦公室走，經過辦公室前走道旁的販賣機前，她拿出錢包，打算找出硬幣買一杯咖啡帶回辦公室。不想，一打開錢包才發現零錢不夠。

「宋小姐沒零錢啊？」後頭有人伸手把二十塊硬幣投入販賣機，用高亢聲調說：「我來請客好了！」販賣機上面包括熱咖啡、冷咖啡、加糖不加糖、加奶精不加奶精各式各樣的按鍵，全亮起了綠燈。

宋菁穎本來還一張笑臉，一轉頭竟看到彭立中，整張臉立刻拉下來。

「難得宋大主播沒零錢，」彭立中嘻皮笑臉的表情說：「別這樣嘛，就算賞在下一個機會，讓我請妳喝杯咖啡嘛。」

宋菁穎本想轉頭就走，卻被彭立中擋在前方，僵持了一會兒。幸虧曹心瑩正好經過，被宋菁穎叫住，向她借了二十元零錢，才算解決。

宋菁穎拿著二十元硬幣問彭立中：

「你的錢到底要買咖啡自己喝，還是拿走？」

「好，好，」他按退幣鍵，取出硬幣，「人家是大作家，我是小記者，宋大主播不肯賞光。」

宋菁穎沒理他，自顧自把硬幣投進機器，並按了加奶精減糖的按鍵。咖啡機裡掉下來一個紙杯，然後是熱騰騰的咖啡。

宋菁穎取出咖啡喝了一口之後轉過身來，發現彭立中還沒走，死皮賴臉地站在她前面，把兩個硬幣哐哐地晃出聲響。

「你這是什麼意思？」她問。

「不知道，宋大主播還喜歡我今天的那則報導嗎？」

宋菁穎心想：她都還沒跟他算跟蹤她的帳呢，他還好意思死皮賴臉提這則新聞。可是一想到編輯會議就要開始，她得早做準備。繼續再和這個無賴糾纏下去，不但浪費時間，還讓他更加得寸進尺。於是宋菁穎轉頭就要走，沒想到她往左移動彭立中往左，她往右彭立中也往右，宋菁穎索性向前一撞，耳裡聽見熱咖啡燙得彭立中大叫一聲，可是她看都不看一眼，就這麼頭也不回地往前走。

彭立中狼狽地跟在宋菁穎後頭，歇斯底里地嚷著：

「妳知道俞培文是什麼樣的人嗎？」

宋菁穎被問得煩了，忽然站住，慢慢轉過身來。

「如果你要做那樣的報導，我只問你一件事，」宋菁穎說：「你讀過俞培文和開膛手寫的書了嗎？」

彭立中沒有說話。他沒讀過。可是他不想承認。

「你知道俞培文和開膛手之間的理念，有什麼差別嗎？下次你要下結論，特別是下批評別人的結論之前，請你先讀完別人的書，好好做功課，可以嗎？還有，」宋菁穎說：「請你不要再把玫瑰花放在我的辦公桌上，也不要再跟蹤我了。我對你沒有興趣，也不想和你有任何瓜葛，可以嗎？」

說完她轉身，和等在一旁的曹心瑩一起往辦公室的方向走。

彭立中一直跟在她們身後，直到辦公室前才停住。宋菁穎走進辦公室時，又罵了一次不要臉，但是這次彭立中並沒有聽到。

2

四點半，編輯會議準時開始，從經理、主編、採訪中心主任、副主任，到導播、副導、現場指導，還有宋菁穎、執行製作，全都到齊了。會議由主編主持。如同往常，經理坐在他的大靠背椅裡撐著頭，不大說話。開會流程照例由採訪主任、副主任輪番上陣，提示新聞摘要，大家提出各自工作相關事項及問題，並且決定晚間新聞的標題和播報次序。

議程進行得還算順利。由於工業廢土隨意傾倒影響水質的新聞事關數百萬人身體健康，加上專家危言聳聽的分析、支支吾吾的相關官員以及中央與地方互推責任的各說各話都讓整個報導很有看頭。於是大家決議讓這條新聞打頭陣，之後是即將召開的政黨協商會前會系列，以及立法院的立委為了黨產條例又打群架的報導。緊接著政治消息之後，是「外商高級主管涉嫌虐待菲傭被函送」，「五十個員警無照駕車巡邏被檢舉」這類的社會警政消息……很快地，標題和播報次序大致上都已經確定了。

主編算了算新聞報導的分量。

「恐怕還要再拉掉一、兩條新聞。」她戴上了老花眼鏡，看著螢幕上的新聞標題問：「拉掉作家吵架那則新聞如何？」

「我倒覺得這條新聞還滿精采的。」採訪主任意有所指地說。

「這條藝文新聞沒有迫切的時效性，如果擺到明天呢？」

「這條新聞好像只有我們有獨家畫面，其他媒體都是平面，而且要到明天才會刊登，今天不播好像有點可惜……」

主編拿著滑鼠把電腦上的畫面拉上來，又拉下去。她問：

「宋主播，妳的意見呢？」

宋菁穎很高興主編問她的意見。平時她很少發言的，不過這次她一定要表示意見。她說：

「我覺得今天吵來吵去的新聞好像不少了，再多出這一條只怕整個晚間新聞感覺亂糟糟的……」

大家全安靜了一會兒之後，主編總算拿下老花眼鏡，抬起頭來。

「好，就拉掉這一則。」她又算了一次新聞時間長度說：「這樣應該差不多了。」

她看著大家，沒有人再說話。晚間新聞的菜單就這樣決定了。

3

儘管彭立中曾幻想過好幾次宋菁穎播報著他的新聞稿時的模樣。

「作家為了賣書以及宣傳造勢，不惜斯文掃地，互相叫罵，甚至大打口水戰。這使得向來以形象、格調自許的文化界，也陷入一片沒有標準、各說各話的嘈雜聲中，不禁教人感歎……」

可是在晚間新聞結束之後，他知道這些想像暫時都不會實現了。他把頭埋進雙手掌心，思考了一會兒。這對他當然又是一次挫折，可是彭立中知道自己不會這麼輕易就認輸、放棄的。

八點零八分，他走到停車場，坐進自己的汽車裡。他甚至沒有打開引擎，只留下車窗小小的通風縫隙，耐心地埋伏、等待。

宋菁穎在十多分鐘之後抵達，進入汽車並且發動引擎。

彭立中讓自己盡量不要驚動她。畢竟他不樂見到幾天前的追車事件再發生一次。他就這樣開著汽車跟蹤她回到深坑的家，就在巷口的地方看著她走進鐵窗大樓裡。沒多久，他看見臨街三樓客廳的燈被點亮了。他想像這時她應該踢掉了腳上的高跟鞋，疲憊地躺在沙發上，或者打開了浴缸的水龍頭，正寬衣解帶，準備沐浴……

只剩下他們兩個人了。想到這裡，他完全無法克制想要跟她講話的衝動。他拿起手機，撥了她家裡的電話。

「喂。」

他本來只想聽聽她的聲音，可是他卻忍不住開口說：

「我聽了妳的建議，去買俞培文的書來讀。他書中有句話，我想妳也許應該聽聽。」

手機那頭沉默無聲。

彭立中打開公事包，拿出了《天空的魚》，翻出相片所在的夾頁，開始唸了起來：

「在《天空的魚》這本書裡面，第六十九頁，」彭立中像個逗點似的安靜了一下，開始朗誦：

「『傾聽心中的聲音，相信自己內在的渴望。』記不記得？」

他把玩著夾頁裡那張照片。照片裡是一對男女在大門口擁抱，依稀分辨得出來照片裡的主角是俞培文和宋菁穎。那是彭立中用數位相機拍的照片，現場的光線雖然有點黝暗，但新型的數位相機使得這些照片的拍攝變得再簡單不過。

「你到底想幹什麼？」

「我只是希望妳了解我的心情而已。」

沉默。

「說說話嘛，不要不說話。隨便說什麼都好。我們可以話家常，像老朋友一樣，天南地北無所不談，或者妳喜歡像一對老夫老妻一樣，吵吵鬧鬧也可以……」

更長的沉默。

「對了，我得提醒妳，妳放在陽台那幾盆九重葛，本來還開得好好的，現在都快枯掉了，妳注意到沒有……」

「變態！」說著對方掛斷了電話，留下嘟嘟嘟的聲響。

彭立中也掛斷手機，隨即看到三樓陽台的窗簾被拉攏了。他想著她應該正在窗簾的縫隙間窺視他吧？於是他搖下車窗，伸出手，笑著對著三樓陽台的方向揮手致意了一會兒。他一放下手，立刻又撥了一次手機，電話很快接通了，不過，這回換成了答錄機的語音問候。

「對不起，我是宋菁穎，我現在不在家，請你在嘟聲之後留下訊息，我會很快跟你聯絡。」

他不曉得自己為什麼要撥這通電話，甚至沒想過撥通了電話之後要跟宋菁穎再說些什麼，不過嘟聲之後，電話答錄機忽然讓他靈感來了。

「我知道妳在家，也知道妳在騙我，不過我不在乎。妳今天把我千辛萬苦弄到的報導抽掉了，我還是不介意。我想妳還應該要知道，我的手臂被妳的咖啡燙到的地方，到現在還脹痛得不得了，可是我也不想繼續追究了。好吧，我承認妳贏了，我完全地被妳俘虜了，被妳完全控制了。這樣妳滿意了嗎？」他的聲音甚至變得有些顫抖，「我的腦海裡整天都是妳，再這樣下去，我真的什麼事情都不能做了。妳為什麼非得如此折磨我不可？妳可不可以嚴肅地，考慮我對妳的心意？難道妳就不能有一次，哪怕只是一次，認真地對待我，不要繼續再捉弄我。」

三十秒的留言時間到了，答錄機自動掛斷了電話。彭立中準備再撥電話時，忽然在照後鏡瞥見一輛警車開來。為了避免不必要的麻煩，他暫時抑制再打電話的衝動，發動了汽車。

回到家裡，彭立中又找出機器設定預錄下來的晚間新聞，坐在沙發上，足足重看了兩遍。儘管在現實生活裡宋菁穎不斷拒絕他，可是宋菁穎每天在螢幕上播報新聞時，她的一顰一笑總是不斷地撩撥他。最近他幾乎天天為了宋菁穎失眠，他不曉得該拿她怎麼辦才好。為了放倒自己，看完電視、漱洗之後，他還吃了兩顆安眠藥，才關掉電燈，讓自己躺到床上去。

安眠藥並沒有發揮應有的功效。睡了不到幾個小時，彭立中夢見了宋菁穎在螢幕上播報著他採訪的那條新聞。夢中他感受到一種喘不過氣來的重量與沉痛，於是在黑夜中驚醒了。彭立中無助地坐在床上，完全無法克制想要抓住宋菁穎那一顰一笑的衝動。應該是午夜了吧，他知道這樣不好，可是他還是無可抑遏地在黑暗中抓起了手機。

他先撥宋菁穎的手機，可是手機電話沒人接應。於是他又撥了家裡電話。

「對不起，我是宋菁穎，我現在不在家……」

仍然是那個熟悉的聲音。彭立中有種直覺，她還醒著，而且就在電話旁邊。彭立中本來想告訴宋菁穎，他從不曾像此刻一樣明白，自己是多麼深愛她，他甚至願意用自己的生命、尊嚴，一切的一切去換取她的愛。可是彭立中卻發現自己在啜泣。

在嘟——的長聲之後，他一句話都說不出來，只能極力壓抑自己的啜泣。他不想讓她聽到他在她的面前哭。然而壓抑這一切需要的能量是那麼大，以至於他的心臟愈跳愈快，直到他再也無法負荷，啜泣像是潰堤的洪水，變成了一股詭異而淒厲的號啕……

4

彭立中隔天醒來時已經是早上八點多。他一看手錶，立刻跳了起來。等他匆忙趕到電視台時，採訪會議早就結束了。彭立中躡著腳走到自己的辦公位置坐了下來。五分鐘不到，採訪主任趙翔已經無聲無息地來到了他身邊。

「你最近怎麼老是一副委靡不振的樣子？」

彭立中低著頭沒說話。他本來以為趙翔要開始破口大罵，不過趙翔只是說：

「你昨天採訪的那個作家，俞……什麼的，你熟不熟？」

「俞培文。怎麼了？」

「你看電視上的SNG連線。」

彭立中抬起頭，發現新聞畫面是總統和在野黨領袖見面政治協商的新聞，總統剛剛致完詞，現在輪到在野黨領袖致詞。電視畫面左上方有個小格子，正重播著幾分鐘前他們彼此擁抱的畫面。

「剛剛總統致詞，似乎引述了俞培文一篇關於什麼擁抱的作品，什麼愛怎麼開始，然後又怎麼渲染，最後又是擁抱什麼的……你找得到嗎？」

電腦就在面前。彭立中彷彿記得上次上網查俞培文資料時似乎有這麼一段。他敲了幾個鍵，又連結了幾個網路上的頁面，很快文章就跑出來了。

「是不是這個？」

愛從一個感動開始，經由一個微笑渲染開來，最後在一個擁抱裡完成……

趙翔彎下腰去看螢幕。他說：

「就是這個。你找得到全文嗎？」

「當然。」

「太好了，你先把全文傳給我，再去把昨天沒有播報的那則報導找出來，」他邊說邊把手上的三份報紙丟在彭立中辦公桌上，「這邊有些平面報導你參考參考。我要弄清楚俞培文是誰？他的想法是什麼？他和總統的政治脈絡又有什麼關連？總之，你先把資料好好整理一遍，看看今天還能補充點什麼。需要人手時就告訴我一聲。」

「好啊。」

趙翔走了之後，彭立中翻開了那三份趙翔要給他參考的報紙，他注意到三份報紙的藝文版頭條都是俞培文和開膛手對罵的報導。

彭立中先把〈靈魂的擁抱〉全文傳到趙翔信箱，接著又認真地讀了一遍報紙裡面相關報導的新聞細節。他興高采烈地做著這些事，發現這是自己最近以來第一次，竟能擺脫宋菁穎那麼久，專注在別的事情。想起宋菁穎，彭立中就想起這次她大概再也無所脫逃了。

再也無所脫逃。

再次想起宋菁穎在螢幕上順服地播報著他的新聞稿的模樣，彭立中不禁咧嘴笑了起來。

第四章

這些落在俞培文這個名字頭上所有的一切都等於我嗎？

還是我對俞培文這個名字擁有的一切可以不用照單全收？

價值之爭？理念之爭？意氣之爭？暢銷作家互嗆

俞培文：開膛手的作品全是沒價值的東西

開膛手：俞培文所謂的價值根本就是自淫

1

政黨協商那則電視新聞播出時，我和小邵正在東區的茶餐廳一面吃早餐，一面看報，並且爭論著藝文版上關於開膛手和我的報導。餐廳牆面掛著很大的一台液晶電視，想不看到都不行。最初看到總統和反對黨領袖在螢幕上相互擁抱時，我已經覺得一陣反胃了，不過我還是決定繼續喝我的咖啡，心想反正不關我的事。沒想到才又喝了一口咖啡，就聽到電視傳來總統致詞的聲音說：

「作家俞培文曾經寫過一篇叫〈靈魂的擁抱〉的文章，他說：愛從一個感動開始，經由一個微笑渲染開來，最後在一個擁抱裡完成。只要我們放下內在的偏見和冷漠，勇敢地打開心靈的門扉……」

聽到「俞培文」三個字從總統嘴巴說出來，我一口咖啡差點沒從嘴巴裡吐了出來。

幾分鐘前，我和小邵還在爭論著開膛手和我互嗆的報導。爭論的焦點在於我覺得那是一篇百分之百的負面報導，但小邵卻對我的看法不以為然。他認為報導帶來的廣告效應驚人。眼看我們之間一場爭論就要開始，總統卻在電視上無預警地提到了我的名字。

起碼有五分鐘之久吧，我和小邵全像停格影片似的，目不轉睛地盯著電視畫面看，直到總統致詞結束，輪到在野黨領袖講話，我們才恢復過來。

「太屌了，」小邵拍著手說：「連總統都唸你寫的台詞。依我估計，光這個直播，廣告效益起碼超過一千萬元以上。」

我瞪了小邵一眼，不以為然地數落他眼裡只看得到錢的那副德行。再愚蠢的人都感覺得到這兩個政治人物的擁抱無非只是現實考量之下的一場爾虞我詐罷了，偏偏總統的演講綁架了〈靈魂的擁抱〉，〈靈魂的擁抱〉又綁架了我，讓我也成為那個可笑的謊言的一部分。我向小邵抱怨，從〈靈魂的擁抱〉、「開膛手」的媒體操作到「總統的致詞」，我真是受夠了這些一齣接著又一齣的鬧劇。

「人家報導你，你說是負面報導，總統引用你的文章，你又說是綁架。你們作家為什麼老愛把自己弄得像是受害者一樣？」小邵懊惱地說：「真不曉得你們在想什麼？總統可是一國之尊欸，他利用你幫他拉抬聲勢，你也利用他多打知名度，這很公平啊。有什麼不好？」

「問題是知名度也有好壞之分啊。不好的知名度，避之都唯恐不及了，有什麼好沾沾自喜的呢？」

「總統的選票可是好幾百萬張欸，你的書能賣幾本呢？他想拉抬你，只要動一根腳毛就綽綽有餘了，」小邵世故地說：「這有什麼好擔心的呢，他引用你的文章當然是利多。」

「問題總統根本就是在胡鬧嘛，幹嘛把我扯進來？」我沒好氣地說：「我得向大家宣布，〈靈魂的擁抱〉根本不是我寫的文章。我愈早和這些亂七八糟的事情撇清關係愈好。」

小邵聽我這樣說，竟表示我一定是在鬧情緒，否則，怎麼會做出這種自毀前程的判斷？聽他這樣說，我氣得不想說話。看我不說話，他自顧自又唱起那套經紀人自憐自艾的獨角戲。平時他愛抱怨經紀人夾在兩造之間，如何要面對群眾、媒體、出版社，如何又要安撫藝人的情緒，如何如何辛苦也就算了。可是現在這樣說，只是讓我更加忍無可忍。明明談論的是「知名度的好壞」，為什麼動不動就祭出經紀人的大旗，還把別人的看法全矮化成「藝人鬧情緒」呢？我不管三七二十一，卯起來對小邵火力全開。小邵也不遑多讓，堅持他對於知名度的看法絕對是「經驗的累積」與「客觀的事實」。總之，市場是王道，藝人也好，作家也好，不知把握時機，過於自負，違逆這些「市場經驗法則」的人，無非等於自取滅亡。對於他的看法我當然不以為然，大談市場也是人性所趨，沒有什麼經驗法則是不可以挑戰等等……不知不覺，我們爭論的聲音愈來愈大，直到驚覺到餐廳裡許多投射過來的目光，才安靜下來。

電視螢幕上，反對黨領袖的致詞結束了。現在總統趨前上去和他握手，兩個人又擁抱了一次。小邵一對眼珠骨碌骨碌轉著，不曉得在打什麼主意。沒多久，他忽然從口袋裡拿出筆，在餐桌紙上方寫著：「好的知名度」，又在下方寫：「壞的知名度」，之後還在中央畫上一條橫線，才把筆插回口袋。

「這樣吧，你說是『壞的知名度』，我說是『好的知名度』，我看不如來個小小的賭注。」他從皮夾拿出兩張千元鈔票，放在餐桌紙上，「從現在到今天晚上十二點之前，任何當著面或打電話來的人，只要主動提起總統致詞引用你的文章的事，只要表示讚許或正面的觀感，就算『好的知名度』。如果表達的是負面評論或觀感，就算是『壞的知名度』。到時候我們再來看看，好的知名度，或者壞的知名度比較多？如何？」

「萬一平手呢？」我問。

「平手的話，算我輸，這樣夠意思了吧！」

我想了想，二話不說，也掏出了二張千元鈔票。

＊

大約賭局開始五分鐘左右吧，我們結完帳走出茶餐廳時，餐廳裡一個服務小姐忽然拿著《逾期的愛情》以及《天空的魚》追了出來，雀躍地要我簽名。一邊簽名我聽見她說：「電視上那兩個老男人真是夠了。抱來抱去不嫌噁心，還拿你的文章當遮羞布。俞大哥的文章被糟蹋成這樣，我看都可以申請國家賠償了。」

簽完名，我笑著對小邵說：「負面觀感。○比一。」

他抓了抓頭，拿出那張餐桌紙，在橫線下方『壞的知名度』的區域寫上第一個名字：餐廳服務小姐。

我的名單上的第二個名字是一個計程車司機。那是在坐上計程車，前往廣播電台的途中，收音機裡正好播放著政黨協商的報導。本來司機還算表現正常，可是當總統開始引述〈靈魂的擁抱〉這篇文章時，他像個長眠的人忽然甦醒了似的，開始大罵：

「抱什麼抱？無恥。不要臉。」

緊接著，他開始大罵反對黨的領袖太天真，被總統兜得團團轉。他顯然積恨已久，愈說愈發歇斯底里，開著計程車在車陣中穿梭蛇行，變換車道，外加闖紅燈。罵完總統，他又開始點名執政黨所有的政客，把他們統統批評得一文不值。這麼胡亂掃射一通的結果，自然那個〈靈魂的擁抱〉的作者，到了最後也無可倖免。

「還有那個叫俞什麼的作家，不寫些千秋萬世的好文章，竟去拍總統馬屁，淨寫些恬不知恥的垃圾。這種人當什麼作家呢？我看他不如一頭撞死算了，你們說是不是？」

我很想告訴司機，那個作家並沒有拿文章去拍總統的馬屁，一切都只能怪總統自作多情。但為了保命起見，我和小邵只能點頭連連，不斷稱是，免得刺激司機的情緒，突增困擾。付錢走下計程車後，我要小邵拿出餐桌紙，又寫下了第二個名字。

「百分之百的負面觀感。」我得意地笑著說：「〇比二。」

顯然賭局才開盤不到一個小時，我已經遙遙領先了。贏得這麼明確徹底，我當然為自己的判斷感到有些驕傲。不過想到幾個新聞事件之後，我的名聲竟然狼藉至此，心裡不免湧上一絲絲悽涼的感覺。

幸好情勢在我們走進廣播電台之後開始逆轉。

第一個被小邵寫入「好的知名度」名單的名字是節目執行製作阿偉。

「俞大哥，我忍不住要告訴你，」在引導我們走進錄音室時，他興高采烈地說：「你實在太厲害了，連總統都崇拜你，還引用你的文章。」

我不確定總統是不是崇拜我，不過我可以確定阿偉絕對是總統的超級崇拜者。

「所以，你覺得總統引用這篇文章對俞大哥是正面效應？」小邵故意問。

「當然，」阿偉說：「要不是文章寫得好，總統怎麼可能引用？」

小邵就站在阿偉身後，得意洋洋地高舉雙手，大大地比著：

一比二。

我笑了笑，沒說什麼。一比二就一比二。

第二個被小邵寫入「好的知名度」名單是出版社的編輯史小姐。她打電話來時我正好在錄音，因此是小邵接的電話。小邵掛斷史小姐的電話時，正好我結束了錄音從錄音室走出來，他神祕地對我笑著說：

「恭喜了，史小姐要我告訴你，由於新聞效應，通路的新書訂單追加了一萬本。又是一個正面效應。現在『好的知名度』和『壞的知名度』已經變成二比二。」

我努了努嘴，對他不屑地說：「你不會贏的。」

小邵望著我，從皮夾裡又拿出三千元，意味深遠地笑著說：「既然那麼有把握，你敢不敢再加碼？」

「笑話。」我也掏出了皮夾。於是賭金由四千元提高到了一萬元。

結束了電台的訪問，我們移駕附近咖啡店，繼續分批接受三家平面媒體的採訪。在三個多小時的受訪期間，陸續還是有朋友打手機進來關切今天的新聞。每個朋友幾乎都有不同的觀感。直到訪問結束，小邵分別在「好的知名度」與「壞的知名度」名單上增添了兩個名字，和一個名字，並且熱心地對我一一說明。

「現在，好的知名度比壞的知名度，四比三。」他得意地向我宣布，「看來，你的錢快泡湯了。」

我看了他一眼，露出一個鹿死誰手，尚未可知的表情。老實說，我並沒有那麼有自信。任何在名氣的世界稍微打過滾的人都不難理解，「知名度」的不可捉摸，絕對遠遠超乎人本身能夠算計的程度。

一整天下來，從遙遙領先，勢均力敵，到落後一分。我的名氣似乎沒有我想像的狼狽，這當然不能算是壞事，可是這樣的結果，卻讓我的心情有點為難。我有點不曉得應該覺得愉快，還是不愉快才好。

2

我們趕到時尚雜誌社時有點晚了。儘管雜誌社的編輯一直對著道歉連連的小邵說沒關係，不過我卻注意到攝影大哥的臉色不是很好看。採訪的過程比我想像的還要麻煩，先是拍照，然後是文字採訪。八點多，宋菁穎打電話來時，我正在攝影棚裡面，讓攝影師的相機咔啦咔啦地在我身上拍個不停。她問我有沒有時間，我說我正在拍照，不過應該可以講一會兒話。

我拿著手機往茶水間走。起初我沒有聽懂宋菁穎到底要說什麼，但她堅持要對我道歉，聽了半天，我想起現在八點多她才從主播台下來，因此她說的應該是她剛剛才播完的晚間新聞。

「對不起，俞大哥，我播報的那些『對你不公平』的負面報導我真的完全不同意，我甚至在昨天的編輯會議裡把它們都擋下來了，可是今天卻因為總統的談話又被拿了出來。現在的新聞節目就是這樣，這種感覺很挫折，明明是自己不以為然的事，卻要從嘴巴裡面唸出來……」

老實說，經過了這一整天和小邵的「知名度」拉鋸戰下來，我對這些報導的免疫力已經增強了不少。我故作輕鬆地說：

「那些報導啊，沒關係啦。」

「真的很對不起，俞大哥，是那天讓你送我回家，把你拖下水的。那根本是彭立中故意找你麻煩，扭曲的報導。」

她的聲音變得有點哽咽。我忽然理解到，她只是需要找個人說說話。

「妳別那麼自責。我們這個行業的人，碰到這種事難免……看開點，習慣也就好了。」

「俞大哥愈這樣說，我愈是難過。不知道為什麼，整個大環境就是讓你完全動彈不得，有時候我真不知道自己到底在幹什麼？這一切又是為了什麼？每天為了收視率搶一些荒腔走板的新聞，讀稿機似地播報著連自己都不以為然的報導，想起來真的很悲哀……」

電話裡忽然變成了一片沉默。老實說，由於她說的都是真的，我似乎也找不出什麼真正可以安慰她的話，只能任沉默繼續不斷地延伸、擴展。

「妳還好嗎？」最後我只能勉強地問。

她沒回答。我可以感覺到她就在電話那頭流淚，可是不願讓我聽到。有幾秒鐘的時間，我們近得不能再近。彷彿我的耳朵就在她的嘴邊，甚至可以聽見她的心跳。不過現實很快介入，拉開了那個距離。

「對不起，俞大哥，」宋菁穎深吸了一口氣說：「我知道你在忙，把心裡的垃圾都倒到你身上了。」

儘管我還想多安慰她一些什麼，可是她匆忙又說了一些謝謝之類的客氣話，很快掛斷了電話。講完電話，我的心情忽然低沉了下來。那種低沉，與其說來自宋菁穎，還不如說是來自今天所有的事情，背後看不見那種更龐大、更無所不在的無力感。

我給自己倒了一杯水，站在茶水間想了一下，並且把水慢慢地喝完。

小邵跑過來問我怎麼回事，怎麼講了那麼久的電話，大家還在等我。我告訴他是宋菁穎打來的電話，她說要為播報「對我不公平」的負面報導向我道歉。

「負面報導？」

「對，剛剛的夜線新聞，她說那是負面報導，」我對小邵露出苦笑，「四比四。現在。」

*

拍攝和採訪的進度比預期還要慢，等我折騰完該折騰的一切，已經十點多了。拖著疲憊的身體走出攝影棚時，天空正下著雨。小邵叫了一部計程車，送我上車。進計程車之前，我回頭說：

「四比四平手。你輸了。」我伸出手逼他把一萬元的賭注交出來。

「還早咧。」

「少囉嗦，」我故意在他面前關掉手機，「你輸了，就這樣。」

小邵不肯把錢交給我。「你這個無賴。」他看了看手錶說：「時間還有一個多小時呢。」

計程車奔馳在往木柵的路上，玻璃上的雨滴被兩旁的路燈映得閃閃發亮。不曉得為什麼，從攀爬滿雨滴的車窗往外望出去，看著夜雨台北，滿城霓虹通明，我忽然有種很奇特的感覺。今天那個叫做「俞培文」的人似乎轟轟烈烈發生了很多事情，很多人也對那些事情有各種不同的觀感和意見。可是事實上，做為俞培文的「我」除了例行的工作行程之外，卻什麼事也沒有做——甚至連〈靈魂的擁抱〉都不是我寫的。

所謂俞培文「好的知名度」是我嗎？「壞的知名度」也是我嗎？為什麼同樣的事發生在俞培文身上，卻存在著好壞不同的知名度？這些落在俞培文這個名字頭上所有的一切都等於我嗎？還是我對俞培文這個名字擁有的一切可以不用照單全收？

我應該召開緊急記者會，大張旗鼓地宣布〈靈魂的擁抱〉不是我寫的嗎？選擇這樣的時機宣布，會不會引來總統支持者的不悅，對我群起攻之，甚至被迫掉進另一個更麻煩的政治口水與泥淖之中？問題是，如果不選擇這個時機否認，等將來大家都忘記〈靈魂的擁抱〉是怎麼回事時，為什麼還要否認？

況且，如果整個社會的氛圍都認定了〈靈魂的擁抱〉就是「俞培文」的代表作，這樣急著出面否認的意義是什麼？大家又會怎麼解讀這一連串發生在我身上的事情？我會被認為是一個忠於自我的作者，或者因此被視為是一個比開膛手更不擇手段，無所不用其極炒作知名度的作者？

是「默認」流俗呢？還是「否認」更加媚俗？

……

總之，無窮無盡的想法像是許多泡泡在空氣中飄來飄去。它們雖然五彩繽紛，但伸手抓去，卻什麼也抓不住。我覺得好累，簡直完全無法再多想。

一回家裡，我換掉衣服，甚至還來不及洗澡，就癱軟無力地倒在床上。不知過了多久，我迷迷糊糊地聽見電話鈴響了。我本不想接那個電話，可是電話響了又響。

「喂？」我睡眼惺忪地接起電話。

「你再不接電話，」小邵的聲音說：「我真的要衝去你家樓下按電鈴了。」

「都幾點了？」我看了看錶，十一點四十八分，窗外的夜雨似乎還下個不停。

「大老闆看到晚間新聞了，忽然發神經病讓祕書打來，說要請你吃飯。」

「哪個大老闆？」

「就是大遠文化出版集團的汪總裁啊。」

我有點醒了過來。這位旗下擁有報紙、雜誌、出版社以及有線電視台的汪總裁向來低調。我在大遠文化出版過七本書，一共也只不過見過他本人一次，而且還是在三十週年的慶祝典禮上，隔著起碼十公尺以上的距離。

「就算要吃飯，不能等到明天再說嗎？」

「不行，」小邵說：「因為大老闆約的就是明天早上八點鐘的早餐。」

「八點鐘？拜託，」我差點大叫起來，「會不會太早了點？」

「對汪總裁應該不會。」小邵說：「反正就這麼說定了。明天一早七點鐘我給你morning call。七點半，汪總裁會派車在你家樓下等你。」

「哎喲。」

「還有，最後一件事。恭喜你，汪總裁可欣賞你了，一直說連總統都要引述你的作品，大遠真是以出版你的作品為榮。聽好了，大作家，又是一個正面效應，現在十一點四十九分，比數是五比四，」小邵興高采烈地搶在我大叫出來之前嚷著：「這次你真的輸了！」

3

晚間新聞結束之後，宋菁穎動也不動地坐在主播台，直到執行製作跑來問她：「宋姊，妳還好嗎？」她才慢慢抬起頭，凝視著執行製作，好一會兒才淡淡地說：「沒事。」她拆下身上的無線麥克風和耳機，交還執行製作，安靜地起身離開。執行製作覺得怪怪的，可是並不知道發生了什麼事。她在收拾主播台時，注意桌面上的播報流程單上被宋菁穎的塗鴉寫滿了：

垃圾。垃圾。垃圾。垃圾。垃圾。垃圾。垃圾。垃圾……

宋菁穎當然很明白，總統既然把名氣的仙女棒點在俞培文身上，作家本身又充滿了粉絲對罵、對手叫囂、愛恨爭端的賣點，新聞媒體當然不會輕易放過。宋菁穎並不排斥收視率，但讓她不能忍受的是那種以收視率為唯一考量的新聞觀點。在這樣的觀點之下，你看不到深刻的內容、人性的轉折，沒有任何深入的評論、專業的分析，更別說價值判斷了。於是，不管是什麼領域的報導，新聞裡的人物毫無選擇全被處理成低俗喜劇裡膚淺的丑角，拿著蛋糕彼此砸來砸去，卻沒有人告訴觀眾，他們到底是為了什麼理由，或者是理由的背後的意義。

從四點多開完編輯會議之後她的心情就很低沉了，直到勉強撐完了晚間新聞播報，情況只是變得更糟。宋菁穎走回辦公室，在辦公桌前坐了一會兒。曹心瑩早下班回家了，辦公室裡一個可以說話的人都沒有。她不知道俞培文看了晚間新聞沒有，如果看到了，他會怎麼想她？她直覺應該打個電話向俞培文道歉，可是拿起電話撥了幾個號碼之後，她又放了下來。

怎麼跟俞培文解釋，這些她播報的新聞觀點，她一點也不同意？而且，就算她解釋清楚了，俞培文會相信她嗎？如果她的生命價值中曾經存在著一座堅定的聖山，俞培文絕對是那座山的一部分。可是她又很擔心，萬一俞培文不肯原諒她，那座聖山會不會因而動搖，甚至崩塌？

宋菁穎深吸了一口氣。她拿起話筒，決定無論如何都要打這個電話給俞培文。

電話接通了。是俞培文親切的聲音。他接受雜誌專訪，正在攝影棚拍照。宋菁穎向他道歉，俞培文問她為什麼要道歉？顯然他還沒有看到電視新聞。宋菁穎問他可不可以講電話，他說應該可以講一會兒。

「對不起，俞大哥，我播報的那些『對你不公平』的負面報導我真的完全不同意，我甚至在昨天的編輯會議裡把它們都擋下來了，可是今天卻因為總統的談話又被拿了出來。現在的新聞節目就是這樣，這種感覺很挫折，明明是自己不以為然的事，卻要從嘴巴裡面唸出來……」

宋菁穎只覺得自己的心臟撲通撲通的跳，把一句話說得顛三倒四。可是她卻聽見俞培文爽朗的笑聲說：

「那些報導啊，沒關係啦。」

宋菁穎的眼前忽然變得一片模糊。「真的很對不起，俞大哥，是那天讓你送我回家，把你拖下水的。那根本是彭立中故意找你麻煩，扭曲的報導。」

她以為自己可以像播報新聞一樣，平靜地說話，可是她不行，她發現自己愈說情緒愈激動，聲音愈哽咽。

「妳別那麼自責。」俞培文安慰她，「我們這個行業的人，碰到這種事難免……看開點，習慣也就好了。」

「俞大哥愈這樣說，我愈是難過。」她並不是愛哭的人，可是不曉得為什麼，每次碰到俞培文就會變成這樣，「不知道為什麼，整個大環境就是讓你完全動彈不得，有時候我真不知道自己到底在幹什麼？這一切又是為了什麼？每天為了收視率搶一些荒腔走板的新聞，讀稿機似地播報著連自己都不以為然的報導，想起來真的很悲哀……」說著，一股椎心的痛忽然揪上來，抓住宋菁穎的心，讓她覺得窒息。

緊接在那之後，是壓抑了多時的情緒，衝破窒息，化成哭泣的衝動，千軍萬馬似的蜂擁而上。宋菁穎用手摀住嘴巴，讓原本的號啕變成沉默的聲嘶力竭，卻摀不住滿眼的淚水狂瀉而下。

「妳還好嗎？」

宋菁穎只是猛搖頭。她趴在桌上，哭到連擦眼淚的力氣都沒有。俞培文不再發出聲音，可是她知道他還在，不會離開。好久沒有這樣痛快地大哭了，遙遠的俞培文彷彿就在她的眼前。她在他的懷抱裡。他是親人，是幾世前和她親密相依的親人，在他的面前她可以放鬆，可以毫無忌憚。起碼哭了一、二分鐘之久吧，宋菁穎忽然想起俞培文還在接受訪問，她已經耽誤他很多時間了。眼前她能回報他最好的方式就是讓自己堅強。她試著用衣袖擦乾淚水，可是衣袖早已經濕成一片了。

「對不起，俞大哥，我知道你在忙，把心裡的垃圾都倒到你身上了。」

宋菁穎知道俞培文還想多安慰她。可是她覺得耽誤了他那麼多時間，他真的已經很大方了。她一再向他表示感謝。她不希望他覺得她是個動不動就哭的女孩。

講完電話，宋菁穎又做了一個深呼吸。她找了張面紙胡亂在臉上擦了擦。甚至沒卸妝，也沒更換衣服，她拿了皮包往地下室停車場就走。宋菁穎一點也不想再在這個地方多待。她愈走愈快，彷彿只要慢了一些，她真的就會永遠化成讀稿機，再也變不回來似的。

停車場裡稀稀落落地停著大大小小的汽車。宋菁穎來到車前，打開車門，坐進裡面，才發動汽車，就發現擋風玻璃前的雨刷下又被夾了一朵白玫瑰和一張對摺的紙條。宋菁穎皺了皺眉頭，打開車門下車，走到擋風玻璃前拿起玫瑰和紙條，並且打開紙條。

紙條上面是一排工整的字跡，字體小得近乎誇張，寫著：

妳還喜歡今天我獻給妳的報導嗎？

那些悲傷的感覺消失得就和來時一樣迅速，現在，取而代之的是另外一種憤怒的情緒，漸漸渲染開來。宋菁穎迅速環顧停車場一周，兇狠地叫嚷著：

「出來！」停車場沒有任何人。她又嚷了一次：「彭立中，給我出來！」

還是沒有任何回應。宋菁穎把紙條揉成一團，連同玫瑰花丟到地上去。正要走回汽車，氣不過，又回頭把玫瑰花和紙條在地上踩得稀巴爛。

汽車開出停車場，外面正下著大雨。宋菁穎想起雨傘留在辦公室忘了帶出來，正想掉頭回去拿傘時，忽然注意到照後鏡中一部採訪車的身影一瞥而過。

她故意放慢車速，緊張地盯著照後鏡。從照後鏡看過去，採訪車就尾隨在她的後方。雨水打在後車窗上，沿著車窗滑落，形成一條一條的水柱斑駁。隔著後車窗，窗外是一片滂沱的水幕，從照後鏡根本分辨不出更後方汽車裡是不是彭立中。宋菁穎提高警覺，故意把汽車引擎打到低速檔，讓汽車用緩慢的速度在路面上移動。

大概注意到前車放慢了速度，後面的汽車跟著也放慢了速度。在它們之間是空空盪盪的大馬路，沒有別的汽車了，兩部汽車就這樣一前一後隔著十多公尺的距離，緩緩地前進。宋菁穎直覺那應該是彭立中沒錯。這樣想時，後方汽車忽然亮起了遠光燈，亮晃晃地把宋菁穎的汽車照得明亮通透。宋菁穎回頭看，刺眼的光線讓她幾乎睜不開眼睛。

現在她幾乎可以百分之百確定那是彭立中了。怒火不斷地在宋菁穎的胸中燃燒、蔓延。她伸手進皮包裡面摸出了手機，用拇指開啟未接電話名單，直接就按了彭立中的電話號碼。

嘟，嘟，嘟，嘟——

電話鈴聲響了四聲之後，彭立中接起了電話。

「喂。」

「俞培文的報導，你是故意找他麻煩的對不對？」

電話那頭沉默了下來，不再有人說話。手機裡只剩下喘息的聲音了。宋菁穎喘息的聲音聽得到，彭立中喘息的聲音也聽得到。空氣潮濕而沉重，路燈映照著錯落的雨水宛如銀絲閃動。

「我沒有找他麻煩，我只是想讓妳知道俞培文是怎麼樣的人。」彭立中說。

「請你走開，別跟著我，也別找俞培文的麻煩。」

「我關心妳，在乎妳……」

「我不要你的關心，也不要你的在乎，你走開，」宋菁穎說：「別跟著我。」

「為什麼？是因為俞培文的緣故嗎？」

「不關他的事。」

「妳不能這樣玩弄我的感情。」彭立中說：「妳心裡很明白我在說什麼。」

宋菁穎頭仰向夜空，做了個深呼吸。她把汽車停了下來，一字一字地說：

「我——不——喜——歡——你，我——沒——有——玩——弄，也——沒——興——趣——玩——弄——你——的——感——情。」

宋菁穎轉身回頭望了一眼，跟蹤在後的採訪車也停了下來。一陣很長的沉默之後，她聽到彭立中用著顫抖的聲音說：

「妳不能這樣對我，妳不明白妳自己在說什麼，」

「我很明白我自己在說什麼。」

「不，妳完全不明白。妳不明白妳把我的生活變成了什麼樣！」

宋菁穎開動汽車繼續直行。從照後鏡，她注意到採訪車亦步亦趨地緊隨在後。汽車經過路口時，她說：

「我不想再見到你了。請你在路口轉彎離開，不要再跟著我。」

宋菁穎的汽車徐徐開過了路口，繼續往前走。她用眼尾餘光盯著照後鏡。等採訪車經過路口時，彭立中顯然沒有轉彎的打算。宋菁穎氣急敗壞地大嚷：

「走開！我叫你走開！」

採訪車只是往前走，穿越過了路口，繼續尾隨在她的後面。

「求求妳，不要叫我走開……我願意做任何事。」

「走開，只有這件事！」宋菁穎猛踩煞車，讓汽車停了下來。她大聲嚷著：「我不可能和你有什麼結果的！永遠沒有任何結果，你懂不懂？」

彭立中的採訪車也停了下來。現在，照進宋菁穎車廂內的強光亮得簡直教人窒息，兩部汽車相距只剩不到十公尺了。雨仍然下著。潮濕的地面倒映著街燈破碎的光影。採訪車引擎排出來的熱氣更讓車身蒙上一層詭譎的煙霧。

「求求妳……」

「走開！」宋菁穎用更大的力氣喊著：「走開！」

沉默的手機，靜止的採訪車。雨不停地落著。宋菁穎不顧一切地打開車門走下汽車。她轉身向後，對著手裡的行動電話聲嘶力竭地喊著：

「我叫你走開，你聽到了沒有？」

採訪車卻只是龜縮在那裡，一動也不動。

大雨滂沱，站在雨中的宋菁穎看起來狼狽極了。雨水跑進她的眼睛，沿著她的頭髮、臉頰不停地滑落。可是除了憤怒之外，宋菁穎什麼也感覺不到。她用濕透了的衣袖擦了擦臉，逆著強光向前逼近了兩步，大聲斥喝：

「走開！」

採訪車仍然沒有動靜。

「走開！」她繼續逼近採訪車，歇斯底里地吼著：「走開！走開！走開！」直到她走到採訪車前面，擋住遠光燈，清楚地看見汽車內拿著手機的彭立中才停住了。

宋菁穎瞪著彭立中的眼睛，又清楚地說了一次：「走開！」

彭立中的眼神冷冷地和她對峙著，一點也沒有屈服的表示。

「我說走開，」現在宋菁穎全身上下已經完全濕透了，她激動得全身顫抖，「要講幾次你才聽得懂？」

彭立中沉默不語，他的採訪車不動如山地佇立在她的面前。

宋菁穎氣得不管三七二十一地，將手機砸向彭立中的車窗。只聽見「砰」的一聲，車窗的膠合玻璃被砸出了一個凹陷，以及周邊蜘蛛網似的裂縫。雨刷現在被玻璃碎片卡住了，掙扎地在原地跳動著。

宋菁穎拾起彈跳開的手機，又站回汽車前和彭立中對峙著。

「要講幾次你才聽得懂？」

她的臉上沒有表情，彭立中的臉上也沒有表情。眼前的採訪車是雨中一座冥頑不動的山。可是宋菁穎才不管它是什麼。她咬緊牙，猛然又把手機擲向彭立中，在車窗砸出第二個凹陷。由於第一個凹陷和第二個凹陷實在太靠近了，它們產生的裂縫聯合起來，就在彭立中的眼前陷落成一大片。

她喘著氣，彎身拾起那支應該已經是毀掉了的手機，又站回汽車前面。傾身向前，竭盡全力地對彭立中嘶吼著：

「要講幾次你才聽得懂？」宋菁穎第三度再將手機擲向彭立中。手機沒有擲中車窗，往車後的黑暗飛了過去。

雨不停地下著，雨水沿著宋菁穎的髮際、耳朵、下巴、手肘不斷地滴落下來。她定定地站在那裡，喘著氣，用銳利的目光逼視彭立中。

好幾秒鐘之後，坐在駕駛座上面的彭立中放下了手機，伸手去變換引擎檔。

現在宋菁穎看不見手機了，但她看見那座山開始後退。

宋菁穎直覺手機應該是摔壞了。情勢根本不容許她在滂沱的大雨中狼狽地找手機，再說，哪怕是和彭立中多糾纏一秒鐘她都無法忍受。於是宋菁穎轉身，頭也不回地往汽車走。

4

我睡得很好。隔天七點鐘小邵打電話叫我起床時，我醒在一個陽光亮麗的早晨。七點半我打開大門走出公寓，地面上還潮濕著，顯然夜雨才停了沒多久。

一部 Mercedes-Benz S600 型的豪華黑色轎車已經停在門口了，引擎還發動著。司機一見到我來，立刻從駕駛座跑出來，對我點頭，還訓練有素地替我開門。等我鑽進車裡面，發現我新書的責任編輯史小姐已經在車裡面了。

史小姐忍不住滿臉興奮的表情說：

「俞老師，託你的福了。我在大遠集團工作了十二年，還從來沒有機會去過汪總裁陽明山上的別墅呢。」

「是啊，我也沒去過。」

「搞不好還可以見到尹麗華呢。」

「是啊，」我說：「我愛死了《微風往事》裡面尹麗華的樣子。」十多年前，尹麗華以《微風往事》勇奪亞太影展影后之後，立刻閃電嫁給汪總裁，從此息影，至今仍然令人印象深刻。

接著，史小姐又如數家珍地舉出曾經獲此殊榮，受邀去汪總裁陽明山別墅和他共進早餐的重量級作家。我忍住呵欠，盡量也禮貌地表現出同感榮幸之至的模樣。

汽車行駛在往陽明山的路上。車後座幾乎各式各樣的報紙都有。我拿起一份報紙，終於看到了那張總統和反對黨領袖擁抱的照片。吵吵鬧鬧這麼多年，醜話說盡，為了選舉，兩個人終於還是擁抱在一起了。有趣的是，兩個人雖然擁抱，可是彼此各懷鬼胎的表情，還是明顯地可以看出來。《台北日報》上甚至下了一個很可笑的標題：

真誠的擁抱？身體對身體，靈魂對靈魂

儘管各家報紙立場不同，這張照片，卻不約而同地，都占據了頭版最主要的位置。大部分報紙，幾乎都刊載了總統引述我的作品的那段。有一份報紙，甚至刊載了〈靈魂的擁抱〉全文，並且標明作者是俞培文。情況似乎比昨天我預期的好很多。大部分的政治記者雖然對於總統和反對黨領袖多所批評，但他們都不曾給我的作品以及本人任何惡評。這和藝文娛樂版記者慣有的尖酸刻薄很不一樣——顯然政治版的記者更明白，相較於政客，作家的確是一個高尚得多的行業。

等我把相關的報導差不多全部看過一遍，汽車已經靠近汪總裁的別墅了。別墅的外觀很平常，乍見之下像是普通國民中學的校門口，不過，汽車進入大門之後映入眼簾的草坪卻開闊得出人意表。

我們沿著蜿蜒的車道前進，兩旁高高低低的樹木疏落有致。又開了二、三分鐘左右，汽車繞到山坡的背面，終於到達了停車坪。一個管家模樣的人，很禮貌地站在那裡等著我們。司機把汽車停下來，迅速地跑出來替我開門，然後又替史小姐開門。我注意到在我坐的汽車旁，停著一部Porsch Boxster跑車，稍遠的地方，另外還有一部Mercedes SLK敞篷車，以及一部猩紅色的BMW 850。

史小姐和我跟著管家先生再往上坡走。大片觀音石鋪成的路面走起來平坦又舒適。我們先經過一個小小的廣場，一座小巧的噴水池就坐落在廣場的正中央。史小姐被噴著水的噴泉吸引，不知不覺走向噴水池。

「哇，」她忘情地叫出來，「好多魚。」說完還不好意思地看了管家先生一眼。

「不急，」管家先生很客氣地笑著，「你們可以慢慢欣賞。」

我抬起頭，看見一棟三層樓的建築就矗立在噴泉的更上方。相較於庭園，建築並不宏偉，甚至有些渺小。整棟建築輪廓幾乎是美式萊特風簡單的平行、垂直線條，一樣有伸出長長的屋簷和大面落地窗。雨後的空氣給風景帶來了一種清晰與鮮豔。儘管視覺上，位於視覺最高點的建築難免帶來幾分壓迫，可是白色的牆面調和了草原的嫩綠以及天空的湛藍，使得眼前的畫面形成一種無可言喻的和諧。

管家先生領著我們繼續往前走，進入了這座建築內部。穿越玄關，首先映入眼簾的是客廳。客廳的挑高比我預期的還高，從大面落地窗可以俯瞰遠方的庭園和噴泉。落地窗之間是一格一格擺滿了書籍的書牆，從地板連到天花板。客廳的正中央，是整組義大利設計師Antonio Cistterio設計的經典沙發。懸掛在客廳周圍的油畫以及錯落其間的雕塑，都讓我彷彿進入一座小型的現代美術館的錯覺。我隨意瀏覽了一下油畫，當中，我認出了一幅常玉、一幅趙無極、一幅廖繼春以及另外一幅我不是很有把握——經詢問管家之後才確認的夏卡爾。

「汪先生呢？」我問。

「他們就在後面游泳池。」

我們又穿越迴廊，繞過建築，走了一小段岩鋪地面，終於來到了游泳池前。尹麗華就在那裡接待我們。她伸出手跟我握手，笑咪咪地說：

「歡迎、歡迎。」

我趕緊伸出手禮貌地和她握手，一邊握手，情不自禁還是多看了她一眼。她看起來豐腴了一些，但笑起來的時候，當年的風韻仍然依稀可見。

早餐安排在游泳池畔的花園涼亭裡。我們被招呼到涼亭裡鋪著白色桌巾的餐桌前入座，餐具、果醬、水果、奶油早擺設好了，侍者立刻送上來熱騰騰的麵包，以及牛奶、咖啡。

「我們先吃，不等他了。」尹麗華也坐下來，邊把餐巾放好，又拿起麵包和果醬刀，「汪先生堅持每天一定要游完一千公尺，才吃早餐。」

我轉頭過去看游泳池裡面，果然有個人正在撲通撲通地奮鬥著。

看我們有些猶豫，尹麗華又說：「先吃吧，麵包一會兒涼掉就不好吃了。我們家早餐向來都是很casual的。」我沒聽錯，她的確用英文說casual。管家一直站著。來來去去的侍者全穿著像高級飯店服務生那樣的制服。

於是我只好邊塗果醬，邊注意著游泳池那邊的動靜。不久，健康先生游完了一千公尺，從游泳池爬上來。他用毛巾擦乾身體和頭髮，穿上白色浴袍，大刺刺地走了過來。他先用眼神跟史小姐打招呼，接著也跟我打了個招呼。

我連忙放下手上的可頌麵包，用餐巾擦了擦手。

「你不要站起來，」他就站在我的面前，主動來握我的手，高興地說：「最近我連續拜讀了好幾本你的作品，連我都懷疑自己是不是開始崇拜你了？」

聽起來應該是個笑話，我似乎應該笑才對。可是在微笑了之後，我又覺得不太對，那似乎會造成一種誤解，彷彿我蠢到同意他的說法，聽不出來那只是個笑話。

他放開我的手，又去和史小姐握手。握完手之後，他就在我身旁坐下來。

「總統演講會引用你的文章，我一點都不意外。你看，連總統都要向你借光，引用你的〈靈魂的擁抱〉。我見過太多作家起起落落了，」他側過身，靠過來神祕地在我的耳邊說：「我絕對嗅得出來，你人生新的一波高潮就要開始了。」

「謝謝。」

他擺好餐巾，拿起麵包，又拿起小刀，開始塗抹果醬。

一陣微風吹過來。沿著他的方向看過去，涼亭頂端的爬蔓正盛開著五彩繽紛的花朵。陽光透過斑駁的樹葉以及花朵之間，灑落點點光影，把我們弄得像雷諾瓦圖畫裡的人。

「我甚至連你新書的完稿都看過了，當他們告訴我新書竟然沒選入這篇〈靈魂的擁抱〉時，我覺得真是不可思議，如果你不反對的話，」他拿著抹好果醬的麵包，開門見山地說：「我覺得出版社應該排除萬難，把這篇文章加入，重新編輯之後再印刷、發行，你覺得如何？」汪總裁看了史小姐一眼，史小姐猛點頭表示贊同。

照說我應該站起來，嚴肅地向汪先生表示「〈靈魂的擁抱〉根本不是我寫的東西」才對，事實上那也應該是我最後的一次機會了，可是我卻不可思議地聽到自己的聲音說：

「好啊。」

第五章

那種不太對勁來自她聆聽的時候，
很容易就掉進一種恍神狀態，雖然只有短短的幾秒鐘，
笑容仍然還維持著，但你可以清楚地感受到，
原來對著你笑的靈魂，隱退到軀體深處，消失了。

1

我必須承認，輪到她時，我還陶醉在能簽掉那麼長的隊伍的成就感裡，因此並沒有特別注意。那次和汪總裁見面的結果是出版延後了一個多禮拜，新書的書名也改成了《靈魂的擁抱》。雖然出版時間被耽擱了，但由於書名的高度曝光以及後續的話題性，使得「靈魂擁抱」這個名詞變成了時髦的詞彙。這些效應不斷地提高首刷的印量。為了乘勝追擊，出版社特別為我在北、中、南以及東部的大型書店各辦一場造勢簽名會。這是第一場。

簽名會開始之前，我一直擔心場面太冷清。因此，當他們用廂型車把我送進連鎖書店的簽名會場前，我見到周邊道路兩列看不到盡頭的隊伍時，還天真地問：

「書店是不是同時還舉行別的活動？」

行銷宣傳人員聽了全哈哈大笑，以為我在講笑話。他們故意讓廂型車沿著書店繞場一周。汽車右轉繞進另外一條馬路，又轉過第二個彎，那條排隊的長龍仍然還在。我看見許多人正沿著長長的隊伍往後走，顯然也是和我們一樣，在尋找隊伍的盡頭。那條長龍比想像的還要長，直到汽車轉進第三條馬路總算才見到盡頭。

行銷人員告訴我那正是排隊要我簽名的讀者時，我還覺得他們一定是在安慰我。後來我走進簽名會場，坐在長桌前腰痠背痛地簽了二個多小時的名，又握過數百隻熱情的手，對著閃得我快瞎掉的鎂光燈親切地微笑上千次之後，我才開始漸漸相信——

我似乎莫名其妙地比從前更紅，人氣也更旺了。

輪到她時，我其實已經簽名簽得有點累了。她就在簽名隊伍的盡頭。像一個普通得再普通不過的讀者一樣，穿著幾近沒有剪裁的白色的連身裙——如果不是那頂鴨舌帽，我會聯想到教會的修女。她把書翻開到扉頁，遞到我的面前來。我注意到扉頁裡面夾著一張紙條，我拿起紙條唸：

「王郁萍。」

「你可以在書上簽上我的名字嗎？」

「當然。」我抬頭看了她一眼，然後開始簽名。

她戴著那頂鴨舌帽，看不見底下的頭髮，我直覺看過她，但一時之間卻又想不起來是在哪裡見過。

簽完名，我闔上書本還她，還跟她握了握手。

「俞先生，我有一些問題，不知道可不可以請教你？」

「請說。」我看了看錶，應該還有時間回答簡短的問題。

「我真的很佩服你能寫那麼好，你知道，我自己也寫作，可是我就是沒有辦法像你那樣……我也不知道該怎麼說，我有很多寫作的問題，真的想當面請教你。我們可以約個時間，單獨見個面嗎？」

從她上半身口袋露出來的半截白色手帕，讓我想起了她是誰。

「我最近出版新書，」我露出為難的表情，「妳知道有很多宣傳的行程，我真的很忙。」

「真的不會耽誤你太多時間。」

「對不起，我真的很忙。」

我站起來，往前走了兩步。她急急忙忙從後頭追上來，用幾近哀求的口氣說：

「我知道你很忙，可是我病得很嚴重了，這應該是我人生最後的願望了，請你一定要幫我。」

「妳怎麼了？」現場還徘徊著一些尚未完全散去的人群。我知道如果我毅然決然走開，一定會被當成類似棄病危的人於不顧的無恥行徑。

「我得了肺癌。末期肺癌。」她把鴨舌帽脫下來，露出一個大光頭，「我做過化學治療，但沒有什麼用，現在改吃艾瑞莎。」

「吃什麼？」老實說，我被她的光頭嚇了一跳。

「艾瑞莎，Irresa。最後一線的化學治療藥物，已過世的政治家陳定南先生、舞蹈家羅曼菲小姐，還有蔣經國夫人蔣方良都吃過這個藥，我吃這個藥只是拖延時間……」

我本來打算繼續往前走，可是聽她這樣一說，不得不停了下來。

「妳剛才說妳最後的願望，是什麼？」

「我想透過寫作讓人們明白生命的價值。」聽得出來她的聲音在顫抖。

「聽起來是很了不起的願望喔。」

「本來我也不敢有這個夢想，是你鼓舞了我。是你說過你相信真理的……我只是一個微不足道的人，」她又開始哭起來了，「而你，一直是我最仰慕的作家……」

「別這麼說。」

「我不像侖先生一樣，是那麼有才華的作家，我自己心裡很明白。要不是我的主治醫師鼓勵我寫作，我也不會有這種勇氣。本來我只是隨手塗鴉，一點把握也沒有。是他鼓勵我把作品發表出來的。可是我一定要來跟你認罪，我真的很對不起你，對不起……」

她作勢要跪下來，我趕緊去扶她。她又拿出「我」的手帕擦眼淚，不過一波接著一波的淚水不斷湧上來。

「別這樣說，妳怎麼會對不起我呢？妳不要哭。」

「我把我的稿子投到很多地方，可是都被退稿。後來我就決定把稿子po在專門讓網路寫手po文的網站上。我真的很對不起你……」

「發表在網站上很好啊。」

「可是我要把稿子po上去之前，忽然想，如果我可以借用你的名字發表，一定會發揮更大的影響力，所以……真的很對不起，對不起。」她用顫抖的聲音說：「我完全沒有想到，你竟那麼大方地就把我的文章**收錄在你的新書裡面**。你不知道，當我看到新書的書名時有多激動。我真的只是一個很微不足道的人，本來我也不敢有這個夢想，是你鼓舞了我……」

說著她又激動地哭了起來。我不知道該怎麼形容聽到這個消息時的感覺，總之，我愣了幾秒鐘，腦中一片空白。緊隨著那幾秒空白之後，連我都開始有一股想哭的感覺，我不知道應該安撫她，還是安撫自己才好。

「我知道這樣的要求可能很過分，可是我希望你能夠安排個時間和我**單獨見面**，我真的有很多問題想當面請教你……」

儘管我的心裡閃過成千上萬個不願意，可是在注意到幾個收拾場地的工作人員不約而同把目光投到這裡來之後，我理解到繼續和她在這裡討價還價，是非常危險，也非常不合適的行為。

「好啊，等一下五點鐘左右我應該有時間，」我盤算了一下，那時候我應該可以擺脫所有的工作人員，「屆時我們可以在對面的咖啡店見面，妳介意先去那裡等一下嗎？」

「你會單獨來嗎？」她擦乾眼淚，點點頭。

我認真地想了一下說：

「會。」

她就這樣盯著我看，像部寓意深遠的電影經過千曲萬折終於看到結尾似的，笑了起來。

2

我趁著到咖啡店之前的空檔撥電話給小邵。本來我心想如果有個對象可以談談，或許有助於鎮定我的情緒。不過當我把情況大致說明過一遍之後，我們兩人立刻在電話中互相責怪起來。我抱怨當初可是他滿口說什麼故事還滿好看的，結論也很正面，很適合當國中教材。他則反唇相譏說要不是我沒頭沒腦地答應汪總裁把它收錄到新書裡也不會發生這種事。我聽了更是火大，激動地質問到底是誰在半夜把我吵醒，安排我去吃這頓該死的早餐的？

「好了，不要激動，」小邵說：「我們現在最需要的是冷靜。」

「我就是為了冷靜才打這通電話的啊。」我提高了聲音。

沉默了一會兒之後，小邵說：

「別急。我們一件一件來。她說你大方地把她的文章收錄在新書裡，你確定她指的就是〈靈魂的擁抱〉這篇？」

「當然。否則她怎麼會說，當她看到書名時多激動，又多激動。」

「你覺得她手上有沒有任何證據，可以證明〈靈魂的擁抱〉是她寫的？」

「你明明知道那篇文章不是我寫的。她哪需要什麼證據？」

「她當然需要證據啊。這篇文章一開始就以你的名字發表。就算她打算到處嚷嚷是她寫的，你想，誰會相信她的話？所以我建議你最好先弄清楚這個。如果她手上真的什麼證據都沒有，你也就真的什麼都不用擔心了。」

「好，等一下我會弄清楚這個。」冷靜，我現在總算可以感受到一點點了。像冬日的清晨，穿透濕冷的濃霧，無聲無息映進窗戶裡來的一絲絲陽光。

「你剛剛說她提到她是末期肺癌病患……」

「上次在電視台你也見過的。我不知道她說的是真的還是假的，不過她的確是有個大光頭，還說有個鼓勵她寫作的主治醫師，說她目前在吃一種叫艾麗絲還是伊麗莎的藥。」

「好，你先問她的主治醫師，還有藥名都問清楚，寫下來。將來，萬一她手上真握有什麼證據的話，我可以找人去查查她說的末期肺癌到底是怎麼一回事。」

「嗯。」我知道小邵在想什麼。一場比賽還沒開始前，如果死神就已經站在你這邊，勝算當然大很多。

「你要我陪你去咖啡店嗎？」

「她說她想跟我單獨談。」

3

我一走進咖啡店就看到她了。她就坐在靠窗的小桌前，對著我招手。我走了過去，有點不自在地在她面前坐了下來。等服務生過來點完了飲料離開後，她對我說：

「到現在我都還不敢相信這是真的，天啊！我好像在做夢。」

她從國中開始閱讀我的書。她覺得我是啟發她思想很重要的作家。她最喜歡我的散文，覺得比起小說，我的散文更能用平實的筆法，一針見血地指出別人沒有察覺到的事情。

「讀完你的散文，我會有一種熱愛生命，想要擁抱這個世界的渴望。」

「所以妳才寫那篇〈靈魂的擁抱〉？」

「對啊，人是孤獨的動物，明明需要溫暖，可是不曉得為什麼，卻又害怕彼此擁抱。」接著她開始興奮地說著關於〈靈魂的擁抱〉背後的製作過程。她的確在住院時看過一個得癌症的老爸爸，整天坐在床前用毛筆寫信。王郁萍只見過他的兒子來看他一次。那封寫給友人的信是有次她陪老爸爸到醫院樓下郵局寄信時，老爸爸透露的。故事裡面的主角——兒子最後有沒有受到感動她不知道，但抱著屍體痛哭的部分的確是她自己想像出來的。

「我想像自己變成了屍體，有人抱著我，省悟到人生的真諦。一想到這個，我就一直流淚，流個不停。」

服務生送來了一杯咖啡、一杯熱可可，打斷了她的敘述。我一點也沒有被這個精采的製作過程感動，那本來是一個還算不錯的真實故事，可是經過她擅作主張的剪輯、改造、添加之後，變成了另一種說教意味濃厚的道德教訓。

我接過了咖啡，喝了一口問：

「妳說妳的主治醫師鼓勵妳寫作，他讀妳的作品嗎？」

「我想他沒有時間讀。他們醫師都是這樣，他們只是鼓勵你而已。」

「這篇文章發表之前，妳給別人看過嗎？」

她咬著上唇，想了一下說：「就我記得應該沒有。」很好，我心裡想著。

「對了，」我又問：「妳有留底稿的習慣嗎？」

「喔，我才只是初學者，談不上什麼習慣不習慣的，」她不好意思地笑了笑，臉都紅了，「對了，提到底稿，我曾經投稿過，可惜都被退稿了。他們不像你，他們不懂得欣賞有價值的東西。」

「妳投稿過哪裡？」

「我投稿過《皇冠雜誌》，還有《台北日報》的副刊。那是我心目中文學地位最崇高的報章雜誌。」

「妳用自己的名字投稿？」

「是啊。」

「什麼時候的事？」

「七、八個月以前吧，四月中旬左右。我記得很清楚，我剛做完第四次化療時。」也就是文章被po在網站之前。我心裡想。

「他們把稿子退還給妳？」

她搖搖頭，「他們只寫了一封退稿信給我。還說如果我要稿件的話，我可以附回郵信封去跟他們要。」

一陣涼意爬上了我的背脊，**小邵說的證據的確存在**。

「妳附回郵信封了嗎？」

「我那時候想，我的電腦還有存檔啊。」

「說得也是。對了，」我很心虛地笑了笑，「妳不是說有一些寫作上的問題要問我嗎？」

「噢，對。」她又深吸了一口氣，很用力地吐出來。

她從皮包拿出筆記簿，翻開，接著在筆記簿鄭重地寫下時間日期，然後開始問起一些我在演講時常被觀眾問到的問題。諸如寫作需要讀很多書嗎？需不需要有天分？寫作技巧很重要嗎？如何養成這些寫作技巧？或者寫作對我而言最困難的事情是什麼？這些被問過至少上百次，也回答過上百次的答案，基本上我已經熟悉到可倒背如流，因此我並沒有很認真地回答她。我一直在想著底稿的事情。她像個認真上課的學生一樣聽我說話，偶爾也停下來做筆記。儘管乍看之下一切都很平常，可是我就是覺得有什麼事情不太對勁。

那種不太對勁來自她聆聽的時候，很容易就掉進一種恍神狀態，雖然只有短短的幾秒鐘，笑容仍然還維持著，但你可以清楚地感受到，原來對著你笑的靈魂，隱退到軀體深處，消失了。我甚至懷疑，我現在正在胡說八道的事情，她根本一點也不在乎，我們彼此心知肚明。我甚至有種衝動，想開門見山把所有的假面具扯下來，直截了當地問她：「妳到底想怎麼樣？」可是這樣想著時，我貪婪地又存著一絲的希望，如果她沒有我想像的那麼聰明，只要我不動聲色，也許還是有機會解除危機的。

我們就這樣東扯西扯，直到快六點鐘時，她說：「對不起，雖然我還有很多問題，可是時間到了，我得吃藥了。」她從皮包裡面拿出藥，撕開了錫箔紙包裝，拿起水杯。

就在她準備喝水時，不小心把水打翻了。

「對不起，真的對不起，」她說：「都怪我太緊張了。」水濺在桌面，也濺在她的衣服上。我連忙起身，拿起餐巾紙幫忙擦拭桌面。

「別這樣，我來就好。」她起身，拿起紙巾忙著也擦拭桌面，擦了一會兒，發現自己的衣服也濕了。她說：「對不起，我得去洗手間一趟。」她往廁所的方向走了幾步，忽然回過頭問我：「你不會先離開吧？」

「當然不會。」

我趁著她上洗手間的時間，快速地抄下了藥品的名稱。她的皮包就放在椅子上。我忍不住誘惑，坐過去她的位置，查看她的皮包。那是一個仿冒的土黃色凱莉包，樣式和質感就和我們能在路邊攤買到的沒有什麼兩樣。我快速地打開皮包，發現裡面瑣瑣碎碎地裝了口紅、手機、藥，以及裝了捷運卡、健保卡、信用卡、零錢的皮夾。為了取得她的手機號碼，我用她的手機撥號給我自己。不久，我的手機響了起來，我在確認螢幕上留下了她的號碼之後，掛斷手機。皮包裡面還有一些剪報資料以及寫在稿紙上的手稿，那是關於我這次新書出版的所有報導，以及訪談、行程剪報，其中很多甚至我自己都還沒有看過，內容之詳細，只能說歎為觀止。

她從洗手間回來時，我已經做完該做的一切，坐回自己的座位上，若無其事地喝著咖啡了。桌面已經擦拭乾淨了，服務生還為我們擺設了新的餐巾紙。

「我很高興你沒有離開。」

「我答應過妳的，」我看看錶，「不過，等一下我的確還有一個訪問的行程，我得離開了。」

「當然，我已經耽誤你太多時間了。」她從皮包裡拿出那份手稿說：「我剛剛想起了我還有一些塗鴉，跟書上那一篇有點類似。我知道寫得一定很不成熟，你可不可以幫我看一看，給我一點批評和指教？」

「批評和指教？」我接過了稿件，看了一眼，一篇名為〈高貴的靈魂〉的稿子。

「你知道，這對我是很重要的。我花了很多時間，才寫下這篇〈高貴的靈魂〉，你是我最崇拜的作家……如果你可以給我批評、指教，或者你能替我修改……」

「這是〈靈魂的擁抱〉的續篇？」

我那樣問她似乎很高興。可是她仍然沉默了一下，才又問：

「我的要求會不會太過分了？」

「不會，完全不會。」我說：「我會找時間，把妳寫的東西好好拜讀的。」

「你願意幫我修改嗎？」

「好啊。」我說。反正我也沒有別的選擇。

她拿出一張名片給我，然後說：「你會主動聯絡我嗎？」

「當然。」我瞥了一眼名片上的電話，似乎就是剛剛留在我的手機上那支電話。

「如果我想聯絡你呢？」她忽然說。

「聯絡我？」

「是啊，我是說萬一。」

「萬一？」

「我是說，萬一有什麼緊急狀況的話……」

「緊急狀況……喔，當然，萬一有什麼緊急狀況的話，」我拿出筆，在餐巾紙上寫下了一個電話號碼，「妳可以用這個電話聯絡我的經紀人。我想，他應該找得到我。」

我把餐巾紙交給她，忽然想起其實這個電話她也已經有了。

「所以，」我又看了看錶，「我恐怕得走了。」

「我可以和你拍照留念嗎？」

「當然，」我說：「妳有相機嗎？」

「我的手機可以照相啊，一百三十萬畫素，應該夠了吧……」

就在她拿出手機在鍵盤上按來按去時，我忽然想起還沒問她醫院以及主治醫師的姓名。於是我開口問她。她也毫不猶豫地立刻回答我。我很快找到另一張餐巾紙，把醫院以及主治醫師的名字寫下來。

「妳的文章收錄在我的書裡面的事情，」我遲疑了一下，鼓起勇氣問：「妳會告訴妳的主治醫師嗎？」

她和我並肩站在一起，拿著手機，伸長了手，把鏡頭對準自己。

「我怎麼可能告訴他？」按下快門之後，她對我笑了笑，然後說：「這樣會傷害到你吧？」

4

隔天，我和小邵決定分頭去找那兩份底稿。我負責跑《台北日報》副刊，小邵則負責《皇冠雜誌》。我打了幾個電話，很快就弄清楚退稿存檔在報社的收發室，一年之內投稿人可以去那裡取回。因此，一大早當我站在報社收發室時，其實我還滿高興的——副刊的上班時間是晚上，至少這個時候我不會碰到熟識的人，被迫扯一些為什麼會站在這裡的理由。或許也正因為這樣，當收發室的老伯問我基本資料時，我就理直氣壯地告訴他我叫王郁萍，來拿回四月份的退稿。

「王郁萍。四月份？」收發處的老伯拿下厚重的老花眼鏡，翻開登錄簿，開始查閱登錄本，「你有身分證明嗎？」

我拿出王郁萍給我的名片。「我忘了帶身分證，不過這是我的名片。」

「王郁萍。」他接過名片，瞇著眼睛，又唸了一次名字，用右手食指指著登錄簿，唸唸有詞地逐行逐行搜尋。「奇怪了，」找完了四月份的登錄，他重找了一次，再用食指沾口水，翻了一頁，同樣的動作在五月份的名單又再做一次。「啊哈！051046。應該是五月份才對嘛，你怎麼說是四月份呢？」

老伯戴上眼鏡，轉身打開身後的櫃子，一邊在信封堆中翻找，一邊碎碎唸。

「我真搞不懂，你們年輕人什麼事不好做，寫作幹什麼呢？浪費時間寫好了，浪費郵票寄過來，然後又浪費時間再來拿回去。這些東西寫一篇少說得花個幾天吧，你看，這一櫃子的稿子就浪費了多少年？年輕人，聽我一句話，在這裡出出入入的作家我看太多了，沒有誰有什麼好下場。你有這種美國時間，拿去做麵包、做裁縫、蓋房子，隨便做什麼都好，幹嘛想不開當什麼作家呢？」他充滿敵意地批評了寫作這個行業老半天，總算從櫃子裡找出橡皮圈綑著的一大落信封，轉身拿到櫃台前面來，解開橡皮圈，搖著頭數信封上的流水編號，「051031，1032，1033……」

我拾起一封掉在地上的退稿信封，瞥了一眼外露的稿件，看到稿件蓋著附有審閱日期的副刊審閱章。

「這封掉在地上了。」我把信件還給老伯。

「奇怪了，」老伯伯再度檢查了手上的信件一次，等確定沒有我要找的稿件之後，又戴上眼鏡，回去查閱原來的登錄簿，沒多久他像發現了什麼祕密似的說：「乖乖隆地咚，051046不是昨天一大早就被領走了嗎？」

「誰領走的？」我問。

「王——郁——萍。」老伯伯指著登錄簿上的領取人簽字問：「咦，這個人不就是你自己嗎？」

我猜想我臉上的表情應該是一陣錯愕，不過我極力鎮定。幸好就在這個時候手機響了。我一接起電話，就發現收訊有問題，不過時機來得正好，反正我正打算要閃人。我靈機一動，邊走邊退，還故意大聲地說：「喂，喂。」直到我走出報社大樓門口，都還看見櫃台的老伯用狐疑的眼光盯著我瞧。

眼前忽然變成白花花一片，射進眼睛的陽光逼得我不得不抬起另一隻手來遮擋。同一時間，小邵氣急敗壞的聲音從手機裡傳來。

「現在可好了，」他說：「你那個大粉絲，竟然昨天一早就把底稿從皇冠雜誌社領走了。」

第六章

那種想要融入她的生活裡的慾望把他從崩潰的邊緣拉回來，

重新燃起了他的生命的熱情。

他忽然迫切地想瞭解她的一切，

甚於過去十倍、百倍、千倍、萬倍。

1

彭立中從維修廠商那裡取回手機時，手其實是有點微微發抖的，可是維修人員一點也沒有注意到，他只是抱歉地說：

「最近小型面板缺貨，所以比較貴。」

儘管彭立中付的費用都可以買新手機了，可是他還是很高興。

「沒關係，」他說：「我喜歡這個款式的手機。而且裡面還有許多資料……」

那是一支內建微軟視窗程式的PDA手機，粉紅色的機型。彭立中還很清楚地記得，幾天前晚上宋菁穎把這支手機擲向他的樣子。他被那個景象震懾住了——車燈映照得宋菁穎完美無瑕，雨水落在她的臉上、髮際，閃動著無限璀璨，當她用只屬於他一個人的全心全意，把手機擲向他的車窗時——他的所有魂魄，被那個「絕美」的景象震懾住了。彭立中並不是一個輕言退讓的人，可是那是一種超越他生命經驗的神聖——是那種「絕美」的經驗感動了他，讓他願意低頭、讓步、後退。

他把汽車後退十公尺。直到宋菁穎頭也不回走回汽車裡，把汽車開走，他還沒有從那個震懾的經驗裡恢復過來。那支手機就躺在前方的馬路上，被雨淋著。潮濕的路面反射著路燈，映在手機上，閃動著暗紅的冷光。彭立中打開車門，走到手機前，全身顫抖地跪了下來，拾起地面上的手機，把它捧到臉上，激動地聞著、嗅著。雨水不斷地打在他的臉上，沖走不停流下來的淚水。他彷彿可以聞到宋菁穎的氣味，而她就在他的懷抱裡。那時候，他領悟到，少了宋菁穎，他的生命只是無盡的黑暗，沒有光。因此，當他在雨中跪下來時，他完全明白，不管發生了什麼，只要繼續擁有希望，哪怕只是一絲絲微不足道的光，他都願意付出任何代價。

哪怕是任何的代價。

在那之前，當宋菁穎說出：「我不可能和你有什麼結果的！永遠沒有任何結果，你懂不懂？」時，他以為他的生命要崩潰了。可是手機卻燃起了他新的希望，給他帶來空前的激勵和靈感。

他曾經送給她花，送給她報導，可是她從來沒有回報。他發現他可以把這個手機當成是她回報他的第一個禮物——不管她選擇了多麼激烈的方式。激烈又如何呢？畢竟他們在一起度過了一個不可思議的晚上，很多老夫老妻不也吵吵鬧鬧過了一輩子嗎？更何況，他還擁有了她的禮物，而且是那麼私密的禮物，不是嗎？

雖然通訊功能還完整，可是手機的液晶螢幕卻摔壞了。愈是因為看不見，愈發撩動彭立中想要窺視的慾望。ＰＤＡ手機裡面一定有她的朋友、她的行事曆、她的簡訊，甚至是她的e-mail。她都有什麼行程呢？她都跟什麼人聯絡呢？他們彼此又講什麼話，傳遞什麼訊息呢？

那種想要融入她的生活裡的慾望把他從崩潰的邊緣拉回來，重新燃起了他的生命的熱情。他忽然迫切地想瞭解她的一切，甚於過去十倍、百倍、千倍、萬倍。他相信，如果只是想辦法讓自己成為宋菁穎生活中的一部分是不夠的。宋菁穎的一切，她的生活、行程、親人、朋友，也必須成為彭立中生活裡的一部分，這樣他們才能彼此連結。他願意為了這個付出任何代價。而他也相信，總有一天，她會明白，這個世界上，再不可能有人像他這麼瞭解她，不可能有人像他這麼真心地在乎她。

因此，當他坐進已經換過車窗的採訪車裡，開啟已修復的手機時，他簡直完全控制不住發抖的雙手。螢幕上很快跳出微軟視窗的開機畫面，彭立中深吸了一口氣。不久，畫面顯示出所有人：宋菁穎，宋菁穎的電話號碼，以及四個空格，要求輸入數字密碼。

密碼？他試著輸入１２３４，畫面上立刻一陣震動，跳出來訊息框，寫著：輸入的密碼不正確，請重新輸入。彭立中又重新輸入幾個隨機的數字，可是統統不得其門而入。

有沒有可能是生日呢？宋菁穎的生日又是哪一天呢？

這麼簡單的問題一點也難不住他，他的工作就是包打聽。彭立中想起了高中同學小許。小許就在公司的人事部門上班。於是他拿出自己的手機，撥電話回電視公司，轉接到人事部，很快接通了小許。小許很好對付，一個想為宋菁穎慶生的簡單謊言以及二張電影票就解決了問題。

「十二月二十三日。」小許打了幾個電腦鍵之後。

彭立中再三道謝之後掛斷電話。他把１２２３四個數字輸進密碼的空格裡。

賓果。彭立中不自覺露出了微笑。很快，畫面一陣變換，出現了電話鍵盤，訊息顯示著原來的ＳＩＭ卡已經被取消了。彭立中跳過了這個畫面，window mobile的首頁立刻出現在螢幕上。現在行事曆、通訊錄上所有的資料都是他的了。

他迫不及待趕回家裡，利用同步程式把手機裡的資料轉移到電腦，並且列印出來。彭立中飢渴地閱讀著那些資料，不眠不休地埋首在那些資料之間，不斷地畫線、註解，彷彿那些是最甘美的食物，而他已經餓了一世紀似的。

從行事曆上看來，宋菁穎的生活大致上規律、單純。除了週四外，週一到週五的時間，她下午進公司，要到播完晚間新聞之後才離開公司。週四晚上則是她的廣播時間，新聞播報結束後，她會開車到廣播電台的錄音室去。

這些是彭立中之前都已經知道了的固定行事曆。

彭立中不知道的行事曆是，宋菁穎每週三上午會到語言中心進修三個小時的法文課。此外，每個二、四、六早上她會定期到忠孝東路附近的健身中心報到，應該是跳韻律舞吧？通常她會在那裡待一、二個小時。彭立中想，她的內心應該是一個很愛美，又想把自己不時弄得漂漂亮亮的女孩子吧？

法文。美麗的身材。

彭立中想像清晨在巴黎瑪黑區的一家陽台開滿花朵的旅館，彭立中睡眼惺忪地被宋菁穎吻醒。宋菁穎喜孜孜地端來早餐，用法文對他道早安，還說了好多他不明白的法文。她在他面前毫不怯澀地更衣，還問他的意見……

他還想像宋菁穎穿著緊身的韻律裝在韻律教室裡揮汗跳著舞的樣子。他只看過她穿著正式套裝的樣子，從來沒有想像過她穿著韻律裝的模樣，她在有氧階梯上踩上、踩下，她伸手、扭腰，擺動骨盆以及臀部。她還側躺下來，微笑地看著他，側舉大腿……

彭立中走到陽台前，點燃了一根煙，抽了起來。他試著讓自己平靜，可是愈想只是心情愈覺得挫折，愈變得激動。她是這麼美麗，可是又這麼遙不可及……就在情緒不斷膨脹，就要爆裂時，他猛力地拿著香煙頭往自己的手臂戳，發出「吱」的聲音，一陣肉類烤焦的味道散發出來。

彭立中感受一股劇烈的疼痛，可是他眉頭皺也不皺一下。還不到崩潰的時刻。他不時提醒自己。

冷靜。他走回電腦前坐下來。他告訴自己，必須冷靜。

十二月二十三日，就是這個禮拜四了。她有沒有開生日派對呢？彭立中打開當日的行程，發現並沒有什麼慶生的派對，只有固定的廣播行程，以及欄位裡一個紅色的m字。彭立中注意到從二十三日到二十九日的欄位，都有這個m字。

m？是個特別的派對或聚會嗎？

他開啟月份行事曆檢視了一下，很快發現每個月份不約而同都有七天的時間被標定了m字。不可能是個派對。他注意到，在一組m與另一組m之間相隔的距離相差二十八天。

她的月經週期（menstration）！

一陣熱血湧上他的腦袋。現在連她的月經週期他也知道了。

那種私密的細節讓他感受一種說不出來的興奮。他忽然覺得很自豪，這個世界上，有誰像他這樣呢？擁有她的生活，擁有她這麼私密的細節……

專注。彭立中撫了撫手上的香煙燙傷的傷口，告訴自己。

他必須專注。比現在還要更專注。

他把最近幾個月的行程表叫出來，繼續一一檢視。除了偶爾看晚場的電影，或者週六、日和朋友聚餐、逛書店、買東西之外，宋菁穎似乎沒有其他什麼特別的行程了。值得一提的是宋菁穎預定在這個禮拜六中午，也就是生日之後「回苗栗」。過去一年間，宋菁穎一共「回苗栗」七次。平均大約一、二個月回家一次。每次都是週六下午走，星期天晚上回來。如果沒弄錯的話，宋菁穎的父母親應該住在苗栗才對。

彭立中找出聯絡人名單，苗栗的區域號碼是０３７，搜尋的結果一共只有二個人的電話是０３７開頭，一個寫著：父親。另外一個則是：母親。兩個人的電話是一模一樣的。

彭立反覆看著那個電話號碼，他想，弄清楚了這麼多事情，總該做點什麼吧……他忽然靈機一動，拿自己的手機，撥了宋菁穎聯絡人名單上面「母親」的號碼。不久，宋媽媽接起了電話。

「喂，是宋媽媽嗎？我是宋菁穎的同事，我叫彭立中。我是電視台的記者。」

「彭立中，我好像在晚間新聞裡看過你的名字，」老太太說：「可是菁穎現在不在家。」

「我知道菁穎要禮拜六才回苗栗。所以我打電話不是找她，我是特別找妳的。」

「找我？」老太太有點受寵若驚。

「是這樣的，菁穎的生日快到了，我們這些好朋友開了一個派對，想給她一個驚喜，這個驚喜需要你們的幫忙。所以我想親自過去拜訪你們。」

「你現在要來苗栗？」

「這麼突然好像有點冒昧，」彭立中說：「不曉得方不方便？」

「哪有什麼方不方便？」宋媽媽笑呵呵地說：「我們老人家成天沒事幹，既然你是菁穎的朋友，我們歡迎都來不及。」

「不過，因為要給菁穎一個驚喜，所以，這件事情可不可以請宋媽媽暫時保密？」

「當然可以。」

「我大約一個多小時就會到苗栗。現在，」彭立中說：「宋媽媽可以告訴我妳家裡的住址嗎？」

2

彭立中來到宋媽媽位在苗栗市區的家是二個小時之後的事情了。

那是一棟透天厝，一樓宋菁穎的父親還經營著雜貨店，全家就住在樓上。彭立中找了一個離職的攝影記者，請他想辦法弄來一台Beta Cam 攝影機和錄影帶。他還隨身攜帶了錄音用的ＭＤ。

老先生、老太太熱情地招待他們，和他們一起翻閱菁穎過去的畢業紀念冊、相簿，並且回憶往事。宋菁穎國中和高中時臉比較圓，留著清湯掛麵的頭髮。她從國中時代就開始參加演講、朗讀和辯論比賽了，高中時代她還曾經參加學校儀隊，出國比賽過。或許是拜跳韻律舞之賜，現在的宋菁穎顯得比那時候更纖瘦，性感有型。

老先生和老太太愈講興致愈高。記者扛著攝影機到他們家來採訪宋菁穎小時候的事情，讓老先生老太太想起王建民，或者是李安。當他們為國爭光時，記者都爭相採訪他們的父母親。問他們有什麼感覺？是如何教養的，養出這麼有成就的小孩？沒有什麼比那個更令人羨慕的事情了。

據老先生表示，宋菁穎從小就是孩子王。她從小愛打抱不平。國小一年級的時候，班上一個小女生被五年級的男同學欺負了，她利用下課時間，帶著一群一年級的女孩子，到五年級的班上去找那個「大哥哥」興師問罪……

彭立中按下了ＭＤ錄音機的錄音鍵，請老先生老太太為宋菁穎的生日說幾句祝福的話。老先生推給老太太，老太太又推給老先生，最後是由老太太代表說話。

「可不可以用客家話說？」老太太問。

「當然。」

「菁穎，今天是妳的生日，他們要爸爸媽媽說些祝福的話，給妳一個驚喜。媽媽和爸爸好像從來沒有跟妳說過生日快樂，可是我們每天都會看妳播報新聞。我們從沒想過有一天妳能夠在電視裡播報新聞，更沒想到妳已經長這麼大了……我和爸爸要跟妳說，生日快樂。」她把麥克風挪給老先生，「換你說。」老先生也說生日快樂，老太太又把麥克風拿回來，她說：「生日快樂。爸爸和我都為妳感到驕傲。」

說完了祝福的話，老太太吐了吐舌頭，問：「這樣可以嗎？」

「當然可以，講得很好。」彭立中說：「對了，剛剛提到國中時對菁穎影響很大的那個老師，她還住苗栗嗎？」

「她就住附近。」

3

宋菁穎對自己的生日向來是很低調的。她覺得時間是連續不斷的過程，所謂生日或者紀念日，不過是一種人為的劃分。

因此，儘管今天是她的生日，她打算讓生日就如同平常任何一天。如同平常一樣的時間進辦公室，閱讀、整理新聞資料，如同平常一樣的上妝，準備開編輯會議，進攝影棚，播報新聞。

只有曹心瑩對她說了「生日快樂」。那是唯一不同的事情。其他就沒有什麼值得一提的了。編輯會議之前，她接到了地下室停車場的通知，因為某個整修工程進行的緣故，請她暫時移開汽車。

「可是我等一下必須開會。」

「我知道，但是現在工程要進行，我怕損害到妳的汽車，」管理員說：「妳可以派助理下來移車啊，再不然我找個人上去，妳把汽車鑰匙交給他，我來幫妳移車。只要半個小時。工程好了，我會把汽車停回去的。」

宋菁穎沒有什麼助理。她本來想自己跑下去一趟，可是時間太趕了。再說，今天是她生理期的第一天，她也不想這樣跑上跑下的。宋菁穎看了一眼電話螢幕。那是來自號碼２１９的內線電話。２１９應該是地下二樓的分機沒有錯。

「好吧，」她說：「你派個人上來跟我的執行製作拿鑰匙。」

宋菁穎把汽車鑰匙交給執行製作，沒再管這件事情。一切都像個平常得不能再平常的任何一天。宋菁穎開編輯會議，進攝影棚，播報晚間新聞。等她播完晚間新聞，汽車鑰匙已經被還回來，安放在她的辦公桌前了。

宋菁穎匆匆忙忙卸妝，急著趕到廣播電台錄音。今天她將訪問一個為了觀察猿猴生態，以最原始的方式在荒野生活了二年的自然生態觀察作家。

自從那天對彭立中砸手機之後，她過了一段安靜的日子。她沒再回去找那支舊手機。她想，就算找到了，恐怕也摔壞了。何況，她也差不多想換手機了。儘管換新手機，掛失，申請新的晶片花了她不少錢。不過如果可以從此擺脫彭立中，她覺得倒也十分划算。她買了一台同樣內建微軟視窗程式的新款手機，同步程式很容易就可以把她原來儲存在電腦裡面的備份資料轉移過來。

一切就如同平常的任何一天一樣。

她甚至不自覺地哼著歌。今天是她的生日，她要訪問一個有趣的人。她覺得整個社會應該多聽見這種用熱情去實踐理想的故事才對，而不是像剛才她所播報的大部分新聞，或者是像彭立中之類的這些人，這些鳥事。

宋菁穎提著皮包走進地下停車場，打開車門。她在門前停頓了一會兒，說不上來為什麼，她就是直覺那個停頓像是個分水嶺似的，事情將變得不太相同。

她坐進車內，更確定了她的直覺。首先，她發現駕駛側座被放了一大包精美包裝的金莎巧克力。還有一張寫著「菁穎生日快樂」的ＤＶＤ光碟。一看到這個，她立刻恍然大悟，剛剛晚間新聞之前的鑰匙、以及移車應該是為了這個驚喜。

會是誰送的禮物呢？她把禮物拿起來，查看座位，甚至是座位底下，沒有任何名片，也沒有任何署名。她打開了巧克力的包裝，也沒有任何送禮者的訊息。

她發動了汽車，汽車上的音響同時也開啟了。平時她的音響是設定在廣播頻道的，可是這時已經變成了ＣＤ播放。螢幕上顯示著Disc 1-1。

情況有點奇怪，可是宋菁穎還是把汽車開出了停車場。她聽見ＣＤ在唱盤裡轉動，喇叭裡傳來沙沙沙的聲音。過了不到十秒鐘，出現了媽媽的聲音，用客家話說：

「菁穎，今天是妳的生日，他們要爸爸媽媽說些祝福的話，給妳一個驚喜。媽媽和爸爸好像從來沒有跟妳說過生日快樂，可是我們每天都會看妳播報新聞。我們從沒想過有一天妳能夠在電視裡播報新聞，更沒想到妳已經長這麼大了……我和爸爸要跟妳說，生日快樂。換你說。」接著是爸爸的聲音，「生日快樂。」媽媽的聲音，「生日快樂。爸爸和我都為妳感到驕傲……」

的確是很大的驚喜。宋菁穎一邊開車，一邊露出了微笑。在爸爸媽媽之後，是國中尤老師的祝福。然後是高中死黨安秀。

那的確是一張很用心的CD。宋菁穎心裡想。可是她的快樂並沒有持續很久。在安秀之後，出現了一些不相干的人。

「我是趙孟爾，祝宋菁穎生日快樂！」

「我是鐘適一，祝宋菁穎生日快樂！」

……

他們都是採訪部門的記者。像是在生日卡片上簽名似的，一個接著一個，用聲音簽滿了整張CD。

持續了十幾個記者的祝福之後，是一個男生的聲音做總結，他說：

「這些都是很愛宋菁穎的人，要祝福她生日快樂。最後，由我來獻唱一首歌曲，代表我們所有人的心意。」

簡單的吉他前奏。然後那個男生的聲音開始唱：

特別的愛　給特別的你
我的寂寞　逃不過你的眼睛
特別的愛　給特別的你
你讓我越來越不相信自己……（詞：陳家麗　曲：伍思凱）

宋菁穎覺得一陣噁心，她認出來那是彭立中的聲音。就在這個時候，電話響了。宋菁穎從皮包掏出新手機，按了通話鍵，拿到耳邊。

「喂。」

「還喜歡我們送妳的生日禮物嗎？」是彭立中的聲音。

「你把東西拿回去！」

「別這樣嘛。送妳巧克力是有特別意義的……」

「你把東西統統拿回去！」宋菁穎開始大叫。

「妳知道有篇醫療報導曾經說在生理期間，吃巧克力會減緩不舒服的感覺……」

宋菁穎猛踩煞車，驚嚇得把手機用力丟出去，彷彿那是個會咬人的怪物似的。手機被丟在駕駛側座，可是仍然發出聲音：

「菁穎，別這樣，我們真心的祝妳生日快樂。菁穎，生日快樂，生日快樂……」

汽車車廂有限的空間裡，喇叭還在播放著剛剛那首歌曲：

特別的愛　給特別的你

我的寂寞　逃不過你的眼睛……

宋菁穎終於受不了這一切，瘋狂地尖叫了起來。

第七章

如果不是你，我不可能陷入這種瘋狂與焦慮裡。

如果不是你，我不會感受到被利劍戳穿的那種快感。

已經很久不曾這樣了，當我舔舐著自身流出來的血液時，

那是唯一的甘美。

1

那是週五的下午。一聽到我修改王郁萍的稿子全無進度，小邵立刻著急地表示要過來我的住處坐陣。才掛斷電話半個小時不到，果然他就出現了。

「拜託你好不好？你不知道你隨口答應你的超級大粉絲一句話，結果人家整天追著我要你改過的稿子。」小邵學著王郁萍那種有氣無力的聲音說：「小邵，你什麼時候給我稿？魂都沒了，還問我什麼時候給她稿？唉，**什麼時候給她搞**？拜託你就行行好，幫她修改修改嘛。」

事實上，我自己也被這篇〈高貴的靈魂〉搞得心浮氣躁。過去一個禮拜來，只要是我出席的公開的場合，王郁萍一定都會出現。儘管她只是默默地站在旁邊，也沒和我說話，可是那種感覺就是讓你覺得不舒服。任何時候，只要我一抬頭，目光稍加梭巡，很容易就看到她的目光。我明白她在等我修改完的稿子，可是她卻不開口，總是展現著微笑，彷彿我們之間有著什麼天大的祕密似的。

「我也想改啊，」事實上還改了好幾次，「可是你看看，這種問題重重的文章，教我從何修改起？」我把文章拿給小邵。

小邵接過〈高貴的靈魂〉安靜地讀了一下。〈高貴的靈魂〉用鉛筆寫在傳統的六百字稿紙上，布局架構與〈靈魂的擁抱〉大同小異。故事是一個司機收養做失意失敗、遠走大陸的雇主的兩個小孩，照顧他們如自己親生的孩子。雇主太太臨終之前交代兩個孩子，要孝順自己的養父母，甚至超過父母親。兩個小孩也知恩圖報，幫忙養父母工作。如果沒有記錯的話，這應該是幾天前報紙上的一則新聞。也像〈靈魂的擁抱〉一樣，作者在結尾強加上「靈魂比金錢重要」的道德教訓。

財富不會帶來美德，但美德會帶來財富和其他各種幸福。

「我覺得故事還不錯啊，」小邵邊看邊抓頭說：「哎呀，你就隨便改改，當作國文老師改學生作文嘛，最後再加個什麼：『文情並茂，但錯字有待加強』之類的評語。不就得了？」

「問題不在標點、字句、文法啊。」

「那是什麼有問題？」

「品味。你懂嗎？品味的問題無藥可救。」

「我看結論很正面啊。」

我皺了皺眉頭。「就是因為結論太正面了，所以有問題。」

「結論太正面了？」

我隨手指著書架上的書。

「《戰慄遊戲》、《人骨拼圖》、《謀殺地圖》、《到墳場的車票》、《黑暗之家》……你看到的這些暢銷書，有任何一本是結論正面的嗎？你什麼時候看過『如何行善』、『如何孝順父母親』這類的書變成了熱門的暢銷書？」

「只是叫你改她的文章啊，又不是叫你發表作品。」

「我也不是不想改啊，你知道前天市立圖書館演講完，她忽然衝上台獻花給我，把我嚇壞了。

我多想拒絕她的花啊，可是現場大家都在拍手……她還特別說謝謝我答應幫她改作品，她不急，請我不要有壓力。唉，怎麼可能沒有壓力呢？」

「她不急？」小邵歎了一大口氣，打開他的手機，遞給我，指著螢幕上的通話紀錄給我看，「我可被她整慘了。」

我瞄了一眼手機，螢幕上除了少數幾個其他名字外，通話紀錄上滿滿的全是「王郁萍來電」的紀錄，最多的時候一天甚至高達八通。

「你可不可以乾脆去跟她直接說，」我問：「我不想改了？」

「我拿什麼理由去跟她說呢？」

「你就直接告訴她，我說這種品味有問題的東西我沒辦法改。」

「你不覺得這樣會出狀況嗎？」

「出狀況？」

「打個比方好了，好比說你上了人家良家婦女，」他想了一下，自言自語地說：「對，上了人家良家婦女……然後你嫌人家沒品味，甩頭就想走。」

「這是什麼比喻？」

「你把她的文章放在書裡面，還把名字給她用，她是你，你是她，精神上，這不是上床交媾，你說是什麼？」

「是她先用我的名字發表作品的好不好？」

「就算她先勾引你好了，可是也得你願意，她才能和你上床啊。」

「喂，」我提高了聲調問：「最早是誰提議和良家婦女上床沒關係的？」

「好，是『我們』和人家良家婦女上了床，可以了吧？我不想和你吵這個。就算你嫌人家沒品味吧，可是現在事情發生了，人家只要求你改改她的作文，改改錯字、標點、文法。這樣很困難嗎？」

「事情如果真像你說的那麼單純就好了。問題這不是修改作文那麼簡單的事啊。」

「怎麼會不是呢？」

「把我的思想再一次放進她的思想裡面，照你的上床理論，這算什麼？〈靈魂的擁抱〉我不小心誤上賊『床』也就算了，可是現在……難道你覺得這種事，我應該一上再上嗎？」

小邵安靜了一下，然後笑了起來。不過他並沒有得意很久。因為就在這個時候，小邵的手機又響了。我一看手機螢幕上顯示著：「王郁萍來電」，立刻把手機像個燙手山芋似地丟回給小邵。

他看見手機上的顯示，瞪我一眼，接起了電話，忽然變得謙卑又恭敬。

「是，我是。嗯，對，我真的已經告訴他。他今天特別把行程空下來，專門修改妳的作品……真的是這樣，我怎麼會騙妳呢？真的是這樣……他說他差不多修改好了，」他的神色像是個完全無力反擊的拳擊手，被逼到角落一陣海扁，「我沒有騙妳，我就在去他家取稿的路上……妳怎麼可以不相信我呢……當然。我是專門跑這一趟……一定，一定，我用人格保證……對，如果妳覺得我的人格不重要，我可以用生命保證……」

小邵企圖把手機湊到我的耳邊，讓我聽聽王郁萍的氣勢。雖然我立刻閃得遠遠的，不過隔著距離，我還是可以聽見她咆哮著小邵是「寄生蟲」的聲音。她的聲音固然缺乏中氣，可是我得承認，她咆哮起來，效果還是很驚人。

小邵又是道歉，又是保證，連哄帶騙，大概又花了五分鐘才把電話掛斷。

掛斷電話之後，他扠著手，像定格畫面似的，用一種「你看，就是這樣。」的姿態看著我將近十秒鐘之後，才抓起我的衣領，把我拖回書桌前坐下來。

「現在，什麼都不用說。」他把紅筆又塞回我的手裡，「只要修改標點、錯字、文法。修改完了交給我，就這樣。好嗎？」

我回頭看著他，試圖要說些什麼。可是小邵不想聽我多說。

「真的什麼都不用說，只要修改就好，好嗎？」

說完他去廚房泡了兩杯咖啡回來。他找出我書櫃上手塚治虫的漫畫《變形人》，自己拉了一把椅子，看著我，又說了一遍：

「就只修改標點、錯字、文法。嗯？」說完之後，二話不說在我身後坐下來，像個走進租書店的孩子一樣一頭栽進他的漫畫裡。翻了一會兒，小邵闔上漫畫，起身探看我的進度。看我還愣在那裡，一個字也沒動手，小邵皺了皺眉頭。

「還是品味的問題？」

我點點頭。

「我還是不太懂，」他又抓了抓頭問：「你意思是說，作家一定要寫邪惡的、黑暗的、死亡、謀殺，這一類的才算有品味？」

「也不能完全這麼說，只是……太過政治正確，或道德正確，通常都很乏味。」

「乏味，嗯……」小邵看了看錶，「這樣吧，我肚子餓了。我想去廚房弄碗泡麵，如果你要的話我可以幫你也弄一碗。你可以利用這個時間想一想，你要是真的不想改，我就把原稿拿回去，跟她實話實說，免得在這裡浪費時間。畢竟我只是你的經紀人，這是你的寫作生命，最後還是要你自己決定。」

泡麵就泡麵。我沒再說什麼。小邵消失之後，我耐著性子又重讀了一次〈高貴的靈魂〉。

儘管我絞盡腦汁，試圖找出不違背意志，又能夠修改那篇文章的方式。可是不斷湧現的嫌惡，以及不愉快的情緒，就是讓我一個字都動不了手。

2

我就這樣坐著直視〈高貴的靈魂〉，腦筋一片空白，起碼持續了一、二十分鐘吧，直到手機鈴聲響了起來，才把我喚回現實。

「喂。」我說。

電話那頭沉默了一會兒，接著傳來一陣虛弱無力並且有些顫抖的聲音說：

「嗨，我是王郁萍。」

我的心臟抽搐了一下。我很後悔接了電話，可是後悔已經來不及了。

「我們見過。我無意在手機中發現這個號碼的，我只是打來試看看，沒想到真的就是你……」

電話沉默了一會兒，我聽到深呼吸的聲音，她好像在等我說些什麼，可是我完全啞口無言，目瞪口呆，「你聽得出來，我的聲音在發抖嗎？對不起，我真的太激動了，我完全沒有想到……」

我故意讓沉默持續了一會兒，希望她聽得出來沉默裡面的抗議。

「請問有什麼事情嗎？」我也做了一個深呼吸。

「喔，關於那篇稿件，你答應要幫我修改的稿件，我只是想告訴你，我打過電話給你的經紀人，他跟我說你差不多修改好了，他還說他已經在要去你家的路上了。我沒有催你的意思，我只是問問……」

「我的確是正在修改。」

「如果你很忙，也沒有關係，我可以等。對了，」她又說：「你覺得我那篇〈高貴的靈魂〉寫得還不錯嗎？」

如果可以的話，我真的很想告訴她：「那是一件毫無品味的爛東西。」可是我只是虛偽地說：「嗯。」

「真的？喔，我好快樂，好高興喔。」

接著她吃吃地笑了起來，音調和剛剛我在小邵手機上聽到的判若兩人。

「對了，」她又說：「我一定要告訴你，我覺得你要小心你那個經紀人，他對粉絲的態度很差，和你一點都不搭配，我覺得他這樣下去，一定會破壞你的形象的……」

「我會注意的。」又沉默了一會兒，我問：「還有什麼事情嗎？」

「我這樣問一定很唐突，」她又做了一個深呼吸，「你可以出來單獨和我再見一次面嗎？我發現我每次遇見你都太緊張了。我有好多問題想問你，可是一緊張就忘了問。我好責怪我自己……」

「可是我真的很忙。」我提高了音調，不假思索地脫口而出。

一陣更長的沉默。我開始想，我的口氣一定聽得出來幾分不悅。然而電話這頭看不到她的表情，也聽不到她的聲音。我不知道她的反應會是什麼，可是有種蓄勢待發的什麼讓我感到恐懼。於是我降低了音調說：

「妳看，我還得修改妳的文章……」

「我知道你很忙的。其實我應該覺得很滿足才對，可是我就是沒有辦法控制我自己，」她長長地呼出了一口氣，聲音變得顫抖，「我真的應該覺得很滿足才對。畢竟，你已經把你的名字給我用過一次了。」

她的話讓我想起小邵說的：「我們和人家良家婦女上了床。」

我感到全身一陣雞皮疙瘩，不知該怎麼接話才好。

沉默了一會兒，王郁萍又說：

「我真的應該很滿足了……你知道嗎？我查過手機上這個電話的撥出的時間，應該就是我們上次碰面，我上洗手間的時候。」她強忍著喜悅，可是又無法克制，最後，終於激動的說：「這個電話號碼一定是你刻意留給我的對不對？」

「對不起，」我都快吐出來了，可是只能強行壓抑，「我得去修改文章了。」

「我知道，你們作家很多事情都喜歡用隱喻……想想，我真是幸運，我真的應該感到很滿足才對。」

「再見。」我簡直像逃離災難現場那麼慌張地掛斷了電話。

小邵正好端了兩碗麵走出來。笑嘻嘻地看著我問：

「超級粉絲？」

我點點頭。

「你現在知道她的厲害了吧？」

我有氣無力地搖了搖頭。像是經歷過「鐵達尼號沉船記」似的，筋疲力竭地漂浮在海面上，久久不能說話。為了避免再誤接電話，我立刻動手將來電號碼「登入聯絡簿」。按完按鍵之後，手機接著跳出來訊息框問我「聯絡人姓名」，我想了一下，用注音輸入法輸入大大兩個字：

粉絲。

「吃麵吧！」小邵把泡麵放在書桌上，又回廚房找湯匙和筷子。

我拿起碗筷，驚魂甫定地開始吃麵。

「我剛剛想到一個故事，你聽聽看。故事是這樣子的，」小邵也坐下來，邊吃麵邊說：「有個養馬官犯了死罪，臨刑前告訴國王，他有個祕方，可以在半年內讓馬長出翅膀。愛馬成癡的國王信以為真，於是真的緩刑半年，讓他去養馬。養馬官的朋友好奇地問他：你真的能讓馬長出翅膀來嗎？要是不能，半年後怎麼辦？養馬官說：半年之後，馬死了，國王死了，或者我死了，誰知道呢？反正現在我又沒有什麼損失。故事就這樣了。你的粉絲不是有癌症嗎？可以確定的是，半年之後，了不起一年，你的粉絲應該就不在人世了。你不妨換個角度想想看，如果人家都能讓馬長出翅膀了，你為什麼不能幫你的粉絲改改作文？」

半年之後，馬死了，國王死了，或者我死了，誰知道呢？

正想著，手機鈴聲響了起來。我一看螢幕，立刻按取消鍵。按完取消鍵之後不到半分鐘，手機再度響起，我嚇得立刻把手機丟在書桌前。震動功能讓手機活蹦亂跳地響了一會兒才安靜下來。不久，手機又響了第三次。然後是第四次。

四次之後，手機安靜了一會兒。直到確定活魚死透了，我才拿起手機。螢幕上的來電顯示著整齊的一排字：

粉絲來電。

粉絲來電。

粉絲來電。

粉絲來電。

我就這樣坐在正午陽光的窗戶前，一邊吃麵，一邊凝視著手機，想著許多事情。等我吃完了中餐，我深吸了一口氣，決定開始修改王郁萍的文章。

修改的過程並沒有想像中的困難。

我花了才不到十五分鐘的時間，在小邵洗好碗筷湯匙走回書房之前，就把所有的標點、錯字以及文法都改過了一次。如同小邵所說的，修改文章，或者讓馬長出翅膀來本身並不困難，困難的是你打算用什麼態度去面對這件事情。

3

小邵起身把我修改過的〈高貴的靈魂〉裝入他的公事包。

「我會把它傳回去給你的超級粉絲。對了，」小邵從公事包裡面拿出一份剪報給我，「這份剪報你最好看一看。」

我接過那份剪報，瞥了一眼上面的標題，是開膛手寫的〈致P／W的情書〉。

「這是今天開膛手寫的，登在《台北日報》副刊上的一篇文章，P／W應該是你的名字培文的縮寫，我想是回報那天你對他的開罵吧？」他說：「如果我的品味沒有太差的話，這篇文章讀起來應該是有點敵意的。你先看看吧。」

【致P／W的情書之一】

我是開膛手，心中禁錮著一頭叫做人類的獸……

開膛手

P／W，

忽然想到可以開始給你寫情書。我並沒有愛上你，相反的，很可能我還恨著你。但是，我仍然決定給你寫情書。因為，如果不是你，我不可能陷入這種瘋狂與焦慮裡。如果不是你，我不會感受到被利劍戳穿的那種快感。已經很久不曾這樣了，當我舔舐著自身流出來的血液時，那是唯一的甘美。P／W，是你，喚醒了我心中那頭獸，那頭叫做人類的獸的感覺。那是一種很難形容的感覺，就像清朗的早晨你忽然又感覺到了空氣，就像坐在窗前你忽然又感覺到了陽光，以及激動的淚水。已經很久不曾這樣了。於是，我決心讓自己坐下來，在這樣的早晨裡，窗戶前，淚水下，以那頭叫做人類的獸的身分，開始給你寫信。

你說：「開膛手的東西全部是沒有價值的垃圾。」你還說我是為了庸俗、沉淪而寫作。你知道嗎？在認真地想過你的話之後，我必須承認，你說的全都是對的。我不但寫沒有價值的垃圾，我甚至故意寫，而且只寫沒有價值的垃圾。世人不明白我的用心，只會附庸風雅地給我掌聲、讚美與崇拜……而你，卻說出了真話。眾弦寂靜，你是唯一的高音。這是為什麼，我要坐下來，給你寫信的理由。沒錯，你說對了。我是開膛手——心中禁錮著一頭叫做人的獸。

還記得一個名叫魯迅的作家嗎？P／W。最初編輯找他寫作時，他曾心灰意懶地比喻說：「假如一間鐵屋子，是絕無窗戶而萬難被毀的，裡面有許多熟睡的人，不久都要悶死了，然而是昏睡入死滅，並不感到就死的悲哀。現在你大嚷起來，驚醒了較為清醒的幾個人，使這不幸的少數者來受無可挽救的臨終苦楚，你以為對得住他們嗎？」編輯卻說：「然而幾個人既然起來，你不能說絕沒有毀壞這鐵屋子的希望。」

昏睡入死滅，多麼令人沉迷不可自拔的句子。當然，魯迅選擇了寫作，也變成了大家知道的魯迅。可是這樣敲鑼打鼓的結果，昏睡的人死了，吶喊的人死了，魯迅也死了。最終究，大家都死了。不管你寫了多少故事，改動了多少情節，這是必然的結局，也是唯一的結局。做為人類無可逃避的現實。在這樣的情況之下，我選擇了不再大聲吶喊，不再驚醒任何人。因此，每次我來，總是悄悄地，在睡夢中，給他們製造歡笑和眼淚。當我的觀眾笑，當我的讀者哭的時候，他們忘記了死亡的弄臣——時間，曾經來過，曾在他們身上摧殘過的痛，我讓他們在歡笑、庸俗中昏睡入死滅，這就是開膛手最溫柔的慈悲了。

然而，P／W，你知道我是一點也不喜歡溫柔、慈悲這些說辭的。它們真的太像你用來糊弄那些給你掌聲、讚美與崇拜的追隨者的藉口了。當你主張不庸俗、不沉淪時，你很清楚你是在說謊的。對於他們的痛苦、困境，你根本無能為力。可是無可避免的，所有的作家都必須說謊，就像魔術師，必須說服觀眾，相信他們真的能變出什麼神奇。不像你，老是站在台前，用著偽善的面孔，極盡賣弄一切地要觀眾相信什麼價值啦、善良啦、生命觀啦這些狗屁倒灶的事，我選擇一開始就向觀眾表明我說謊的立場。我的觀眾和我從一開始就確知，寫作是魔術，而魔術只是娛樂。它可以忘懷很多事情，但絕對不是你一直鼓吹的那些事情。

因此，P／W，當你憤怒地對著媒體訴說我的作品是沒有價值的垃圾，訴說我的作品是如何的庸俗、沉淪時，我就一遍又一遍地感受到，我內在流著的血液是如何又如何地比你高貴啊。我讓讀者歡笑，讓觀眾驚奇，讓他們感動，讓他們沉溺，從某個角度而言，我們都只是某種型式的止痛藥，可是你卻許應你自己是解藥，並且向觀眾不遺餘力地推銷著，希望它能賣出更好的價錢。

（你應該看看，我是如何地被你這樣的姿態弄得發噱不止。）

P／W，你知道嗎？儘管你的名字不叫開膛手，可是你心中仍然禁錮著一頭叫做人的獸。無論你說你仰望價值，鄙視垃圾，看不起庸俗，痛心沉淪，可是我相信終有一天，你會明白，這樣的你，無非也只是我的同類罷了。P／W，我寫這樣的書信，就是為了告訴你這件事。我知道你將不以為然，將繼續說你那套自欺欺人的說法，可是不管你怎麼說，你只是我的同類罷了，我們都是作家，心裡住著叫做人的獸。一直到你明白這件事之前，我都將以我高貴，還有，更重要的，誠實之名，用睥睨的目光看著你。

對，你無所脫逃睥睨的目光。

你的開膛手

小邵離開之後，我坐在窗前把這篇〈致P／W的情書〉讀了一遍。小邵的品味不差，可是他說錯了。開膛手的文章豈只「有點敵意」，正確地說，應該說是「充滿了敵意」。

文章讀完沒多久，《台北日報》的方主編就打電話來了。他興奮地讓我知道開膛手這篇文章很受到注目，特別是從早上到現在光是網站上就已經累積高達八萬人次左右的點閱率，創下了副刊文章在網站最高的點閱率。在網站反應都這麼好，平面報紙一定更不用說了。

我很客氣地指出，這是一個多元文化的時代，作家當然有權利表達各自的看法。這篇以我為攻擊對象的作品引來這麼大的熱情，能讓大家因為看我挨罵而感到這麼多的樂趣，我只能說真是感到榮幸。

儘管我再三表現得儒雅大方，不過當方主編問及，我是否願意針對這篇文章在星期三——也就是四天之後的晚上七點之前提出反駁。如果可以的話，他願意抽換稿件，空出版面，讓我的文章能在星期三即時刊出時，我想都不想，立刻就回答：

「好啊。」好好地修理一個無神論兼相對主義者，顯然是比修改粉絲的文章有趣得多了。

第八章

她看見那個女人臉部的肌肉開始抽搐，

先從嘴角開始，牽連到臉頰，

然後是眼窩附近的肌肉，全部抽動了起來。

1

採訪主任趙翔的女助理把茶水送過來之後，自己也站在一旁觀看螢幕裡面播放的DVD畫面。畫面上是宋菁穎媽媽對著鏡頭說話的特寫。除了趙翔外，辦公室裡還有宋菁穎以及曹心瑩。趙翔坐在辦公桌前講電話，眼睛朝向螢幕這邊看。儘管他一頭華髮，歲數看起來不小，但他講話的嗓門很大，說話的速度又快又急。

DVD播完之後，趙翔電話差不多也講完了。他托著臉頰，不解地問：

「妳說受不了彭立中的行為，可是，我不懂……我的意思是說，他們是在祝妳生日快樂吧……」

「你再看看這個，」宋菁穎打斷他，取出DVD，放入CD，忿忿地說：「他趁我進攝影棚時，把這張CD放進我的汽車。」

CD裡面大部分的聲音，在DVD影片裡面都聽過了。

「宋主播，我不曉得妳為什麼那麼生氣。如果是我過生日，收到這麼用心的禮物，我應該會很開心才對啊。」

「可是他不應該不經我同意就闖入我的汽車……」

「我相信他應該沒有惡意才對吧。我們替朋友慶生，不也常常躲起來，故意要給壽星一個驚喜，這大概沒辦法事先經過壽星同意吧？我沒有袒護部屬的意思，我是說，他送給妳的無非也就是DVD、CD，還有巧克力……畢竟這些禮物沒有什麼惡意啊。不是嗎？」

「問題是這些禮物一點也不受歡迎！」宋菁穎說。

「怎麼會呢？難道妳的意思是說：妳的爸爸媽媽，還有我們採訪部的同仁們的這些祝福都不受歡迎？」

「我沒有說他們不受歡迎。我指的是彭立中。他送過我玫瑰花，跟蹤我下班回家，還打電話騷擾我，我已經三番兩次拒絕他，警告他，請他不要這麼做，可是他就是不聽……」

「妳說他跟蹤妳下班，還打電話騷擾妳？」

宋菁穎點點頭，把詳細情況從頭到尾跟趙翔說了一遍。聽完之後，趙翔似乎覺得事情跟他原先預期的不太一樣，低著頭想了一下之後，才抬起頭嚴肅地問：

「這些事，除了妳自己之外，還有別人看到嗎？」

宋菁穎立刻想到俞培文。她說：「有。有一天彭立中跟蹤我的時候，作家俞培文也在我的車上。那天剛好順路，我載他回家……」

宋菁穎注意到曹心瑩聽到俞培文立刻拋過來訝異的眼光，不過現在她沒有空多理會她的眼光。

「如果需要的話，」宋菁穎又說：「我現在可以撥電話給俞培文……」

「那倒不用。」趙翔阻止宋菁穎，又想了一下，才說：「真發生這樣的事，的確不太好。不過話又說回來，你們都是未婚的年輕人，大家又都是同事，送妳生日禮物既不是惡意，也不能算性騷擾，我實在想不出要站在什麼立場來處理這件事。我雖然是彭立中的上司，但是介入這種私事好像有點超越我的職責……」

「趙主任，」曹心瑩打抱不平地說：「如果有人跟蹤你，你請他不要跟蹤，他還繼續跟蹤。你請他不要放玫瑰花在你桌上，他還一直放，甚至變本加厲變成送生日禮物，還驚動了父母親、朋友，難道你不覺得這已經構成了嚴重的騷擾了嗎？」

「宋主播，妳的事情我很想幫忙，」趙翔抓了抓頭說：「可是妳也站在我的立場想一想，總不能因為他送妳生日禮物，就叫我去處分他吧？」

「那你要不要站在我的立場想一想？如果換成你是我，你的感覺是怎樣？」

「我，如果我還未婚？」

「對。」

趙翔笑了笑說：「如果有人對我那麼好，我簡直是**求之不得**。」

「所以，趙主任，你是不打算處理這個問題？」

「我沒有說不處理，但是妳可不可以心平氣和一點看這件事，大家都是同事嘛，同事之間有同事處理事情的方法嘛，幹嘛弄得像仇人呢？」

「趙主任，正因為大家是同事，所以我想有必要讓你知道，說不定你可以用你所謂『同事的方法』幫忙做點什麼。可是如果你不想處理，我會用我的方式繼續處理下去的。只是，將來不管發生了什麼事，我想，曹主播可以當人證，大家會知道我曾經知會過你這件事，但是你並沒有處理。」

趙翔把頭埋進雙手裡，沉思了一會，又抬起頭用手掌撫了撫臉，笑了笑。

「好，既然如此，我先和他私下談一談好了，談完之後，我會給妳一個交代的。」

「那就麻煩趙主任了。」

「哪裡。」

她們起身告辭。宋菁穎嘴巴雖說麻煩，可是心裡想的卻是理所當然，勢在必行。任何人如果把她們想成是那種願意隱忍的傳統女性，可就大錯特錯了。

趙翔看著她們的身影消失在辦公室門外，邊搖頭，嘴巴還嘖嘖地唸著：

「這年頭的女孩子，真是不得了。」

辦公室的女助理邊收拾她們留下來的茶杯，邊說：「噁心，我就看過他們在一起吃飯。」

「一起吃飯？」

「你不覺得她和彭立中應該是有過一段，故事才合理嗎？」

「既然如此，她幹嘛對我說謊？」

「她是大主播啊，彭立中只是個小記者，誰會想讓別人知道這一段？哎呀，清官難斷家務事。我看主任你還是少管點閒事吧！」

2

半個小時之後，彭立中出現在趙翔辦公桌前。

「你真厲害，」趙翔習慣性地托著腮幫子，對著彭立中說：「什麼人不好惹，跑去惹我們的大主播？」

彭立中把趙翔辦公桌上的光碟拿起來看了一眼，又放回去。

「主任，我看不出這有什麼問題。我用自己的休假時間去拍攝，攝影師找外面的人，連攝影機也是借來的。」

「你明知我要問的不是這個。」趙翔提高了嗓門。

彭立中低下了頭，沒有說話。

趙翔看了他半天，問：「你老實告訴我，你在追求她嗎？」

彭立中點點頭。

趙翔邊搖頭，邊嘖嘖地說：「你真是想不開。」停頓了一會，又問：「你們約會過嗎？」

「當然。她才剛進公司，還是新進人員的時候，有次她在電影院門口被欺負，我剛好經過，幫她解圍。之後我們開始交往……」

「你們交往到什麼程度？」

「總之就是交往。」

「你不說我怎麼知道交往到什麼程度？」

彭立中閃爍其詞地說：「反正不是普通朋友的關係。」

「什麼意思，不是普通朋友的關係？」

「我們……」彭立中遲疑了一下，不知想著什麼，過了一會兒才說：「超出普通的友誼關係。」

趙翔皺了皺眉頭。「就算是這樣，宋菁穎告訴我說她曾經拒絕你很多次，請你不要再送花、送東西給她，有這回事嗎？」

彭立中點點頭。

「有這回事你幹嘛不死心？」

「主任，你去追一條新聞，如果受訪者跟你說，請你不要再跟著我，不要再採訪我了，難道你就乖乖回來嗎？」

「追女孩子跟追新聞是兩回事吧！」

「主任，」彭立中又說：「你結婚之前，從來沒有被你老婆拒絕過嗎？」

「拒絕當然是有，可是沒有像你落到這麼難堪的地步啊。」

「有人還比我更難堪呢！」彭立中說：「我不懂，她有她拒絕的權利，我當然也有我追求的自由，有什麼不行的呢？」

「白癡！」趙翔笑了起來。「你愛得要死要活是你自己的事，何必去驚擾人家爸爸媽媽，還有她的朋友呢？」

「主任你沒看光碟，宋菁穎的爸爸媽媽還有朋友們臉上全是高興歡喜的表情，他們誰被我驚擾了？」

「她說你跟蹤她，有沒有這回事？」

「我沒有跟蹤她。」

「你沒跟，她怎麼會說有？」

彭立中不說話。

「怎麼了？」

彭立中看了看左右，眼神閃爍地說：「主任，我給你看一樣東西，你可不可以暫時保密，不要發這則消息？」說完彭立中又瞟了助理小姐一眼，沒再說話。

「黃小姐，妳先出去一下。」

助理小姐沒說什麼，面無表情地走開了。

彭立中從手機裡面，找出一張數位照片，顯示在螢幕上給趙翔看。那是遠鏡頭的畫面，雖然是晚上，但是畫面中還是可以清楚地看到宋菁穎和俞培文在一棟公寓的門口緊緊擁抱。照片底下還有反白字顯示拍攝的日期和時間。

「這是那天晚上拍的，」彭立中指著照片裡面的男生說：「俞培文還有宋菁穎。」

看著照片，趙翔愣了好幾秒鐘。事實的確不像宋菁穎跟他說的那麼單純。

「所以，」趙翔現在明白了，他問：「你做俞培文那篇報導，還故意讓宋菁穎親自播報，是為了報復俞培文橫刀奪愛？」

「我覺得應該說是做為一個記者最起碼的尊嚴和正義感吧，」彭立中說：「俞培文本來就是一個欺世盜名的作家。」

「你以為這樣做就可以挽回？」

「這是兩回事。我無法忍受看到她被一個虛有其名的人騙得團團轉……」

「這件事情，你打算怎麼辦？」趙翔問：「你可以停止再和她接觸嗎？」

沉默。

「怎麼了？」

「我沒辦法為我做不到的事情保證。」

「至少你可以停止跟蹤她吧？」趙翔歎了一口氣說：「你知道那是違法的嗎？」

又是更長的一陣沉默。

「好。」彭立中說。

3

幾個小時之後，大約是晚間新聞結束之後，宋菁穎接到了趙翔打來的電話。那時她正在攝影棚化妝室卸妝，如同她們離開辦公室時所預料的，趙翔告訴宋菁穎他在新聞之前已經和彭立中談過了。他們談得很順利，過程也很平順。關於ＤＶＤ還有ＣＤ的事情純粹是一番好意。他不曉得宋菁穎會這麼不高興。至於跟蹤的部分實在是一場誤會。趙翔再三強調，他已經要求彭立中，不准再有任何跟蹤的行為，而彭立中也答應了。

宋菁穎一聽就明白彭立中說的話全是胡扯。但趙翔說彭立中答應他**不會再跟蹤了**。因此她還是說：「謝謝。」

在掛斷電話之前，趙翔忽然又說：

「對了，純粹是我個人一點點的意見，妳參考參考。」他停頓了一下，似乎想著如何措辭，過了一會兒才說：「我覺得彭立中這個人啊，有行動力，腦筋又靈光，他現在雖然只是一個小記者，可是我覺得未來前途一定不只是這樣。所以我希望……」

「你希望怎樣？」宋菁穎的口氣銳利得像刀刃。

「我想我的意思妳應該明白，我就不多說了……」

宋菁穎猛然掛上電話。再不掛斷，她就要控制不住，對著話筒破口大罵了。甚至掛完電話，她還坐在電話前生了一會兒悶氣，才有辦法開始卸妝。

4

宋菁穎把卸妝油倒在卸妝棉上，先對著鏡子，卸去嘴唇上的唇膏。拿掉假睫毛之後，她又把卸妝油倒在手掌上，閉上眼睛，開始在眼窩部位，輕輕地按摩卸妝。

按摩到一半，她聽見放置在桌面上的手機傳來簡訊的聲音。

她停下卸妝的動作，張開眼睛，瞥了一眼簡訊。那是一段長達十多行的簡訊。可是才看到第一句話，她就沒再閉上眼睛了。簡訊上面寫著：

我得說妳這次真的做得有點過分了。

可是妳不用擔心，我已經和主任談好，不會再跟蹤妳了。如果這就是妳希望的。妳砸壞我的車窗，對我做出很多過分的事，但是我都退讓、犧牲。但如果因為不跟蹤妳而變得更想念妳，我希望妳也能夠理解。為了不造成妳的困擾，我答應妳我會盡量克制的。從現在開始，我只在想妳的時候發簡訊。只在很想很想妳的時候，才打電話。我希望妳能明白，這一切全是妳造成的。我並不喜歡這樣。我同意妳可以不回覆我的簡訊，但是我希望妳看到我打電話時一定要接起來，否則，我真的無法保證我會不會無法忍受，直接跑去看妳了。

P. S.一、同事都在問我妳看了ＤＶＤ之後的反應。老實說妳表現得很讓大家失望，可是我會替妳美化的。

二、妳今天在電視上那件套裝我很喜歡。我希望妳看起來很端莊，而不是像昨天播報新聞穿的那樣。那個V領開口太低了，真的不適合妳。

三、今天是平安夜，祝妳聖誕節快樂。

一直到看完簡訊，宋菁穎的雙手還懸在空中，沒有放下來。她失魂落魄地看著鏡子。鏡子裡是一個狼狽的女人。卸妝油混合著眼影、睫毛膏，抹出兩大團貓熊似的黑眼圈。她看見那個女人臉部的肌肉開始抽搐，先從嘴角開始，牽連到臉頰，然後是眼窩附近的肌肉，全部抽動了起來。

第九章

一頭叫做人的獸並不存在。

如果我喚醒了你內在的什麼，

那個被喚醒的，其實只是你的靈魂。

1

午夜三時十五分。距離晚上七點鐘的截稿時間還有十五個小時又四十五分鐘時，我從夢裡驚醒了過來。

夢裡的故事邏輯有點連貫不起來了，但畫面還非常的清晰。我大概是從穿著老虎裝的開膛手變成了真正的老虎時，就忘了自己是在做夢了吧。由於老虎身上都是中文字型的紋路，我試著想弄清楚那是什麼文字，可是卻一點也看不清楚。似乎又發生了一些別的事情……然後，老虎開始繁衍、變多，並且以迅雷不及掩耳之勢奔過來，把我撲倒在地。

一切快得我甚至來不及回應。獸吼。撕咬。四濺的血液。皮翻肉綻。滿口滿口是血的牙齒。分不清楚是老虎還是開膛手了，附著在我手肘關節上的肌腱被猛力地撕扯。我強烈地感受到痛，並且試圖揮手趕走開膛手，沒想到，開膛手又變成了王郁萍，一襲白衣，背著光，一步一步走向我。等她靠得夠近了，我才發現她的臉部正在變形。「妳的臉！」我對她驚恐地大叫著，可是她繼續往前走，說著：「抱我！」她的臉像電影的特效畫面一樣，迅速地腫脹、潰爛。蠕動的蟲從她的鼻孔、眼睛、耳朵、嘴巴，甚至是爆裂的臉孔縫隙鑽出來。我奄奄一息，更用力揮動手臂，卻發現韌帶被扯斷了，食指、中指和無名指，全像失去操縱線的木偶垂掛在手掌上……

我就這樣口乾舌燥地醒了過來。醒來時除了心臟撲通撲通地跳，竟然還真的感覺到上臂肌肉痠痛難耐。我起身去廚房倒了一杯水，邊喝水邊運動我的手指頭。

我發現只要手指往背側上翹，前臂、手肘附近的遠端肌群就感覺到脹麻、無力。這個情況從寫

《逾期的愛情》時就開始了，並且隨著時間惡化。直到這本新書快寫完之前，右手甚至曾有一度完全無法動彈。醫生甚至表示，如果再不休息，以我的情況很有可能無法繼續再用電腦寫作。

簡單地和現實生活連連看，剛剛的夢境其實並不難分析。變成了老虎的開膛手所代表的，應是他對我的種種攻擊，而被撕扯掉的肌腱，呈現了我內心深處對「無法寫作」的焦慮。繼而出現的王郁萍，更讓這些「無法寫作」的焦慮變得更真實。想想，夢境本身其實並不可怕，它們無非只是我自己內心深處恐懼的反映。

忽然變得再也睡不著了。我揉著疼痛的手臂，走進廚房打開冰箱，拿出威士忌，給自己倒了一杯酒，又拿著酒杯走進書房。

我深吸了一口氣，啜了一口酒，在書桌前坐了下來。書房的窗戶敞開著。似乎有人吹著口哨，可是我把頭探出窗外，什麼人也沒有。孤零零的路燈穿過薄薄的霧色，為寧靜的夜色披上一股淡淡的淺藍。

電腦螢幕的保護程式顯示著時間。

03:26:35

我抓起滑鼠動了動，螢幕上很快出現了睡前沒有寫完的殘稿。

【答開膛手：致P／W情書】

膛手，

忽然想到可以這樣稱呼你，就好像你可以用P／W的稱呼給我寫情書一樣。我知道這樣的稱呼看起來一定很荒謬，可是我必須先以荒謬回報你寡廉鮮恥地寫情書給我的荒謬，如此，我才能繼續下去。我甚至決定用同樣的書信格式給你寫回信，並非因為我同意你寫的是情書——相反的，你所謂的情書，根本只是披著糖衣的憤怒與叫囂罷了。說得明白一點，我得用同樣的嘲諷回應你，才能突顯這是一場較量。而情書的格式，在這樣的較量下，說穿了，無非只是武器的選擇罷了。既然你已經作出了選擇，而我，為了公平，當然很樂意用同樣的武器與你對決。

昨天睡前大概只寫到這裡了。我想，一開始我有點低估了開膛手。在這篇看似簡單的〈致P／W情書〉裡，開膛手使用的許多技巧其實是非常高明的。

我拿出了那篇的剪報，重新又讀了第一段。

P／W，

忽然想到可以開始給你寫情書。我並沒有愛上你，相反的，很可能我還恨著你。但是，我仍然決定給你寫情書。因為，如果不是你，我不可能陷入這種瘋狂與焦慮裡。如果不是你，我不會感受到被利劍戳穿的那種快感。已經很久不曾這樣了，當我舔舐著自身流出來的血液時，那是唯一的甘美。P／W，是你，喚醒了我心中那頭獸，那頭叫做人類的獸的感覺。那是一種很難形容的感覺，就像清朗的早晨你忽然又感覺到了空氣，就像坐在窗前你忽然又感覺到了陽光，以及激動的淚水。已經很久不曾這樣了。於是，我決心讓自己坐下來，在這樣的早晨裡，窗戶前，淚水下，以那頭叫做人類的獸的身分，開始給你寫信。

整個第一段，除了「我是開膛手」還算是明確清楚的表述外，其餘的陳述，包括：從心中禁錮著一頭叫「人」的「獸」，或是「愛上你」到「恨著你」，但我仍然決定給你寫「寫情書」，從「利劍戳穿」到「快感」，甚至到「舔舐自身的血覺得甘美」……無一不在大玩弔詭的遊戲。這種弔詭，看似溫柔，但卻神祕地把作者的意向，藏在隱晦的角落裡。因為隱晦，你根本無法確認它，更沒有辦法對它展開正面攻擊。

因此，我決定第一段開頭就從充滿「敵意」的「情書」這個弔詭開始拆解起。你必須先確認了較量的本質，之後的論戰才有辦法繼續下去。否則，我們的唇槍舌劍，光是在「P／W」與「膛手」的美文之間噁心來噁心去，就足以把讀者搞得頭昏眼花了。

除了第一段外，後面附帶還有一行殘稿，寫著：

弔詭？Paradox。自相矛盾的陳述，聽起來又不無道理。

我昨天晚上大概就停在這裡，無法再進行下去了。一個接著一個無窮無盡的弔詭，使我不得不承認，開膛手比我想像中的還要犀利。為了破解他無窮無盡的弔詭，我用自問自答的方式，試著把文章的邏輯重新再釐清一遍。

問：〈致P／W情書〉裡面，重重的弔詭和複雜的邏輯也是表象嗎？

答：對，這些都只是表象。

問：如果這些都是表象，那麼與我較量的對手到底是誰？

答：是表象後面的意圖和主張。

問：如何找出被隱藏在弔詭之間的意圖和主張，並且發動攻擊呢？

我想了一下，立刻恍然大悟。

答：這個主張和意圖必然藏在他出手攻擊你的時候。也就是說，他的主張必然和我的主張有強烈的差異，他的攻擊才產生力道。

重新又看了一次開膛手的原文，我發現，開膛手的主張和我最大的不同，在於他否定價值的可能性，但我在乎價值。他認為鐵屋子的禁錮是無法打破的，價值只是喚醒讀者，讓他們感受到更大的痛苦而已……

他所有的攻擊、調侃，都從這裡出發。

對了，鐵屋子的禁錮。想到這裡，我忽然明白接下來我要說什麼了。於是我接續前文，繼續寫著：

膛手，你說我像利劍一樣戳穿了你，讓你舔舐著自身流出來的血液中的甘美。你還說我讓你陷入瘋狂與焦慮，讓你感覺到很久不曾感覺到的陽光，以及激動的淚水。當你這樣說時，我其實比你還要激動。我很想讓你知道，並沒有一頭叫做人的獸在你的心中禁錮著。到頭來，你所能禁錮的，只是你自己的靈魂而已。

我又啜了一大口威士忌。我可以感覺到酒精在我的血液裡，溫熱正在發酵。曾經有個作家說過：好的作品是作家最好的興奮劑。我分不清楚，是好的作品或者是酒精讓我忘記了肌腱的疼痛。我在鍵盤上繼續打著：

自由自在的靈魂存在每一個人的心中，是我們自己用觀念建構出來的監獄禁錮了它。久而久之，我們相信自己是被禁錮的獸，是沉睡中的夢，是夢裡的笑聲與淚水。因此，當你引用魯迅的話，說：「假如一間鐵屋子，是絕無窗戶而萬難被毀」時，我很想告訴你，那座鐵屋子——充其量，它只是你自己在夢裡的自我設限罷了。你只要睜開眼睛甦醒過來，那些萬難被毀的一切立刻就煙消雲散了。你說：「結果，昏睡的人死了，吶喊的人死了，魯迅也死了。最終究，大家都死了。」看看你自己寫的，我很想問：你真的覺得魯迅死了嗎？如果魯迅不正因為他的寫作而讓他的靈魂活了下來，為什麼這麼久之後，你還感受到他熾熱的懷疑，他的理想與幻滅，甚至感受到他活生生的一切？

寫到這裡，我發現威士忌已經被我喝完了。於是我起身又到廚房倒滿一杯威士忌回來。我把螢幕上的文章從頭到尾再看了一次，發現大致上我已經用我的觀念，在讀者面前，重新詮釋——甚至是占領了一次魯迅的鐵屋子。我又啜了一口酒，笑了笑。我不用釐清所有的明喻、隱喻，甚至反諷、弔詭，只需用我的觀念重新包裝一遍那個比喻，再以其人之道丟回給對手就足以致命了。是發動攻擊的時候了。於是我繼續寫著：

因此，膛手，當我說你的作品是「毫無價值的垃圾」，我是誠摯地為你感到痛心，也為你感到焦慮。因為正是你的觀念，你為自己，以及為那些不再醒過來的人，蓋了那座鐵屋子——沒有窗戶也萬難被毀。如果可以的話，我是不願意用那麼嚴苛的態度和標準對待你的，我甚至不願意對你講一句重話，可是你是那麼地沉沉地睡著，甚至在夢境裡沉淪、死去，你知道我非如此不行。沒有別的選擇了。

不管你愛著我，或是恨著我都好，膛手，當你說著是我讓你陷入的瘋狂與焦慮，當你說著陽光的清晨、激動的淚水，以及你為我寫的情書時，我其實還是感到欣慰的。因為我知道你的心裡，就像我一樣地明白清楚，一頭叫做人的獸並不存在。如果我喚醒了你內在的什麼，那個被喚醒的，其實只是你的靈魂。

寫到這裡，我有點被自己流暢的書寫弄得輕飄飄的了。我又啜了一口酒，感受到溫熱沿著血液爬上了我的腦袋。

重新又讀了一次開膛手的剪報，我發現反駁完開膛手的說法之後，還需要一個可以正面表述我的立場的故事——之後，再藉由那個故事的力量，推動最後一個高潮。我需要一個比魯迅的鐵屋子更有趣、更精采的比喻，一個和開膛手的意圖相反，卻又不辯自明的故事。

一個意圖相反，卻又不辯自明的故事。嗯，如果存在的話。

我想到起碼十個可能的故事，但是最後只留下二個在螢幕上。幾經考慮，我刪去了其中一個。最後剩下來的那一個，動筆寫不到一行，我立刻決定放棄了。於是一切又回到原點。

我起身翻了翻書架上的書，又闔上書。這樣做了幾次之後，我決定坐回椅子，喝光書桌前酒杯裡剩下的威士忌。

拿著酒杯走向廚房時，我發現自己的步伐已經有點搖搖晃晃了。可是我仍然倒滿了一杯酒，啜飲一大口。我又坐回書桌前，把螢幕的文章、開膛手的剪報再重讀一次。然後，又一次……

作家寫出來的故事或許光鮮亮麗，但是寫作本身卻永遠千篇一律：無助的等待。白費力氣的思考，徒勞無功的打字，刪除。喝酒。起身走動。翻閱書籍……行雲流水的才華洋溢永遠是罕見的吉光片羽，而腸枯思竭卻是無盡而真實的長夜漫漫。就像我現在這樣，不知道怎樣才能讓文章裡面的時間繼續走下去，不知道停頓將持續多久，甚至不確定我會不會真的找到故事，讓一切繼續走下去。

我已經忘了到底來回廚房幾趟了。窗外的天光漸漸亮了起來。我又喝光了酒杯裡的威士忌。我注視著螢幕，右下側的小時鐘顯示著06:58:12。那是我最後還有印象的時間了。一些意象飄浮過去，又飄浮了過來。我試著抓住飄浮的意象，把它化為文字，打進螢幕裡。可是螢幕一直往我的左上方移動，螢幕裡面的字幾乎都要散落出螢幕外了。好不容易抓住螢幕，它又往更左上方移動。很快，我就追逐得筋疲力竭了，我決定放棄和螢幕的捉迷藏，把目光拉開。

抗議似的，整個書房開始旋轉起來。

旋轉。我似乎又搖搖晃晃起身走了一趟廚房，喝了一些酒……

我弄不清楚我是誰，置身何方。我只記得我似乎需要一個故事……我看見自己走進上帝最華麗的林園裡，最偉大的故事是垂掛在樹上的果實，鮮嫩欲滴，隨手可得。那個美麗而動人的林園，莎士比亞來過，托爾斯泰、杜斯妥也夫斯基、珍奧斯汀、曹雪芹、湯瑪斯曼、普魯斯特……都曾來過。我屏氣凝神，飛快地打著字，就像我漫步林間，恣意地摘取纍纍的果實一樣。不再有開膛手，也不再有王郁萍了。我貪婪地笑著，撿斷再多的鬍鬚也是枉然的，世界上最完美的作品從來就只是神來之筆，就像這樣，我文思泉湧，飛快地打著字，在我這一生，從沒寫出過比現在更好的作品。我雙手在鍵盤上飛快地奔馳，生怕錯過什麼似的……

2

時間是下午一點二十六分。方主編坐在他的辦公桌前，看著手上的傳真稿，皺起了眉頭。

「怪了，俞培文不是說要傳來回應開膛手的文章嗎，怎麼變成了這個呢？」那是剛從傳真機傳過來，一篇名字叫做〈高貴的靈魂〉的稿件。列印在A4紙上面的電腦打字輸出稿，上面的署名是俞培文。

說真的，要不是有俞培文的署名，那還真是一篇很普通的小品文。雖然自從網路興起之後，這類的文章開始愈來愈流行，但方主編並不是真的很喜歡這類的作品。他覺得副刊是報紙少數還堅持格調的版面，通常他不願意刊登太多這類小品文。不過，俞培文例外。因此，他雖然皺了皺眉頭，心裡還是很明白必須對這篇作品嚴陣以待。

他拿起電話，直接撥俞培文家裡的電話，一共撥了三次，才接通電話。

「喂。」是俞培文的聲音。

「哎呀！培文兄，我總算找到你了。」方主編心急如焚地說：「你不是說今天晚上七點之前要交給我回應開膛手的稿子嗎，怎麼傳來的是〈高貴的靈魂〉？我都被你搞混了。明明說好是回應開膛手的文章，我版面都空下來等你了，怎麼會是這個呢？他挑戰你回應，對不對？」

「挑戰，回應？」〈高貴的靈魂〉怎麼會跑到方主編那裡去了？俞培文愣了一下，吞吞吐吐地說：「對不起……應該，是我傳錯稿子了。」

「所以還有另外一篇稿子？」方主編喜形於色，「太好了。那篇稿子什麼時候傳過來？」

「不是說七點嗎？」

「是七點沒錯。太好了，麻煩你了，我們先登這篇回應，下個禮拜再登〈高貴的靈魂〉。等你的稿子。」

方主編掛斷了電話之後，不到三分鐘，電話又響起來了。是俞培文。

「說到〈高貴的靈魂〉，方主編，」俞培文說：「我可不可以先把稿子拿回來？」

「為什麼？」方主編說：「不是才傳來嗎？」

「我想了一下，覺得不是寫得很好，還需要修改。」

「別開玩笑了，培文兄好不容易送上門的稿子我哪有退回去的道理？哎呀，培文兄的大作，誰敢說寫得不好呢？」方主編笑著說：「就這麼說定了，這個禮拜先登回應，下個禮拜再登〈高貴的靈魂〉。」

俞培文愈堅持要退稿，方主編就愈說稿子很好，雙方推來推去，最後方主編還是拒絕了俞培文的請求。

掛斷電話之後，方主編坐在辦公室前，對著側面窗戶外面的天空發了一會兒愣。他覺得事情有些怪怪的。哪有作者才把稿子投出來就說要拿回去？可是他只發了很短暫的愣。他告訴自己，這樣處理就夠了。俞培文好不容易自動送上門來的稿件，哪有退回去的道理？不管他理由是什麼，他並不好奇，這是他所以是一個好編輯，而不是好作者的最重要理由。

3

掛上電話，我第一個反應就是想破口大罵。

搞什麼鬼嘛？王郁萍。

明明是說好讓我修改的文章，為什麼沒經過我的同意，就擅自用我的名字投到《台北日報》去了？我得打個電話和小邵商量一下這件事情。

正拿起話筒要撥號，我瞄到時間已經是下午一時三十五分了——換句話，距離截稿時間只剩下五個小時又二十五分鐘。

地板上是剛剛衝去接電話時，被我踢翻的酒杯和威士忌。到處都是酒味。我在書房裡走來走去。陽光從窗戶映進來，正好落在我的頭上，弄得我頭痛欲裂。

我想了想，慢慢放下了手上的話筒。我告訴自己，鎮定。現在最重要的就是交出這篇回應開膛手的稿子。我安慰自己，王郁萍那篇〈高貴的靈魂〉，在寫完回應開膛手的文章之後，應該還有機會處理。

別擔心。

我強迫自己坐到書桌前。深呼吸。我隱約記得，昨天睡著之前，我似乎走進了一個美麗的林園，看到纍纍的果實，我似乎飛快地打著鍵盤，寫了一些空前絕後的大好文章……奇怪的是，那些文章的內容到底是什麼，現在一點也不記得了。

我很好奇，抓起滑鼠動了動。電腦螢幕保護畫面很快消失了，跳出來一大段密碼似的文字，寫著：

脹次妥餒日衱很盂深采明以

前何脤采妹邱率刺劓膾樓，蝀猴施啞嬰打犯凍鳴好刪籠爐脂產廖

行碣堪崦表園明滲鴿示盟拉強瘋婁堪句秀婁鞎從學去秒綁耍培盟抹梟盡梟裡了舌騙都聳存趙胎

爭哪接勺子蜉雞屏拉抎

采箏亡初音是禮日刷裡。采以臬喝。如是焴磊南並采

……

我想了一下，差點笑了出來。昨天真的喝太多了。

我抓出鍵盤，又敲了幾下page up鍵。順著昨天的文章讀下來，我發現我其實寫了不少。我先針對開膛手提出的「鐵屋子」的譬喻，寫了一段邏輯還算清楚的反駁，把鐵屋子當成只是他自我想像的禁錮，拆穿他的弔詭……很多昨夜的記憶現在慢慢恢復了。

現在，只缺一個精采有趣，可以正面表述我的立場的故事了。

我得集中精神好好想一想。

我起身走回浴室，拿起沾著牙膏的牙刷開始對著鏡子刷牙。什麼樣的故事可以正面表述，又精采有趣？正想著，手機忽然響了。我立刻丟了牙刷衝出浴室，奔向書房，一不小心，踩到地上的威士忌，一個重心不穩，整個人滑了一大跤，嘴角和書架撞個正著，發出「碰」的一聲。

「喔！」我痛得大叫一聲。

同時間，有本書被我撞落到地上。手機鈴聲還響著，我顧不得疼痛，拾起被我撞落在地上的書。一手拿著書，一手到處翻找手機，等我在書堆底發現時，電話已經掛斷了。

我打開手機，一看到螢幕上「未接來電」欄裡顯示著：

粉絲來電。

我稍微算了算，從早上八點三十三分起到現在，一共有十一通未接來電，全部都是「粉絲來電」。

我下意識地用手擦了擦嘴角。我本來以為黏黏滑滑的感覺應是殘留的牙膏。不過等我看到被我抹在書本上的那抹豔紅，才明白我是流血了。

那是一本叫《柏拉圖全集》的書。書的封面是一張圖，上面畫著柏拉圖的老師蘇格拉底被判死刑，生前最後一刻喝下毒酒時的情景。畫面中，學生、門徒哀傷欲絕，襯托著蘇格拉底泰然自若的神情，形成一種鮮明的對比。而我的鮮血，不偏不倚地，正好染在那碗蘇格拉底就要喝下去的毒酒上。

我不知道是因為太氣憤了還是太激動了，就在我想大聲喊叫時，我忽然想起了柏拉圖說過的一個故事。靈感就這樣莫名其妙地來了。

「洞穴的故事！」我大叫著。

那是《柏拉圖全集》裡面提過的一個故事。

一個精采有趣，又可以正面表述我的立場的故事。

我欣喜若狂，顧不得牙膏，也顧不得沾在書本上的血，立刻坐到書桌前，刪掉最後一大段天書，緊接著昨天結束的段落開始寫著：

聽過柏拉圖講過關於洞穴的比喻嗎？膛手。這些從小就住在洞穴裡面的人，腿和脖子被鎖著不能動，只能注視前面。在他們的背後和洞穴的上方，燃燒著一堆火，在他們的面前是一座牆。他們所看見，只是他們自己，和洞穴外的東西、人、動物所投下的影子，他們誤以為這些光影是真實的，卻無法理解造成光影的東西是什麼，直到有人逃出了洞穴，來到了光天化日，他才明白，過去他一直被牆上的光影所欺騙了。

「就像我們自己一樣，」柏拉圖寫著，「只看見了自己的影子或別人的影子，那些不過只是火投射在洞穴對面的牆上的影子。」

我興奮地寫著。手機又響了，可是我根本停不下來。我瞄了一下螢幕，果然又是粉絲來電。我心想，我才不受妳影響呢！就算天塌下來，也等我把這篇回應寫完吧，看到時候我怎麼對付妳。

我按了停止通話鍵，繼續又寫著：

柏拉圖說的故事，也就是我想說的故事了。膛手，我無意與你爭辯何者更高貴或何者更誠實。我是你的同類沒錯，但我的心中並不禁錮著一頭叫做人類的獸。存在我們心中的都是高貴的靈魂，獸只是光影。你就像洞穴裡面的人一樣，誤把光影當作真實。我不知道你是否曾經離開過洞穴（或者我該說鐵屋子，甚至說是你的觀念創造出來禁錮著靈魂的監牢），仰望過事物真正的本質？從某個角度而言，我完全同意柏拉圖的看法，我覺得作家應該是有能力分辨光影與真實的人，甚至為了這樣的信念而活。這就是為什麼我說你的作品「只是沒有價值的垃圾」的理由了。

我不知道我的作品是不是解藥，但是我不甘心像你一樣，期許自己只是止痛藥。我覺得所有的作家，儘管最終極他們未必會是真正解藥，可是一個作家如果不抱持著這種解藥的想像，他也就失去了所有的可能了。

你喜歡讓讀者歡笑，讓觀眾感動，讓他們驚奇、沉溺，這都很好，可是一個作家，不應該僅滿足於此。否則，無論你的目光如何睥睨，別人如何無所脫逃；如果你不在乎那個真正靈魂的話，你所深信的一切，無非也只是洞穴裡的光影罷了！

你的P／W

寫完之後，我重讀了一遍文章。讀完文章，我按下列印鍵，把整篇文章列印出來。列印出來之後，我想了一下，拿出原子筆在文章前面寫下這篇文章的標題：

開膛手，我喚醒的只是你的靈魂……

四點二十分，粉絲打來了她今天的第十七通未接來電。

我閉上眼睛，深吸了一口氣。我想，現在我可有精神對付妳了，我緩緩地呼出那一口氣，睜開眼睛，按了通話鍵。

「喂。」我說。

「對不起，我知道這樣做你一定不會原諒我……」沒錯，那是如假包換王郁萍。

「既然妳知道我不會原諒妳，」我說：「為什麼還用我的名字把稿子傳給《台北日報》發表？」

她只是哭著——那種掏心掏肺式的哭法。我就這樣靜默地聽她哭了一會兒，不客氣地又問了一次：

「既然妳知道我不會原諒妳，為什麼還用我的名字把稿子傳給《台北日報》發表？」

她沒有回答。

我不由自主地想起昨夜夢中的王郁萍向我走過來，說著：「抱我！」的模樣。雖然隔著電話，我彷彿看見了她在電話那一頭的臉正在腫脹、潰爛，蠕動的蟲紛紛從鼻孔、耳朵、嘴巴、爆裂的臉孔間鑽出來。

於是我強迫性地又問了一次：

「既然妳知道我不會原諒妳，為什麼還用我的名字把稿子傳給《台北日報》發表？」

終於，她停止了哭泣。用著堅定得不能再堅定的語氣對我說：

「我知道這樣做你一定不會原諒我。可是如果不這樣做，我更不會原諒我自己。」

這是什麼邏輯？不過我告訴自己，冷靜，千萬要冷靜。她打這通電話的目的，無非只是要告知，並且讓我同意她的作為而已。

可是我的目的又是什麼呢？是要求她主動從《台北日報》把稿子退回來嗎？不可能。既然她用的是我的名字傳真給報社，要把稿子退回來，當然也只能靠我自己。想到這裡，我忽然豁然開朗。

「好，既然妳這麼說。」我沒再往下說，就這樣用一種比她更毅然決然的態度，掛斷了電話。

王郁萍似乎又打來了三通電話，我都沒有再接。她又繼續打來，逼得我索性把手機鈴聲設定為靜音。

4

晚上六點半。我在〈開膛手，我喚醒的只是你的靈魂……〉簽上自己的名字，還寫下了收件人：《台北日報》副刊方主編。

我把文章放進傳真機的掃描匣，找出了副刊的傳真電話和方主編的電話。在我傳出稿件之前，我先撥電話給方主編。電話很快接通，我通知他稿子寫好了。

「太好了，你傳過來了嗎？」

「我正打算傳過去，不過在傳真之前，忽然想起一件事，想找你打個商量。」

「能為培文兄效勞，樂意之致。」

「我想了想，無論如何，〈高貴的靈魂〉我還是不滿意，想拿回來修改。」

「哎呀，你先把手上的稿子傳過來嘛，原先那篇文章很有意義啊，怎麼會說不滿意呢……」

「方主編，你可能不明白我的意思。」我打斷他，直截了當地說：「我手上有篇你需要的稿子，我寫好了，也準備就要傳出去了。但是在傳出這篇稿子之前，我必須把另一篇稿件拿回來。這就是我要跟你商量的事。」

電話那頭靜默了一會兒。旋即，方主編笑了起來。

「哈哈哈，我明白你的意思了。培文兄自我要求這麼嚴格，真不愧是大作家。」

「那就麻煩你把稿子傳回來，在上面註明這是退稿，好有個憑據，免得你們又把它刊登了。我一收到退稿傳真立刻就把新稿子傳過去。如何？」

「哈哈哈，當然。」

講完電話，手機傳來一通簡訊。我瞄了一眼躺在書桌上，處在「靜音狀態」的手機未接來電名單中，「粉絲來電」已經累積到二十三通了。簡訊上面寫著：

你知道我把你看得比我自己的生命還要重要。如果你不原諒我的話，我會用行動證明的。

用行動證明？這是威脅嗎？我心想著。

很快，我接到了《台北日報》副刊編輯范娟打來的電話。

5

方主編放下電話之後，皺著眉頭走到新來的編輯范娟的辦公桌前，交代范娟立刻把早上俞培文傳來的那篇〈高貴的靈魂〉註明「退稿」傳回去。方主編特別交代要馬上回傳給俞培文本人。因為他要收到〈高貴的靈魂〉之後，才會把今天版面需要的新稿子傳回來。

方主編一走開，范娟立刻從稿件資料中找出了〈高貴的靈魂〉的傳真稿，對著稿件發了一會兒愣。通常副刊的編輯手上都有作家的聯絡方式，不過范娟沒有俞培文的電話號碼。一直都是莉如在負責聯絡俞培文的，可是莉如剛剛才打電話來請假，要晚一點才會進辦公室。

其實剛剛范娟只要找方主編問一下電話號碼，事情就解決了，可是她不願意。她覺得如果連這麼簡單的事都找主管，一定會被輕視的。正不曉得該怎麼辦時，范娟注意到傳真稿上方一小行發文者的資料，有傳真機的電話號碼。范娟靈機一動，她可以用這個號碼把退稿傳回去。

於是她把稿件放到傳真機掃描匣上，撥了那個電話號碼。很快，電話中傳來「嘟——嘟——」的長音。

「喂。」電話被接了起來。一個女生的聲音。

范娟嚇了一跳，不過她立刻反應過來，這應該是舊式手動切換電話／傳真的機器！於是她也拿起電話傳真機的話筒說：

「對不起，我是《台北日報》副刊編輯范娟。請問是俞培文老師辦公室嗎？」

「辦公室？」那個女生的聲音聽起來心情不是很好，「有什麼事嗎？」

「請問妳是……」

「我是助理。」

「是這樣，我想把〈高貴的靈魂〉退回去，請問稿件是不是傳真到這個電話號碼？」

「為什麼要退回〈高貴的靈魂〉？」不悅的聲音。

「是他自己要求要退稿的啊，難道他沒跟妳說嗎？」

緊接著是一段不尋常的沉默，過了很久之後，對方才又說：

「妳傳過來好了。我掛斷電話之後就把機器改成傳真。」

「可是，俞老師在辦公室嗎？我必須立刻傳給他本人才行。」

「他現在應該在家裡，我不知道他家裡的傳真機號碼，」那個女孩說：「妳可以直接打電話去問他。」她跟范娟講了俞培文的手機號碼，

「對了，」范娟說：「還沒請教妳的貴姓大名？」

「王郁萍，」她說：「妳可以告訴俞老師，手機號碼是王郁萍給妳的。這樣說他就明白了。」

范娟覺得那個女孩子說話的口氣跟語調都很奇怪，可是她沒有時間多想。在交換完辦公室電

話，又說了一些以後請多多指教之類的客氣話之後，范娟掛斷了電話。

她立刻撥了俞培文的手機，很快接通了俞培文本人。范娟再三向俞培文為打擾他而道歉，因為她剛剛打到辦公室去了，可是辦公室也沒有他家裡的傳真號碼。

「辦公室？」俞培文詭異地問。

「對，」范娟說：「你的助理王郁萍小姐要我這樣告訴你，她說這麼說你就明白了。」

范娟直覺俞培文怔了一下。幾秒鐘之後，俞培文很客氣地給了范娟家裡的傳真號碼。范娟抄下號碼，再三道歉並且道謝之後掛斷了電話。

范娟依照方主編的指示在〈高貴的靈魂〉稿紙上標明了退稿，並且寫下俞培文的傳真電話。正把稿紙放進掃描匣，準備傳真時，聽見座位上的電話鈴聲響了。

她連忙跑回去接起電話。

「喂。」

「不好意思，我是剛剛那個王郁萍，請問妳問到俞老師的傳真電話了嗎？可不可以順便給我，」她客氣地說：「我臨時想到有個文件要傳真給俞老師，可是這麼晚了，我心想能少打一通電話叨擾他就少打一通，所以……」

「當然。」范娟說。並且給了她那個電話。

掛斷電話之後，范娟又走回傳真機，開始撥號。說不上來為什麼，她直覺王郁萍不對勁，可是又說不上來哪裡不對勁。

＊

傳完〈高貴的靈魂〉之後，范娟取出字匣裡面的稿件，站在傳真機前把這篇稿子又看了一遍。老實說，她一點也不喜歡這篇文章，可是她有種感覺，這樣的稿子似曾相識。正好莉如進來了，問她在幹什麼，范娟就把剛才發生的事從頭到尾說了一遍。

「妳說那篇〈高貴的靈魂〉啊，」莉如說：「哎呀，很多人最近都寫這種小品文。一段小故事，再加上一段小感想。即溶咖啡似的，甜甜的，但又不怎麼過癮。真不曉得這種類型的文章怎麼會這麼流行？」她從皮包裡拿出俞培文新出版的《靈魂的擁抱》，在范娟面前晃了晃。「哪，出版社剛寄來的，本週文學暢銷排行榜第一名。」

范娟接過那本書，邊走邊好奇地翻閱那本《靈魂的擁抱》。才讀完第一篇小品文，范娟立刻明白剛剛為什麼她讀〈高貴的靈魂〉時，覺得似曾相識了。她站在自己的座位前，大叫說：

「這篇稿子我讀過！應該是好幾個月前寄來的稿子，被我退了。」

「妳退俞培文的稿？」莉如瞠目結舌地問。

「不可能是俞培文。如果作者是俞培文，在退他的稿子之前，我一定會和方主編商量。」

「可是這篇文章的作者明明是俞培文，會不會是別人抄襲……」莉如想了一下，又說：「不對啊，妳說好幾個月前，可是前幾天我採訪俞培文，問到〈靈魂的擁抱〉時，他還說這篇臨時加進來的文章是上個月才發表的。妳想，如果俞培文上個月才發表，別人怎麼可能在好幾個月前就抄襲他的文章？妳是不是弄錯了？」

「我不可能弄錯的。」

她從桌前的電腦裡面叫出退稿的檔案資料登錄。鍵入〈靈魂的擁抱〉，按下搜尋鍵。很快，電腦螢幕顯示出一筆五月份退稿名單裡面的資料，文章名稱就是〈靈魂的擁抱〉。范娟繼續往下看，欄位上投稿人的姓名寫著：

王郁萍

范娟大吃一驚，連忙拿出〈高貴的靈魂〉來和退稿名單上的電話號碼比對，發現兩個電話號碼是一樣的。范娟推了推莉如，指著兩個相同的號碼給她看。

「妳是說，這個叫王郁萍的助理，偷了老闆的稿子，投到我們報社來？」莉如想了想又說：「這說不通啊，助理偷老闆的文章去投稿，還用自己的名字，萬一刊登出來怎麼辦？她還混得下去嗎……」

「可是，王郁萍明明說她是俞培文的助理，我告訴俞培文是他的助理王郁萍給我的電話號碼，他也沒有說什麼……」

正討論著，方主編拿著俞培文剛傳來的稿件〈開膛手，我喚醒的只是你的靈魂……〉笑咪咪地走過來，來到她們的座位前。

「看來這場論戰有得打了。」他把稿子交給莉如，「版面那邊還空著在等，妳趕快校一校，把稿子發了。」

莉如接過稿件，津津有味地讀著那篇文章，范娟連忙也湊過去看。

范娟覺得目前這篇文章的確是比〈高貴的靈魂〉高明多了。幾天前開膛手寫來「我是開膛手，心中禁錮著一頭叫做人類的獸……」時，大家一面倒地覺得精采，認為恐怕就是俞培文，也很難反駁。不過現在俞培文的稿件傳來，文采一樣光豔動人。

讀完〈開膛手，我喚醒的只是你的靈魂……〉之後，范娟回頭又忙著自己的事情。忙了不到五分鐘，她看見桌面上〈高貴的靈魂〉的傳真稿，忽然想起樓下收發處應該還有五月份王郁萍寄來〈靈魂的擁抱〉的退稿才對。

於是她立刻拿起電話，撥到收發室去。依照規定，收發室晚上是不處理退稿領取的，不過收發室的老伯認識她，願意為她破例。老伯從抽屜拿出登錄簿，又戴上了老花眼鏡，很快就在五月份的待領取退稿清單中找到范娟要的那份稿件登錄。

「沒了，」老伯爽朗的聲音說：「上個禮拜就被作者領走囉。」

范娟托著下巴想了一會兒。她覺得整件事情都很奇怪，可是又想不出來問題到底出在哪裡，想了半天，她決定乾脆打電話問個清楚算了，省得在這裡牽腸掛肚。於是她拿起話筒，開始撥王郁萍的電話號碼。電話撥到一半，她又停了下來，開始質疑自己……

干我什麼事呢？

可是愈是這樣想，她的內心愈有一股強烈的衝動，想知道到底是怎麼一回事。在打電話與不打電話的衝動之間，最後她選擇了一種妥協的做法——傳真。

范娟拿出紙張，寫著：

王郁萍小姐：

我有一事不明。請教，今年五月間，妳可曾擲下〈靈魂的擁抱〉稿件一篇給予本報副刊？

編輯 范娟 敬上

范娟把稿件放到傳真機掃描匣上，撥了王郁萍的傳真號碼。很快，范娟聽見對方傳來高頻的接收訊息，接著傳真機開始把那份傳真送了出去。

6

告訴范娟傳真號碼之後沒多久，〈高貴的靈魂〉的傳真稿已經躺在我的傳真機裡了。我拿起傳真稿，重讀了一次內容，心裡很慶幸幸好把稿子拿回來了。

〈開膛手，我喚醒的只是你的靈魂……〉的列印稿早已經放在傳真機的掃描匣裡了，幾個按鍵按完之後，我聽見對方傳來「嘟……」的訊號，旋即，傳真機開始掃描我的稿子，送了出去。

做完了這些，我開始感到肚子餓了。此外，手臂痠麻無力加劇了。更糟糕的是，隨著血管的脈動，一種說不出來的疼痛鑽入眼睛後方，完全碰觸不到的大腦深處，像鼓聲一樣，咚咚咚地發作著……

當我端著冒著煙的泡麵從廚房走進書房時，發現手機上又傳來了新的簡訊，寫著：

我真傻，竟然還想過為你自殺。

什麼意思呢？我想了一下。很快，我理解到，王郁萍應該已經知道我把〈高貴的靈魂〉退回來了。

不久，手機開始震動了起來。

嗡，嗡，嗡……

「粉絲來電」。

要不要接起這個電話？我遲疑了一下。大概半分鐘之後，手機的震動停了下來。緊接著那之後，手機又震動起來了。嗡，嗡，嗡……

粉絲來電。

嗡，嗡，嗡……

粉絲來電。

粉絲來電。

粉絲來電。

嗡，嗡，嗡……

到底要不要接起電話呢？如果接起了電話，我要跟她說什麼？她又會願意聽我說什麼嗎？

很快，第二次簡訊傳來了，寫著：

如果靈魂的擁抱可以，為什麼高貴的靈魂不行？

緊接著那之後，手機又震動起來了。嗡，嗡，嗡……

手機震動的聲音雖然不大，可是你就是可以感覺到那背後有一股憤怒的能量。

粉絲來電。

嗡，嗡，嗡……

嗡，嗡，嗡……

嗡，嗡，嗡……

與其說我沒有接起電話的勇氣，不如說我完全手足無措了。泡麵的煙還冒著。我就這樣無助地看著它在我眼前震動。我有一種預感，絕對不能接起手機，否則，我即將開啟一扇通往災難的大門。

她的第三通簡訊很快又傳來了，寫著：

我知道你就在電話旁。不要考驗我的耐心，我不會再給你機會了。接電話！

緊接著那之後，仍是歇斯底里的手機來電。

嗡，嗡，嗡，嗡，嗡，嗡……

手機震動著，像隻被挖掉內臟的活魚，在書桌上跳啊跳地，不肯平靜。我閉上眼睛，腦海裡出現了我拿著鐵鎚往魚頭猛捶的畫面。嗡，嗡，嗡……不肯死去的魚逼得我更加陷入歇斯底里的狀態，我瞳孔放大，血脈僨張，汗流浹背，瘋狂地繼續用力再砸……

嗡，嗡，嗡……

我睜開眼睛時，手機還在震動著。我伸出痠痛難耐的右手，顫抖地抓起手機，看見上面已經塞滿了「粉絲來電」的未接電話訊息。

「煩死了！」我想都不想，用力按下了關機的按鍵。

機器停了下來。不知是錯覺還是怎樣，那之後，手機還魂似的又震動了一下，之後才完全靜止不動。

7

我決定到附近的公園去跑步。

神清氣爽地跑完了一個多小時之後，天空開始下起了細雨。我回家沖了個熱水澡。忽然發現頭痛消失了，此外手臂痠痛的程度也少了很多。

我走進書房，被我關掉的手機無聲無息地躺在書桌上。不再有任何簡訊，也沒有任何未接來電。窗外的夜雨似乎變大了些，一陣風灌進來，揚起桌面上的紙張，翻飛、掉落到地板上。我連忙跑去拾起地上的紙張，並且順手關上窗戶。

現在安靜多了。

我走進廚房，從冰箱倒了一大杯水，又走回書房，從書架拿出勞倫斯・卜洛克最新出版的《繁花將盡》，走進客廳，斜倚在沙發上看了一會兒。

十點剛過一刻。我忽然覺得如果這樣畫上一天的句點，其實也很不錯。於是我起身走進隔壁的臥室，在床頭櫃的抽屜裡找出了安眠藥。吞下了一顆安眠藥之後，我關掉所有的電燈，把自己放倒在床上。

隨著藥力發作，睡意一陣一陣湧了上來。我忽然聽到短暫的低頻雜音，不久停了下來。

嘖，嘖……嘖……

或許只是我自己神經過敏吧，我安慰自己。可是過了不久。同樣頻率的聲音繼續又響起來。

嘖，嘖……嘖……

窗外的夜雨似乎變得更大了。那是一種低頻，像是雨水打在高壓電纜上，發出來的聲音。是手機的震動嗎？我心想，可是剛剛明明已經關掉手機了。

低頻雜音又停了下來。

是外面的風雨嗎？可是窗戶已經關上了。再說，如果有什麼聲響，關上窗戶時應該聽得見才是。

嘖，嘖……嘖……同樣的聲音又開始了。

是變電器嗎？誤觸電線的老鼠？或者是……

管他的，我翻了個身。天要下雨，娘要嫁人。火災就火災吧。

湧上來的睡意像水似的，爬過我的下巴、嘴唇，我的鼻孔、眼睛、髮際，我就這樣毫無抵抗地任睡意把我完全淹沒。我沒在如夢似水的溫柔裡徜徉很久，不久我就看見瘦骨如柴的王郁萍，頂著赤裸的頭和身體，帶著她慣有的笑容，矯捷地向我游了過來。我拚命划動雙手雙腳想要逃開，但王郁萍比我還快，她輕而易舉地就抱住我。儘管我死命掙扎，她仍從嘴唇開始，接著是肩膀、胸部、腹部，一路往下，吸吮我的全身……

我感覺到胸口一陣緊縮，就這樣汗涔涔地醒了過來。

黑暗中，我可以聽到窗外風雨的聲音，還有窗戶碰碰作響的聲音。過了不久，嘖，嘖，嘖……嘖……的低頻聲音又再度響了起來。

我起身戴上眼鏡，打開電燈，順著聲音的地方一路查探。一走進書房，我立刻發現剛剛關上的窗戶被外面的風雨推開了，難怪窗戶不停地碰碰作響。我打開牆壁上的電源開關，日光燈全亮了起來。滿地都是被風吹落的紙張。

我本來以為是書桌上的文件，等蹲下去撿拾時，才發現紙張是從傳真機的送紙匣被吹出來的。現在嘖，嘖，嘖……的聲音又響了起來。我抬頭一看，立刻明白吵了我一個晚上沒有停下來的，竟然是傳真機列印文件的聲音。

我瞥了一眼手上那張傳真的內容。上面寫著：

王郁萍小姐：

我有一事不明。請教，今年五月間，妳可曾擲下〈靈魂的擁抱〉稿件一篇給予本報副刊？

編輯 范娟 敬上

我抓起地上的另外一張傳真，同樣也是一模一樣的內容。所有傳真的發送者都是王郁萍，每一張文件也都列印著同樣的字。

嘖，嘖……嘖……

傳真機繼續列印著傳真。我按捺不住激動的情緒，衝過去書桌上抓起手機，狂亂地打開手機，找出粉絲來電的紀錄，按了回電的按鍵。

電話很快被接起來了。我知道那是王郁萍，可是她並沒有說話。風雨繼續吹打我的窗戶，弄得室內碰碰作響。我聽見自己喘氣，也聽見她喘氣的聲音。

「妳到底想怎樣？」終於我先開口。

「我打了一百零五通電話，發了一百二十九張傳真，在我原諒你一百零五次之後我又原諒了你一百二十九次。我甚至連自己的生命都可以給你，可是你就是不在乎，」她說：「為什麼全世界都在逼我，連你也逼我？難道你不知道我快死了，我什麼都可以豁出去嗎……」

「問題是〈高貴的靈魂〉不是我的作品……」

「如果〈靈魂的擁抱〉可以，為什麼〈高貴的靈魂〉不行？」

我沒說話。她又提高了聲調，用一種近乎尖叫的聲音，歇斯底里地問：「如果〈靈魂的擁抱〉可以，為什麼〈高貴的靈魂〉不行？」

電話那頭的風雨隱約可以聽見。在我這頭，風勢夾著雨水吹進室內，捲起地上的傳真，弄得書房到處紙張飛揚。砰砰碰碰的窗戶撞到牆壁，發出清脆的爆裂聲。透過濺滿了雨水的眼鏡看過去，我的手似乎被飛濺的玻璃碎片刺傷了，開始流血。不過眼前我也顧不了這麼許多了。

「妳到底想怎樣？」我又問了一次。

「我告訴自己，我曾經那麼喜歡你，為了這個，我說服我自己，再原諒你一次。」一陣靜默之後，她說：「後天。後天之前，我要看到〈高貴的靈魂〉在《台北日報》的副刊上刊登出來。」

「後天？可是，我剛剛才把稿子退回來。」

「你有辦法把稿子退回來，就有辦法讓它刊登。」

「可是，就算報社要刊登，他們也需要作業的時間……」我試圖繼續解釋報社的作業流程。可是她就是不肯再聽我說。

「你不要得寸進尺。」

「妳聽我說……」

「我不管！」說完，她掛斷電話，像隻蛇一樣無聲無息地消失在電話線的那一頭，只留下嘟嘟嘟的聲響。

風雨中，我聽見一聲清脆的爆裂聲，似乎又有塊玻璃被撞破了。

第十章

就像那些為了宗教犧牲生命的聖人一樣。

世俗一切都是暫時的，而愛卻是永恆。

1

時間	事件	證據
十二月二日（週四）	1.以車輛跟蹤俞培文和她。 2.當晚的電話騷擾。	1.俞培文
十二月七日（週二）	1.送玫瑰花已明確告知，請勿再送了。 2.騷擾電話。 3.電話留言騷擾。 4.半夜電話留言騷擾。	1.人證：曹心瑩 2.物證：電話答錄 3.物證：電話答錄
十二月八日（週三）	1.車窗上夾紙條。（妳還喜歡我獻給妳的報導嗎？） 2.大雨中以車輛跟蹤。明確告知不要再跟蹤。	
十二月二十三日（週四）	1.騷擾父母、親友。 2.侵入汽車內。 3.電話騷擾（「生理期間……」）	1.物證：CD，DVD 2.人證：執行製作 3.物證：巧克力
十二月二十四日（週五）	1.和採訪主任談過。 2.繼續騷擾。	1.證人：曹心瑩 2.簡訊騷擾

現在宋菁穎和曹心瑩都坐在律師辦公室裡的沙發椅上。宋菁穎看著那張摘要，有點被梅律師的效率嚇了一跳。那是剛剛邊聽宋菁穎的陳述，一邊在筆記型電腦上打字記錄下來的。

梅律師拿著摘要也在沙發前坐下來，開始和宋菁穎比對。每確認一項證據，梅律師便用原子筆在摘要上打勾。一一確認完畢之後，梅律師抬起頭說：

「我想光是這些證據已經足夠構成法律上定義的『性騷擾』了。」

「所以，我可以去法院告他？」

「妳的情況分別發生在工作當中，也有發生在下班之後，因此依據兩性工作平等法，以及性騷擾防治法的規定，妳應該先向公司的『性騷擾防治委員會』申訴。」梅律師說：「依照法律的規定，只要是三十個人以上的公司都必須設有性騷擾防治委員會以及相關防治措施。他們必須在接到妳的申訴七日之內，組成兩人以上的調查小組，開始調查，並在兩個月內完成調查。」

「萬一公司不理我怎麼辦？」

「依法他們一定要受理妳的申訴，如果妳對處理的結果不滿意，還可以再向台北市政府提出再申訴。」

「彭立中呢？他會坐牢嗎？」

「除了『乘人不及抗拒而為親吻、擁抱或觸摸臀部、胸部或其他身體隱私處行為』，依性騷擾防治法第二十五條可以判處兩年以下有期徒刑、拘役或罰款外，其他的性騷擾似乎只能回到兩性工作平等法，由公司給予行政處分。」

「行政處分？什麼意思？」

「看個別公司的規定，依情節輕重，可以對加害人降級、減薪、要求他接受輔導，或者其他的處罰。」

宋菁穎搖著頭說：「我看，這些懲罰對他這種人根本沒有用。」

「當然，除了處罰外，妳還可以要求他以書面保證不再發生類似行為。這些書面保證是具有法律約束力的。妳既然已經找過他的主管溝通無效了，我建議妳可以向公司的性騷擾委員會提出申訴。」

「可是，」宋菁穎說：「萬一委員會的成員都是男性，或是彭立中的朋友，怎麼辦？」

「我想，應該不至於。根據規定，這個委員會的組成必須女性不得少於二分之一，另外，男性委員、社會公正人士，還有專家學者，也各不得少於三分之一。」

「可是這樣提出申訴，」曹心瑩問：「會搞得天下大亂吧？」

「法律也規定調查是必須在不公開，顧及個人隱私的原則下進行。」

「如果不去申訴，」宋菁穎想了一下，又問：「我還能做什麼？」

曹心瑩笑了笑說：「別忘了我們是新聞部。愈是不公開、隱私的事情，我們愈有興趣。」

「妳可以記錄他對妳騷擾的行為，並且仔細地搜集證據。譬如說妳可以隨身攜帶小型錄音機、或手機相機，遇到騷擾時，妳可以照相、錄音，或藉著回頭和對方理論時錄音。要是在公共場合遇到騷擾，妳甚至可以當場吆喝他人，並且和對方對質，請在場的人作證。」

宋菁穎在筆記本寫下：「照相，錄音。」寫完之後，又寫：「公共場合，當場吆喝，對質。」寫完了，她忽然又問：

「如果我不申訴，也不打算去告他，搜集這些證據有什麼用呢？」

「其他該做的努力妳都做過了，我是個律師。」梅律師說：「如果妳不去申訴，也不打算告他的話，包括這些證據，還有我，可能完全幫不上什麼忙。」

宋菁穎眉頭深鎖，咬著原子筆，想了一下。

「好，我明白了。我決定對公司提出彭立中性騷擾的申訴。梅律師這裡有提出申訴相關的格式和範本嗎？」

「當然有。」

宋菁穎拿了格式和範本，向梅律師道謝，並且告別。她本來想請梅律師擔任委任人，但梅律師說以目前的情況看來，她自己去向公司申訴應該就夠了，將來如果有需要的話，她很樂意擔任她的代理人。梅律師沒有向宋菁穎收費，只是跟她握手，還請她簽名留念，還說她在晚間新聞的表現很好。

走出律師事務所，曹心瑩憂心忡忡地問宋菁穎：

「妳不怕娛樂版那些記者？別忘了妳可是ＶＴＶ的當家女主播，到時候這件事情一定會鬧得風風雨雨的！」

「如果我是對的，風風雨雨有什麼關係？」

2

宋菁穎花了一個早上的時間就完成了那張申訴的書面聲請。那份範本並不難，只要在固定的格式中填寫申訴人的基本資料，以及申訴事實、內容、相關事證及人證，也就可以了。不過整理出事實、內容，以及收集答錄機裡面的留言，及電話裡的簡訊花了她一點時間。

她保留了所有證據的原件，數位化所有證據，並且拷貝存檔。連同原來彭立中留在車上的一張DVD以及CD播放匣裡面的CD，一共是三張光碟。

做完了這些，她決定坐下來給彭立中寫一封存證信函。

彭立中先生：

基於保障我自己的權利、自由以及人身安全，我想我有必要發出這張存證信函。我曾經三番兩次要求你停止對我的跟蹤與騷擾，可是你一概置之不理，依然我行我素。我依照時間、日期詳細地列出了這些行為。

（見附件）

我希望你看完了能夠想一想。不管你的目的是什麼，我對你的任何的追求、或者提議，完全沒有興趣。我必須明白地讓你知道，你這樣的行為，已經嚴重地造成了我生活上的困擾。為了擺脫你的糾纏，我已經和律師研究過，並且採取法律上的行動，向公司性騷擾委員會提出申訴。如果你還懂得自重的話，我要求你立刻停止這樣的行為。否則，你將面臨法律上更嚴重的處分。

謹此

宋菁穎　上

為了斟酌字句，這封存證信函又花掉了她一個小時左右的時間。附件是梅律師幫她整理的那張事件順序表。宋菁穎還親自跑了一趟郵局，把存證信函寄出去。

她並不討厭做這些事情。這給她一種能夠掌控自己生活的感覺，而不是隨時隨地必須面對那種被追逐、驚嚇的恐懼與不確定感。

通常宋菁穎在下午時間進辦公室，不過今天她刻意提前了一些。她利用開編輯會議前的時間走了一趟人事室，把性騷擾書面申訴，以及相關的光碟資料交給人事柯主任。柯主任年紀不小，一頭灰白相間又不受羈束的頭髮，讓他看起來有點名士派頭，不過他鼻子上那付厚重的眼鏡完全破壞了這樣的想像。他也不招呼宋菁穎坐下，一個人坐在辦公桌前，透過眼鏡吃力地讀著申訴書，就這樣讓宋菁穎在他面前站了一會兒。看完後，柯主任慢條斯理地放下了申訴書。一雙眼睛透過眼鏡上方的空隙，沉默地看著宋菁穎。

「我要申訴，」宋菁穎前傾身體，指著申訴書說：「公司應該有一個性騷擾防治委員會讓我提出申訴的。」

「我知道。那應該是去年發過來的公文。」他開始翻箱倒櫃，在身後的資料櫃找了好一會兒，終於從公文匣裡找出了一紙公文，「勞委會發的文。」接著他又從另外一個抽屜找出來第二紙公文，看了半天之後，才把公文遞給宋菁穎。「依照那份公文的規定，我們公司的確成立了一個性騷擾防治委員會，不過妳是第一個提出申請的。妳確定要申訴？」

宋菁穎點點頭。「所以呢？」

柯主任拿出牛皮紙袋，把光碟和申訴書仔細收起來。他拿回了那份處理要點，看了半天，用食指指著上面的條文，唸著：

「這裡有規定：當月輪值委員應於三日內送請主任委員，主委必須於七日內指派委員二人以上組成專案小組，並秉持客觀、公正、專業原則進行調查。」他又把手指移到下面的條文，「專案小組在調查過程應保護申訴人、被申訴者之隱私權及其他人格權益，在調查結束之後，由小組委員將結果做成調查報告書，提交性騷擾申評會審議。」

「換句話說，七天之內就應該會有專案調查小組的委員名單產生，先由他們展開調查，最後再依調查結果交由申評會做最後的決議？」

「應該是這樣沒錯。」柯主任說：「不過我當人事主任二十多年，從沒有辦這種案子的經驗。我會打電話到市政府勞工局那邊再問看看詳細的情形。」

「那就麻煩你了。」宋菁穎看了看手錶，已經接近開編輯會議的時間了，「有什麼後續的程序或約談，請隨時跟我聯絡。」

宋菁穎轉身跨著大步往外走，還沒走到門口，就被柯主任叫住了。

「對了，」柯主任站起來說：「這個彭立中，是採訪部的記者？」

「是啊。」

「妳跟他談過？」

「申訴書上面不是寫得很清楚了嗎？」宋菁穎說：「我甚至連他的上司，採訪部趙主任都談過了。就是談了沒用，我才來申訴的……怎麼了？」

「沒什麼。」柯主任往前走了兩步，看起來像是要送宋菁穎的樣子。他意味深遠地笑了笑說：「我很喜歡看妳播報的新聞，也覺得妳在電視上的形象很清新，有活力……我是在想，有沒有可能用其他的辦法……」

兩個人都沉默了一下子。宋菁穎說：

「應該是沒有了，我和律師談過。」

「當然，這是妳的權益。」柯主任又笑了笑，「這件事我會向上面報告。不過，公文既然規定三天內送請主委，就表示這三天內，妳隨時都可以撤回這份申請。明白嗎？」

「我明白。」

宋菁穎離開以後，柯主任走回辦公桌，打開牛皮紙袋，把申訴書好好地又看了一遍。他還把光碟裡面答錄機的留言，以及簡訊內容、DVD都放進電腦裡瀏覽了一遍。

雖然他從來沒有處理過這種性騷擾的申訴，可是他碰過不少檢舉上司、檢舉同事不法的申訴案。這些案子除了表面上的理由之外，大部分都還牽涉到公司內部複雜的派系鬥爭。柯主任一時之間還搞不清楚宋菁穎這個申訴案子後面的背景是什麼？他的主管，還有公司老闆的態度又是什麼？柯主任直覺這件事情非同小可，畢竟宋菁穎可是晚間新聞的當家主播。

柯主任打了一通電話給丁副總。丁副總是女性，同時也是性騷擾防治委員會的主委。他覺得有必要讓她在第一時間知道這個訊息，順便了解一下她的態度。不過丁副總並沒有接手機。祕書告訴他，丁副總正在開會。

柯主任再打手機給新聞部孫經理。不過電話一連線，他就在手機裡聽到丁副總講話的聲音，顯然他們在開同一個會。柯主任利用一分鐘不到的時間跟孫經理簡報這件事。孫經理似乎有點在狀況之外，他低聲地建議柯主任打電話給採訪部趙翔主任，問問看他知不知道這件事情，還說開完會之後他會花時間了解這件事情。

於是柯主任又撥了電話給趙翔。電話接通之後，才起了個頭，柯主任就被趙翔長長的歎氣聲給打斷了。

「我就知道這件事情沒完沒了。」他說：「她也不看看自己晚間新聞的收視率，從來沒替公司賺過錢，就會找麻煩。」

3

隔天早上，趙翔又把彭立中叫進辦公室訓了一大頓。

「現在你打算怎麼辦？」趙翔問。

「我自己的事，我自己會處理。」

「你要是會處理，哪會鬧成這樣？好了，」趙翔說：「現在孫經理要和你談這件事情了。」

「談就談。」

「唉。」趙翔又歎了一口氣，「你上次不是拿給我看照片和一些相關的資料，你去準備準備吧，我們十分鐘後在孫經理辦公室見。」

趙翔並不知道，在進辦公室之前，彭立中已經收到存證信函，並且寫過一通簡訊給宋菁穎了。

他寫著：

如果妳把我如此誠懇的行為當成騷擾，妳真的是太踐踏我的尊嚴了。我可以用我的人格，甚至是生命保證，我對妳絕對沒有任何性方面的意圖，也不會對妳造成任何危險的。我不知道為什麼妳完全不相信我，甚至要用如此極端、幼稚的方法來處理事情。我們大可以坐下來，好好談談我們之間的關係。我要求的無非也僅僅只是這樣。可是妳從來不肯正視我的請求，一定要把人與人之間的關係搞成這樣。在妳要求我尊重妳之前，妳可曾尊重過我？

彭立中根本不需要準備，他所有的資料與照片都儲存在手機裡。他只須走回自己的座位，拿出手機以及那封今天一早收到的存證信函就可以了。

他重新又看了一次那封存證信函。這應該是宋菁穎寫給彭立中的第一封信。雖然口氣不是很好，可是經過「手機事件」之後，宋菁穎如果要鬧鬧脾氣什麼的，他其實已經很習慣了。是那份附件，給了彭立中一種新的想法——那些發生在他們兩個人之間的事情，現在被宋菁穎確認，甚至詳細地記錄了下來，還會被所有的人看到……

那個徹悟讓彭立中感受到一種前所未有的興奮。他相信宋菁穎這個作為必然會使這件事情變得更公開，如此一來，它就可以被書寫，被發布，被廣泛地知道，被談論，並且變成更多人的共同記憶。這些記憶，甚至超越了他們兩個人，變成了一種歷史的存在——一種比個人還要巨大的存在。

所以，憑什麼，宋菁穎一個人可以決定它的意義呢？

我們小時候也被強迫做很多事情啊，我們哭著被生下來，哭著不肯去上學，哭著不肯寫字，哭著不肯做功課……現在我們感謝父母親把我們生下來，感謝他們強迫我們做一切。因此，當小孩哭的時候，沒有人會去告父母親騷擾小孩，因為成長是一件大家公認更莊嚴、更重要、更巨大的存在。這種存在是超越小孩本身意志的。

愛情、詩與美感也都一樣。做為一種更巨大的存在，它不是宋菁穎單方面喜不喜歡，甚至是這個世界上的人認為道不道德，就可以決定的事。

為了那個更巨大的存在所應許的完美，他甚至覺得宋菁穎的拒絕，包括他自己的屈辱、痛苦，都是可以忍受的。這就像那些為了宗教犧牲生命的聖人一樣。世俗一切都是暫時的，而愛卻是永恆。他相信，有一天當他們走到應許之地時，宋菁穎會明白他所承受的一切，並且對他真心感激。

想到這裡，他又發了一封簡訊給宋菁穎。

> 為了妳我要去見孫經理了。我相信妳一點也不明白妳自己在做什麼。可是，如果上天認為妳所加諸於我的一切，是必經的考驗和折磨的話，我願意很驕傲地告訴妳，為了妳，我是一點也不畏懼承擔的。
>
> 這就是我。不是妳說的什麼性騷擾妳的人。

發完這封簡訊之後，他甚至產生了一個新的靈感。他覺得他應該多發一些簡訊給她，創造出更多他們共同存在的證明，就像那封存證信函的附件見證了他們共同發生的事情一樣。現實上，也許他們並不能在一起，可是透過簡訊和文字，他們都可以彼此連結，為同樣的事情對話，相互依存——就某個程度而言，那和整天耽溺在無謂的生活瑣事裡的熱戀情侶，似乎也沒有什麼兩樣。

是的，相互依存，耽溺在無謂的生活瑣事裡的熱戀情侶。

於是，當他拿著資料，以及宋菁穎的手機走到孫經理辦公室門口前，他又停下來，站在那裡寫了一封簡訊給宋菁穎：

我現在已經到了孫經理辦公室的門口了。如果妳好奇我臉上的表情是什麼的話，我可以告訴妳，我的表情是微笑的。想起妳就會出現的那種微笑。

不多談了。等和孫經理談完了再說。

發出了簡訊，他帶著微笑走進孫經理的辦公室。他看見孫經理和趙主任都已經在裡面了。他們坐在沙發上，和他不同，兩個人都眉頭深蹙，一臉凝重的神情。

4

彭立中對兩位主管敘述了一個認真又癡情的男孩子的故事。在那個故事裡，儘管故事情節和存證信函附件所記載的沒有什麼太大的差別，但是觀點卻大不相同。彭立中用「超出普通的友誼」來形容他和宋菁穎之間的關係。這個關係一直維持了好幾個月，直到俞培文出現為止。換句話說，是宋菁穎背棄了愛情，單方面想要終止他們之間的關係。他並沒有「性騷擾」宋菁穎，他相信她所謂的「性騷擾」，無非只是他想挽回他們之間關係所做的努力而已。他說：

「我當然明白她選擇跟誰在一起是她的自由，但問題是用『性騷擾』當作甩掉我的藉口，實在太誇張了。你們想，如果我們原本的關係就已經遠超出『性騷擾』，我何必又回過頭來對她『性騷擾』呢？」

「你的意思是說，」趙翔問：「你們曾經有過性關係？」

「這事關一個未婚女性的名譽問題，我不想多說。如果要說，也應該由她自己來說。」

彭立中還表示，他花了很多時間瞭解俞培文，也做了俞培文的報導。俞培文是一個虛有其表、私生活不檢點、男女關係紊亂的作家。他跟蹤俞培文和宋菁穎是為了確認這個事實，他在電話裡的留言也是為了提醒她這件事情。如果宋菁穎真的移情別戀，那是她的自由。可是她有理想，有大好前程，因此他無法眼睜睜地忍受看到她被像俞培文這樣的人欺騙，甚至是墮落。彭立中關心她，所以花了時間去研究俞培文，做俞培文的報導，想藉著她播報這些新聞，點醒她。可惜她就是深陷其中，不可自拔。下雨那天，她就是聽不進彭立中善意的勸告，甚至還用手機砸毀了採訪車的車窗。

彭立中展示了宋菁穎和俞培文擁抱的照片，車窗被砸破的照片，也展示了宋菁穎的手機給兩位長官看。孫經理接過手機，看了看照片，沒有說什麼。

「手機和車窗我都自費修理了。我不想跟她計較這些小事，只希望她能不要被別人欺騙。」

孫經理把手機還給彭立中。他問：

「那DVD和CD怎麼說？」

「那是為了給她生日一個驚喜啊！有她的爸爸、媽媽、國中同學，還有採訪同仁，大家都跟她說『生日快樂』！難不成她也要告他們『性騷擾』嗎？」

「她說你好像還拿了她的車鑰匙，進到她的汽車裡面？」

「那也是為了送她禮物啊，經理，」彭立中說：「去拿鑰匙時包括晚間新聞的執行製作，所有人都知道這件事啊。我們全是好意，為了給她驚喜。」

孫經理看看彭立中，又看看趙翔。他問：「趙主任，你覺得這件事情怎樣？」

「這件事情宋主播也曾經來辦公室找我談過，我是覺得，」趙翔想了一下才說：「男女之間，處理情感有時候稍微拿捏得不好，很容易就會發生誤解。誤解當然需要溝通，但如果硬要說這件事情是『性騷擾』，我覺得是有些過頭了。」

「你呢？」孫經理問彭立中，「你自己覺得呢？」

「我對她充滿善意，我不可能對她性騷擾的。這樣說根本是對我人格的侮辱。」

孫經理安靜了一會，似乎想著措辭，然後說：

「你們男女之間的事是私人的事，也許外人沒有評斷的資格。但是對方不願意你這樣做了，你還繼續發簡訊、打電話去騷擾人家，這就不對了。不但不對，法律上你也站不住腳的……」

「發簡訊、打電話如果一定要先得到對方的同意才能打，我們記者全都不要幹了，不是嗎？要是法律不允許的話，那些被我們採訪的人，為什麼不去告我們騷擾？」

「我不想跟你討論這些。你最好知道，這種女權啦，弱勢啦，都是當前的政治正確。不但政治正確，也是法律正確。一扯上政治正確，你自己也知道的，女性變成了弱者、被害者，你是男性、加害者，沒有人會同情你的。這就是根深蒂固的政治正確。任何有政治正確的地方，恐怕就沒有真正的正確了……」

彭立中低著頭不講話。

「我也勸過他，」趙翔說：「可是他就是死心眼。」

「我想你有必要知道，雖然我是公司『性騷擾防治評議會』的委員之一，不過這個評議會從了副總以下，必須有一半以上的女性成員，還有所謂的專家學者。就算我想幫你，我也不認為你能討到什麼便宜。」

「那該怎麼辦？」趙翔問。

「既然你說是誤會，你有沒有辦法和她談談，看看她到底希望怎麼樣？該認錯、該道歉，只要她願意撤銷申訴，不管她提出來的條件是什麼，你都接受。我看這是最省事的辦法了。」

彭立中還是低著頭不說話。除了喜歡她，他沒有別的居心。可是眼前孫經理的這一番什麼「性騷擾防治評議會」，還有什麼「政治正確」的大道理讓他無由地感到一股憤怒。他們都是男人，明明聽得懂他在說什麼，可是卻懦弱地屈服在什麼女性的「政治正確」和什麼「法律正確」的壓力之下，剝奪他應有的權利和正義。

見他仍然不說話，趙翔急得問他：

「怎麼樣？你倒是說句話啊！如果她不肯見你，我可以幫你安排，或者幫你從中協調啊。」

彭立中搖搖頭說：「我自己會解決。」

「你有把握？」

彭立中點頭。

「真的有把握嗎？」趙翔不太相信地又問了一次。

彭立中又點了第二次頭。

「好吧，解鈴還需繫鈴人，」孫經理說：「目前看起來也只能先這樣了。」

彭立中和趙翔同時起身準備告辭，不過孫經理把趙翔留了下來，他還有一些事情要和他另外討論。

彭立中一個人離開，一走出孫經理辦公室，他立刻拿出手機，站在門口忿忿不平地發了一通簡訊給宋菁穎：

我和孫經理談過了。我想我們之間有很大的誤解，我得跟妳談一談。我希望妳能回應我。

他走進採訪部，忽然想起什麼，於是站住了，又拿出手機發了另一通簡訊：

我是說真的。我們必須當面談一談。這件事是妳惹出來的，妳有責任跟我談一談。如果妳不回應的話，我就去找妳了。

彭立中坐到自己的辦公桌上，等了五分鐘。沒有任何回應。他撥了一通電話給她，可是她還是沒接。於是他再也忍不住了，拿起手機寫著：

我相信妳現在一定在辦公室裡。我們的辦公室只隔著一條長廊，我卻必須用這種方式等待妳的回音。事情真的是妳惹出來的，我對妳的尊重已經是仁至義盡了，可是妳呢？

我甚至連電話都撥了，妳還是不回應。妳讓我沒有別的選擇。我現在過去找妳了。

按了簡訊傳送之後，彭立中立刻站起來，往辦公室門外走。他走到長廊的時候，聽到宋菁穎的辦公室裡傳來一聲很大的尖叫聲，然後是騷動的聲音。他無視於這一切繼續往前，直到來到編輯部的大門口，才被一個身材魁梧的男性工作人員擋住了去路。

「有什麼事嗎？」他問。

「我有事找宋菁穎。」彭立中的視線越過那個工作人員看過去，發現宋菁穎已經不在她的座位上了。

「她不在。」

「可是我剛剛還聽到她的聲音。」彭立中試圖穿越那個工作人員，可是工作人員不讓他通過。

「我跟你說她不在，她就不在。」

他們僵持了一會兒，公司的保全人員走了過來。

「什麼事？」他問。

「我是採訪部彭立中，」彭立中說：「我要進辦公室找宋菁穎主播。」

保全人員看了看工作人員，問他：「剛剛是你打電話過來的嗎？」

工作人員點點頭，冷冷地對保全人員說：「我跟他說過了，宋主播不在。可是他還要硬闖。」

保全人員又把頭轉向彭立中，對彭立中說：「他說宋主播不在。」

5

宋菁穎快被彭立中煩死了。儘管她一再告訴自己，這只是四、五十通簡訊，沒有什麼。可是播報晚間新聞時，她仍然吃了好幾個螺絲。

簡訊的疲勞轟炸讓她覺得煩躁無比，他寫來的簡訊，有時語氣溫柔，有時嘮叨，有時又帶著感到不安的憤怒。她甚至想要關掉手機算了。可是關掉沒幾分鐘，她又想起萬一他又寫來簡訊：「我決定現在過去找妳了。」怎麼辦才好？於是她又打開了手機。

她甚至覺得，如果彭立中堅持要談判，不如在有梅律師的陪同之下，和他談一談算了，免得他老是糾纏不清。可是梅律師並不贊成她的想法。她認為既然提出了申訴，就等於進入了法律程序，出爾反爾再和他談判，將來只是更沒完沒了。她建議宋菁穎暫時避免和他接觸——至少在申訴案成立前的這三天不要，以表示她強硬的決心。

現在宋菁穎甚至經過長廊去上洗手間都得找曹心瑩陪伴。她彷彿又回到了國中時代，下課和死黨手拉著手去上廁所一樣。她覺得對曹心瑩很不好意思。可是曹心瑩一直陪著她，甚至耐心地等她播完晚間新聞。她們故意不搭電梯改走樓梯，還搭曹心瑩的汽車回家，以避開彭立中的跟蹤。

在回家的路上，宋菁穎又接到彭立中傳來簡訊寫著：

妳何必躲我呢？拒絕一個全世界最在乎妳的人，把他當成惡魔對妳有什麼好處？我最恨妳這樣了。妳以為妳能躲到哪裡去呢？

看完簡訊，宋菁穎立刻本能地回頭去看車窗後方，直到確認彭立中的汽車沒有跟在後頭才轉回前方。可是沒幾分鐘，她不放心，猛然又轉身回頭看。就這樣二、三次下來，她再也受不了了。宋菁穎想起自己並沒有做錯什麼，卻像逃犯般無助地被人追逐，眼淚就無可抑遏地一直流。

曹心瑩抽出紙盒裡的面紙遞給她，沒說什麼。

宋菁穎哭了半天，又用面紙擦眼淚，無奈地說：

「我又沒做錯什麼，卻像犯了罪，在逃亡似的。」說完，好不容易擦乾的眼淚又流出來了。

「別這樣想，」曹心瑩又抽了一張面紙給她，「就當成生了一場病吧。有時生病不一定需要什麼理由，但只要時間，病總是會好的。」

宋菁穎點點頭。她是生了一場病，病情不輕，隨時可能發生狀況，隨時需要有人看護。

曹心瑩邀請宋菁穎暫時到她家過夜，她擔心彭立中搞不好又在她家門口等她。宋菁穎同意了。於是宋菁穎隨著曹心瑩回家。曹爸爸、媽媽還有曹心瑩的弟弟陪著她一起吃了一頓豐盛的晚餐。沒有人知道她發生的事情，也沒有人提起。曹心瑩的弟弟是個外向的大學生。他們班上有很多人崇拜宋菁穎。他說了很多笑話。雖然開飯的時間有點晚了，可是他們還是在一起吃了一頓愉快的晚餐。

晚餐後，曹心瑩拿來她的睡衣給宋菁穎，並且告訴她可以睡在客房裡。宋菁穎接過曹心瑩的睡衣，心裡忽然有說不出來的感動。她說：

「心瑩，我可以抱妳嗎？」

「可以啊，」曹心瑩有點不解地問：「為什麼？」

「沒什麼，就是想和妳『靈魂擁抱』。」

宋菁穎說完，伸開雙手去擁抱曹心瑩。

「謝謝。」她把曹心瑩抱得好緊，好緊。

「別這樣說，這場病一定會過去的。加油。」同時，曹心瑩也緊緊地擁抱住了宋菁穎。

6

宋菁穎的申訴是週一提出來的，到了週三時已經過了二天。週三上午是她固定上法文課的日子。她喜歡法國大革命、法國電影、法國文學……她喜歡法國的一切。儘管宋菁穎沒去過歐洲，但她總覺得在去法國之前，她應該要把法文學好才對。

初級法文的學程是三個月一期，她目前上到第二個學程。學程的要求很嚴格，不但嚴格管制缺課、曠課，並且要通過考試才能晉級。宋菁穎適應得很好，她從不曾缺課，只要再通過一次考試，她就可以晉級上中級的課程。

由於課程從九點鐘開始，因此一大早，宋菁穎必須搭計程車趕回深坑去拿課本、筆記和上課證。坐在計程車後座往回家路上時，一朵不安的烏雲飄過她心中。她想：會不會彭立中就在周圍？她也曾猶豫過，單獨一個人去上法文課好嗎？不過她很快就放棄了這個猶豫。她安慰自己，或許這時候，彭立中不知道她在哪裡吧。更何況，這是她必須捍衛的生活——無論如何，不能被彭立中破壞掉的日常生活。

她回到家裡，換了一套便服，又拿了上課用品出門。在計程車上，她翻開出門時從門口順手攜走的報紙。宋菁穎被報上的一則消息吸引了，那是一個被女朋友甩掉的反社會人格男人，怪罪女朋友的養父母，不吃不喝埋伏在女友家頂樓一天半，砍死了女友的養父，砍傷了她的養母。

認真地讀完這則報導之後，她闔上報紙，再也沒有心情看其他的消息了。她看了看手機，很反常的，從昨晚到現在，她的手機非常安靜，沒有任何簡訊傳過來。

會不會彭立中從此消失了呢？不可能，宋菁穎心裡想，畢竟她昨天只是搭了曹心瑩的車回家過夜。他不可能就這樣消失了。

這次他會埋伏在哪裡呢？他心裡又有什麼打算？

宋菁穎發現自己沒有辦法像從前一樣，專心地上法文課。就算彭立中不出現，不發簡訊，他的消失還是騷擾著她的生活。她不期待他出現，可是他又不可能不出現。在出現與不出現之間的懸疑，就這樣硬生生地占據她的生活，慢慢侵蝕她的人生。

因此當上完法文課走出教室，宋菁穎看到彭立中就在走廊轉角等她時，她反而沒有什麼驚嚇的感覺了。她甚至嘲笑自己有點太天真了，還期盼著他也許不知道她的行程。該來的就來吧，她心裡想著，畢竟校園裡到處都是人，總比流落在暗夜陋巷裡被跟蹤好很多。

宋菁穎低著頭大步向前走。經過彭立中面前時，她並沒有刻意避開他的眼神，反而視若無睹地看著他。宋菁穎有點被彭立中的模樣給嚇到了。他一頭雜亂的頭髮，疲憊的表情，目光渙散，眼球裡面還佈滿了血絲，好像幾天沒睡覺似的。宋菁穎和他交會而過，繼續往前走，才走了二、三步，她就可以感覺到他跟在後面。

「我們得談談。」彭立中說。

宋菁穎撇著嘴，沉默地往前走。

「我一直喝酒，一整個晚上沒有睡。我甚至企圖要自殺……可是我又想，這樣不公平，所以我又讓自己振作起來來找妳。」

宋菁穎聞到了酒味，帶著一種腐敗的氣息的酒味。她仍然還是保持沉默。

「我們得談談。妳不能這樣，」彭立中亦步亦趨地跟在後面，「這樣很不公平。妳不能這樣對我，又不和我談。妳明明知道我不可能傷害妳，卻這樣說我。我不知道妳的居心是什麼，妳已經整得我整個人，全部的心情都動彈不得了，我變成了一個失去自由的囚犯。妳這樣捉弄我很快樂是不是？」

宋菁穎愈走愈快，她看到走廊盡頭是女廁所，更加快腳步衝了進去。

「捉弄我，妳很快樂是不是？」彭立中就在女廁所外面，提高了聲調喊著。

宋菁穎驚慌失措地衝進一間沒有人使用的廁所裡，將門反鎖。背靠著門，上氣不接下氣地喘著。

「這樣妳很快樂是不是？」那個聲音還在門口嚷著。

「你敢進女廁所我馬上就尖叫！」宋菁穎歇斯底里地喊叫。

那個聲音暫時安靜下來了。

宋菁穎等了一會兒。可是她仍然不敢貿然打開廁所大門。她擔心，萬一打開大門，他就站在門口。已經是上課時間了，沒有任何人走進廁所。過了沒多久，手機震動了起來。宋菁穎拿起手機來看，是彭立中傳來的簡訊，上面寫著：

我只想跟妳談一談。我已經等妳等了兩個多小時，如果妳要我等，我還可以繼續等下去。妳必須答應我，撤銷那個申訴。妳很清楚，那對我不公平。

撤銷申訴的事讓宋菁穎又恢復了鎮定的力量。她拿出手機，打電話給法文課程的祕書邱小姐。

「邱小姐，我是法文初級課的學生宋菁穎，我在樓下走廊盡頭的女生廁所，我碰到色狼了，就在廁所門口，拜託妳趕快找校警來救我！」

五分鐘不到，她聽到了校警和邱小姐的聲音。

「宋小姐，妳在裡面嗎？剛剛是妳打的電話嗎？」

當宋菁穎終於打開廁所大門走出來時，邱小姐問她：「妳還好嗎？」

她點點頭，全身無力地問：「你們見到了那個色狼嗎？」

校警和邱小姐同時都搖搖頭。

宋菁穎立刻走出女廁所。校警和邱小姐都跟隨在後。走出室外時，她感到一陣輕微的暈眩。她向四周張望，試圖尋找彭立中的蹤影。不曉得是太陽太大了還是怎麼一回事，她什麼都沒看到。極目望去，到處只是白花花一片。

7

宋菁穎又在曹心瑩家裡住了一天。

星期四是宋菁穎提出申訴案之後的第三天。曹心瑩勸她暫時別去跳有氧舞蹈了，過了這一天，她的申訴案就正式成立了。可是宋菁穎堅持，她覺得一個人如果連自己的日常生活都不能捍衛，她就真的是弱者了。曹心瑩擔心她的安全，她告訴宋菁穎，畢竟她是女人。不過宋菁穎笑了笑，告訴曹心瑩，她很明白自己是女人，但女人不是弱者。

一大早出門，宋菁穎就接到了彭立中的簡訊。

昨天我的狀況不好，我已經發現了，真的很對不起。我願意道歉。我想，很多事情應該心平氣和才對。我今天特地向公司請了一天假。沒什麼，只是告訴妳一聲，我現在的狀況很好，我準備好了。

她開著車駛進健身中心的停車場，拎著運動背包走出停車場時，又傳來彭立中的第二通簡訊，寫著：

我只想談一談。沒有任何不好的意圖。我想好了，如果妳不願意談，那也沒關係。只要讓我安靜地待在妳身邊，我保證一句話也不說。

宋菁穎知道他就在周圍。可是她一點也不恐懼。經過了昨天的事，宋菁穎覺得她必須重新武裝自己的精神。這是唯一的出路，她沒有別的選擇了，她得在意志上比他更強悍才能生存下來。

八點五十七分。她看了看錶。宋菁穎事先已經在家裡換好了韻律服。她走進更衣室，脫掉外套以及長褲，稍整理了一下。再過三分鐘有氧舞蹈就要開始。她做了一個深呼吸，推開更衣室最裡面的門。

門的後方是舞蹈教室，正放著音樂。教室裡，包括教練在內，很多同學都已經開始在自己的位置做運動前伸展以及熱身了。宋菁穎拿了一個階梯，在鏡子前站定，像平常一樣，也隨著音樂開始做伸展。

九點鐘，教練拍拍手招呼大家。她說：

「大家都到了嗎？我們開始吧！」

同學紛紛站到定位。喇叭音箱傳出來熟悉的歌曲，QUEEN（皇后）合唱團的〈I was born to love you〉：

I was born to love
With every single beat of my heart
Yes, I was born to take care of you
Every single day...

「伸展左手，」教練兩腿微開，比著左手，「伸展右手……」

同學們也跟著教練開始伸展。

就在這個時候，通往男更衣室的門被打開了。宋菁穎從鏡子裡，看到彭立中穿著緊身上衣及運動褲走進來。音樂聲中，他彎下腰，拿了階梯，磨磨蹭蹭一路挨到她的身後。他抱歉地對左右的同學點點頭，放下階梯，也跟著教練開始做動作。

「很好，現在左腳踩上階梯，伸展擴胸，一、二、三、四……」

宋菁穎踩階梯，彭立中也跟著踩階梯。她擴胸，他也跟著擴胸。彭立中知道宋菁穎在鏡子裡看他。他在鏡子裡對她微笑。

很可笑的是宋菁穎現在不是害怕，而是一種作嘔的感覺。

音樂繼續進行著，大家繼續跳著有氧舞蹈。宋菁穎沉著地做著動作。

You are the one for me
I am the man for you
You were made for me
You're my ecstasy
If I was to given every opportunity
I'd kill for your love

「你什麼時候才要停止對我的騷擾？」忽然，宋菁穎停下了動作，轉身過去，對著彭立中大叫。

彭立中有點愣住了。

宋菁穎不饒他，用更大的分貝大叫：「變態！色狼！」

所有的人都停了下來。音樂仍在進行著，宋菁穎注意到有個人衝進了更衣室，如果沒有弄錯的話，她應該是個新聞同行，但現在宋菁穎管不了那麼多了，用著更大的聲音對所有的人控訴：

「這個人是個變態，色狼，他長期對我性騷擾。叫他走開！」

「我也報了名，繳了錢，」彭立中理直氣壯地說：「這是我的權利。」

那個衝進更衣室的同學又出現了，拿著手機相機拍照。

「變態，」宋菁穎開始尖叫：「色情狂！」

有氧舞蹈教室的學員大部分都是女生，男生只有一、二個。不過現在所有的人統統圍了過來。

第十一章

反正大家都只是等待執刑的死刑犯，

時間到了，誰都不免一死，

我們又何必自欺欺人地去追求什麼虛無縹緲的「靈魂」呢？

1

那是傳出回應開膛手的文章給《台北日報》之後的第三天下午，也就王郁萍要求我必須把〈高貴的靈魂〉刊登出來的日子。根據回報，王郁萍已經離開她的住家，搭上捷運，往我所在的咖啡廳前進了。我就坐在咖啡桌前，擺在我桌面上的是當日的《台北日報》，在副刊上，刊登著〈高貴的靈魂〉，作者俞培文。

房間裡面，譚先生的人馬正對隱藏在餐桌下的麥克風以及天花板上的隱藏攝影機做最後檢查。同一時間，另一組人正設法潛入王郁萍家尋找〈靈魂的擁抱〉那兩份退稿。

這位譚先生是小邵找來的傢伙。除了曾在調查局做事但因某些不方便說明的理由退出公職外，我對他可說是所知不多。因此，昨天當他開門見山提出潛入王郁萍家的提議時，我真的有點出乎意料，於是當場又問他了一次：

「什麼？」

他用平靜得不能再平靜的語氣，又說了一遍。

「派一組人潛入王郁萍家，把那兩份退稿弄出來。這是最簡單的方法。我們花了一些時間追蹤這個女孩子好幾天。這個女孩子的生活不算太複雜，你只要能找個藉口約她出來，拖住她三十分鐘到一個小時，我就有把握進屋子裡把那些用來威脅你的東西找出來，解除你的狀況。」

他拿出一張A４大的紙張，對我說：

「這是一份簡單的行動計畫書，請你看看。」

我接過那份看起來密密麻麻的計畫書，瞥了一眼。儘管我還是有很多的疑問。諸如：「萬一失手了怎麼辦」，或是「如果退稿沒有藏在家裡」這類的問題，可是礙於氣氛，我很克制地沒有提出。

「大部分人碰到這類勒索的事情，多半會傾向息事寧人。但是根據我們的經驗，這樣並不會停止對方對你的勒索，不但如此，你愈是退縮，事情就愈容易擴大。軟弱的態度往往只會引來對方得寸進尺，需索無度，沒完沒了……」

他說得好像一切只是一件簡單得不能再簡單的任務，加上小邵又在一旁幫腔，我們很快達成共識，這也是為什麼我現在坐在這個譚先生經營投資的咖啡廳的理由了。

冬天裡難得的好天氣，迤邐的陽光透過窗戶射進這個位於咖啡廳二樓的貴賓包廂裡，在桌面上映照著窗戶的形狀。我看了看錶，利用最後的時間去上了一趟廁所。等我從洗手間走回來時，所有的佈置以及裝置已經做完了最後的確認。

「把你的手機給我。」譚先生說。

我交出手機。譚先生拿出了手機的電池，把手機還給我。

「這位先生是我們的人馬，」譚先生指著一個身穿咖啡店制服的服務生，戴著耳機麥克風的高個兒男子，「他會隨時在這個房間，或是門外待命。你有任何問題隨時可以找他，只要你說『濕紙巾』這個代碼，他就會假裝去拿濕紙巾，回來時佯稱有人打電話找你，讓你去外面接電話。你可以拿出手機，自言自語說：『原來手機沒電了，難怪電話會追到這裡來。』然後走出去外頭接電話。走出包廂之前，自然會有人接應你。知道嗎？」

我點點頭。

「盡量拖延時間，」他指了指大個子服務生的西裝上衣口袋的白色手帕說：「一旦任務完成，我會讓他換成紅色手帕走進來通知你。」

我又點頭。

「最後，這是緊急情況用的。」他指著藏在桌底一個紅色的按鈕說：「只要一按這裡，我們立刻會停止任務，讓外面待命的人馬衝進來。這很重要，特別是有危險的時候，一定要學會先保護自己，嗯？」

他又拍了拍我的肩膀。「一切會很順利的。」

「嗯。」

就在他說完話的瞬間，所有在房間裡面準備的人忽然都消失了，彷彿他們不曾來過似的。隨著時間移轉，陽光透過窗戶映照在桌上的光影無聲無息往後退縮了一點點。

比預期的晚了一點，我聽見貴賓室外敲門的聲音。

沒多久，高個子服務生滿面笑容地把王郁萍帶進來，站在我的面前。我看著服務生西裝口袋裡的白色手帕，深吸了一口氣，轉頭對王郁萍開始微笑。

2

「我要為前幾天一直打電話、傳真叨擾你向你道歉。我脾氣不是很好，特別是生病以後，有時候連我也無法控制。醫師說我的壓力太大了，要我放輕鬆，我的身體不適合承受太大的壓力。你知道的，」她不好意思地說：「真的很對不起。」

「別那樣說。」我乾乾地笑了一下。

她比上次還要瘦，看得出化了很濃的妝，試圖遮掩底下什麼似的。氣氛有點生硬，隔在我們之間是明亮的空氣，陽光把游移其間的細微灰塵照得晶晶亮亮的。

我把準備在桌面上〈高貴的靈魂〉剪報推到她的面前。

「我早上已經在報上看到了，謝謝。」

她拿起那張剪報，又認真地重讀了一遍，讀完之後，好像吃了很好吃的食物似的，露出了滿意的表情。她把剪報仔細對摺，舉到眼前的高度，敬酒似的說：

「謝謝你，真的非常謝謝。」說完又放了下來。

「我有個問題，」我說：「純粹是個人的好奇。」

她點點頭，彷彿她早準備好回答我任何問題似的。

「這篇稿子，我是說……像這篇稿子這樣，就是妳希望我替妳做的全部的事情了嗎？」

她搖搖頭。「我不希望你為我做什麼，我只希望能回報你，回報這個世界。」

「回報我？」

「隨便說一件事，任何一件我可以為你做的事。任何一件，只要你喜歡。」

「可是……」

「你要我站起來，為你轉圈嗎？」

我遲疑了一下，她已經站起來移動到陽光下，開始轉圈了。陽光隨著她的轉動在她頭頂滿溢滲出。轉圈，轉圈，又轉圈，她一共轉了三圈，才氣喘吁吁地說：
「只要你開口，我願意為你做任何事，哪怕是必須拿走我的生命，一切的一切，我都願意。」
我不需要她替我做什麼，我想要的無非只是我原來平靜的生活罷了。
「再說一件，」她說：「任何一件，你喜歡的事，讓我為你做。」
「妳坐下來好了。就這一件。」
她咚的一聲坐了下來，愉悅地說：「我這樣乖嗎？」
我得改變話題，我心裡想。
「妳為什麼要回報我？」
「我虧欠你太多太多了。你知道嗎？有時候我會想，我可能是因為生了這個病，才有機會更深刻地體會到你想要告訴世人的東西，才有機會單獨跟你坐下來，像現在這樣……所以，我一點都不後悔得了這個病。」
「所以，妳體會到的是……」
她皺了皺眉頭，歎了一大口氣。沉默了一會兒，她才說：
「俞先生，你會不會覺得很奇怪，為什麼這個世界上的人那麼容易就被表象給限制、蒙蔽了？大家只在乎有沒有名氣，有沒有錢，男生女生只在乎容貌漂不漂亮，如果人們都像我這樣感受到死亡的話，他們一定會明白，這些都只是表象。在表象的後面，有更重要的事情，卻被忽略了。」
「更重要的事情？」
「靈魂啊。那是唯一永恆的事情。生命、肉體、物質都是短暫，而且終會消失，可是靈魂卻是恆久不變的。這是從你的作品裡面透露出來的訊息，他們很多人都不相信，可是我相信。」

「假如，我是說假如，假如並不存在什麼所謂的靈魂呢？」如果要拖延時間，大談形而上學倒是個不錯的主意。於是我說：「會不會所謂的靈魂只是腦細胞的活動？如果我們都只是會腐朽、滅絕的肉體，死了就是死了。世人愛吃、愛喝、愛物質、愛美色有什麼不好呢？反正大家都只是等待執刑的死刑犯，時間到了，誰都不免一死，我們又何必自欺欺人地去追求什麼虛無縹緲的『靈魂』呢？」

「俞先生，你一定是在跟我開玩笑。」

「為什麼？」

「如果你相信你剛剛說的理論，那你就變成開膛手了。」

「開膛手？」

她從皮包裡拿出了一份剪報，是那篇〈開膛手，我喚醒的只是你的靈魂……〉。然後在我面前開始唸起其中的一段：

膛手，我無意與你爭辯何者更高貴或何者更誠實。我是你的同類沒錯，但我的心中並不禁錮著一頭叫做人類的獸。存在我們心中的都是高貴的靈魂，獸只是光影。你就像洞穴裡面的人一樣，誤把光影當作真實。我不知道你是否曾經離開過洞穴，仰望過事物真正的本質？從某個角度而言，我完全同意柏拉圖的看法，我覺得作家應該是有能力分辨光影與真實的人，甚至為了這樣的信念而活。

唸完這一段，她定定地望著我說：「這是你反駁開膛手的文章。」

高個子服務生——西裝上衣口袋裡放著白手帕，送來了咖啡。他演技精湛地把咖啡端上桌之後，身體微傾，優雅地問我們還需要什麼別的，我回答他這樣就夠了。他笑了笑，就像他來時那麼風度翩翩地離開了。

王郁萍端起杯子，啜了一口咖啡，我也啜了一口。

「那篇文章的確是我寫的沒錯。因此妳說的我都同意，」我笑了笑說：「可是妳怎麼那麼確定，靈魂可以是永恆的呢？妳怎麼那麼確定，我說的一定是對的呢？」

「我去讀了很多『柏拉圖』的作品。」

「柏拉圖？」

她點點頭。「記得有一次從電視台出來，我問你相不相信真理？你說你相信真理。」

我點點頭。那一次她還拿走了我的手帕。

「不只是真理，包括真、善、美，這些絕對的價值與概念都來自神與永恆。」她說：「肉體是無法感受、領悟真善美的，只有靈魂能夠。因此，只有鍛鍊我們的靈魂，才能夠接近永恆。我相信你，也相信柏拉圖。」

我笑了笑，就談談柏拉圖吧。

王郁萍反反覆覆地談了許多在《柏拉圖全集．斐多篇》裡，蘇格拉底被執行死刑之前和學生以及朋友們討論的觀念。這些觀念指出：靈魂是不朽的，它早在肉體存在之前就已經存在了，因此不需學習就能夠領悟種種概念——像是相等、比較大、比較小，甚至是真、善、美，這些「絕對」的知識，是在我們出生之前就有的。換言之，人能認識神，因為人的靈魂裡擁有某種能與永恆的神性相通的悟性，藉由這些，我們得以碰觸永恆。

王郁萍甚至拿出她的《柏拉圖全集》（第一卷），唸了〈斐多篇〉其中的一段：

熱愛知識的人開始受哲學領導時，看到自己的靈魂完全是焊接在肉體上的。它要尋找真實，都不能自由觀看，只能透過肉體來看，好比從監獄的柵欄裡張望。他這個靈魂正沉溺在極端的愚昧裡。哲學呢，讓人明瞭，靈魂受監禁是為了肉慾。所以監禁它的主要幫手正是囚徒自己。這一點是最可怕的事。熱愛知識的人看到哲學怎樣指導正處於這種境界的靈魂。哲學溫和地鼓勵這個靈魂，設法解放它……

「所以妳寫了〈靈魂的擁抱〉和〈高貴的靈魂〉……」

她點點頭。翻出了〈申辯篇〉其中的一個章節，上面用紅筆標示出一段蘇格拉底說的話：

財富不會帶來美德，但美德會帶來財富和其他各種幸福。

我一看立刻認出來，那是〈高貴的靈魂〉的結論。

「我一直用著錯的方式生活著，」她搖著頭說：「這個世界的價值觀全都錯了，可惜我明白得太晚了。」

接著，她從皮包拿出一疊稿紙給我，一臉欲言又止的模樣說：「這些文章是我最近陸續寫的，你可以幫我修改嗎？」

我接過那一疊份量不算少的稿紙。「一共有幾篇？」

「六篇。」她說：「不曉得會不會太多？」

一篇都嫌太多了。但我只是安靜地翻著稿紙，抬起頭問：

「妳有沒有考慮過，試著用自己的名字發表？」

「沒有人會刊我的文章的。我的時間不多了，」她說：「我不想浪費在這些表面上的事情……」

「可是，這些文章刊出來時並不是妳的名字……」

「名字只是這個世界的光影和表象，和靈魂無關，我一點都不在乎。」

「我不明白，」我說：「妳為什麼要一定發表些文章……」

「我已經是一個末期癌症病人了，卻發現自己從來沒有好好地活過，」她激動的說：「我甚至覺得，如果不這樣，我就會死掉，真正的死掉，你明白嗎？」

我必須承認，有一陣很短的時間，她的談話感動了我。從某個角度來看，如果每個作家都有他心目中絕對的「理想讀者」的話，王郁萍應該是很接近的。

「是你讓我看清了那些可以毀壞的一切，一點也不重要。」她迫切地說：「我們都只是孤獨的靈魂，我們必須感動別人，和別人的靈魂擁抱，只有這樣，我們才有機會回到一種更巨大的力量，甚至是永恆……你明白嗎？」

我點了點頭，心裡甚至想，如果王郁萍想要的只是一篇又一篇以我之名刊登的「柏拉圖格言」，或許她拙劣的文筆，不見得真的那麼不能忍受。如果她真的只是一個熱切地想擁抱生命的癌症末期患者，為什麼我不能笑笑看待這件事情，把它當成類似「喜願兒」的慈善工作——如果小邵他們沒有找到那二份退稿的話。

正想著，高個子服務生又走了進來，打斷我們的談話，把我拉回了現實。

我瞥了他一眼，塞在口袋裡的手帕仍然還是白色的。

「外頭有位邵先生打電話找你。你要不要接？」

我猶豫了一下。甚至還沒抖出「拿起手機發現電池沒電」那段包袱，王郁萍就說：

「是你的經紀人吧，你趕快去接。」

3

走出包廂，我被帶到櫃台後面的另外一個小房間。房間裡面有個電視螢幕，以及一堆監視設備。一個戴著耳機的人正監看著包廂裡面王郁萍的一舉一動。

有人把手機交到我的手裡。

「喂。」我說。

「天啊，你應該來看看的，」小邵在電話裡說：「這裡到處貼滿了你的照片、海報、紀念品，還有你寫的格言，只差沒擺香爐和燭台了……」

「到底什麼事？」

「你可能得想辦法再多拖一會兒。剛剛在門口碰到了一位愛管閒事的老太太，耽誤了點時間，不過情況已經排除了。現在我們已經進到王郁萍的住宅，大致搜索過這裡一遍，雖然還沒有什麼斬獲，不過我有預感應該快拿到了，麻煩你再撐一下。」

「唉，」我歎了一口氣說：「我們都已經在聊柏拉圖了。」

「很好啊，隨便和她再聊聊嘛，聊聊什麼柏拉圖式的愛情，柏拉圖式性愛，柏拉圖咖啡館……柏拉圖什麼都好，我們得再搜索一次。除非她把原稿藏在別的地方，否則，我們應該會找出來的。對了，」他說：「有機會幫我搜一搜她的皮包，說不定退稿帶在她身上。」

「喂，小邵。」

「什麼事？」

我在電話這頭沉默了一下。

我的腦海忽然浮現出柏拉圖全集的〈克里托篇〉的內容。

〈克里托篇〉記載了蘇格拉底的朋友克里托在好朋友被執行死刑的前一天跑去監獄，勸說蘇格拉底同意他的朋友營救他。要賄賂獄卒很容易，克里托有足夠的錢可以解救他，其他的朋友也樂於解囊奉獻。他大可逃到雅典以外，安享天年。不過蘇格拉底卻拒絕逃跑。他表示：

「如果你以錯還錯，以惡報惡，踐踏你自己與我們訂立的協定和合約，那麼你就傷害了你不應傷害的，包括你自己，你的朋友，你的國家，還有我們。」

會想起〈克里托篇〉的內容，我想我應該是有點後悔目前正在發生的這一切。

為了停止她對我造成的威脅，欺騙，並且侵入王郁萍的住宅，算不算以錯還錯，以惡報惡？

「如果找不到退稿，就算了。」我聽見自己的聲音說：「沒有關係。」

「你這話什麼意思？」

「我的意思是說，她只是個普通粉絲，應該沒什麼太大害處，何況她都快死了……」

「天啊，都在這節骨眼上了，你開什麼玩笑？她可是個危險人物。」

「算了，當我沒說。」

掛斷電話，我沒有馬上走回包廂裡去。我想了一下自己目前的處境。如果發生在這個咖啡廳裡的一切只是一場精心的騙局，相對的，王郁萍對我說的，會不會也是她早就安排好的謊言？她並不是沒有對我撒過謊。至少，在電視台前，她就扯過什麼在校友會見過我，好讓我誤以為她是校友之類的謊言。還有她在幾天前晚上用簡訊以及傳真對我做出的威脅，可一點也不符合柏拉圖絕對的真、善、美的標準。

所以，王郁萍是個危險人物嗎？

■一九八〇年，約翰藍儂被歌迷馬克．大衛．查普曼刺殺。這位歌迷表示，謀殺前披頭四樂團成員是防止自己背棄這位偶像的方式。

■一九八一年，美國前總統雷根遭到小約翰．辛克利的暗殺，他試圖藉此舉引起女星茱蒂．佛斯特的注意。

■電視連續劇《我的妹妹珊》裡頭的年輕女星蕾貝卡．謝佛到比佛利山莊演出電影，她日益提升的知名度吸引了許多瘋狂的仰慕者。其中包括了十九歲的勞勃．巴度。蕾貝卡曾親自給這位影迷寫回信。巴度把每一集都錄下來，重複地看。兩年後，這位資優的高中生退學，但還繼續給她寫信，告訴她關於自己的事，並且關心她的生活。他曾經寄給他的姊姊一封內容不詳的信，寫著：「我會病態地迷戀我無法擁有的東西，所以我得做出某些事情，讓它不再繼續存在。」不久，這個高中生開始跟蹤蕾貝卡．謝佛。他花了二百五十元雇了一個私家偵探，說服他相信他迷戀的對象是個失聯的老友。四個禮拜之後，巴度弄到地址，搭乘了一輛灰狗巴士前往加州。他抵達洛杉磯那天早上，找出蕾貝卡住的大廈位置，直接到她家按電鈴。由於對講機壞了，蕾貝卡．謝佛只得親自下樓一趟。打開門原來是個影迷，短暫交談之後，他離開了。沒多久，電鈴再度響起，蕾貝卡只好再下樓一趟，還是剛剛那個影迷，不過他這次目的卻是要殺她。他朝她胸脯開了一槍。蕾貝卡倒地之前大惑不解地連喊了兩聲：「為什麼？為什麼？」他站在一旁，看著她慢慢死去。她在幾分鐘之後過世，享年二十一歲。

■就像行刺其他名人的刺客一樣，巴度在選定蕾貝卡為下手對象以前，曾經跟監過很多名人。包括黛比．吉布森和蒂芙妮。後來因為難以接近而作罷。引人注目的是，查普曼在刺殺約翰藍儂途中，隨身帶著《麥田捕手》。辛克利前往行刺雷根總統時，也帶了一本。而巴度前往行刺蕾貝卡時，也帶了《麥田捕手》。

隨著思緒，這幾天特別去找來看的書，書中的內容不斷地浮現。

我不知道王郁萍身上是否帶著《麥田捕手》，不過可以確定的是，她的確隨身帶著《柏拉圖全集》。真要比較的話，柏拉圖筆下的蘇格拉底，恐怕也同沙林傑筆下的少年荷頓一樣，都對這個墮落沉淪的現實世界，抱著某種高貴的鄙視吧？

我瞥了一眼房間裡螢幕上的監視畫面。王郁萍坐在座位上，正仔細地摺疊那份剪報，連同《柏拉圖全集》一起收回皮包裡去。沒多久，她又從皮包裡面拿出藥片，撕開錫箔紙包裝，喝了一口桌面上的清水，把藥片丟進嘴裡。

癌症是真的嗎？抑或癌症也是謊言的一部分？

我忽然感覺到自己的反覆矛盾。幾分鐘前才因為想起柏拉圖在〈克里托篇〉裡的標準而對自己的行為感到慚愧，現在又開始懷疑王郁萍這些說法只是為了掩藏她瘋狂的慾望。可是話又說回來，任何一個追求內在純粹與真實的人，能不對這個虛實相倚，變幻莫測的人世，感到疑惑，甚至是不斷搖擺嗎？

是我欺騙王郁萍嗎？還是她也在騙我？

或者我們只是在同一個舞台演著各自不同腳本的戲？

我又能相信什麼？

4

「對不起，因為和出版社之間有些合約的問題必須馬上解決，我的手機又沒電了，所以……」走進包廂，我說了一個謊言，並且坐下來。

她笑了笑，搖了搖頭，沒說什麼。

才離開沒幾分鐘，橫亙在我們之間的陌生隔閡很快聚攏回來。我的心思一直想著巴度刺殺蕾貝卡之前也曾經跟監過其他名人的事，因此沒有怎麼介意這一陣沉默。不過後來實在太久沒有人說話了，於是我開口問：

「妳也曾經像對我這樣……跟蹤過其他作家、或是名人嗎？」

起初我有點擔心這樣問會不會太過侵犯隱私，不過這個話題卻讓王郁萍如釋重負。她興奮地對我點點頭，彷彿在尷尬的無邊汪洋裡看到救生圈似的。

「誰？」

「不瞞你說，有很多。」

我並不意外。「就說在我之前的一位好了。」

「開膛手。」她說：「我們曾經有過一段親密的美好時光。」

親密時光？說謊！

似乎看出了我的疑惑，她慢條斯理地從皮包裡拿出皮夾，從皮夾裡拿出一張照片給我看，她說：「那時候我還沒生病。」

那的確是她和開膛手的合照。她留著長頭髮，整個人看起來比較豐腴、漂亮。照片裡開膛手搭著她的肩膀，兩個人都笑得很燦爛。我心想，照片並不能證明什麼。我也和王郁萍拍過合照。

「那時候我們常常開車到山林綠野，他最喜歡在野外做愛。」

「對不起，妳說他最喜歡什麼？」

「在野外做愛。」她神祕地傾過身來，對我說：「你知道嗎，有一次我們在不同的地方做愛，做累了就睡，睡醒了又找地方做，一整天下來一共來了十八次高潮。」說完她又吱吱咯咯地笑了起來。

十八次高潮？我直接想到的是：

Erotomantic delusion（情色妄想症）！

我開始覺得事情不太對勁了。刺殺蕾貝卡的巴度就是一個典型的「情色妄想症」病人，顯然王郁萍也是。這種病人常會幻想或妄想一段不存在或不可能的愛，堅定地相信對方深深地愛著他。

「妳不會剛好皮包裡面也有一本《麥田捕手》吧？」我脫口而出。

「什麼？」

「《麥田捕手》。」

「那是什麼？」她問。

「一本小說。算了，當我沒說。所以，」我試著不動聲色地轉變話題，「開膛手是一個怎麼樣的人？」

「他其實，應該……算是個聰明的人吧。」

「後來呢？」

「後來發生了一些事。」

「一些事？」像發生在我身上的事一樣的一些事？

「對，發生了一些事，」她說：「我不再像喜歡你那麼喜歡他了。」

「為什麼？」因為妳找到了新的羔羊？

「你相信靈魂，讓我對這個世界有了新的領悟，可是他不相信靈魂，也不在乎靈魂……我很難忍受這個，所以，我決定把他甩了，」她指著心臟的部位，「從這裡，你明白嗎？」

我點點頭。其實一點也不明白。

「他曾痛苦地求我原諒他，可是我一點也不想原諒他……」

事情已經太明白了。可憐的開膛手，儘管我一點也不曾喜歡過他，可是變成這個故事的男主角未免也太可憐了。可憐到連像我這麼討厭他的人都開始同情他了。這麼一想時，我忽然警覺到，這個受害的對象現在轉移到我身上來了。

「我們談點別的事情好了。」

我看了看手錶，想像著小邵這時候在王郁萍的住宅，打開了臥室的抽屜，從抽屜的底層找到了那兩份可以置我於死地的退稿……

「好啊，」她興致勃勃地問：「這次我寫的那六篇稿件你會很快地改好嗎？」

「當然。」

「你改好之後可以直接幫我寄到報社去發表嗎？當然，」她說：「用的還是你的名字？」

我點點頭，只能這樣了。

「我希望我不要再像上次那樣懲罰你了。你知道，我生氣起來是很可怕的，連我自己都沒辦法控制。」

「我曉得。」

「那我們就約定每個禮拜在《台北日報》副刊發表一篇，可以嗎？」她說：「如果發表完了，我一定會努力再寫新的……」

「好。」

她深深地吸了一口氣，露出了滿意的表情。

「現在只剩下最後一件事了。」

「最後一件事？」

她點點頭。「你將來可以出席我的葬禮，在我的告別式上致詞嗎？」

「告別式？」

「嗯。最近醫生給我做了脊椎穿刺，檢查脊髓液，發現癌細胞已經擴散到我的腦部了。所以，我不知道我……」她遲疑了一下，「總之，趁現在我還清醒，我希望你能答應我，將來出席我的葬禮。」

「難道沒有別的辦法嗎？」我半信半疑地問。

她搖頭。我注意到她的眼睛紅了，淚水在眼眶底打轉。

「我們才見沒幾次面，我的意思是說，告別式妳應該還有其他親人或者更親密的朋友才對……」簡單地說，我不想出席。

她只是搖頭，淚水沿著臉頰流了下來。

「你會答應我嗎？」

「這件事情我們以後再談吧。」

「沒有時間了。要談現在就得談，你會答應我嗎？」
「別想這麼多，我看妳氣色還很好，妳好好養病吧。」
「你不相信我快死掉了嗎？」
「我沒有說不相信……」
她似乎生氣了，激動地站了起來，拉開上衣的拉鍊，露出左邊赤裸的乳房，還有右邊紗布以及透氣膠帶包紮的一大片傷口。
「妳不需要這樣的……」
可是她已經猛烈地拆開了紗布，露出了紗布底下的傷口。
「我的癌細胞已經擴散到胸壁來了。」
我很難形容我看到傷口時心中的震撼。那是一片有手掌那麼大的潰爛，已經看不到完整的皮膚了，傷口沿著前胸延伸到乳房外側和腋窩的交界，組織滲出黏稠液，和紗布藕斷絲連。陣陣腐敗氣味不斷地從傷口散發出來。
我感到全身一陣暈眩。
「你現在相信了嗎？」
我沒說什麼，看著她把紗布貼回傷口。
「你願意為我做最後一件事，在我的告別式上致詞嗎？」
我點點頭，沒再說什麼。最後一件事了。
「這樣我就沒什麼好擔心的了。」她拉上了衣服的拉鍊，若無其事地從皮包裡拿出衛生紙擦乾還留在臉頰上的眼淚，「現在，你願意給我一個靈魂的擁抱嗎？」她站了起來。
我為難地看著她。
「不太合適吧。」我不曉得為什麼我會那樣說，也許是因為她說過和開膛手野合的事，也許是剛剛的傷口。總之，我的直覺就是不合適。
「為什麼不合適呢？」
「我們還不熟悉。我是男性公眾人物，妳是女性……」我知道我在胡扯，而且一點道理也沒有。
「可是我只想和你靈魂擁抱。不關什麼男性、女性……」
「我們的靈魂要擁抱，也許不一定要透過肉體……」將來她會不會也告訴別人，我們一天之內達到十八次高潮呢？
「我才不在乎肉體不肉體，難道你沒看到肉體是可以毀壞的嗎？我想要和你靈魂擁抱，我想要和全世界的靈魂擁抱，我不要孤獨的死去……」
沉默。
「活著卻不互相擁抱真的會比死掉幸福嗎？」她問：「你到底要不要和我靈魂擁抱？」
我不知道，我真的不知道。
就在王郁萍的手搭上我的肩膀的時候，我看見高個子服務生走了進來。你很難不看到他西裝上衣口袋裡那條耀眼而亮麗的紅色絲質手帕。
「不行！」像是從某種魔咒裡醒來似的，我忽然推開王郁萍，退後了一步說：「我的靈魂今天恐怕真的不適合擁抱。」

5

和王郁萍在咖啡店門口告別。我繞了一圈，又回到咖啡店裡來，坐回貴賓包廂這個同樣的位置。拿回了我的手機電池裝回手機之後，我又點了一杯咖啡。

我先看了看副刊。從之前發表了〈開膛手，我喚醒的只是你的靈魂……〉這篇文章後，網路以及各方的反應來看，我直覺開膛手應該會寫文章繼續這場筆仗。

很可惜，我並沒有看到任何他的作品發表。

小邵打了一通電話給我，告訴我他要去新年狂歡了。原稿暫時保管在譚先生那裡，假期之後再拿給我。

窗外漸漸被烏雲遮蔽的陽光並沒有影響我的好心情。一切就到此為止了，我想像著又可重回我嚮往的寧靜生活。我慶幸著沒有和王郁萍做任何靈魂或是肉體的擁抱，卻一點也不知道，另一個更大的擁抱漩渦早已形成。

那是幾張占了將近半個版面的照片，二大二小。一翻過娛樂綜藝版我就瞥到了。小照片分別是宋菁穎和我的半身照。大照片則是韻律教室裡的一群人，照片被紅筆圈出兩個人頭，一個是標示著「主播宋菁穎」，另一個則是「記者彭立中」，兩個人針鋒相對，看起來似乎在理論著什麼。

最怵目驚心的是另外一張大照片，清楚地拍著我和宋菁穎相互擁抱的畫面。我花了些時間才想起那是那天晚上送她回家時，在她家門口的「靈魂擁抱」。無庸置疑，照片是彭立中拍的。

照片上方的新聞標題大大地寫著：

只許新歡玩抱抱 不准舊愛獻殷勤

主播劈腿名作家 卻告記者性騷擾

我仔細讀了一下內文，發現彭立中的說法顯然是和宋菁穎完全不同。光看新聞標題就知道編輯們顯然更喜歡彭立中的說法。儘管報社也平衡報導了宋菁穎的說法，她再三表示我是順道搭她的便車，我們的關係很單純，那只是個讀者與作者之間真誠的「靈魂擁抱」……儘管我明白她說的都是實話，但在這樣的新聞以及版面處理下，她的說法顯得可疑而薄弱。

就在那時候，我接到了宋菁穎打來的電話。

第十二章

當踰越到無可踰越的盡頭之後，愛情還剩下什麼呢？

埋伏在那個盡頭之後的無非是無窮無盡的

沉悶、互相傷害、寂寞吧……

1

我不確定在這樣的情況之下，我們是否適合再見面，特別是在我們的照片上了綜藝版的頭條之後。我建議她也許可以在電話上談一談，可是宋菁穎很堅持必須見到我，於是我答應了出來和她碰面。

儘管已經是除夕晚上了，可是為了見面我們還是大費周章。我們本來約在龍門廣場的捷運出口，不過汽車才開到辛亥路，我就接到了宋菁穎的簡訊：

被狗仔盯上。試著甩開他們。改在捷運西門站麥當勞前的出口見。

我在仁愛路左轉，才把汽車開往向西門町方向，又接到了她的簡訊：「暫時別過來，我甩不開狗仔。」我想了想，立刻發簡訊給她：

留在原地，我找人幫忙。

我所謂的「找人」當然是找小邵。小邵接到我的電話時，正帶著他經紀的一票女藝人要出發去跨年狂歡，一聽到我的請求，不用想也知道是一千個一萬個不願意。不過我立刻展開我的三寸不爛之舌。

「哎喲，真的很麻煩欸，下午才幫你擺平了一樁，現在又來了一樁。」

「拜託幫幫忙啦，」我說：「對付狗仔隊也是很好玩的跨年活動不是嗎？你們就把它當作是狂歡的餘興節目之一嘛。」

「別掛喔。」

我在電話上聽見小邵去徵詢他人意見的聲音，七嘴八舌半天之後，他又說：

「她們要我問你，報紙上寫的是不是真的？」

「當然不是真的。」

「沒事幹嘛為了見個面這麼大費周章？承認吧。」

「我承認不承認關你們什麼事啊？」

「你承認我們才師出有名啊！否則VTV電視台的一個女主播性不性騷擾，劈不劈腿，關我們什麼事？今天可是我們的跨年狂歡時間呢，誰有空去對付什麼狗仔隊？」

「好，好，」我今天真是秀才遇到兵了，只好隨口應付他，「我愛上宋菁穎了，這樣總可以了吧！」

「這就對了。」我聽見小邵回過頭去跟女孩們說：「他承認了。」

電話裡傳來了一陣女孩們的歡呼聲，彷彿那是一件比她們得了金曲獎或者金鐘獎還要令人高興的事似的。

七嘴八舌之後，我請她們另帶一套衣服，開車去捷運西門站出口接宋菁穎。讓宋菁穎在車上更換衣服，再請他們把人載到大安森林公園地下停車場，我會在地下一樓等她。如果狗仔的機車沒進地下室，就讓宋菁穎直接下車潛進我的汽車，他們再誘騙狗仔原車離開。萬一狗仔跟進了停車場，就讓所有的女孩全下車，從樓梯上一樓，分散、趁著晚上的光線，伺機混進公園的人群裡。我會把汽車開到建國南路加油站前的出口等宋菁穎。

那是七點左右，我掛斷電話，又撥了宋菁穎的電話，交代了我和小邵的車型及聯絡方式之後，繼續把汽車駛向大安森林公園。一路上車潮、人潮洶湧，整個市區變成了一個大型的嘉年華會，到處都是節慶狂歡的氣氛。好不容易總算才讓汽車開進公園地下停車場，在地下一樓找到靠近信義路出入口——我估計他們會從這裡進來——的停車位，把汽車停了下來。

我在汽車裡冷靜地想了一下。說真的，如果連她們幾個小女生都覺得我和宋菁穎的事情是真的話，報紙上「劈腿」的新聞，就真的很具殺傷力。照說，我如果真想幫忙宋菁穎，最好的方法，莫過於離她遠一點。可是我們卻大費周章安排這次見面。所以，連我自己也有點迷糊了。難道一切真像小女生想的：我們在談戀愛嗎？

否則，為什麼要見面呢？

不否認我對她有種很特別的感覺。這個世界就是這樣，有些人相處了一輩子，你還是覺得像陌生人。可是有些人，才第一次見面，你已經覺得彷彿是認識一輩子的朋友，彼此熟悉得不能再熟悉的靈魂。對的朋友不用多餘的解釋，不需要多餘的溝通，你們就是能夠心領神會那些在別人看起來無法理解的事情或者感覺，一切是那麼自然而然。當我們一起開車、看星星、唱歌，你可以感覺到那不只是開車、看星星或者唱歌，甚至當我們彼此擁抱時，你就是知道那遠超過一個擁抱。

但若要問這是不是戀愛？還真有點不知從何說起。

如果沒發生彭立中的事，或許這一切會有完全不同的可能。但現在彭立中扭曲「性騷擾」成為「劈腿事件」，讓我意外捲入這場風波，以目前的情勢，除了幫忙「澄清」之外，我似乎也沒有別的選擇。再說，對於一個忠實的讀者伸出援手，本來就和我相信的信念——良善，是一致的。扮演這樣的角色對我而言再自然不過。

話又說回來，如果我的這些作為完全是因為良善信念，那麼，對於另外一個讀者——來日不多的王郁萍，我為什麼一點「幫忙」的熱心與真誠都沒有呢？

是不是因為我還是有點喜歡宋菁穎呢？

可是宋菁穎自己呢？她又怎麼看待這件事情？

總之，我就這樣漫無止境地自我辯證著，直到他們穿越市區洶湧的車潮，抵達公園的地下停車場時，已經九點多了。

狗仔並沒有隨即跟進停車場來。我猜想他們大概在收費停車場的柵欄前猶豫了一下，摸不清楚小邵到底要停車，或者只想利用地下停車場眾多不同的出口甩開他們。不過趁著這個短暫的空檔，已經足夠讓換了衣服的宋菁穎優雅地下車，神不知鬼不覺地走進我的汽車裡來了。

接下來我開始不可抑遏地笑個不停。我不曉得為什麼會那樣。我從來沒有看過宋菁穎那樣的打扮，先是看到她穿了那件誇張又綴滿亮片的夾克，低胸T恤，迷你裙，然後是鴨舌帽，以及那付只有舞台上的貓女才會戴的鑲滿假寶石的太陽眼鏡……

本來只有我笑，不久宋菁穎也跟著開始笑。我們一起坐在汽車前座，眼看騎機車的狗仔從信義路出入口慌慌張張地殺了進來，煞有介事地追上了小邵的汽車，在地下室繞了幾個圈之後，尾隨著小邵的汽車，又從建國南路的出入口奮勇地離開了。

總之，我們就這樣笑得不可抑遏，直到肚子痛，眼淚都流出來為止。

五分鐘之後，我接到小邵的電話。

「兩個狗仔我帶去狂歡了，真可憐，都過年了還這麼辛苦，」他說：「你們好好享受吧，新年快樂！」

氣氛一下子忽然變得歡樂了起來，我也笑著回答他：

「新年快樂！」

2

汽車走了一會兒，宋菁穎還喜孜孜地笑著。

她有點扭捏不安地拉著迷你裙。那條裙子是有點嫌短了，順著她的動作瞥過去，裙子下露出一雙嫩美白皙的長腿。她似乎很不好意思，又對我笑了笑。我本能地收回目光，假裝看到的只是很普通的景象。為了化解尷尬，我故意問她：

「會冷嗎？」

「還好。」她交疊雙腿，似乎企圖遮掩，可是那樣只是使得她看起來更加撩人。

我把空調溫度設定提高了一些。汽車行駛得很慢，路上的車潮、人潮更多了，大家步調似乎同時都慢了下來。愉快的節慶氣氛，彷彿有魔力似的穿越玻璃滲透了進來。一路上，有人點著閃爍著焰火金金亮亮的仙女棒，也有人又跑又跳地喧鬧著。儘管隔著車窗，你還是可以聽到遠方傳來警察指揮交通的哨聲，以及此起彼落的鞭炮聲。
「妳還好吧？」我小心翼翼地問。
「甩開了狗仔隊，當然覺得很好。」她說：「他們已經緊迫盯人跟了一個晚上。」
「是啊，碰到這些流氓，還是小心一點好。」
「真不曉得當公眾人物有什麼好？我真的厭惡透了這個本身墮落，卻拿著虛偽的高道德標準要求別人的傳播媒體……」
我沒回應她的悲觀言論，儘管其中大部分的觀點我都同意，但這樣實在無濟於事，更何況就要過新年了。於是安靜了一下之後我說：
「事情走到這一步，如果可以的話，我覺得妳還是澄清一下比較好……」
「怎麼澄清？」
「妳可以開個記者會啊，或者找個記者做專訪，我可以跟妳一起出席啊……」
「你願意出席啊？」
「當然，如果幫得上忙的話。」
「我倒很有興趣，俞大哥出席記者會時會說什麼？」
「就說我們只見過一次面……」
「連同這次是兩次了。」
「啊，對，只見過兩次面。我們之間的關係是朋友，很單純的『靈魂擁抱』。」
宋菁穎聽了又歎了一口氣。

「幹嘛歎氣？」

宋菁穎沒回答我。安靜了一下，她忽然問我：「俞大哥在愛情上大概沒有失去的經驗吧？」

失去的經驗？

大學時代我曾經熱烈地追求過一個性感又活潑的辣妹——學校的啦啦隊隊長。我必須承認，當初追求的動機其實是充滿「想和她上床」的慾望。可是沒多久，辣妹卻認真地跟我談起「生死相許」的戀愛來。我們進展得很快。我記得在我生日那天晚上，她也裝扮得像宋菁穎今天這樣勁爆。我們約了幾個朋友在我的住處狂歡慶生。慶生結束之後，朋友紛紛告辭離去，她藉口要幫忙收拾留了下來。簡單整理之後，她來到我的房間，對我嫣然一笑，然後說：

「我想送你一個生日禮物。」說完就躺在床上，沉默不再說話。

我完全明白接下來應當如何表現才能恰如其分。可是不知道為什麼，她的話語裡面卻有種很認真的誠懇，使得原來那種遊戲的氣氛消失不見了。

剎那間，我被一種荒謬得不能再荒謬的感覺攫住，簡直喘不過氣來。

她那麼漂亮、性感，而且就躺在眼前等著我。當初我追求她的動機、目的，不是都朝向這一刻嗎？可是當這一刻發生時，我竟發現，這一點也不是我想要的。所以，我在做什麼呢？我很懷疑，愛情最吸引人的也許不是什麼那些大家以為的「天長地久」，反倒是在遊戲的氣氛裡，在滿漲的慾望中，一次又一次的踰越。

當踰越到無可踰越的盡頭之後，愛情還剩下什麼呢？

埋伏在那個盡頭之後的無非是無窮無盡的沉悶、互相傷害、寂寞吧……當然，所有關於愛情的慾望是禁不得那樣細想的。可是當時的氣氛，情境，讓我忍不住就是會那樣想了又想……

於是我沉默了比應有的沉默更長的時間。我不想假裝聽不明白那個禮物的暗示，最後我還是輕吻了她的額頭，以及隨後從她臉頰流下來的淚。我們疏遠，分手，就像我們在一起那麼突然、迅速……我不知道那算不算是失去，理解到了愛情的浪漫無非只是自己和自己捉迷藏，一場充滿了愚蠢、無知與傷害的遊戲……

「有沒有嘛？」宋菁穎又問了一次。

「應該算有吧。」

「噢？」她說：「那女孩還真沒眼光。」

「那女孩很好，是我自己的問題。」

有好久，我們兩個人都沒有說話，可是靜默之中，彷彿又有千言萬語。

「去哪裡呢？」我問。

她想了一下說：「去上次那個祕密基地好了。你還記得嗎？那裡還可以看到一〇一大樓的煙火呢。」

「好啊。」我把汽車駛向辛亥路的第三高速公路連結道路入口。

汽車從出入口開進連結道路時，宋菁穎唱起了上次我教她的歌。

天上的星星，為何，像人群一般的擁擠呢？
地上的人們，為何，又像星星一樣的疏遠？

3

「菁穎呢？」我第一次叫她菁穎，一個巧妙又不露聲色的踰越，我問：「妳的愛情也曾經有過失去的經驗嗎？」

用過食物之後，我們各自拿著酒杯，背倚著汽車，一起靜靜地看著山腳下的台北盆地。

我們依樣畫葫蘆，也像連續劇那樣，準備了食物、紅酒，還在便利商店買了酒杯以及蠟燭。鋪上雜誌的後車箱蓋變成了我們的臨時餐桌。食物盛在餐盤之後，儘管簡陋，但在暗夜點上蠟燭，加上打開車窗玻璃，湊合著汽車音響，節慶狂歡的味道就開始有模有樣起來了。

「我好像真的沒有什麼失去的經驗，」她說：「真要說的話是大學時代交往了三年的男朋友。他在出國前向我求婚，可是我拒絕了他。」

「為什麼？」

「我也不知道。我很害怕，如果嫁給他，我會像大部分的女人一樣，結婚、懷孕、生產、照顧小孩、慢慢變老，然後死掉……說真的，我一直渴望一種燃燒的感覺。我不想我的人生還沒有燃燒過就變成那樣。」

十一點多的夜，熱鬧似乎才開始。遠遠望去，到處都是輝煌燦爛的燈光。不動的光點是各式建築裡的燈火，移動的則是川流的車燈明滅，沿著兩旁路燈畫出來的燈岸無聲息地流動。夜裡，河流反倒是看不見的，只有一座一座裝飾著燈光的橋樑，隱約地透露出它蜿蜒的流向。

「也許妳並沒那麼愛他吧？如果愛情本身就給妳足夠的『燃燒感』，說不定妳就不會害怕了。」

「或許你說得有道理吧。我常常想起出國前我去飛機場送他，他抱著我，流著眼淚跟我說他愛我的樣子。我猜那時候他心裡其實已經隱約知道答案了，他當時一定希望我能主動對他說出『我們分手吧！』這樣的話，可是我卻有種罪惡感，就是說不出口。結果我就這樣跟他擁抱了又擁抱，說了一次又一次的再見。一直到過了幾年之後我們真的分手了，我還是沒有跟他說過分手的話。」

「妳會不會覺得，」我說：「很多時候，明確地『愛著』對方，甚至是明確地『討厭』著對方的愛情反而是容易的……」

「他真的對我很好，可是我想他永遠也不會了解吧，我渴望的是一種燃燒。」她歎了一口氣，自我解嘲地笑了笑說：「我大概有點『燃燒缺乏症候群』吧，所以才會那麼喜歡《逾期的愛情》裡的狂歡派對……」安靜了一會兒，她忽然問：「你還記得《逾期的愛情》最後一集長志和莉琪在那個海灘上的對白嗎？」

「當然。」

長志：說好要快樂地說再見的。不是嗎？

△兩個人沿著沙灘走著。滿天星星，暗夜的海灘無邊無際，只有潮聲

莉琪：不要說再見，說了再見我會流淚。

△半晌

莉琪：不然我們去狂歡好了，這樣我們就永遠可以記住那種狂歡的感覺。

長志：狂歡？

莉琪：你不覺得過去我們好像參加了一場很長的狂歡派對？在這場派對裡，人和人彼此相愛、擁抱，我們實實在在地活著，感受著，世界每一分每一秒都像春天的花朵豔麗綻放。

……

她忽然興致勃勃地說：「我們來演《逾期的愛情》吧！」

「啊？」

「不是要一起跨年嗎？」她說：「一起票戲才叫狂歡啊。」

山腳下，有人在屋頂放起了煙火。一陣一陣的火焰衝上夜空，炸開成各式的火樹銀花，燦爛而短暫。

「可是這樣好像有點奇怪……」

「不奇怪怎麼叫狂歡？」她說：「否則，大家半夜不睡，擠在廣場倒數、狂叫，到處亂放鞭炮、煙火……都在幹什麼呢？」

我抓了抓頭。

「就從長志說：『說好要快樂地說再見的。不是嗎？』那段開始。你先來。」

我清了清喉嚨，開始說長志的對白：

說好要快樂地說再見的。不是嗎？

宋菁穎說：

不要說再見，說了再見我會流淚。

△半晌

不然我們去狂歡好了，這樣我們就永遠可以記住那種狂歡的感覺。

我說：

狂歡？

宋菁穎終於忍俊不禁，開始大笑起來。

「怎麼了？」我問。

「你的臉，對不起，」她一直對我搖手，不停地笑著，「你臉上的表情……」

我有點不甘心，嚷著再來一次。結果我們重來一次，她笑得更大聲了。

「這次又怎麼了？」我問。

「沒事，這樣我已經很開心了，真的，」她說：「我們狂歡吧！」她瞇著眼睛對我笑，臉上露出一種慧黠卻又意味深遠的表情。

「怎麼狂歡呢？」我問。

宋菁穎打開車門，爬進車內，從車上的ＣＤ中挑選出了一張老歌精選集，她說：

「我們跳舞吧，就跳華爾滋！」

「好啊。」

於是我把ＣＤ插入播放器內，按了Patti Page主唱的〈Tennessee waltz〉，並且設定重複播放。我做出邀舞的動作，讓她把右手交給我，另一手搭上了她的腰，隨著緩慢流出的音樂翩翩起舞。

I was dancing with my darling
To the Tennessee waltz
When an old friend I happened to see
Introduced her to my loved one
And while they were dancing
My friend stole my sweetheart from me

跳了一會兒，她忽然問我：「你想過嗎？我們現在這樣，如果被狗仔拍到，事情會變成怎樣？」

「會變得很慘吧？」我說。

可以想像，這條新聞很快會變成一條淺薄可笑的「娛樂八卦」。宋菁穎會變成一個「輕佻」、「花心」又「勢利眼」的劈腿者，我所寫的〈靈魂的擁抱〉則變成了一個笑話。大眾無窮無盡的窺視、八卦慾很快淹沒宋菁穎對彭立中所有的「性騷擾」指控。

「我剛剛忽然有種衝動，心想：乾脆被拍到算了。這樣也未必不好。」

「為什麼？」我問。

「不為什麼。」她說。

I remember the night
And the Tennessee waltz
Now I know just how much I have lost
Yes I lost my little darling
The night they were playing
The beautiful Tennessee waltz

我再沒多說什麼，帶著宋菁穎隨著音樂搖啊搖。她身體溫暖又有彈性。風吹過她的髮絲，一陣一陣地撩撥。我的身體起了反應，我相信她一定也感受到了，可是我們只是沉默。

「俞大哥。」宋菁穎問：「如果我說我愛上了你，你會怎樣？」

我被她這麼露骨的告白嚇了一跳，但仍然保持鎮定地說：「妳在開玩笑吧？」

「你說呢？」

「妳跟報紙可不是這樣說的，」我故作輕鬆地說：「妳應該是在開玩笑吧？」

宋菁穎沉默了一下，才說：「就當我在開玩笑吧。」

音樂醉人而香醇。我很矛盾，我知道我在拒絕她，可是又有一種衝動想低頭吻她。當我忍不住低下頭要去吻她的臉頰時，卻發現自己的嘴唇被她的淚痕沾濕了。

我可以清楚地感覺到，我的內在有些什麼，就在那兩道淚水之前停了下來。

遠方忽然傳來巨大的爆炸聲。我抬頭一看，原來是一〇一大樓的新年煙火秀開始了。我站住，並且說：

「新年了。」

「不要停。」她說。於是我們繼續跳舞，像在搖籃裡面搖啊搖地。

各式各樣的火樹銀花從那棟高聳的大樓綻放出來，升騰，進入夜空，爆炸，幻化出更多璀璨爛漫。一次又一次的煙火，一陣又一陣驚豔，隔著距離，一陣一陣人潮驚呼與讚歎彷彿可以聽到……

「抱我。」她說。

我用力抱緊了她，慢慢地旋轉著，我們彷彿從地面上輕輕地飛翔了起來，空間、時間統統消失了……

Patti Page的歌聲不停地唱著。我開始可以感覺到她的嘴唇的觸感，感受到她呼吸出來的氣息，可以感受到她的臉頰探索什麼地在我的下巴附近游移。我知道我只要低下頭去，就可以找到那雙熱切的嘴唇。

我們在繁星如錦的夜空飛行著，四周花火耀眼綻放，聲響如雷貫耳，簇擁的人群如潮，陣陣歡呼似浪……

我想著她唸《逾期的愛情》的台詞的模樣，說著「乾脆被拍到算了」時絕望的表情，甚至是淚水、歡笑、她在螢光幕前播報新聞美好的模樣……這些既遙遠又靠近的一切，讓我激動地想抱緊她，可是我愈抱緊她，就愈覺得我們不應該這樣，至——少——目——前——不——應——該——這——樣——。我們就這樣愈飛愈快，快到我自己都覺得害怕。我知道，哪怕只是一個細微的轉向，都可能讓我們脫離原來的軌道，迷航在無邊無際的星空宇宙，再也找不到原來的目的地……

煙火沒有比我的遲疑持續得更久。當那個美麗的跨年儀式終於結束了的時候，我避開了宋菁穎充滿燃燒的淚，熱切的唇，好像我們一直只是幸福地在跳著那支悲傷的舞，甚至直到我們兩個人都不再搖動。

我好恨自己沒作任何選擇，又好慶幸什麼事都沒有發生。

「我可以繼續這樣抱著你嗎？」她問。

我沒有說話，好讓那個不再有花火燦爛的擁抱可以繼續下去，好讓它可以彷彿是靈魂擁抱，又可以彷彿不是。我們擁抱著，持續得比任何叫得出名字的擁抱應有的時間都還長的擁抱。Patti Page的歌聲仍在唱著。

I remember the night
And the Tennessee waltz
Now I know just how much I have lost
Yes I lost my little darling
The night they were playing
The beautiful Tennessee waltz

我仍記得那一夜
和那首田納西華爾滋
現在方知我失去了什麼
是啊，我失去了我的愛人
就在那個晚上當他們演奏著
那首美麗動人的田納西華爾滋時……

直到彷彿天長地久都過了，宋菁穎才說：

「謝謝，真的很謝謝今晚你為我做的一切。」

那時候，我忽然聽出了那首歌悲傷的地方。它講的是失去，是在最奢華燦爛的時刻領悟到的失去。

她放開了我，對著我說：「新年快樂。」

「新年快樂。」我也說。

4

回到家時已經接近凌晨三點半了。

漱洗之後，我換好睡衣準備就寢。我經過書房時，注意到傳真機上掛著一封短短的傳真，於是走過去，撕下傳真來看。

那是一封手寫的傳真，上面是熟悉到足以讓我心跳加快的字跡，寫著：

俞大哥：我是王郁萍，我們得馬上見個面，我相信你應該知道我在說什麼，有件事我必須問你。

第十三章

靈魂只是光影，是生命的糖衣，

是慾望的藉口，只有慾望——

充滿慾望的獸，才是真正的本質啊。

1

性騷擾防治委員會的調查在元旦假期後很快展開了。由於假期之後，宋菁穎又請了年休，因此這是新年以後她第一天上班。天氣暖和得有點不像冬天。宋菁穎穿著薄長衫，比約定的時間提早五分鐘就來到了行政區的第二會議室。由於先前的議程似乎還進行著，於是她拿起閱報架上的日報，坐在會議室外面的長凳閱讀了起來。

一個男子深夜十一點和母親發生爭吵，走進廚房拿菜刀砍傷母親，男子的姊姊苦勸不聽報警。男子和警方對峙多時，最後警方破門而入……

男老師兩度和十三歲少男發生「性關係」，坦承和多名學生「嘿咻」……

國中女生遭父親強姦三百次，發出簡訊求援：爸爸每晚來，怎麼辦？救我……

宋菁穎在心裡歎了一口氣。每天這些沒完沒了的新聞讓她都快搞不清楚，是媒體、社會，還是她自己出了問題。

宋菁穎看看手錶，又抬起頭，看著第二會議室，似乎沒有任何動靜。她翻到了報紙副刊，一眼就瞥見了開膛手那篇「回應俞培文〈開膛手，我喚醒的只是你的靈魂……〉」的文章。於是她低下頭，認真地讀了起來。

P／W，從〈靈魂的擁抱〉到〈高貴的靈魂〉，你寫出各種小故事，做為靈魂存在的證明，並且大力鼓吹。殊不知，這些故事，不但不能證明靈魂的存在，反而只是透露出了你下筆為文的輕率與牽強附會罷了。

你甚至說：財富不會帶來美德，但美德會帶來財富和其他各種幸福。財富會不會帶來美德我不知道，也不在乎。可是P／W，美德會帶來財富和幸福嗎？看看人類歷史上因為宗教而導致的戰爭吧，不管是回教、基督教、猶太教、佛教……這些宗教何嘗不標榜美德、愛世人，可是為什麼每次戰爭發生時，總是規模最浩大，死傷最多，最殘酷、最無情呢？對那些以千萬、億萬計的苦難生靈，什麼時候所謂美德帶來過財富與各種幸福呢？

再看看近日發生你和VTV當家主播宋菁穎以及記者彭立中之間的劈腿事件吧，P／W，你覺得你的行為，真的合乎你自己寫的〈靈魂的擁抱〉或者是〈高貴的靈魂〉的標準？因此，當你說「存在我們心中的都是高貴的靈魂，獸只是光影。你就像洞穴裡面的人一樣，誤把光影當作真實。」時，P／W，我很想明明白白告訴你：「並不存在著任何你想像中的靈魂。靈魂只是光影，是生命的糖衣，是慾望的藉口，只有慾望——充滿慾望的獸，才是真正的本質啊。」

沒有什麼比慾望更高貴，更誠實的了。那些用「靈魂」虛偽、做作地包裝慾望的人啊，是你們以靈魂為名劃分了美德、敗德，有用、無用，正常、不正常……不斷地用這些有利於自己的界線來傾軋、打擊異己，掠奪資源，給這個世界帶來了無止無境的沉淪與災難。

只有慾望的擁抱，沒有靈魂的擁抱。別再隨意指責別人的作品都是沒有價值的東西了！是你自己太高估了自己，把自己神聖而偽善地包裝成一個道貌岸然的靈魂家。作家不是指導者，也沒有那麼神聖。充其量，他們只是重現人類心靈或者行為活動的一個工作，提供給大家刺激，不管是感傷、或者是快樂。如此而已。

我多麼希望你能明白這些，P／W。

……

讀完了開膛手的文章之後，她開始想，從除夕夜晚跨年到新年，到底發生了什麼事？她和俞培文算是什麼樣的擁抱？慾望，或靈魂的擁抱？

幾天來，她不斷地問自己幾乎是相同的問題。黑夜裡的華爾滋，俞培文吻了她嗎？或者他意圖吻她但中途停了下來？還是，一切只是不經意碰觸？她自己呢？她是太任性讓自己肆無忌憚地喜歡上了俞培文，或者俞培文只是剛好在她最最脆弱時，就在她身旁的緣故？

俞培文又會怎麼看她？

現在她甚至有點不知道如何看待開膛手這篇文章了。她反問自己，在她對俞培文長久的孺慕與信仰裡，會不會也像開膛手說的，存在著更多「慾望」的本質，只是她自己不知道而已？

以那個晚上的氣氛，也許只要她再主動一些，他們就會擁抱、接吻，甚至更進一步（她不否認，她的確是有點期待它發生的）……但如果是那樣的話，她要如何面對報紙上的緋聞，又怎麼針對彭立中的說法在委員會上提出反駁呢？

會不會開膛手說對了？正如他在文章裡面說的：

只有慾望的擁抱，沒有靈魂的擁抱？

她記得當時記者問她關於「擁抱」的事，她回答他們是真誠的「靈魂擁抱」時，她真的是堅定地相信的——人與人之間為什麼一定要充滿慾望，而不能只是那樣的簡單的相知與珍惜呢？但她又想，如果他們那天晚上真的擁抱、接吻，甚至更進一步時，他們是否同時也背叛了過去他們相信，並且信誓旦旦的那些關於「靈魂擁抱」的信仰呢？

她真的相信那些她一直以為自己相信的信仰嗎？她真的不敢想像，一旦失去了那些信仰時，她會怎麼看得自己？她又和開膛手，彭立中有什麼不同呢？

所以，俞培文是刻意的有所不為？是為了保護她？還是為了捍衛一種更崇高，卻看不見的內在價值？

正當她這樣無止無境地想著時，人事主任和彭立中開門從會議室裡面走了出來。宋菁穎聽到聲響，抬起頭來看時，正好和彭立中的目光交會。不曉得為什麼，那就是激起了宋菁穎內在的鬥志，讓她再度想起：

她得在意志上比他強悍才能生存下來。

這時候，她心裡忽然又慶幸起那晚他們沒有發生什麼讓她現在無法理直氣壯的事情了！她甚至覺得她必須逼他屈服在她的目光下，避開、甚至是低下頭來，某種正義才得以伸張。她的目光緊緊逼視彭立中，但他沒有低頭，甚至也沒避開她的目光。正當她要站起來破口大罵時，人事主任忽然開口喊她。

「宋主播，」他說：「不好意思，讓妳久等了。」

2

人事主任領著宋菁穎在會議室裡面的橢圓形桌坐了下來。主持會議的是性騷擾防治委員會的主委丁副總。在她左手邊是採訪主任趙翔，人事處柯主任，右手邊則是兩位女士，其中一位宋菁穎很面熟，但想不起曾在哪裡見過。隔著橢圓形會議桌，他們在宋菁穎面前一字排開。

丁副總向宋菁穎打招呼，並且介紹委員會的成員。

「趙主任、柯主任我想我不用介紹了，」丁副總抬起手，指著右手邊的兩位女士說：「靠近我這位女士是馬教授，她在大學裡面主要研究的是女性主義以及性別相關的議題。」

馬教授向宋菁穎點點頭，宋菁穎也向她頷首致意。

「在馬教授旁邊這位是蔡律師。蔡律師熱心參與並且推動各種婦女運動，相信妳應該在媒體上見過她才對。」

宋菁穎也向蔡律師點點頭。現在她想起來了，她曾播報過一個保護受虐婦女的公益活動，蔡律師就是主要的發起人之一。

「今天調查的內容將來是不對外公開的。另外，」丁副總又說：「等一下提出的問題，如果讓妳覺得不舒服，或者是覺得不方便回答，請隨時提出來，好嗎？」

「好。」宋菁穎說。

接下來的調查，主要是依據宋菁穎所寫的申訴書以及附件一一做細節上的確認。調查的過程，主要是由馬教授與蔡律師提出問題。丁副總偶爾就宋菁穎說明得不清楚的部分提出問題，趙主任和柯主任則大部分時間都保持沉默。

蔡律師主要針對彭立中的行為，反覆地做證據上的確認。提問的重點和梅律師提醒她的部分大同小異。馬教授的問題方向，比較針對事件發生時宋菁穎內心的感受。她不斷地在每個細節確認：妳是否明確向對方表達過不喜歡，或制止的訊息。

「有。」宋菁穎一再耐心重複回答這個問題。她甚至覺得有些荒謬，心裡想著：我還能表達更強烈的厭惡嗎？從口頭制止、砸手機到發出存證信函，難道還拿刀去殺他嗎？

耗費將近一個小時，總算才確認了申訴書上所有的指證。宋菁穎又附上了新的補充書，以及上週五的報導剪報、簡訊騷擾內容，並且簡單地口述了最近幾天彭立中對她騷擾的新事例。

「這些事情仍在不斷地發生，已經對我的工作與日常生活造成了嚴重的困擾，因此，我希望委員會能夠盡快做出處分。」

丁副總接過宋菁穎的資料，看了一眼。

「諸位委員是否還有其他的問題？」

大家都沒再說話。

「這份報導我上週五就已經讀到了，不過既然今天妳提出了這份剪報，」丁副總忽然說：「我想正好趁這個機會，對報導內容進一步釐清。我發現在報導裡，彭立中的說法和妳在申訴書上的說法有很大的出入。特別是你們之間的關係這部分。做為公司的副總同時也是委員會的主委，我想我是有責任和義務了解真相，因此，妳是不是願意就這一部分，做一點說明……」

「他對記者說的那些話，根本是他自編自導出來的謊言。」
「所以，妳從來沒有和他交往過？」
「沒有。」
「完全沒有？」
「對不起，」蔡律師提出了異議，她說：「性騷擾的定義是建立在受害人主觀感受上的，換句話，受害人和加害人原來是什麼關係，並不影響到性騷擾是否成立的判定，所以，如果申訴人不願意……」
宋菁穎打斷蔡律師的話，她說：
「這件事我從頭到尾坦蕩蕩的，並沒有什麼忌諱或不能回答的問題。我很願意把問題說清楚，戳破彭立中的謊言。」
丁副總看了看蔡律師，又看了看馬教授，她說：
「好，那就尊重宋主播的意思。畢竟我們自己也是媒體，別的同業拿我們的事情大作八卦文章，我們自己迷迷糊糊的也不好。」她指名趙翔說：「趙主任，你是彭立中的直屬長官，你有什麼問題要發問？」
趙翔想了一下說：
「可否說明一下報紙上妳和俞培文先生擁抱那張照片，以及你們之間的關係？」
「那是一個『靈魂擁抱』。」
「靈魂擁抱？」

「對，靈魂擁抱。靈魂擁抱是俞先生書裡面很重要的一個想法。那天我在廣播採訪他，順便也談了這個想法。我從大學時代就是他的讀者，我的許多想法受他的影響很深。因此，雖然是第一次見面，但覺得很親切，因此要求他給我一個靈魂擁抱，他也答應了。這是很單純的事情，可是彭立中卻發消息以及照片給媒體，故意扭曲我們的關係。」

「妳怎麼知道是彭立中發給媒體的？」

「因為那天就是他跟蹤我，俞先生為了保護我才送我回家的。我相信那張照片是他拍的，也是從他那裡流出去的。」

「妳的意思是說妳第一次和俞先生見面，在知道彭立中跟蹤妳的情況之下，在彭立中的面前擁抱，然後被他拍到？這有點說不通吧，」趙翔說：「妳明明知道他跟蹤在後面，卻和俞培文擁抱……所以，妳是故意擁抱俞培文給他看的？」。

「不是，不是那樣。」宋菁穎連忙說：「那天我們以為已經擺脫彭立中了，所以俞先生送我回家，然後……」

「然後四下沒人，」趙翔打斷宋菁穎，又說：「妳才擁抱俞培文。是這樣嗎？」

宋菁穎點頭，又覺得不對，連忙補充說：

「但那是很單純的『靈魂擁抱』。」

趙翔世故地笑了笑。「我跑新聞跑了這麼久，見過的世面也不算少了，實在不懂什麼是很單純的『靈魂擁抱』。妳可不可以解釋一下，靈魂擁抱到底是什麼意思？」

「靈魂擁抱是一種真誠的、心靈對心靈的擁抱。」

「妳覺得上一次總統和反對黨領袖的擁抱，算不算靈魂擁抱？」

「我不曉得這和我的申訴有什麼關係？」

「你們都一樣登在報紙版面，一樣自稱靈魂擁抱。妳覺得社會大眾會覺得他們是一種真誠的、心靈對心靈的擁抱嗎？」

宋菁穎搖了搖頭。

「那妳和俞培文先生的擁抱呢？」

宋菁穎沒回答。

「妳和俞培文先生經常往來嗎？」

「我們只見過一、二次面。」

「都做些什麼事呢？」

「談他的作品、連續劇……」

「所以，你們之間並沒有任何報導上所謂的『男女朋友』關係？」

她想了一下說：「沒有。」至少目前沒有。

「那妳和彭立中呢？妳說妳和彭立中從沒有過任何交往，但卻有人好幾次看到你們在一起吃飯。妳可不可以說明一下？」

宋菁穎皺了皺眉頭說：

「和他吃飯是因為我看電影時被陌生人騷擾，他和另一位攝影記者替我解圍。為了表示感謝，所以請他吃飯。之後他又回請了一次。那純粹是很單純的禮尚往來。」

「所以並不是從來沒有過任何交往嘛？」

「我說沒有任何交往，指的是就『男女朋友』的定義而言。」

「所以『有沒有交往』或者『交往的程度』的定義，其實是由妳自由心證的？」

「這本來就是自由心證啊。否則，難道人和人之間的關係還得分階段，然後去某個單位申請，取得認證嗎？」

「既然妳說人與人之間的關係是自由心證，那麼，妳知道在彭立中的認知裡，他和妳的關係是『超過普通友誼』嗎？你們各有『自由心證』，但是『自由心證』的結果完全不同。」

「那只是他自己無中生有的幻想。」宋菁穎不高興地說。

「我被妳搞混了，宋主播，妳說是彭立中無中生有的幻想，可是明明是有交往，妳說『沒有任何往來』。就好像我看到妳和俞培文明明有擁抱，可是妳卻說你們不熟一樣。我真不知該相信是彭立中『無中生有』，還是妳『有中生無』？」

「是彭立中『無中生有』！」

「好，既然妳說他是『無中生有』，妳能提出證據，證明妳和他的關係並沒有『超過普通友誼』嗎？」

「為什麼要由我來證明呢？」宋菁穎激動地提高了嗓門。

「妳是申訴人，似乎應由妳來負舉證責任……」

馬教授和蔡律師同時都對趙翔的言論發出了抗議，可是宋菁穎並不理會。她用更大的聲音，忿忿地問：

「難道要先證明我是『處女』，才有資格不被男人性騷擾嗎？」

大家全都安靜了下來。

3

宋菁穎進到辦公室時，跟曹心瑩打了個招呼。宋菁穎才坐下來，曹心瑩就對她努了努嘴，目光瞟向小會議桌的方向說：

「主編已經等妳一會兒了。我說妳去性騷擾委員會開會，她說她可以等。」

「喔。」

宋菁穎抬起頭看，主編正好從小會議桌那裡起身走了過來。

「我有事跟妳商量。」說完二話不說地往外走。宋菁穎也只好跟著往外走。兩個人默不吭聲地走出新聞部，直到咖啡自動販賣機附近，主編才停了下來，轉過身來問：

「委員會調查的事進行得怎麼樣了？」

「就是盡量回答他們問題囉。」

「什麼時候會有結果？」

「我希望盡快，否則，這幾天他還在繼續騷擾我。」宋菁穎拿出了手機，顯示手機上的簡訊給主編看。

主編皺著眉頭看了半天沒說話，不知想著些什麼。過了一會兒，她又說：

「妳告彭立中性騷擾的事，現在已經變成了熱門新聞。妳也知道新聞講的是客觀、中立，如果別的媒體拿來當頭條，我們卻一直不播這條新聞，反而讓人覺得好像我們心虛。這條新聞我們似乎沒有道理不播……」

「妳就是來和我商量這件事情的？」

主編點點頭。「這件事情我已經和孫經理談過。」

「所以已經成定局了？」

「應該是吧。」

「那還和我商量什麼呢？」

「我是在想，妳是這條新聞的當事人，如果妳覺得不方便播報，或是有所顧慮的話，我可以請孫經理找人代班……」

宋菁穎看著主編，她忽然理解到，儘管她自己沒有錯，可是沒有錯並不代表整個世界就應該公平地對待，甚至是配合她。

「我可以看看新聞稿，然後想一想嗎？」

「好，這是新聞稿，」主編從牛皮紙袋拿出一篇新聞稿，交給宋菁穎，「妳先看看，編輯會議前我要知道妳的決定。」

目送主編離開之後，宋菁穎站在走廊上，把主編給她的新聞稿讀了一遍。

本台新聞部主播宋菁穎小姐因為受到記者彭立中的騷擾，憤而向公司「性騷擾委員會」提出申訴。今天「性騷擾委員會」正式展開調查。根據宋菁穎指出，彭立中長期跟蹤她，瘋狂打電話，以及發簡訊的行為，已經造成她生活上嚴重的困擾，因此不得不向公司提出性騷擾的申訴。但記者彭立中卻指出，他從來沒有對宋菁穎有任何「性騷擾」的意圖。他會這樣，純粹是因為不滿宋菁穎在和他交往期間，又和作家俞培文發生「劈腿」行為，因此要求她解釋，不料宋菁穎不但置之不理，反而還控告他「性騷擾」。主播和記者相互指控，一場「性騷擾」與「劈腿」之間的羅生門，到底誰是誰非，請看本台記者的報導。

宋菁穎愈看愈生氣，走進辦公室，抓起桌上的電話就打給主編。電話接通之後，她說：「彭立中根本就是胡說八道！」

「新聞報導講究的是客觀與平衡報導，我總不能不給他解釋的機會吧？」

「那明明就是胡說八道，為什麼我還要播報我已經知道不對的新聞？一個主播在播報台上播報她確信是錯的新聞，這合乎新聞倫理嗎？」

「有人控訴別人性騷擾，被控訴的人為自己辯護，這些都是發生的事實啊。我們報導事實，怎麼會違背新聞倫理呢？」

「問題是他講的是謊話啊，我可以用生命保證那是謊話，我是女人，妳也是女人，難道妳還不相信我嗎？」

「我不是不相信妳，只是妳的案子，現在還在性騷擾委員會調查，因此妳是當事人。在調查還沒有結論之前，如果只報導一方的當事人意見，妳覺得符合新聞的平衡報導原則嗎？」

「我是當事人，但我也是主播啊。妳想想我的立場，一個主播，明明知道什麼是真相，什麼是謊言，卻還要假惺惺地堅持什麼平衡報導，妳想她心裡的感受會是什麼？我如果連自己確信的真相都不敢堅持，將來還會有人相信我報導的任何新聞嗎？」

「所以我才找妳商量，如果妳不方便播報的話，可以找別人代勞……」

「問題是新聞的內容還是不對啊，就算別人代勞，新聞播報完，造成的傷害還不是一樣？」宋菁穎說：「難道妳就是不相信我說的是真相嗎？」

「我不是不相信妳，重點妳是當事人啊，但當事人有兩造，這件事情的真相最後還是要等調查委員的結果公布才算數。」

「但我也是主播啊。如果你們不相信我，要我這個主播做什麼呢？」

「宋主播，我們從事的行業叫做『新聞』。如果不講時效性，怎麼叫做『新』聞？妳仔細想想，妳過去報導過的新聞，哪個告來告去的新聞沒有兩造？哪個兩造沒有不同的說法？如果每條新聞都要等到調查結束才報導，或者會不會對誰造成傷害，妳說我們新聞還要不要播？」

兩個人都靜默了一會兒。主編說：「所以，妳晚上到底要不要自己播報？」

「重點不是我播報不播報新聞，重點是播報的新聞內容。」

「宋主播，我很樂於和妳有這些討論。至於新聞內容如何處理以及如何呈現，這是我的職權，我有我的專業判斷。」

「可是這個判斷是不對的。」

「我不覺得這個判斷不對，而且，我得提醒妳，妳的說法已經踰越妳職權和工作範圍了。」

「如果妳堅持一定要這樣呈現的話，今天晚上我寧可不播報這則新聞。」

「我已經告訴過妳了，要是妳覺得不舒服的話，請妳立刻去辦請假手續回家休息，孫經理很樂意安排人手來接替。」

請假手續？在那一瞬間，她忽然理解到，孫經理派主編來跟她說了半天，就是為了這個。

「如果我不請假，」宋菁穎挑釁地問：「也不想播這則新聞呢？」光是性騷擾申訴案的消息已經夠讓公司灰頭土臉了，她相信他們不至於笨到主動把她換掉，好讓她找到理由再去召開另一次記者會。

「要是妳真決定這樣的話，我只好找孫經理親自來跟妳談。」主編沉默了一會兒又說：「我勸妳最好別那樣做。如果妳想聽我衷心的建議的話。」

「這算是威脅嗎？」

「宋主播，我在這裡已經待很久了，從妳還沒出生以前就待在這裡了。妳說妳是女人，我也是女人，女人受到什麼不平等待遇、歧視……這些我都不反對。但並不是因為這樣，女人就應該用妳那種方法大聲嚷嚷。如果妳真的感受到什麼性別上的不平等的話，妳更要在專業上表現得無懈可擊才對，可是現在我看到的妳正好相反。老實說，我還滿欣賞妳的。就是因為欣賞妳，我才會這樣說。如果妳聽懂我的話，我相信妳就不會覺得那是威脅了……」

*

掛斷電話，宋菁穎愣神神地在辦公桌前坐了一會兒。曹心瑩正好從收發室拿了郵件回來，坐在一旁拆信。看到宋菁穎這個模樣，她暫時放下手上的拆信刀，從宋菁穎手裡拿過那張新聞稿。看了半天，曹心瑩歎了一口氣說：

「這年頭，只要能衝收視率，他們什麼事情都做得出來。哎，好好一件『性騷擾』，被寫成了『主播劈腿』……」

「妳覺得我現在怎麼辦才好？」

「妳不請假，又不播這則新聞，等於是和公司槓上了。」曹心瑩問：「妳現在打算怎麼辦？」

「我也不知道。」宋菁穎也歎了一口氣說：「我好像一下子變成了整個公司的公敵了。」

曹心瑩順手把宋菁穎的信件和包裹交給她。又問：「委員會調查的情況怎麼樣？」

宋菁穎接過郵件，也從抽屜拿出一把剪刀，一邊拆信，一邊轉述剛剛的情況，特別是趙翔如何刁難，如何舉了一些亂七八糟的邏輯繞來繞去，都一一告訴曹心瑩。曹心瑩皺眉頭聽，等聽到趙翔竟要宋菁穎證明她和彭立中沒有「超過普通朋友」的關係時，不高興地說：

「這簡直欺人太甚了。就算妳是處女，也用不著證明給他們看啊。」

宋菁穎只是苦笑，沒說什麼。

過了一會兒，曹心瑩忽然又問：「對了，報紙上那張妳和俞培文的照片到底是怎麼回事？」

「沒怎麼回事啊，我是他的粉絲，和他第一次見面很興奮，要求跟他『靈魂擁抱』，他沒拒絕，就這樣。」宋菁穎拆開了信用卡繳費單、百貨公司週年慶廣告、化妝品行銷試用贈品。

「靈魂擁抱？」曹心瑩狐疑地看著她。

「前幾天在妳家，我們不也擁抱？外國人見面，不也常常會這樣嗎？真的就只是很單純的『靈魂擁抱』。唉，怎麼連妳也不信？」

「喂，會不會經過報紙這麼一折騰，你們兩個人到最後……沒事變成有事？」

「不會吧？」宋菁穎又拆開了一張傳播研討會的邀請函，還有一張認養偏遠地區兒童的年度繳費通知。最後，是一個用限時掛號寄來的包裹。宋菁穎用剪刀剪開膠帶，並且拆開包裹外的包裝。

「你們一個男未婚，一個女未嫁，誰知道將來會如何呢？」

「喂，妳到底是想幫我，還是害……」宋菁穎還沒說完，忽然發出一聲尖叫：「啊！」

曹心瑩轉過頭去看，看到宋菁穎手裡正從打開的包裹裡拿出一張A4大小的圖片，一臉震驚的表情。曹心瑩立刻起身去看那張圖片。

那是一張用普通的印表紙，列印著網路常見的春宮圖。春宮圖的內容是一個身材妖嬈的女優，同時和兩個青筋暴露的肌肉男交媾。不但如此，圖片經過了電腦處理，還把女優和男優的臉，分別置換成了宋菁穎、俞培文以及彭立中的臉。在宋菁穎微笑的臉部旁，畫著漫畫中的對白框，裡面寫著：

喔，長官，性騷擾！

在春宮圖下方三分之一的位置，用著反白的字，大大地寫著：

BITCH！

曹心瑩搶過那張圖，把它撕得粉碎，邊撕邊罵：

「就有這種人，無聊！」

宋菁穎失魂落魄地看著桌面上已經拆開的包裹，從裡面拿出塑膠袋包封，稠稠黏黏的暗褐色液體。才一拿出來，曹心瑩立刻慌張地大叫。

「天啊，大便！」她捏著鼻子說：「趕快拿去丟掉。」

宋菁穎本能地把塑膠袋塞回包裹，胡亂用拆開的牛皮紙包了兩下，捧起包裹往辦公室外面走。曹心瑩連忙也跟在後面。宋菁穎愈走愈快，曹心瑩只好緊追不捨。一路上兩個人一句話也沒說，直到宋菁穎把包裹丟到垃圾集中處。

她站在垃圾桶前面不說話，氣得全身顫抖。

「別理那些無聊的人。」曹心瑩說。

宋菁穎自顧自衝進盥洗間，打開水龍頭猛洗手。她心裡想：這一切到底是怎麼回事呢？難道她真的做錯了什麼嗎，否則為什麼有人這麼恨她？

嘩啦啦的水流著……

她覺得不管自己怎麼洗，就是有一股揮之不去的臭味，在她的身上，在周圍的空氣裡徘徊不去。她愈想愈不甘心，愈洗愈用力，愈歇斯底里。不知洗了多久，直到她驚覺血液從洗破了皮的傷口流出來，在水池裡漾開一片淡淡的粉紅。

*

她們一起走回辦公室時，一群採訪部的記者和攝影正聚在走廊聊天。本來他們還有說有笑地聊著，一看到宋菁穎和曹心瑩走過來，全安靜了下來，不約而同把目光轉過來，冷冷地望著她們。儘管宋菁穎和曹心瑩面無表情地從他們面前走過去，但走了幾步之後，宋菁穎還是氣不過，轉身過來，走到他們面前問：

「有什麼問題嗎？」

沒人回答。

曹心瑩擔心會出什麼狀況，一直拉著她，嚷著：「走了，走了啦。」她拉了好一會兒，總算才把宋菁穎拉開。

4

宋菁穎提前十分鐘到了新聞部的會議室，準備開編輯會議。不過她到時，孫經理、主編和採訪主任已經坐在裡面了，凝重地談著什麼。主編最先看到宋菁穎走了來，抬起頭來問：

「宋主播這麼早就來了啊？」宋菁穎發現孫經理和採訪主任都抬起頭來看她。她向孫經理點了點頭，他也點頭回應。趙翔則如同以往一樣，沒什麼動靜。宋菁穎也懶得理他。

過了沒多久，導播帶著副導以及其他製播人員也到了，於是會議破天荒提早了將近七分多鐘開始。

會議比以往進行得更順利。除了一些技術上的枝節之外，並沒有太多的討論。一切就這樣和諧而乏味地進行著。如果不是一整天下來發生了那麼多事，宋菁穎還真是一點也感覺不出來會議底下的暗潮洶湧。說真的，宋菁穎還寧可會議唇槍舌劍，炮火隆隆。那至少看得見敵人，看得見彼此的攻防陣地，而不是像現在這樣，在客氣而空泛的討論的背後，似乎存在更巨大、不確定，並且看不見的共謀與敵意，聯合對付她一個人。

很快，討論進行到「宋菁穎告彭立中性騷擾」的新聞。如同其他的新聞，趙翔簡單地報告了報導大致上的架構，畫面的內容包括了宋菁穎上週媒體上的資料畫面、俞培文過去的存檔以及彭立中、孫經理接受採訪的畫面。

「有沒有什麼問題？」主編刻意用一種平淡而壓抑的語氣發問，彷彿那只是一條無關緊要的報導。

沒有人有問題。

主編又把目光轉向宋菁穎。會議室裡一片安靜。

宋菁穎已經打定了主意不說話。她不想在這個會議上和他們爭辯新聞應該怎麼呈現才算合理、公平。和他們辯論這些只會使她看起來更狼狽而已。她知道他們無非是希望她乖乖播報這則性騷擾新聞，或者交出請假單滾蛋。可是憑什麼她得配合他們呢？如果她打定主意不乖乖請假、不播報這則新聞，同時也放出了風聲，該擔心煩惱的人是他們才對吧？

目光在宋菁穎的臉上停駐了幾秒鐘之後，主編又看回會議桌前的新聞排程，煞有介事地在上面打勾做記號。

「好，既然大家都沒問題，」她說：「我們討論下一條新聞。」

不到三十分鐘，晚間新聞要播的三十二條新聞大致上都已經討論完畢，並且排好了播報的順序和流程。

「那就這樣了。」主編看了看錶，宣布散會。

宋菁穎隨著大家魚貫走出會議室，正要走出大門時，忽然被孫經理叫住了。

「宋主播，我有事想單獨跟妳談一談。」

宋菁穎走回辦公桌，坐了下來，看著走在最後的主編走出辦公室，關上了她身後的門。

孫經理從西裝外套內裡的口袋拿出一張文件，交給宋菁穎。

「這是？」

「這是請假單。我看妳最近也夠累的了，休息一個禮拜，到處散散心，或者出國去走走，對妳會好一點。」孫經理說：「妳只要填上名字就可以回家休息了，其他的事情，我會交代其他人去辦。」

宋菁穎看了那張已經填好的請假申請單半天，她把申請單推回給孫經理。

「如果我不想請假呢？」她問。

「妳本來就是晚間新聞的主播，我當然不會反對妳播報新聞。但是我聽主編說，妳告訴她，就算這則新聞已經排進流程裡，妳也不打算播報？」

「我並沒有說一定不播報這則新聞，我抗議的只是處理這則新聞的方式。」宋菁穎急切地說：「控告彭立中『性騷擾』是我的私事，我身為受害人，本來就沒有必要在媒體上炒作。但是現在這件事被他炒作成了『劈腿』事件，我反倒從受害人成了加害人……這些日子，我長期受到他的騷擾，公司不但不能幫忙解決問題，反而隨著他的觀點起舞，表面上看起來好像是平衡報導，可是觀點從『性騷擾』變成了『劈腿』。這種新聞，不管是由我，或者是由誰來播報，對我都一樣不公平，也不平衡。」

「我們的新聞團隊都很資深、也很專業，事實上，妳也知道除非必要，我很少去干預新聞呈現的方式。但今天稍早，我的確為了這則新聞分別和主編、採訪主任談過，我甚至花了時間打電話給丁副總，瞭解『性騷擾委員會』目前調查的進展。妳是當事人，當然有妳的認知。可是新聞報導本來就是忠實地呈現事實，不管妳的說法、彭立中的說法，甚至是性騷擾委員會的說法，都是事實，也都得呈現。我們做新聞，不可能因為妳覺得妳的認知是唯一的真相，就否定別人的說法……」

「可是這明明是有偏差的報導，總不能為了平衡報導，連殺人、放火、搶劫的罪犯，都要報導他們的觀點吧？」

「『性騷擾委員會』目前還在調查階段，妳怎麼能把彭立中和那些罪犯相提並論呢？」

「問題他就是罪犯啊！」

「我可以理解妳的心情。可是在目前這個情況下我不想和妳討論新聞專業的事情，」孫經理又把請假申請單推回給宋菁穎，「請假的事妳要不要再考慮考慮？」

宋菁穎拿起請假申請單，閉上眼睛，咬緊牙關想了一會兒之後才睜開眼睛。她放下申請單，斬釘截鐵地告訴孫經理：

「我不請假。」

孫經理鐵青著一張臉，臉色變得很難看。「以妳目前這樣的情況，」他說：「就算妳不請假，我也不能准許妳播報今天的晚間新聞。」

「你憑什麼不讓我播報今天的晚間新聞？」

「新聞可是團隊工作，就憑妳揚言妳不請假，又不播報這則新聞，我就有理由不讓妳播報晚間新聞。」孫經理愈說愈大聲，「我再告訴妳，我不但有理由不讓妳播報今天的晚間新聞，憑我的職權，我更有理由直接把妳調離晚間新聞。」

宋菁穎氣得全身發抖。她說：「我去找丁副總。」說完起身頭也不回地走出了會議室。才走出門口沒多遠，聽見從會議室裡面傳來孫經理的咆哮，嚷著：

「妳去找誰都一樣！」

＊

宋菁穎接通丁副總的電話，哇啦哇啦說了半天之後，丁副總在電話中想了一下，說她必須瞭解一下這件事情，於是和她約定半個小時之後見面。

半個小時後，宋菁穎依約走進丁副總辦公室時，孫經理已經在副總辦公室裡了。丁副總請她坐下之後，開門見山地說：

「今天的委員會的調查我已經聽妳說過，加上剛剛和孫經理談了一下，因此大致情況我想我已經掌握了。由於十五分鐘之後我和總經理還有一個重要的會要開，所以我就直截了當地跳到結論了。」

她請祕書把列印好在印表機上的文件拿過來，連同原來孫經理的請假申請單，一起交給宋菁穎。

「妳對彭立中提出的『性騷擾』申訴，目前公司已經積極地在處理了。至於這件事延伸出來的新聞該怎麼報導，我認為這是新聞部的專業。所以，我希望申訴的歸申訴，新聞的歸新聞。孫經理擔心妳無法面對這條新聞，希望妳主動請假，這是他的好意。要是妳願意請假，很好；但如果妳覺得自己能夠處理這個情況，一定要自己出馬播報這條新聞，我也不反對。只是，為了清除孫經理的疑慮，我希望妳能看過這份聲明，並且在上面簽名同意。」

「什麼聲明？」

「這個聲明同意，妳在播報晚間新聞時必須遵守編輯會議所決定的流程，播報每一條新聞。其實這不是什麼新的規定，本來播報新聞，就應該遵守編輯會議的決定。現在只是再重申一次，提醒妳注意而已……」

「我沒有別的選擇了嗎？」

「恐怕是沒有了。」丁副總說：「我很同情妳的處境，但我們是電視台，如果要讓事情順利運作，大家都得按照規矩來。」

宋菁穎沒有說什麼。她沉默地看了看請假申請單，又讀了一遍那份聲明。

「好，我簽名。」她看了孫經理一眼，找出了筆，開始在那份聲明上簽名。一邊簽名，腦海裡一邊浮起主編的話：

如果妳真的感受到什麼不平等的話，妳更要在專業上表現得無懈可擊才對，可是現在我看到的妳剛好相反……

她甚至不曉得自己能不能夠勝任，但她必須簽名。那是一種感覺，彷彿如果不那樣做，她就徹底地被打敗了。

5

六點五十九分，宋菁穎別好麥克風、戴上隱型耳機，坐上了主播台。

「三十秒進現場。」現場指導的聲音。

耳機裡傳來片頭音樂，宋菁穎看見正前方的畫面監視器播起了片頭。

她理了理手上的新聞稿，看著在面前的三台攝影機，深吸了一口氣。如同過去的每一天一樣，一共有三十二條新聞要播報，分成三段，中間有二個缺口。第一段是國內重要的政經消息，之後第二段才是她的「性騷擾申訴案」的報導。

「十秒、九秒、八秒……」

平常心。

「四秒，三秒，二秒……」

這不過是無數個播報新聞的日子裡，沒什麼兩樣的一天。如果她過去都能夠播報得很順利，今天當然也沒有什麼問題。

宋菁穎深吸了一口氣，看見中間那台攝影機亮起了紅燈。

歡迎大家一起來關心國內外重要新聞，我是宋菁穎。

一播完開場白，宋菁穎就發現外套口袋裡的行動電話震動了起來。「嗡……」糟糕，有人傳簡訊給她。她心想：剛剛太急了，講完電話把手機塞進外套內裡的口袋，忘了拿出來。

穩下來。她告訴自己。今天的頭條新聞是新聞局局長趙致祥針對美國媒體對我政府的錯誤報導發出嚴正譴責的聲明。左側的攝影機前的小紅燈亮了，宋菁穎看了鏡頭一眼，把身體轉過去面對這個特寫鏡頭。

新聞局局長趙祥致今天下午在新聞局對中外媒體召開記者會。趙祥致指出……

嗡……手機仍然還在震動著。不曉得為什麼，她一直聽見導播在耳機裡提醒她：「趙致祥」。導播提了三次之後，她才發現，她把「趙致祥」播成「趙祥致」了。一發現這個錯誤，宋菁穎立刻吃了一個大螺絲。晚間新聞的主播竟然會唸錯新聞局長的名字？她可以想像電視台的網站上，少不了又是一陣冷嘲熱諷。她足足愣了一、二秒鐘，才反應過來，改口說：「對不起，是新聞局長趙致祥。接著，我們一起來看看記者來自新聞局的報導。」

趁著進入SOT畫面時，宋菁穎掏出手機來。如她所預期，又是彭立中傳給她的連環簡訊，寫著：

哎喲，趙祥致。笑死人了！

宋菁穎覺得心臟一陣緊縮。關閉了這則簡訊，還有之前的上一通，寫著：

聽說妳要親自播報我們之間的新聞了。這真是令坐在電視機前面的我興奮得手足無措啊。我該怎麼辦？救救我吧，宋主播。

宋菁穎索性把手機關機，塞回口袋去。

繼續播報新聞，宋菁穎發現自己完全沒有辦法集中注意力。她忍不住就要想起彭立中就存在攝影機鏡頭深處的某個地方。那種「彭立中就坐在面前看著她」的感覺讓她很不舒服。一路播報下來，她不但吃了兩個螺絲，還把「一味」地寵愛自己的小孩播成了「一昧」地寵愛自己的小孩被導播糾正。宋菁穎強迫自己專注。沒想到才打起精神，立刻又把「掣肘」（讀音：徹肘）唸成了「制肘」了。

第一段進行到廣告缺口時，大家都察覺她的狀況不穩定，很怕有什麼狀況發生。導播在透過耳機問她：

「妳還可以嗎？」

宋菁穎雖然懊惱極了，可是還是好強地回答：「可以。」

「真的可以？」導播又問了一次，「下一段可是妳自己的新聞了。」

「我知道。」她說。

廣告過後，回到現場。

觀迎回到晚間新聞。國內性侵害、性騷擾事件頻傳，今天又傳出一件國小五年級女生，被國二男學生強拉入廁所玩性遊戲，其他男同學竟然在一旁圍觀、鼓噪。目前校方、教育局與警方都介入調查這件校園性侵疑案……

SOT更進一步敘述了這個消息的細節。報導的記者指出：這名女童打球遇到陳、黃等五名玩伴，與她同年的男童以及就讀國二的學長將她推進廁所，其他的人則頂住門，並且爬到廁所上方圍觀。國二學長脫掉她的褲子，小五男學生則模擬性愛動作。圍觀的人一直鼓噪「快做」，國二學童就抱著她性侵。她雖尖叫但無法推開對方。圍觀的學生不斷叫嚷，還有人跳下來問她「過不過癮」。之後不久她遇到小五男童等六名學生，又一次被他們拉進廁所，小五男童脫她衣服撫摸胸部後，還問觀看的人「接下來呢？」有人跳下來示範性愛動作，男童則依樣對她性侵害。

當畫面播出家屬敘述女童大哭說著：「不要！不要！」卻沒人要理她時，宋菁穎忍不住眼淚就流了下來。

接下來的畫面，包括涉案的國中男同學的聲音指稱是，大家一起打球，約定輸了罰錢，男生輸球都乖乖付錢，女生輸了卻賴帳，因此才有這個「補償」的方法。多名圍觀的男同學不知事態嚴重，甚至說是基於好奇「看戲」心態，在旁起鬨。這些說辭已經讓宋菁穎義憤填膺了，接下來不論是校方、或者是教育局的說法，都只使她的怒氣更加火上加油……

如果不是這些「看戲」的人，如果不是這些事不關己的人，如果不是有這些本位主義、怕事推託責任的人，壞人怎麼可以如此囂張？這個世界怎麼會充滿這麼多的悲劇？

接著要播報另一則發生在本台的性騷擾申訴案。本台新聞部主播宋菁穎小姐受到記者彭立中的騷擾，憤而向公司「性騷擾委員會」提出申訴。宋菁穎指出，彭立中長期跟蹤她，瘋狂打電話，以及發簡訊的行為，已經造成她生活上嚴重的困擾，因此不得不向公司提出性騷擾的申訴……

這樣播報時，她忽然覺得一陣說不上來的荒謬湧了上來。她現在在幹什麼呢？她又是誰？是新聞報導裡那個長期受到騷擾的宋菁穎嗎？還是這個故作客觀冷靜的新聞主播宋菁穎？那個宋菁穎是這個宋菁穎嗎？如果是的話，她怎麼能夠忍受這個宋菁穎事不關己的態度和表情？如果不是的話，這個宋菁穎又是什麼呢？是讀稿機？還是另一個本位主義、事不關己、怕事推託的「共謀」？

但記者彭立中卻指出，他從來沒有對宋菁穎有任何「性騷擾」的意圖。他會這樣，純粹是因為不滿宋菁穎在和他交往期間，又和作家俞培文發生「劈腿」行為，因此要求她解釋。不料宋菁穎不但置之不理，反而還控告他「性騷擾」。主播和記者相互指控，一場「性騷擾」與「劈腿」之間的羅生門，到底誰是誰非，請看本台記者的報導。

夠了，宋菁穎心裡想，真是夠了。那些裝模作樣的所謂平衡報導，假惺惺的所謂新聞正義，冷血殘酷的所謂客觀中立，這一切和那名女童受性侵害時，恬不知恥的圍觀、鼓噪者，又有什麼兩樣呢？

她在做什麼呢？難道她也不知不覺淪為這些圍觀、鼓噪的共犯了嗎？

SOT畫面更是刺激了宋菁穎的憤怒。可笑的是，這時候她竟然想起來今天一早所讀到的開膛手寫的文章：

那些用「靈魂」虛偽、做作地包裝慾望的人啊，是你們以靈魂為名劃分了美德、敗德，有用、無用，正常、不正常……不斷地用這些有利於自己的界線來傾軋、打擊異己，掠奪資源，才給這個世界帶來了無止無境的沉淪與災難。

不存在電視公司所謂的新聞倫理，有的只是高收視率與金錢的慾望。也沒有彭立中宣稱的所謂「真愛無悔」，有的只是他對她貪婪與迷戀的慾望。更沒有觀眾在乎真相與事實，只有窺視的慾望……

在SOT畫面中，孫經理表示目前申訴案已進入調查程序他不方便多說，接著是彭立中。當畫面播到彭立中深情款款說著他和宋菁穎曾經有過「超出普通友誼」的關係，並且希望能夠做任何事情挽回宋菁穎時，宋菁穎的憤怒終於忍無可忍地來到了前所未有的最高點。

「胡說八道！」

「十秒鐘回現場。」SOT還在播著，現場指導的聲音說：「九、八、七……」

可是宋菁穎仍然停不下來。

「一派謊言！」她的聲音愈來愈大，語氣愈來愈歇斯底里。「我怎麼可能和他有任何關係！胡說八道。」

現場起了一點騷動。在宋菁穎的耳機裡，攝影棚裡，到處都是七嘴八舌的聲音，紛亂得不得了。宋菁穎不曉得該聽誰的才好。

然後一切倏地恢復安靜，她看見在她面前那台攝影機的紅色燈亮了。

讀稿機上下一條新聞稿已經跳出來了。可是她只是靜默，面無表情地看著眼前攝影機的鏡頭。

「鏡頭給妳了，宋菁穎。」導播的聲音從耳機裡傳進來。

她顫抖著雙唇，心裡想著：彭立中就在她的面前得意地看著吧？

導播又提醒了一次：「妳已經在現場了。」

宋菁穎像是被喚醒了似的，清了清喉嚨。

「做為當事人，我想告訴觀眾，我剛剛所播報的，完全是一則看似公平、故作客觀，但實質上卻是顛倒是非、枉顧道德的新聞。我必須澄清，從一開始我就很明白地拒絕彭立中了，可是他卻一再死纏，不斷騷擾，還利用新聞製造謠言，企圖創造出什麼我拋棄他、劈腿的謠言。這很單純是彭立中先生對我本人的『性騷擾』，為什麼要轉移焦點，說是什麼『劈腿』，甚至牽扯到俞培文先生呢？」她愈說愈激動，眼淚溢出宋菁穎的眼眶，沿著兩頰流下來，「我在這裡再宣告一次，彭立中先生，我從來沒有，也不想和你有過任何瓜葛，更不用說是什麼『超出普通友誼』的關係了。你說謊，透過電視公司、社會輿論對我施壓，但我要告訴你，不管發生了什麼事，我絕對不可能屈服在你的謊言底下的。」

現場一陣慌亂。宋菁穎聽見耳機裡有人大聲喊叫，中控室傳來亂嘈嘈的聲音。可是她仍然繼續說：

「大家看看這個偽善的社會、媒體，他們是用什麼樣的方式來對待所有的女性、甚至是弱勢團體？為什麼明明是男人對女人性騷擾，到頭來，反而是女人得先證明自己沒有劈腿，證明自己的貞潔？這是什麼樣的邏輯？難道女人先得證明自己是『處女』，才有資格不被男人性騷擾嗎？」

她本來還要繼續說：「彭立中，我有我的人權，我並不需要證明我是處女，才能擺脫你的糾纏。」可是話還沒說出口，就聽見耳機傳來導播大喊：「進廣告！」的聲音。

監視器跳出來一個蹦蹦跳跳，衣服穿著暴露的女生喝著飲料，不曉得在推銷著什麼的廣告。

她知道她這段脫稿演出，活生生地被切斷了。

第十四章

有一個辦法可以使人免除所有對自己靈魂將來命運的擔憂。
這就是在生前拋棄肉體的快樂與裝飾，
獻身於獲得知識的快樂……

1

警察接到王郁萍的報案電話很快就來了。他們在屋子裡面東看西看，拍了一些照片，又問了很多問題。

「有什麼損失嗎？」

「只是一些稿件。」

「很重要的稿件嗎？」

「應該不是很重要吧，對一般人而言。」

「妳想，有沒有可能是什麼特定的人，進來拿走那些稿件呢？」

王郁萍想了一下。如果有什麼可能的話，只有一個人，可是她搖搖頭。她拒絕懷疑——或者說得更明白一點，拒絕承認可能是俞培文。是他教導她明白了靈魂，明白了這件最重要、永恆的事情。這是唯一的真實，包括他說的話、他的人格、她和他之間的連繫和關係……她不願意懷疑他。他是她有限的生命裡面最後的救贖，如果連這個都是假的，她就失去一切了。

「既然沒有什麼損失的話——」警察請王郁萍在筆錄上簽名。

簽完名，警察忽然問：

「小姐，妳的臉色看起來不是很好，妳有沒有看過醫生？」

「看過了。」王郁萍平靜地說：「醫生說我得了肺癌末期，快要死掉了。」

警察愣了一下。他們保護大家的安全，是人民的保母，可是對於癌症以及死亡，他們一點也無能為力。

「對了，」臨走前警察說：「里長那裡有一些監視器的錄影帶，我會請他調出來。有空的話也許妳可以過去看看，說不定有什麼特定的人妳可以指認出來。」這大概是目前他唯一可以做的事情了。

送走警察之後，王郁萍想起也許應該去里長那裡走一趟的。可是一這樣想，她立刻又猶豫了起來。她很擔心，萬一真的是俞培文拿走的，怎麼辦？

她得問他。她心裡想：只要他對她坦誠，她仍然打算原諒他。於是王郁萍發了一封傳真：

俞大哥：

我是王郁萍，我們得馬上見個面，我相信你應該知道我在說什麼，有件事我必須問你。

可是俞培文沒有回應。

她重複讀著《柏拉圖全集·斐多篇》。每次讀到蘇格拉底赴死之前跟同伴、學生講的話，她就落淚。

我的朋友啊，有句話我們該牢記在心。假如靈魂是不朽的，我們該愛護它，不僅今生今世該愛護，永生永世都該愛護。現在我們可以知道，如果疏忽了它，危險大得可怕。因為啊，假如死可以逃避一切，惡人就太幸運了。他們一死，他們就解脫了身體，甩掉了靈魂，連同一輩子的罪孽都甩掉了。可是照我們現在來看，靈魂是不朽的。它不能逃避邪惡，也不能由其他方法得救，除非盡力改善自己，盡力尋求智慧……

她一直回想著那天他們見面時，她對他坦承一切，包括她過去和開膛手發生的事、她的病情，而他也向她承諾每一件她希望的事情，從刊登那些稿件，到出席她的喪禮……她一直重複地回味著這些事情。雖然他並沒有和她「靈魂擁抱」，但她相信像他這種偶像型的公眾人物，自然有他們的考慮，這是可以理解的。

因此，她完全不願意相信，甚至哪怕只是隱約的暗示：俞培文和她的見面是一個預謀的欺騙——他利用約她出來的時間，找人去她的屋子裡把稿件拿走。哪怕只是一點點的暗示她都拒絕相信。

有沒有可能只是無關緊要的別人拿走了稿件呢？可是她又想，如果是無關緊要的別人，為什麼他們不拿走別的東西，只是拿走這兩份退稿呢？

她試圖尋找各種可能的蛛絲馬跡，還去圖書館查閱關於《麥田捕手》的一切。那是一個逃離學校的中學生，一個飄泊、不安、年輕又憤世嫉俗的故事，她猜不出，也想不透上次見面時，他為什麼會問她是否讀《麥田捕手》的事。

她又發了一張傳真給俞培文。

俞大哥：

我真的必須見你一面。我是個快死了的人，我有很重要的話要問你。在這一切還有機會挽回之前。

王郁萍

是的，在這一切還有挽回的機會之前。可是俞培文仍然沒有回應。王郁萍打電話給俞培文，可是俞培文的手機關機。她又打電話給小邵，小邵告訴她，俞培文閉關寫作去了，現在連他也聯絡不上俞培文。

她不願意懷疑俞培文故意逃避她。那天見面時，他答應她出席她的葬禮，答應她刊出她的作品，她還記得那天他看到她的癌症轉移的傷口，對她關愛的眼神，她相信這些全部都是出自他的靈魂深處，最真誠而永恆的情感——就像她對他的情感一樣。

很可能真的不是俞培文拿走的。她必須再給俞培文機會。

於是她斟酌了又斟酌——她不希望俞培文覺得她懷疑他，然後又寫了一封新的傳真：

俞大哥：

我真的必須見你一面。事情非得這樣不可，我很害怕我會做出讓我們都後悔的事。

王郁萍

傳出去前她曾經猶豫了一下，可是最後她還是傳了出去。沒有別的選擇了。

2

「所以，你會建議我怎麼辦？」我問。

譚先生點起了一支煙，把三張傳真依照傳來的時間先後在桌面上攤開。小邵去廚房找了煙灰缸回來放在桌上，自己也點燃了一根煙。譚先生在煙霧之中看了一會兒，然後用一種深謀遠慮的口氣說：

「你有沒有想過，什麼事都不做，完全不回應她也是一個很好的對策？」

「什麼都不做……」我說：「難道沒有更一勞永逸的辦法嗎？」

「很多人以為可以採取各種行動來停止糾纏者的做法，其實很多經驗都告訴我們，這樣做往往只更刺激或者激怒他們，惡化了情況。我知道什麼事都不做對被糾纏的受害者是一個耐性的大考驗，可是它往往也是最有效的方法。」

「可是她的威脅一次比一次還要嚴重！」

「通常，威脅只是試著使你相信某些事情。你想想，說出來的威脅真的要實行其實並不容易。沒有這兩份退稿，她能怎麼威脅你？所以當她說出『我很害怕我會做出讓我們都後悔的事』時，你想，她真的能做什麼呢？」

看著譚先生幾分鐘前交給我的退稿，我其實也很同意他的看法。

是啊，她能做什麼？

「所以，」譚先生說：「你想停止和她接觸唯一的辦法就是不回應。這是拒絕對方最明確的訊息了。回電話、答應再見面、傳簡訊、寄e-mail或找人去警告她，只會挑起對方更大的幻想，讓她覺得你更重視她的存在，更積極投入對你的迷戀，使得情況變得更麻煩。我相信你只要能熬過一段時間，大多數的糾纏者，會改變對象，把這些偏執狂或者是幻想轉移到另一個受害人身上。」

一直抽著煙不說話的小邵這時停了下來，擰熄了香煙說：

「反正新書的宣傳期也差不多結束了，不如就對外宣稱你閉關寫作了，暫時取消所有的行程一陣子再說吧！」

「她不會追蹤到這裡來？」我問。

「應該不至於吧，」小邵說：「這個地址登記的住戶是我公司的員工。連水電、瓦斯費用也都是別人的名字，我想王小姐應該查不到才對。」

「小心一點總是好。」譚先生說：「這些糾纏者中，很多比例的人都患有精神妄想症，或人格偏差的問題，他們會做出什麼事情，其實沒有人知道……」

譚先生起身，要求看看我的住宅以及周遭環境。我帶著小邵和他參觀了每個房間，並且走出公寓外面查看。我的前門是透明玻璃門，門外有座小小庭院，庭院外則是圍牆以及鐵門。由於我的住宅是舊式雙併五樓公寓的一樓，因此，鐵門是獨立在其他四層樓共同出入的鐵門之外的。

譚先生建議我申請保全監視，以防有人入侵。此外，他也覺得敦親睦鄰、守望相助是很重要的。他帶著我拜訪了我的鄰居，致贈我的新書，並且徵得他們的同意，請他們多多互相關照。「最近有一些比較瘋狂的讀者，偶爾會騷擾俞先生。」譚先生表示。鄰居都很熱情，承諾一旦有什麼情況發生，一定立刻報警幫忙。

「你應該很快就可以恢復自由的生活了。」譚先生表示。

我笑了笑。不曉得為什麼，我並不覺得事情有那麼樂觀。

譚先生和小邵離開沒多久，我又收到了一封傳真，寫著：

俞大哥：

我恨這樣求你，可是我真的必須見你一面。我很害怕我無法控制自己，毀了這所有的一切。

王郁萍

我本來想乾脆關掉傳真的電源算了。可是很快我又想到我似乎還是開著比較好，至少傳真可以讓我收到她的訊息，保持某種警覺。看著那張傳真，我忽然覺得傳真上面的字跡似乎似曾相識。

我趕忙衝到書房櫃子前，把最上面櫃子裡的一疊用牛皮紙袋裝起來的信件統統找出來。我顫抖著手，比對著傳真以及信函……

一年多之前，曾經有個女讀者瘋狂地寫了二百多封情書給我。在情書裡，她敘述我和她一起生活在一個濱河的家居。我們一起閱讀、散步、跑步、去市場買菜、在廚房烹飪，甚至是在星空下、河邊，充滿情慾的做愛……那些信很厚，幾乎天天都從小邵那裡轉來，充滿細節地描述了發生在我和她之間「不存在的生活」。我大概只讀了前五、六十封信，就失去了繼續閱讀的耐性。後來我甚至沒有拆開信封，就把它們全部收納到櫃子裡去了。

沒錯，一模一樣的字跡，那個寫來傳真的王郁萍，就是署名「小浮萍」，給我寫了二百多封情書的神經病。

我忽然明白我得用另外一種完全不同的理解來看待這件事情。就像譚先生說的：這些糾纏者中，很多比例的人都患有精神妄想症，他們會做出什麼事情，其實沒有人知道……

那給我一陣強烈的不安。我直覺她不會輕易放棄的，特別在明白了王郁萍至少已經糾纏我一、二年了這件事之後。

3

俞大哥：

我恨這樣求你，可是我真的必須見你一面。我很害怕我無法控制自己，毀了這所有的一切。

王郁萍

發完傳真之後，王郁萍上俞培文的官方網站，發現他宣布「閉關寫作」了，暫時不會再有任何行程。

她心想，也許他真的需要閉關，有自己安靜的時間。所有作家都必須把自己放進孤獨的氛圍，才能保有創作力。如果俞培文想定義他們之間是這種關係，只要這種距離對他有幫助，她也願意犧牲、等待。

她開始咳血，並且愈來愈虛弱。可是她說服自己再等待幾天，等待「他們一起合寫」的作品刊登在《台北日報》上。他答應過的，至少每星期刊出一篇。

等待到無法等待時，她就讀柏拉圖。在柏拉圖的〈斐多篇〉裡面說：

有一個辦法可以使人免除所有對自己靈魂將來命運的擔憂。這就是在生前拋棄肉體的快樂與裝飾，獻身於獲得知識的快樂，以此使他的靈魂不是擁有借來的美，而是擁有它自身的美，使他的靈魂擁有自制、良善、勇敢、自由、真理，使他自己適宜旅行去另一個世界……

在柏拉圖的世界裡有一種理性、清明、永恆的堅定。可是對她來說，這種堅定卻愈來愈不足以安慰她了。她又重讀了幾次《麥田捕手》。她不曉得為什麼俞培文那天會問她《麥田捕手》的事，麥田捕手充滿了虛無、懷疑、煩躁、不安……儘管她還是不喜歡《麥田捕手》，可是她可以察覺到，她愈等待下去，在她的內心深處，就有一股呼應《麥田捕手》的力量，愈來愈強烈……

她天天買報紙，報紙上沒有刊登任何一篇「他們合寫」的文章。各式各樣的報紙她翻了又翻，可是沒有就是沒有。

「我受不了了！」她說。

她決定掙脫這種等待的籠籬，讓自己出去走走。

漫無目的地走啊走地，經過一家五金行時，她忽然看見玻璃櫥窗裡擺著一把漂亮雙色膠套鋼管柄美式羊角鍾。那是一把精緻的羊角錘，錘頂是閃著冷光的鍍銀，伸展著魔鬼似的一雙羊角，搭配把手膠套上紅底白色印花圖案，散發一股魅惑的吸引力。她從來沒有想過一把羊角錘可以做什麼，可是她就像看到新款皮包的貴婦人一樣，毫無抵抗力地走進了五金行。

「妳拿著看看，才六百公克而已，」老闆把羊角錘交到王郁萍手裡，「妳別看它很輕，這一端圓頭可以捶物，另一端的羊角雙尖頭銳利得很，任何硬物只要輕輕一敲，保證立刻粉身碎骨。」

四十五公分長的羊角錘拿在手裡，王郁萍覺得沉甸甸的。不至於太重，又有種很扎實的感覺。

「我可以試試嗎？」

「當然。」正好角落有張圓桌几，老闆把桌几搬過來，指著說：「就敲這個。」

「可以嗎？」

「反正要報廢了。」

那是一張有半吋厚的三夾板合成桌面。王郁萍拿起羊角錘，用力一敲，立刻在桌面上敲出了一個大窟窿，連王郁萍自己都嚇了一跳，不知道自己那麼大的力量是哪裡來的。

「就買這把。」王郁萍付了錢。

「現在的女生真的很不一樣，」老闆把羊角錘用紙袋包好，交給王郁萍，「連這些事情都能自己動手。」

「是啊，」王郁萍把羊角錘放進手提包裡，她說：「有些東西還真的得自己動手修理才行。」

回到家裡，王郁萍克制不住又打了俞培文的手機，可是他的手機就是關機。她還去買了所有的報紙。也許俞培文記錯了約定，或者因為其他的理由，把稿件投到別的地方去了。

這真的是最後一次了，她心裡想。

俞大哥：

我得見你，我有問題要問你。這是我最後一次請求你了……

王郁萍

傳真發出去的時候，她告訴自己，只要俞培文願意回應她，哪怕是一個聽起來多麼不合理的理由，只要有一個，她就願意再原諒他一次。

王郁萍跑去圖書館把過去幾天的報紙找出來。她心想，也許文章早已經刊登出來，只是她錯過了。就在王郁萍認真地翻閱報紙所有的版面，她看到了那張照片。照片的標題寫著：

只許新歡玩抱抱 不准舊愛獻殷勤

主播劈腿名作家 卻告記者性騷擾

王郁萍想起那是上個禮拜他們見面的那一天。他們分開之前她曾經跟他要求「靈魂擁抱」，他說不太合適。

「為什麼不合適呢？」

「我們還不熟悉。我是男性公眾人物，妳是女性……」

「可是我只想和你靈魂擁抱，不關什麼男性、女性……」

「我們的靈魂要擁抱，也許不一定要透過肉體……」

……

她又咳了一次血。咳血並不痛，真正讓她心痛的是那張照片。那張照片讓她第一次覺得他可能欺騙她。

她得去里長辦公室，現在她已經沒有別的選擇了。

里長讓她坐到辦公室的螢幕前，播放他早已準備好的檔案。

錄影畫面開始播放不到十分鐘，王郁萍就在一群人中認出了小邵的身影。她繼續快轉錄影帶，果然又過一個小時左右，差不多也就是她離開咖啡店前後的時間，小邵再度出現。

答案再簡單不過了，王郁萍倒吸了一口氣，是俞培文欺騙了她。

看完了錄影帶，里長客氣地問她：「妳看到任何可疑的人嗎？」

她搖搖頭。不關里長的事，她想。

「不好意思，」里長笑了笑，「沒幫上什麼忙。」

里長當然幫不上什麼忙。有些事情是得她自己來的。

她回到家裡把所有貼在牆壁上俞培文的海報、照片、紀念品，全部都撕下來，還把俞培文的書統統裝進塑膠袋，匆匆拿去丟掉。

做完這些之後，看著空空盪盪的牆壁，她忽然明白，那個她硬撐著的完美世界活生生地在她面前崩潰了。

她本來以為她會很悲傷的，可是她並沒有。另外一種不斷在她內心升高的情緒取代了悲傷的感覺。

她找來椅子，站在椅子上，小心翼翼從天花板上面取下一個仔細收藏的牛皮紙袋，拿出裡面的一份影印文件，以及當初范娟寫給她的傳真，一起傳給俞培文。傳完之後，她找出一張信紙，寫著：

俞培文先生：

這個世界已經對我失去任何意義了。我必須採取適當行動，是你讓我別無選擇的。你要小心我。因為我已經不是我。

王郁萍

王郁萍把信放進傳真機裡，撥了俞培文的電話。嗶的聲響之後，傳真機開始吃進整張紙。她花了一些時間仔細寫下了自己的遺書、喪禮希望的形式、想邀請的人。還把牛皮紙袋裡的一封舊信件拿出來，裝入不同的信封裡。等一會兒她要打個電話給她的姊姊郁馨，請託她在死後完成她的遺願。王郁萍把全部的文件裝入一個牛皮紙袋，封口，並且寫下姊姊家的住址。她開始在臉上抹上濃妝，又換上了她最漂亮的衣服。

做著這些事情時，王郁萍忽然想起美國雙子星大廈被撞那次，有個等待救援無望的年輕人，在眾人的目光中從高樓以華麗的姿態一躍而下，瀟灑地結束了自己的生命。王郁萍閉上眼睛，心裡想著，最後那一刻，那個年輕人聽見風的聲音，感覺到墜落的無重力快感，大概就是像她現在這樣吧？

該是去找俞培文的時候了。她把準備寄給王郁馨的包裹塞進皮包裡，還把皮包側背上肩。出門前，她又從沉甸甸的皮包裡找出那把羊角錘，看了又看。本來她想把羊角錘留在家裡，不過最後還是把它放進皮包。

她真的沒有別的選擇了。她心裡想。

4

開膛手，無論你再怎麼歌頌慾望，低貶靈魂，到頭來，你會發現自己還是痛苦的。因為你只在乎刺激感官，但不與他人連結。因為人是孤獨的，所以我們需要和別人的生命，別人的經驗，內在的價值連結。如果不是為了讓我們自身感受到一種比自己更巨大的存在感，更多更大的刺激到最後只讓自己陷入更無止境的孤獨而已……

一邊寫著回應開膛手的文章，傳真機傳來接受訊息的聲音打斷了我。我一抬頭就看到傳真紙正經過感熱桿，從送紙匣慢慢被傳送出來。

我起身走到傳真機前把傳真從紙匣拿出來。

俞大哥：

我得見你，我有問題要問你。這是我最後一次請求你了……

王郁萍

連同這一份傳真，這已經是第五份傳真了，一封與一封傳真之間的時間間隔愈來愈短。我把傳真紙揉成一團，忍不住又攤開來再看了一遍。仔細想了一下，「最後一次」的說法，給我一種不祥的預感。她所謂的最後一次是什麼意思呢？最後一次之後呢？她會自殺，留下遺書？或者是什麼更加傷害我的手段？

我用傳真的電話功能撥通了小邵的電話，告訴他關於二百多封情書的發現，以及最新的傳真。

「哎呀，就是個神經病嘛。譚先生不是跟你說過了嗎？只要熬過這段時間，她會找到另外一個對象，你就沒事了嘛，有什麼好擔心的呢？」

「可是，她的傳真說是『最後一次』……我的意思是說，萬一她自殺了，留下遺書，把一切抖出來，怎麼辦呢？」

「這種神經病粉絲自殺又不是沒發生過。放心吧，她現在什麼證據都沒有，能把你怎樣？你手裡不是有她寫給你的兩百封胡言亂語的情書。你只要證明她是神經病，她說什麼就沒有人理她了。」

「她會不會找到這裡來？」

「你別胡思亂想，保全不是已經裝好了嗎？只要有人擅自闖入，或者是你輕輕按個鈕，三分鐘之內，就會有保全人員趕過去。」

「可是，我這樣躲她，能躲到什麼時候？難道將來我不用出現在公共場合了嗎？」

「你可以做點別的事啊。上個禮拜開膛手不是寫了篇攻擊你的文章，說你和宋菁穎怎樣怎樣，證明你說和做的不一樣……的那篇，看了沒？」小邵說：「你就再寫一篇文章回應他嘛。

「說到開膛手那篇文章，對了，除夕晚上，你和宋菁穎幹了什麼好事？」

「什麼事都沒發生。」

「鬼才相信！」

「真的什麼都沒發生啊。」

我們兩個人在電話上沉默了一會兒，小邵終於說：

「給你一個良心的建議。你最好暫時離那個女主播遠一點，那個女人，我看她快瘋了！」

「什麼意思她快瘋了？」

「你沒看到前天她在電視新聞上發飆？就在主播台上講她自己的新聞，然後把整個社會、新聞媒體，還有全台灣的男人全臭罵了一頓……」

「真的？」

「報紙都有寫啊，」他說：「就剛剛，我還看見電視call in節目在談這個話題呢。」

掛斷小邵的電話，我連忙在屋子裡尋找昨天的報紙。找了半天，才發現我已經好幾天沒看報紙了。我僅有的報紙還是三天前小邵過來時順手帶過來的報紙。

我坐回書桌前，本來想繼續寫回應開膛手的文章，不過才寫了沒幾個字，我忽然想到，這幾天我的手機都在關機狀態，萬一宋菁穎找我怎麼辦？

我找出桌上的手機，打開電源，撥了「１２３」接聽留言訊息。手機裡有一通座談會的邀請、一通學校演講的邀請，以及將近八通王郁萍的留言訊息，訊息內容和傳真傳來的大同小異。

沒有任何宋菁穎的留言。

我又關掉了手機，起身走到客廳，拿起遙控器，打開了電視，在頻道間快速跳躍。

到底發生了什麼事情呢？或許我可以直接打電話給宋菁穎，可是心裡又想，我似乎應該先看看新聞，弄清楚來龍去脈再說。

我很快就在ZBC頻道，看到了一個叫做《麻辣開講》的節目裡正討論著宋菁穎的話題。參與討論的來賓包括了一個傳播學者、一個律師，還有一個電視台記者，以及專門靠參加call in節目領通告費的另一個前平面媒體記者。

討論似乎已經進行了一個段落，正要進廣告。廖姓主持人對著攝影機說：

「我們今天討論的主題是：性騷擾乎？劈腿乎？還是公器私用乎？VTV電視台讓主播宋菁穎在新聞時間播報自己的新聞，並且大談自己的觀感，攻擊對手。在這個『性騷擾』事件中，到底誰是誰非，新聞主播可以違反中立原則播報自己相關的新聞嗎？她可以利用新聞播報時間公報私仇嗎？這整個事件到底是宋主播錯了，媒體錯了，還是整個社會都錯了呢？我們先來回顧這段新聞畫面，稍待一會兒，廣告之後，繼續再和大家一起來探討這個話題。」

接下來是新聞報導的側錄畫面。我看到宋菁穎氣急敗壞地對著鏡頭說：

——我在這裡再宣告一次，彭立中先生，我從來沒有，也不想和你有過任何瓜葛，更不用說是什麼「超出普通友誼」的關係了。你說謊，透過電視公司、社會輿論對我施壓，但我要告訴你，不管發生了什麼事，我絕對不可能屈服在你的謊言底下的。

她喘著氣，接著，她又更瘋狂地控訴著：

——大家看看這個偽善的社會、媒體，他們是用什麼樣的方式來對待所有的女性、甚至是弱勢團體？為什麼明明是男人對女人性騷擾，到頭來，反而是女人得先證明自己沒有劈腿，證明自己的貞潔？這是什麼樣的邏輯？難道女人先得證明自己是「處女」，才有資格不被男人性騷擾嗎？

我心裡大叫不妙。熟悉媒體生態的人都知道，ZBC頻道和VTV電視台在政黨支持立場上完全不同，長久以來，彼此早已因為政黨支持立場常有齟齬，隨著收視率的競爭壓力，這些情況更是日漸惡化。近年來，VTV更是只要抓到機會，就公開修理ZBC。可以想見，如今VTV電視新聞捅出了這樣的漏子，ZBC新聞台自然沒有不回報的道理。

廣告之後回到《麻辣開講》現場，廖姓主持人便以新聞主播播報自己新聞並且評論是否違反新聞中立原則為題，要求來賓發表意見。

果然不出我所料，傳播學者立刻就指出宋菁穎利用「媒體」的主播台控訴「媒體」，本身就犯了立場上混淆不清的問題。

——如果覺得媒體有問題，為什麼自己從不反省，只在媒體做出對自己不利的報導時，才跳出來指控媒體？我要請問宋菁穎主播，難道過去妳播報新聞的時候，媒體就不偽善了嗎？如果媒體偽善，妳身為主播，難道不也是偽善嗎？為什麼那時候不跳出來申訴，現在媒體講到妳了，妳才出來申訴？我不明白妳的邏輯是什麼。身為一個主播，如果真的無法忍受妳播報的新聞，就應該向公司反應啊，反應再不行，妳就辭職啊！哪有人像妳這樣，不戰不降也不走，繼續占著播報台，反過來向觀眾控訴媒體偽善，這是什麼意思呢？難道妳自己一點責任也沒有嗎？

律師也表示：

——根據工作場所性騷擾防治措施申訴懲戒辦法訂定準則規定：雇主處理性騷擾之申訴，以及調查，應該以祕密不公開的方式為之。也就是說VTV新聞台是在必須保護當事人隱私的前提之下進行這個調查。可笑的是，我注意到新聞報導的SOT畫面訪問了VTV的新聞部孫經理，他果然引申的法律條文說目前這個案子已進入調查程序，因此他不方便多說。可是大家有沒有想到，孫經理一方面表示自己不方便多說，可是另一方面卻又為了收視率的考量，派了記者去大挖新聞，並且在自己擔任製作人的晚間新聞裡面獨家播出。一方面說要保密，另一方卻還大說特說，你不覺得VTV這個新聞台已經患了徹底的精神分裂症了嗎？

「所以你的意思是說，」主持人這時插嘴問：「這個問題可能不應該找NCC，而是要找市立療養院解決才對？」

說完大家都笑了。主持人又繼續點名電視新聞記者發表意見。

電視新聞記者認為：

——大家如果看過一部叫《桃色機密》的電影就知道，一個已婚男士和他的上司前女友幾乎發生性關係，這位男士憂心忡忡，擔心受到女主管操控。後來經律師指點迷津才知道，只有「有權力」的人才能利用職權對「沒權力」的人進行性騷擾。從這個定義來看，「性騷擾」最重要的是要問誰是擁有「權力」者，而不是問男、女。這位男士這才領悟，原來是他受到了上司的「性騷擾」。從「權力」大小的角度，我請大家仔細想想：像彭立中這樣一個新聞記者，他的權力可能會比新聞主播大嗎？既然他的權力沒有新聞主播大，他拿什麼去對新聞主播性騷擾？因此，如果你一定要問這是不是「性騷擾」？我連想都不用想就可以告訴你：不可能！為什麼呢？因為只有在上位者對下位者進行性騷擾，下位者是不可能對上位者做什麼性騷擾的。像我們基層的電視新聞記者，不被騷擾已經不錯了，哪來的膽子去騷擾主播？

主持人拿出了我和宋菁穎在門口擁抱的那張放大的照片，指出：這是媒體拍到的宋菁穎和俞培文先生在門口摟抱的照片。不過宋菁穎辯稱那是「靈魂擁抱」。

「在這裡我想問問王兄，」主持人轉向前平面媒體記者，「從平面媒體的觀點來看，你同意這是『靈魂擁抱』嗎？」

王姓記者輕蔑地笑了笑，然後說：

——上次有個政治人物不是也被拍到在旅館和一個女人開房間嗎？他說是選民服務，純聊天。你相不相信？說到這裡，我就有些話不吐不快。這個社會，有些大作家，明明是慾望橫流，橫刀奪愛，卻要故作高貴狀，說自己是什麼「靈魂擁抱」……

這些年，我早已完全不看談話性節目了。本來我還以為談話性節目會維持一個形式上的平衡，有各種不同的說法，一點也沒有想到是這些完全不瞭解內情，也沒有做過什麼功課的人，憑著報紙的印象，就可以這樣做出聽似有理，但卻完全扭曲的開講和謾罵。

主持人面對鏡頭又問：

——所以，你相信靈魂擁抱嗎？我們現在要來開放現場call in。

不同的電話紛紛打了進來。

——我覺得現在的主播，都是花瓶。她們只會播報新聞，可是一點新聞的判斷與經驗都沒有……

——我覺得我們的教育要負很大的責任。我們培養出了一群像宋主播這樣的草莓族，不但無法承受壓力，一旦發生問題不但無法好好解決問題，也不願意負起責任，只會把一切推託給別人，都是別人的錯……

——我覺得這整個就是一個共犯結構。電視台為了收視率，為了貪圖便宜，大量任用沒有經驗的新進主播，又為了收視率不擇手段，讓她們播報自己的新聞，讓她們在主播台上自生自滅，到最後，被犧牲的只是觀眾的權益……

……

其實我應該把電視關掉的，可是我卻目不轉睛地看著，像成癮似的無法讓自己的視線離開。我感覺到自己全身顫抖，一股怒意不知如何發洩。最後我決定打開手機電源，開始撥電視螢幕上顯示的那個電話號碼。

我一共撥了三次，總算撥進了那個專線。

「ZBC新聞台《麻辣開講》你好，我是工作人員小琪。」

我表明了自己的身分是「俞培文」，還提示「俞培文」是剛剛提到的「靈魂擁抱」照片裡面的那個人。我有話要說。

叫「小琪」的工作人員似乎有點疑惑，不知怎麼確認我的身分，可是又不願漏掉我這個可能是很重要的 call in。她請我稍等一會兒。

＊

沒多久，是廣告時間，有人接起了電話。我一聽聲音，是廖姓主持人。

「培文兄，你好。我是廖大鵬。那天在開膛手《他們不知道我們其實知道》的首演我們見過面，還握過手，你記不記得？」

我愣了一下。那天我對媒體避之唯恐不及，除了一個教育部次長之外，沒有跟任何人握過手。

「對不起，」我說：「你可能記錯了，我想我們應該沒有握過手才對。」

我聽見電話裡面廖大鵬笑了起來。「對不起，培文兄，歡迎你。我們的確是沒見過面也沒握過手。你知道的，這個節目有時候會有人冒別人的名字打電話進來，我們必須過濾……」

我恍然大悟。

「所以，你有什麼話要說……」

*

廣告之後，電視節目很快回到現場。

「歡迎回到《麻辣開講》，我是廖大鵬。剛剛廣告的時間，節目現場接到了一通很特別的call in電話，是作家俞培文先生打進來的。俞培文先生對於我們剛剛的討論有話要說，現在我們就來聽聽俞培文先生怎麼說。俞培文先生，你好。」

「你好。」我說。

「你似乎有意見要表達。請說。」

我停頓了一下，才開始說：「我完全不同意你們剛剛說的話。這是很單純的『性騷擾』事件，可是卻被你們說成了移情別戀的八卦事件。我必須指出，這是惡意而且嚴重的扭曲。我們的憲法裡規定了人身自主權的保障，換句話說，只要宋菁穎曾經明確表達拒絕之意，彭立中卻還繼續貼身跟蹤、發簡訊，或打騷擾電話，光是這些行為就已經明白地構成了『性騷擾』的要件。現場有律師在，我相信他一定可以說明得比我更清楚，更何況宋小姐不但再三拒絕，她甚至還發過存證信函給彭立中，她已經到了拒無可拒的地步了……這和宋菁穎小姐劈不劈腿，是不是移情別戀一點關係也沒有的，更何況，就我所知，宋菁穎小姐和彭立中先生的關係……」我還要繼續說下去，不過被主持人打斷了。

「俞先生，不好意思，由於你是當事人，因此我有一些問題想當著全國觀眾的面前請教你。」

「我不是當事人。」

「既然如此，是不是請你說明一下報紙上你和宋小姐擁抱的那張照片？自從報紙刊出那張照片之後，媒體一直聯絡不到你。你是刻意逃避媒體說明呢？還是有別的考慮？」

我想了一下說：「那天我上宋小姐主持的廣播節目，我們第一次見面，回家時順道送她回家。那天我們的訪談很愉快，由於談的是我即將出版的新書《靈魂的擁抱》，加上宋小姐告訴我她從學生時代就是我的書迷，因此告別時她問我可不可以給她一個『靈魂擁抱』，我欣然同意。事情就這麼單純。」

「可不可以說明一下，什麼是『靈魂擁抱』？」

「靈魂擁抱就是人與人之間，心靈對心靈，真誠的連結與交流。」

「所以，你否認你和宋主播有任何男女朋友的關係？」

「我們不是男女朋友。」

「據我所知，這是作家俞培文第一次公開宣布這件事情。因此，我要當著全國觀眾再問一次，俞先生，你和宋主播到底是不是男女朋友？」

「不是。」我斬釘截鐵地表示。

掛斷電話，我在螢光幕前愣了一會兒。

在我之後沒多久是廣告時間。廣告之後，主持人提出另外一個話題，同樣一群小丑立刻又興致勃勃地討論起來了。我忽然覺得很後悔，說穿了這些讓我輾轉反側的所謂是非與正義原來只是別人茶餘飯後的消遣。

那種受騙上當的感覺已經夠糟了，更慘的是根本沒人逼我，一想到竟是我自投羅網撥電話加入那群小丑行列，提供更多聳動的題材，就不禁有股想去撞牆的衝動。

5

我走回書房坐在書桌前，本來正想讓自己沉澱下來，繼續那篇回應開膛手的文章，可是還沒坐下來，就看到了王郁萍新傳來的傳真。

俞培文先生：

這個世界已經對我失去任何意義了。我必須採取適當行動，是你讓我別無選擇的。你要小心我。因為我已經不是我。

王郁萍

一開始我並沒注意到這封傳真的迫切性，直到我發現隨著這封信函傳來的還有〈靈魂的擁抱〉的退稿傳真，以及范娟當初寫給王郁萍的信函。

王郁萍小姐：

我有一事不明。請教，今年五月間，妳可曾擲下〈靈魂的擁抱〉稿件一篇給予本報副刊？

編輯 范娟 敬上

我又看了看王郁萍傳來的退稿影印，立刻明白事情不妙。我找出了譚先生闖進王郁萍家找回來的原稿，和傳真上的字跡比對。兩份稿件是一模一樣——

換句話，王郁萍至少還留了一份影印版。

第一個念頭就想到小邵。我拿起手機，打開電源，找出了小邵的電話碼。正要按下通話鍵時，想到小邵又找譚先生給我出一堆亂七八糟的主意，於是又放下了手機。我在書房裡踱過來又踱過去，反覆地斟酌她寫的：「我必須採取適當的行動，是你讓我別無選擇的。」中，適當的行動到底是什麼。

她會把事情全部告訴范娟，並且揭發我抄襲她的作品嗎？

理智告訴我這個情況似乎不太可能。如果她打算這麼做的話，似乎犯不著發這麼多傳真給我。

如果不直接去找范娟，她會自殺，懷恨地留下遺書揭發我的行為嗎？

這個可能無法排除，畢竟她是末期癌症患者，自殺和病死對她的差別並不大。再說，她的心理狀態怎樣，真的誰也不知道。於是我進一步又想，到時候，社會大眾會不會相信她？

應該不會吧，我心裡想。大家可能只把她當成一個瘋狂的粉絲。特別是在我拿出她以「小浮萍」的筆名寫給我的那兩百多封信，證明她的精神狀態之後。我走到櫃子前面，打開櫃子，拿出那一大疊「小浮萍」寫來的信，下意識地翻閱著。可是我心裡又想，范娟看過這些退稿，她一定會挺身而出，證明王郁萍說的都是真的。更何況王郁萍還有那兩份退稿的影印稿。到時候，我的生活周遭一定會充滿了議論紛紛的人，然後是把麥克風杵在我面前的記者，爭先恐後地問：

「如果你從來沒有在別的地方公開發表過〈靈魂的擁抱〉的話，王郁萍怎麼可能在幾個月前就已經寫了這篇文章，並且被不同的平面媒體退稿？」

屆時我又將如何自圓其說？

這就是王郁萍所謂的「適當的行動」嗎？我念頭一轉，忽然又想，萬一她直接跑來找我怎麼辦？

她應該不知道我住哪裡吧？我安慰自己。

正想著時，我忽然瞥見了我手上那一疊信件上面的收信人地址。一抹不祥的預兆立刻閃過我的心頭。我快速瀏覽每一封信的收信人地址。我不知道她怎麼做到的，半年多前，那些應從小邵辦公室轉來的信件，到了最後幾封，收信人住址變成了我現在住的地方。我深吸了一口氣，換句話說，

她早知道我的地址了！

我心跳加快，整個人立刻被一股莫名的焦慮籠罩。現在我開始後悔相信小邵和那個譚先生的鬼

主意了。折騰了半天，除了激怒王郁萍之外，一切只是讓事情回到了原點而已。

所以，我盤算了一下，依照譚先生的建議，繼續不回應可能招致的結果是：王郁萍自殺留下遺書把一切都抖出來，或者暴跳如雷地跑來找我。而這些無一是我所樂見，或者願意忍受的。

我拿出手機，找出了王郁萍的電話。

很顯然的，我必須調整策略——回到譚先生出現之前的做法——安撫王郁萍，並且靜待她的死亡。只有當她平靜地離開人世，這些祕密，才可能隨著她的生命一起平靜地離開。

正當我準備按下撥號鍵時，電話響了，我瞥了一眼手機螢幕上的來電顯示，發現上面顯示著：

粉絲來電。

我感覺到心臟突然緊縮了一下，我猶豫了一下，發現心跳愈來愈快。

手機大概響了三個長聲吧，我閉上眼睛，接起了電話。

「喂。」我說：「我是俞培文。」

對方安靜了一下，似乎完全沒有料到我會接起手機。我只聽到喘息的聲音，過了一會兒，才聽到她用顫抖的口氣說：

「你說你相信靈魂的，我也相信你……可是，我沒想到，你卻欺騙我！」

我發現自己也在顫抖。「我……沒有欺騙妳。」

「你再說一次。」

「我沒有……」

「有。有。有！」她打斷我的話，大聲嚷著：「你有！你背叛了柏拉圖，你背叛了蘇格拉底，你還背叛了我……」

「王小姐，妳聽我說，我最近在閉關寫作，我真的很忙……」

「我不要聽你的解釋，」她打斷我，叫嚷著：「你給我開門！開門！」

開門？同樣的內容，更大的聲音，似乎是從手機外傳過來的。

「開門！」她繼續大嚷著：「你現在就給我開門！」

我愣了差不多一秒鐘才完全反應過來。那聲音的確是直接從門外傳過來的。天啊，我反射性地掛斷手機——

天啊，她竟然就在門外！

一時之間，我整個人口乾舌燥，撲通撲通的心臟簡直要從嘴巴跳出來了。沒多久，手機又響了。我連忙接了起來。

「俞培文，你不出來開門，我在外面大叫了。」

我反射性地又掛掉電話，一點也不曉得該怎麼辦才好。我走出書房，進到客廳，從窗口探頭出去張望，雖然沒有看到什麼，可是卻聽到她開始在門口叫嚷了起來。

「俞培文，你給我開門！」她開始碰碰碰地敲門，碰！碰！碰！那聲音現在已經比在書房裡面更清晰而且更身歷聲了。

我不要開門，我心裡想。

碰！碰！碰！聲音愈大。「俞培文，開門！」附近幾隻狗此起彼落地叫了起來。

我放下手機，打開前門，走進庭院，來到了門口。現在我們之間僅剩一門之隔了，我猶豫了一下，然後問：

「妳到底要什麼？」

她又用更大的聲音聲嘶力竭地喊著：

「俞培文，你給我開門！」

我盤算了一下，如果不開門，她肯定不會就此罷休。

「俞培文……」

為了讓她停止繼續大聲嚷嚷，我無可奈何地打開了大門。

她走進門裡面來，顫動著唇，一副欲言又止的模樣。我們就這樣不說話，安靜地對峙了一會兒。

老實說，我有點被她的模樣嚇著了。她背著一個側背袋，全身一襲豔紅的連身長裙，加上刻意抹得慘白的一張臉，在客廳透出來的日光燈光線照映下，顯得無比淒清哀怨。

「妳到底想怎樣？」我問。

「你怎麼可以這樣對我呢？」她往前逼進了一步，「我一再說服自己你不可能騙我，我一再等待……我就剩下那麼一點點的時間，我都快死了……我為你付出了一切，一切，你怎麼可以這樣回報我？」她把手機丟進皮包，憤怒地從皮包裡拿出一把羊角鍾來。

我嚇得往後退一步。「妳要幹什麼？」

「你為什麼要欺騙我？」她繼續往前進。

為了和她保持適當的距離，她每前進一步，我就後退一步。我就這樣一步一步往後退，直到我感覺到背部抵住了屋子前門。

「我沒有騙妳啊。」

「你沒騙我？」她顫抖著一雙手，喘著氣，激動地說：「你敢再說一次你沒騙我？」

「我沒有騙……」

話還沒說完，王郁萍手上的羊角錘，已經劈了過來。也許是因為衰弱的緣故，她腳步有些踉蹌，因此，與其要說是「劈」，還不如說她是連人帶羊角錘，全部撲過來的。我反射性地立刻閃開。同時間，我聽見身後哐啷的一聲巨響——

哐啷……！

等我回過頭來，前門玻璃已經被她擊碎成好幾塊，碎片還掉到地上。她喘氣喘得很厲害，被玻璃割傷的手流著血，血液從她抓著羊角錘的手腕上緩緩地流下來。

「妳不要激動，有什麼話，我們可以好好地說。」我試圖安撫她，同時也盤算著在不讓她叫嚷的前提下，奪走她手上羊角錘的可能性。

「你為什麼……叫小邵到我家拿走我的東西？」

「我沒有叫小邵……」

「你還欺騙我！」她果然更生氣，揮舞著羊角錘撲了過來。

我立刻一個側身，伸手去抓住她的右手腕。她也不甘示弱，死命地掙扎，一張慘白的臉脹成駭人的暗紅色。「你騙我！」她幾乎是尖叫著，幸好我沒有讓她掙扎很久，乘機抓住羊角錘，用力一抽，立刻把鐵錘從她手上抽走。

她掙脫我，從地面上拾起了一片約有十多公分長的玻璃碎片，氣喘吁吁地指著自己的脖子，命令我：

「把羊角錘還給我！」

「妳要幹什麼？」我問。她現在手上的血流得更厲害了，我發現和她一陣糾纏之後，我的雙手也沾滿了血。

「我如果死在這裡，大家一定會問，到底發生了什麼事？」她笑了笑，「我知道你一定會跟別人說我是神經病啦，說我是瘋狂粉絲。可是你別高興得太早，如果我死了，會有人把這些〈靈魂的擁抱〉的影印版本寄給報社的范娟，寄給記者的……你這麼知名的作品竟抄襲別人，我相信媒體一定會很有興趣的。到時候我死了，你的榮耀、精神也跟著死了。我要你嘗嘗我現在的感受，讓你知道只剩下行屍走肉，等待死亡是什麼滋味……」

「妳不要激動。」

「把羊角錘還給我！」她作勢把玻璃往脖子抵得更緊，「你是個大作家，你知道活著沒有榮耀，沒有光，只是等死的感覺嗎？」

我不知道她想用死來威脅我到底是真的還是假的，但把她逼到死角，我似乎一點好處也沒有。在一點勝算都沒有的情況之下，我沒說話，沉默地交出了羊角錘。

她用左手接過羊角錘，丟棄右手上的玻璃之後，又把羊角錘交到右手，滿意地看了看她手上的羊角錘，好整以暇地問：

「你答應過我一個禮拜刊登一篇文章的。」

「報社有報社的作業流程，不是我要怎樣就能怎樣的……」

「你把我們的稿子傳真給報社了嗎？」

我沒有說話。

「你把那幾篇稿子拿出來給我看。」

我一動也不動。那幾篇稿子原封不動地放在抽屜裡，根本連碰都沒碰過。

「還沒有傳真對不對？」她不悅地用更大的聲音叫嚷著：「我說我要看那幾篇稿子！」

我深吸了一口氣，明白這時候再說什麼都是多餘的了。我打開前門，悶不吭聲地往屋子裡走，讓王郁萍緊跟在我的後頭。我一路穿越過客廳，走進了書房，來到書桌前，打開抽屜，把當初她交給我的那六篇稿件拿出來，交還給她。

王郁萍接過稿件，把羊角錘夾在腋下，一篇一篇地檢視那六篇稿子，邊看邊搖頭說：「你答應我要改文章，一個禮拜刊出一篇的，可是你卻一個字也沒有看。」

我低下頭，什麼話也沒說。

她把稿紙像冥紙那樣往空中用力一撒，讓它們翻飛，落到地面上。

「如果你一個字都不想看，你為什麼要答應我一個禮拜刊出一篇呢？」她拿起羊角錘，往書桌上的玻璃墊用力一砸，發出「砰」的巨響，整塊玻璃墊以錘擊處為中心，應聲向四周裂開，她用顫抖的聲音問我：「你為什麼要欺騙我呢？」

老實說，我覺得情況愈來愈不妙。我低著頭，偷偷地把目光瞥向書桌上躺著的遙控器——緊急狀況下呼叫保全人員用的遙控器，並且考慮著找保全人員來可能發生的後果。

「想叫保全？」

我抓起了保全遙控器，對她說：

「妳不要過來。」

「何不乾脆向一一九報案呢？」王郁萍冷冷地笑了笑，從皮包裡掏出了她的手機，「我現在就替你報案，」說完她立刻撥一一九，按了通話鍵，把手機交給我，「喏，你現在就跟一一九說，最好請他們把全世界的人都派來，好讓我告訴他們到底發生了什麼事。」

我接過手機，電話嘟了兩聲，很快被接起來了，對方說：

「一一九報案專線電話您好。」

我像接過了一個燙手的山芋似的，恨不得把它立刻甩開。「對……不起，」報案對我一點好處也沒有，我吞吞吐吐地說：「對不起，我打錯電話了。」說完立刻掛斷電話，識相地把手機交還給她。

「為什麼又不報案了？」

「對不起。」我放下了遙控器。

「我那兩份《皇冠》和《台北日報》的退稿呢？」

「什麼退稿？」

哐啷！她隨手又敲碎了書桌上的液晶螢幕，算是回答。

「我真的沒有……」

話還沒說完，她又敲碎了書櫃上的一塊玻璃。

「我再問你一次，我那兩份《皇冠》和《台北日報》的退稿呢？」

我決定不再說話。可是即使那樣，也不能停止她的行為。她拿了羊角錘，開始歇斯底里地敲書桌正前方書櫃上所有的玻璃，一直大嚷著：「讀什麼書，都是假的！」一時之間，書房裡乒乒乓乓的聲響連連，逼得我必須不斷地閃躲那些到處飛濺的玻璃碎片。敲完前方的書櫃玻璃，她又繼續揮舞鐵錘，瘋狂地捶擊側方書櫃的玻璃，還把書櫃上的書胡亂地撥落到地上去。「讀什麼柏拉圖、蘇格拉底，這些都是假的、假的。」她就這樣瘋狂地又砸又撥，直到所有的書櫃玻璃都被她砸破了，滿地是散落的書本，才停下來。她慢慢地轉過身來，兩隻手、臉上都是血跡，上氣不接下氣地問我：

「我再問你一次，你叫小邵闖進我屋子裡偷走的那兩份退稿呢？」

我真的被她的氣勢震撼到了。

「到底在哪裡？」她怒吼著。

我顫抖著雙手打開抽屜，從抽屜裡拿出那兩份裝在信封袋裡的退稿。在幾乎是魂飛魄散的狀況下，把東西交給了她。

她看著退稿，激動地說：

「你以為我很傻，利用我對你的崇拜欺騙我，找人闖進我家，拿走我的東西……對不對？」

「對不起。」我說。

「大聲一點。」

「對——不——起！」

她閉上眼睛，搖著頭，彷彿在聆聽上天的意旨似的。不久，我注意到兩行淚水從她的眼眶流了出來。

「光說對不起是不夠的。」她睜開眼睛說：「你一定要接受處罰，這樣你才能學會不濫用別人對你的愛。現在，雙手伸出來，手掌朝上，放在書桌上。」

我半推半就地伸出雙手，放在書桌上。說時遲，那時快，她高舉羊角錘，用力往下揮動。我大吃一驚，本能地縮回雙手。只聽見——碰！的一聲，發現書桌已經被羊角錘的圓頭砸出一個凹陷來了。

「不要，不要這樣！」我雙手緊緊地交抱在胸前，不停地猛搖頭。

「不行，一定要這樣。這是為你好，也是為我好。只有當你明白不能濫用別人對你的愛時，我們才能重新開始。也只有當我們重新開始，我才能原諒你。」她邊說邊從退稿信封袋裡拿出一份退稿，把退稿放在我的傳真機上。「你不希望范小姐再看到這份當初她退回來的稿子吧？如果你不希望的話，就把手伸出來吧。你要勇敢才對啊，我只要你記取教訓，不會傷害你太多的。伸出手來。」

我搖著頭，忍不住全身不停地顫慄。

「伸出來啊。」

我慢慢地伸出抖動的雙手，才伸到桌面，立刻又縮了回來。

她歎了一口氣，開始按鍵撥號，撥完之後她說：

「我只要再接一個傳送鍵，這份退稿就會被傳到《台北日報》范娟小姐那裡去了喔。」

我不停地左右搖晃著頭。

「既然如此，我按傳送鍵了喔……」

「不要！」我阻止她，心不甘情不願地伸出了雙手，放在桌面上。

她舉高了羊角鎚，自言自語起說：「你剛剛把手縮回，又欺騙了我一次，所以我要加重處罰，免得這次你又縮了回去。」說完她把羊角鎚轉過來，用羊角的尖面朝向我，再度高高地舉了起來。

儘管我下了很大的決心，可是就在羊角鎚要使勁落下時，我還是忍不住縮回雙手，痛哭失聲。

「對不起，我錯了，」我跪了下來，哽咽地說：「求求妳原諒我。」

「你不可以這樣，把手伸出來。你可是大家心目中的偶像，偉大的作家……」

「對不起，」一時之間，我完全崩潰了，我也不知道為什麼會那樣，可是我就是不可抑遏地哭個不停，「對不起……」

就在那時候，門鈴響了。我們同時都猶豫了一下，門鈴響了三聲之後，王郁萍示意我去接對講機。

「對不起，請問是俞培文先生嗎？」

我深吸了一口氣。「我是。」

「我們是管區警察。剛剛你們的鄰居報警，聽到你的屋子裡面有人吵架，還發出玻璃爆裂聲。你可以來開門嗎？」

*

王郁萍把那張叫「黛芙妮」的餐廳名片丟到我的手裡。

「那麼，三天後的中午十二點，明天，後天，也就大後天囉。我們在這個地方見面囉，記得把你那篇刊出來的大作帶來，我們不見不散喔，可別再麻煩我親自跑一趟來找你了。再見！」

由於王郁萍手上的血跡已經擦乾淨，她看起來是那麼地羸弱，因此除了我以外，沒有人聽得出話裡面的威脅。她就這樣揮手跟我告別，在兩個警察面前大方地轉身離開了。

她離開之後，警察走進庭院裡面來，狐疑地東張西望了半天，問我：

「你是俞培文先生？」

「我是。」

「她是你的朋友？」

我點點頭。

「一切都還好嗎？」

「很好。」

「這些玻璃……」他指著地上的碎片。

「噢，這些玻璃，」我說：「我們剛剛有一些意見上的爭執……不過現在沒事了。」

警察又往客廳張望了一下。客廳看起來很好，災情最慘重的地方不在客廳。不過我一點也沒有請他們進門參觀的打算就是了。

「你確定沒事？」警察又問了一次。
「沒事。」我說。

第十五章

我們在水面上忽沉忽浮，

足以讓我們滅頂的海洋是眾人的喧譁，

是社會大眾的輿論，是名氣、聲望的重量……

1

大概是警察離開之後十分鐘左右，我聽到手機響了。我接起了手機，是宋菁穎打來的。

「俞大哥，我是菁穎。我剛剛打了好幾通電話，你可能在忙，都沒有接。」

「我剛剛是有點事，」我停頓了一下，「怎麼了？」

「沒什麼事。我只是剛剛看到《麻辣開講》了。」

「噢，那件事。」那是才沒多久前的事，現在想起來竟然彷彿隔世。

「我只想說，謝謝你，俞大哥，謝謝你替我說話，謝謝你為我做的一切……」

「別這麼說。」我問：「妳還好嗎？」其實我也許更應該問，我自己還好嗎？

她在電話那頭沉默了好久，然後開始哭泣。

「妳怎麼了？」

我這樣一問，她哭得更厲害了。我只好握著話筒，安靜地聽著她哭泣。說實在的，一時之間發生這麼多事情，我真還不曉得該用什麼心情去面對才好。那種感覺有點複雜，我好像才參加完一個喜宴之後，立刻又出席了一個喪禮。或者，說得更精確一點，出席了兩個喪禮——一個是我自己的，另一個則是宋菁穎的。

一個死人如何才能在別人的喪禮中表現出足夠的哀戚呢？

她哭了一會兒，總算氣勢稍歇，哽咽地問：

「俞大哥現在在家裡嗎？」

「在家裡。」

她吞吞吐吐了半天，又問：「我現在可以去找你嗎？我有些話想跟你說。」

「家裡啊？現在有點亂，不是很方便……」當然不方便，到處都是血跡、書本、玻璃碎片。

「還是，我們可以約個地方見面……」

理智，我告訴自己，理智在這個時刻非常重要。老實講，以我現在的處境，不應該，也沒有任何心情和她見面的。可是不曉得為什麼，我就是失去了理智。我聽見自己的聲音對著電話說：

「那就到祕密基地碰面好了。」

2

抵達祕密基地時，宋菁穎已經在那裡了。她背著我，坐在大石頭上看著山谷下的燈火。我把汽車停在她汽車旁，走了下來。她沒回頭望我，或打招呼，於是我安靜地走到她的身邊，坐了下來。

是一個沒有月亮的晚上，天空淡淡地掛著雲，從河流方向來的風，吹得稀疏的星星明滅閃爍，山谷裡的燈火倒像是映在水中的倒影，浮浮沉沉。

「有時候我覺得好累，真的想放棄這一切算了。」她說。

「什麼意思放棄這一切？」

「我常覺得很迷惑，有時候忍不住就會有種衝動，想辭去工作，找個心愛的人，到一個沒有人認識的地方重新開始。我可以賣牛肉麵，可以賣早餐，做什麼都好。你知道嗎？我好嚮往那種真實的感覺，看著顧客吃你煮的食物，你至少知道你對別人實實在在地做了什麼，有什麼貢獻，而不像現在這樣……」

「如果辭去工作，妳有沒有想過，這場風波怎麼辦？」

「辭去工作正好一了百了。反正我不靠名氣吃飯，隨他愛怎麼說就怎麼說。說不定沒有主播的名人光環，連彭立中也不會陰魂不散地跟著我了吧？」

「如果妳真的覺得自己沒有錯，為什麼現在要辭職呢？如果這樣就放棄了，不是很可惜嗎？」

我們兩個人沒再說話，就這樣沉默地坐了好一會兒，直到她忽然轉過頭來問我：

「你還記得那天我們唸《逾期的愛情》嗎，唸到哪裡了？」

我想了一下。「我們好像是唸到莉琪要求長志一起狂歡，長志不解地問她：『狂歡？』然後妳就一直笑，一直笑……」

宋菁穎沒有回應我，安靜了一下，自顧自唸起那之後的對白來了。

莉琪：你不覺得過去我們好像參加了一場很長的狂歡派對？在這場派對裡，人和人彼此相愛、擁抱，我們實實在在地活著，感受著，世界每一分每一秒都像春天的花朵豔麗綻放。

我安靜地聽她唸完這段對白，沒再說什麼。從劇本的角度而言，那其實是再重要不過的轉折點了，必須得先經過這個轉折點，把劇情背後情緒撐得飽滿，才能讓接下來的劇情急轉直下，邁向高潮。在轉折點之前是醞釀、試探，在轉折點之後則是有去無回的行動與開展，於是才有了莉琪和長志在沙灘上擁舞，以及水中忘情激吻的情緒……

沉默持續了一會兒。

「對了，」我說：「妳在電話中不是說有話要告訴我嗎？」

「其實也沒什麼，」她想了一下，欲言又止。沒多久，她又到我的面前站定，做出邀舞的動作問：「我們可以再跳一次舞嗎？」

「就這件事？」

她點頭。

這個請求固然有點奇怪，但她的表情是那麼的堅持，情境讓我一點拒絕的餘地也沒有。於是我只好站了起來。

「你車上還有那天的音樂嗎？」她問。

音樂還在。我走回汽車，打開車門，開啟了音響，很容易就找出了田納西華爾滋的音樂，播放了出來。隨著音樂流動，我一手抓住她的手，一手搭上她的腰。我們開始迴旋起來。

I was dancing with my darling
To the Tennessee waltz
When an old friend I happened to see
Introduced her to my loved one
And while they were dancing
My friend stole my sweetheart from me

「這幾天發生了很多事，」宋菁穎說：「我也想了很多事。我覺得有些事，我得弄清楚，這樣，我才知道接下來該怎麼做。」

我沒有說話，安靜地聽著她繼續說下去。

「你記得那天我問你，如果我愛上你，你會怎樣？」

「我覺得最近我們似乎不應該再見面了，」我避開了那個問題：「特別是我們兩個人都曾在電視上信誓旦旦地說過了那些話之後。」

宋菁穎抬起頭，疑惑地望著我。過了一會兒她繼續又說：

「如果我那天的問題不是開玩笑呢？」

「這是妳今天要弄清楚的問題嗎？」

她沒有回答。

「這個問題的時機不太對吧，」我說：「在這種情境下，我們這樣做，社會不可能接受，也不可能諒解……」

「為什麼不能諒解？」

「妳應該知道我在說什麼才對。如果我們才對報章媒體那樣說，現在我們又這樣做，大家一定會認定我們在說謊……」

「我沒有說謊，我說出來的話，都是我發自內心真正的感覺。」

「可是媒體不明白，他們一旦認定妳在說謊，妳就身敗名裂了……」

「我不在乎……」

「聽我說，菁穎，妳還年輕，一切才剛開始起步，何必這樣呢？」

「我不懂，難道說為了保持那個誠實的形象，我們就必須選擇對自己的感覺撒謊嗎？」

「菁穎，聽我說，妳還年輕，人生還可以有很多選擇，妳懂嗎？我們不一定非在這個時空，這個背景……」

「我有一種預感，錯過現在我們就永遠失去了。」

「妳想過這樣做必須付出的代價有多大嗎？」

「我不在乎。」

宋菁穎說著吻上了我的頰，爬上了我的唇。儘管理智上我很清楚，可是我仍不自主地抱緊了她。我可以感受到她的舌頭在我的唇齒之間的熱情，我甚至情不自禁地熱情回應。

不能這樣，我心裡想。

「我們不能這樣！」我推開宋菁穎，「這樣下去我們都會受到傷害的。」

「我真的不在乎，俞大哥。只要你願意，我明天就去辭職，我們遠走高飛，到一個沒有人認識我們的地方……」

宋菁穎抱緊我，一雙溫熱的唇又貼了上來。她的溫存裡有著堅定，堅定裡又有著一股無可抗拒的吸引力，不再有恐懼，也沒有孤獨，不再有眾人的目光，也不再有任何的禁錮，我們是無所不在的自由……

不能這樣。真的不能這樣，我心裡想，我們在水面上忽沉忽浮，足以讓我們滅頂的海洋是眾人的喧譁，是社會大眾的輿論，是名氣、聲望的重量……

「不行！菁穎，」我再度推開宋菁穎，喘著氣說：「我們真的不應該這樣！」

田納西華爾滋的歌聲仍在不停地重複著。沉默的只是我的無言。

「為什麼？」她張著大眼睛，疑惑地看著我，全身不停地顫抖。

「我們真的不應該這樣，不應該這樣，」

「除非你說你不愛我。」

我搖搖頭。

「你說你不愛我。我就走開。」

「不是這樣，不是這樣。」我又搖搖頭，抱緊了她。

「你說啊，」她看著我，大嚷著：「說——你——不——愛——我！」

「不是，不是，」我激動地搖晃著頭說：「不是。」

「為什麼？」她問：「為什麼……」

「我們不應該這樣，」我就這樣重複著這句話，像是唱搖籃曲似的安撫著宋菁穎，「不應該這樣……」

她又抱緊了我。「為什麼……」

不再有擁吻、纏綿，也不再有狂歡了。她問為什麼的聲音愈來愈小，漸漸變成了一種很低聲的哽咽，然後變成了無聲的哭泣。我真的不知道我是不是愛她，可是我發現自己竟然也在流淚。我們就這樣依偎著，在華爾滋的音樂旋律裡輕輕地轉啊轉地，直到宋菁穎全身的顫抖慢慢地停了下來。

*

回到宋菁穎住處時已經午夜一點多了。我的汽車引擎仍發動著，就在附近的停車場外面等著。等宋菁穎在停車場停好車，走出來，我打開車門，走了下來。

「菁穎，我真的很抱歉。」我說：「關於今天晚上，我並不是……」

她打斷我。「俞大哥，別這麼說。可能你是對的吧，我太感情用事了……」說著她忽然深深地對我一鞠躬，客氣而生疏地說：「這整件事是我把俞大哥無緣無故牽扯進來的。連累你了，我真的很抱歉，不過將來我一定會給俞大哥一個交代的。謝謝你這些日子對我的包容和照顧。」

「哪裡。」我也對她客氣地回禮。

「那麼，」她說：「再見了！」說完轉身激動地往前走。

我愈想愈覺得不對勁，連忙追了過去，抓住她的手，讓她轉身。

「菁穎，」我說：「幫妳走出困難，是我現在最大的心願，我一定會竭盡所能支持妳的。讓我們一起度過這個難關，好嗎？」

她不置可否地低著頭，好久不說一句話。

「這樣我會不放心的，」我說：「我們一起度過難關，好嗎？」

宋菁穎點點頭。

「我們相信一定可以度過難關的。現在，」我笑了笑，伸出雙手說：「可以給我一個『靈魂擁抱』嗎？」

她猶豫了一下，然後我們擁抱。我注意到在我們擁抱時似乎有輛汽車從我們眼前開了過去，等我轉頭注視時，它已經遠遠在巷口那邊了，看不清楚汽車車牌的車號。會不會又是狗仔隊？我懷疑了一下——只是很短暫的一剎那。應該不至於吧，這麼晚了，我告訴自己。

「晚安。」我說。

「晚安。」她說著，然後轉身走向公寓，一直沒再回頭過。

我就這樣看著她的背影，直到她打開公寓大門，消失在隨後闔上的鐵門裡。

3

凌晨一點多，彭立中從住處的傳真機拿起了一張剛傳來的傳真，傳真上面是一張照片。雖然效果不是很好，但仍然清楚地看得出來，照片裡面是俞培文和宋菁穎擁抱在一起的照片。

傳真的署名是「壹日報 小賈」，上面一小段留言寫著：

彭哥：這是剛剛在宋主播家附近拍到的獨家，相信你一定很有興趣。

彭立中一看到照片，立刻撥電話給小賈，衝著他的神通廣大好好地稱讚了一番。小賈曾經是彭立中的攝影師，不過現在已跳槽到《壹日報》。當初在華納威秀一起幫宋菁穎擊退那些流氓時他也在，宋菁穎請客致謝時，他還跟著彭立中吃了一餐。

「哎，純粹是誤打誤撞。」小賈說，「我今天本來忙完要回家了，忽然分局有個熟識的警察打電話來告訴我有女人跑去大鬧俞培文的家，還敲破玻璃什麼的，問我有沒有興趣？我一聽是俞培文當然有興趣。不過跑到俞培文家時，熱鬧早就結束了，什麼都沒拍到。我有點懊惱，心想，反正來了，就盯一下子吧。沒想到才沒多久，就看見俞培文匆匆忙忙出門。我反正沒事就跟在後頭，這一跟，跟到山上去了。不過上山才轉了沒幾個彎，就跟丟了人。三更半夜的，他來這種荒郊野外幹什麼呢？我愈想愈覺得奇怪，反正上山只有這麼一條路，索性就在出口埋伏。耗了兩個多小時，你猜怎麼著？我不但等到他下山，而且還下來了兩部車。我就這樣跟到宋菁穎家，拍到了這幾張熱騰騰的照片。」

「這些照片你打算怎麼辦？」彭立中問。

「當然是靜候你的指示啊，看看怎麼做最有幫助。」小賈興奮地說：「一想到他們兩個人老是在電視上放話，說什麼他們兩個沒有關係，就覺得很噁心。所以照片一拍到就想趕緊傳給你看看，略表我對你的支持之意。所以，你看現在怎麼辦才好呢？彭哥？」

「這是你的獨家，你還是趕緊交給報社吧！把事實真相暴露出來，對我就是莫大的幫助了。」

「明白。對了，」小賈說：「我一共拍到了四張，你還想看其他三張嗎？很精采喔，如果你要的話，我可以再傳給你。」

「不用了。我相信等照片刊在報紙上再看一定更振奮人心。不過，我倒建議這些照片你可以傳給宋主播，問問她有沒有什麼要補充說明的地方。」

「這倒是個好主意。」小賈說：「你有宋菁穎的傳真號碼嗎？」

「當然。」彭立中說。沒有什麼關於宋菁穎的資料是他沒有的。

4

事實上，一轉身離開俞培文，宋菁穎的眼淚就不聽使喚流了下來。為了不讓俞培文看見，她幾乎是三步併作二步，頭也不回地衝進門內。關上大門之後，她還用背部抵著門，直到聽見俞培文汽車的引擎聲駛遠了，她才慢慢爬上三樓。宋菁穎發現自己的眼淚一直流著，她打開住處大門，脫了鞋子坐進客廳的沙發裡，索性連電燈都不開，就在黑暗裡讓自己哭個夠。

長久以來俞培文一直是她心中的偶像，她安慰自己，一個多月來他們之間經歷了這麼多事，而俞培文關心她，她應該感到滿足。她真的應該滿足了——自己的偶像這麼關心她，可是愈是這樣想，她就哭得愈厲害。宋菁穎就這樣淋漓暢然地哭了將近十分鐘，直到一點力氣也沒有了，才讓自己安靜下來。她摸黑走進浴室洗臉。

打開浴室電燈，看見鏡子裡的一張哭得妝都糊掉了的花臉，還被自己嚇了一跳。宋菁穎用卸妝油卸妝，又用洗面乳洗臉。她覺得很荒謬，想不明白為什麼會把自己搞得這麼狼狽。

事實上，當宋菁穎聽見客廳裡傳來「嘖——嘖——嘖……」的傳真機列印聲音時，她已經差不多洗完臉了。

洗完臉，她凝視著鏡子裡自己的臉。這樣也好，她深吸了一口氣，心裡想著：這是她最後一次為了俞培文的事哭泣了。

絕對是最後一次了。

宋菁穎向自己保證。

她走出浴室，傳真機已經列印得差不多了。她走過去順手撕下那張傳真。傳真上面是俞培文和她剛剛在樓下擁抱的照片。傳真上面還有一則留言，寫著：

宋主播，妳是否願意補充說明一下這張剛剛才拍攝的照片？如願意的話，隨時歡迎回電。

在留言之後是「壹日報記者 賈立德」的署名，以及手機號碼。

不知道為什麼，這張照片並沒有讓宋菁穎覺得太訝異。如果沒有記錯的話，這個賈立德過去應該是和彭立中同一組的攝影記者。她不曉得他什麼時候跳槽到《壹日報》去了。她記得那次請彭立中吃飯時他也在場。唯一讓她覺得諷刺的只是，這張照片的背後的實情，和賈立德的想像未免落差太大了。

她走到窗前去，站在那裡安靜地想了一會兒。這樣也好，真的。如果這個世界的事情最後全變成了戰爭，一切只剩下勝負輸贏，對她反而容易得多。

她看了看手錶，將近凌晨二點鐘——日報這時應早已印好了。換句話，直到晚上七點鐘截稿之前，她應該還有一天的時間可以處理這件事情。

就這樣吧。她心想。如果一切就真的只剩下勝負輸贏了的話……

她先打電話給俞培文，問明了傳真號碼，把照片轉傳給他。俞培文看到照片時，在電話線上愣了好一會兒，說不出話來，好久之後才說：

「我那時候看到汽車開過去，就覺得奇怪，沒想到……」

宋菁穎沒再多說什麼，乾脆俐落地邀請俞培文來參加下午二點她打算召開的記者會。

「可是，」俞培文覺得才分開沒多久，宋菁穎完全變了另外一個樣，可是他只是問：「萬一有人問起這張照片，妳打算怎麼說？」

「我們是『靈魂擁抱』啊，」她理直氣壯地問：「難道不是嗎？」

5

隔天清晨九點半，婦產科門診前的門診燈號跳到十二號時，宋菁穎穿著T恤、牛仔褲，還戴了墨鏡，不自在地從候診椅上起身，往應診間走。大門打開，一個年紀和她相仿，挺著大肚子的產婦從裡面走了出來，和她錯身而過。

醫師看起來比她想像的還要年輕，說了一聲「請坐」，連頭都沒有抬起來，只顧著埋頭寫病歷。一會兒寫完了上一本病歷，他才翻開宋菁穎的病歷，瞥了一眼，抬起頭來說：

「宋小姐，咦？妳的名字和電視上那個新聞主播的名字一模一樣。」

宋菁穎拿下太陽眼鏡，看著醫師，忐忑地說：「我就是那個電視主播。」

醫師愣了一下，連忙改口說：「不好意思，剛剛沒有認出來。」

「哪裡，別這麼說。」

「那麼，這次來看診，最主要的問題是……」

「沒什麼問題。」宋菁穎猶豫了一下，終於說：「我只是想開診斷證明，請醫師檢查，證明我是處女。」

第十六章

死神旗上的白玫瑰也有一個還算光明的意義：
它象徵了經歷死亡、黑暗之後重生的過程。

1

儘管丁副總力圖鎮定，但當她從宋菁穎手上接過診斷證明，宋菁穎注意到她還是愣了一下。

「我想我沒有別的選擇了。但是，」宋菁穎說：「我還是覺得有必要讓公司事先知道下午我開記者會的目的，以及主要的內容。」

丁副總把診斷證明還給宋菁穎，慢條斯理地說：

「妳知道性騷擾評議委員會下午三點鐘就要召開了嗎？當初性騷擾的申訴是妳提出的，現在程序還沒有走完。如果妳在評議委員會之前召開記者會，會不會讓外人覺得，妳懷疑性騷擾評議委員會的公正性？」丁副總說：「再說，如果評議委員會今天會對彭立中做出處分，妳開這個記者會的意義又是什麼？」

「我會提出申訴，就是因為相信委員會。」宋菁穎想了一下說：「但申訴歸申訴，這些日子以來彭立中不斷對媒體放話、抹黑，還找了記者來跟蹤、偷拍。既然他主動把戰場延伸到媒體，我想，我就沒有道理不給他相對的回應。」

丁副總雙手交合，托著下巴，陷入沉思。好一會兒才抬起頭來說：

「記者會召開的時間，可以緩一緩嗎？我的意思是說，至少在公司對彭立中的性騷擾處罰公布之後再召開？」

宋菁穎低頭，沒有回答。

丁副總歎了一口氣說：

「妳在晚間新聞脫稿播報那件事的公文已經在我這裡了，妳知道我力排眾議作了不處分的決定嗎？」

「這是交換條件嗎？」

「我既然說已經作了不處分的決定，就表示不是交換條件。」丁副總說：「我只是希望為了公司的形象考量，妳可以緩一緩，至少在委員會做完決議之後，再召開記者會。否則不管委員會做出什麼決議，外界一定會解讀成是公司受到輿論壓力的結果。」

「我剛剛已經向記者公布記者會的時間、地點了。如果現在延後時間，不曉得外界又會怎麼解讀？」

丁副總聽完安靜了一會兒。「看來妳是勢在必行了。」

「我不會把矛頭指向公司的，我保證。」宋菁穎停頓了一下，「我可以使用公司的媒體室召開記者會嗎？剛剛借場地時，管理部門說要得到妳的同意才行。」

丁副總苦笑著說：「妳好像沒有留給我說不的餘地吧。」

「對不起。」

「那就這樣吧。」

宋菁穎鞠躬告退之後，丁副總把祕書叫進來。

「妳去緊急聯絡『性騷擾防治委員會』的委員，說是現在臨時有狀況，下午三點那個會議，看看可不可以挪到一點半，或者更早開始。」

祕書點了頭要出去，丁副總又說：

「對了，妳打電話給新聞部孫經理，請他馬上過來一趟。」

2

記者會在下午二點鐘準時在VTV電視台的媒體室召開。同一時間，「性騷擾防治委員會」的評議會，也在副總經理辦公室進行。

出席記者會的有梅律師、俞培文以及宋菁穎。與會的記者都收到了一份聲明，宋菁穎當著咔嚓咔嚓的快門，以及擠在她面前的攝影機鏡頭，把那份聲明從頭到尾唸了一次。

一、彭立中追求本人，儘管本人嚴正拒絕，仍然不斷以跟蹤、送禮物、發簡訊、傳真、信函方式騷擾本人，嚴重對本人造成困擾。這些行為已經構成了對本人的「性騷擾」，雖經本人多次反應，但彭立中依然我行我素，本人只好進而對公司「性騷擾委員會」提出申訴。不想申訴提出之後，彭立中不但不加收歛，反而利用接受採訪的機會，在媒體上惡意說謊、造謠，並且將他不當的「性騷擾」行為歸咎於本人在情感上的「劈腿」。本人特別召開記者會，在此強烈駁斥，以正視聽。

二、根據性騷擾防治法規定，大眾傳播媒體不得在未經受害人同意的前提之下報導或記載被害人身分之資訊。對於日前傳播媒體未經本人同意之不當報導以及炒作行為，本人在此重申保留追訴權，並且呼籲媒體自我克制。

三、本人從未和彭立中有任何男女交往關係。不料彭立中竟向媒體表示他和本人有「超出普通友誼」的關係。今特別提出證明，證明這是惡意的謊言和誹謗，並且保留追訴權。

四、彭立中混淆視聽，企圖扭曲本人和俞培文先生的情誼為「男女關係」。本人從年輕時代就閱讀俞培文先生作品，雖然對俞先生的作品孺慕，但僅因新聞事務，與俞先生有過幾次會晤，彼此友好，從沒有過彭立中所謂「男女關係」。

唸完聲明之後，她不再說話，把麥克風交給梅律師，看著攝影記者慢慢退回座位去。

等場面稍稍恢復平靜之後，梅律師開始說：

「關於聲明中的第一點，相關證據已於性騷擾委員會中提出了。第二點的部分我想補充說明的是由於本案已經提起性騷擾申訴，所以依法除非受害人同意，像今天這樣，或者犯罪偵查機關認為有必要，否則媒體之前主動報導、炒作都是違法的，相關規定請大家參考性騷擾防治法第十二條。至於第三點，我現在就請工作人員把這份今天早上在醫院檢查的診斷證明發給大家。」她示意工作人員把影印本發給現場記者。

本來還有幾個記者交頭接耳地竊竊私語，不過梅律師注意到當大家全拿到「診斷證明」時，現場忽然安靜了下來。

「我想，這一份報告證明了彭立中和宋菁穎不可能存在所謂的『超出普通友誼』，也證明了彭立中的說詞全是惡意的謊言。」梅律師故意停頓了一下，接著又說：「至於聲明中的第四點，俞培文先生今天也在記者會現場，我現在把麥克風交給他。」

俞培文完全沒聽到梅律師在說什麼。自從接過那張寫著「處女膜完整，未遭受破壞。」的診斷證明之後，他就看得有點出神。

「俞先生。」

梅律師又喚了一次，才讓俞培文回過神來。他歉意地接過了麥克風，沉默了一會兒，開始儼然地說：

「我和宋菁穎小姐只見過幾次面，我們是很普通的好朋友。宋小姐是一個很認真的新聞主播，她在這個『性騷擾』事件中是受害者，我希望大家能夠發揮新聞的道德勇氣，不要再隨著彭立中的說法起舞。」

簡短致詞之後，俞培文把麥克風交回給梅律師。梅律師說：

「好，我們現在開放現場給媒體朋友們發問。」

現場記者發問還算踴躍，他們提出了各式各樣的問題，包括了這次開記者會公司是否知情？性騷擾委員會調查的進度？以及將會作出什麼處分……等。除了公司是否知情這個部分由宋菁穎回答她曾向性騷擾委員會主委丁副總報告，並得到同意之外，其餘的部分都由梅律師依實際的情況，一一回答。

問了一輪之後，大部分記者已經有點意興闌珊了。梅律師看了看錶，準備結束這次的記者會，她說：「如果大家沒有問題的話……」

這時候忽然有個記者站了起來。「我是《壹日報》記者賈立德。我想請大家看一張照片，」他拿出一張10×8吋的照片，請大家傳閱，「根據我的消息來源指出，這張俞先生和宋主播熱情擁抱的照片是今天凌晨在宋主播家門口拍到的。不知道我的消息來源是否屬實？」

照片很快傳閱到宋菁穎手裡。宋菁穎看了照片，抬起頭來說：

「這是今天凌晨拍的照片沒錯。」

記者群中開始傳來一陣竊竊私語。賈立德等大家都安靜下來才繼續又問：

「剛剛俞培文先生和宋主播口口聲聲都說彼此是普通朋友，可是就我所知，光這樣的照片被媒體揭露出來應該已經是第二次了，可否請兩位說明一下？」

「這是『靈魂擁抱』，」宋菁穎笑著說：「我已經說過好幾次了。」

賈立德一臉譏諷的神色，咄咄逼人地說：「什麼是『靈魂擁抱』？」

俞培文接過了麥克風。「我在最近新發行的新書裡寫過『靈魂擁抱』。它講的是人與人之間，彼此真誠、信任的擁抱。」

「誰知道那是不是掩人耳目的說詞？」

宋菁穎伸手拿過俞培文手上的麥克風，對著俞培文說：

「如果有人不理解，我們可以示範。」

說完她轉過身來，大方地擁抱俞培文。她故意抱了一會兒，好讓咔嚓咔嚓的快門聲音繼續響著。直到攝影記者拍得差不多了，她才放開俞培文。

「『靈魂擁抱』就像這樣，人和人之間真誠、信任的擁抱，」她笑著說：「我和俞培文先生雖然是好朋友，但我可以保證我們之間絕對不是彭立中所謂的『男女朋友』。過去不是，現在不是，將來也不會是。」

說完這些話時，宋菁穎感覺到一種淋漓盡致的快意暢然。她知道俞培文正轉過頭來看她，可是她的眼睛只是直視著賈立德。

現場很安靜，不再有人提問新的問題。

記者會結束在二點五十分左右。宋菁穎注意到記者魚貫走出媒體室時，有人匆匆忙忙拿著一疊文件衝了過來，站在門口派發給離開的記者。她好奇走過去也要了一份，發現原來是公司以「性騷擾委員會」的名義發出的新聞稿。上面寫著：

本公司性騷擾委員會於今日下午一時三十分召開評議會，針對新聞部主播宋菁穎對新聞部記者彭立中提出性騷擾申訴一案進行審議。經在場委員討論決議性騷擾申訴成立。並且建議處分如下：

一、即日起，彭立中應具結保證，停止所有對宋菁穎騷擾行為，並且對宋菁穎公開致歉。

二、彭立中對媒體散布不實謠言，已違反新聞倫理，並且損及公司聲譽，應記過二次，並且停止採訪工作三個月。

此一建議案交由人事評議會議處，人事評議會應於三日內召開會議，並作出決議，交人事室執行。

3

彭立中走進採訪主任趙翔辦公室，看見趙翔歪在沙發椅上，看著文件，一雙二郎腿高高地掛在桌几上。

「主任。」彭立中對他鞠了個躬，立在沙發前。

趙翔放下文件，斜睇他半天不吭聲。

「記者會的事你都知道了？」

「知道了。」

「上次你在我這裡，我問你和宋菁穎什麼關係，你是怎麼說的？你說你和她超出普通友誼關係。現在人家都證明她是處女了，你還跟人家超出普通友誼關係？你他媽的誰不好騙，連我也騙，害我一張臉在長官面前全丟光了！」

趙翔把二張文件丟在桌几上，「你把具結書和道歉書簽一簽。明天起新聞也不要跑了，後天起就到資料組去報到。」

彭立中彎腰拿起那兩份文件，看了半天，又把文件放回桌上，他說：

「那絕對不是『靈魂擁抱』。」

「俞培文是作家，他說『靈魂擁抱』就是『靈魂擁抱』，你憑什麼說他不是？」

「我就是知道他不是。」

「我懶得跟你廢話。你甘心也好，不甘心也好，反正你別再去惹宋菁穎了，」趙翔說：「你現在就把這兩份文件簽一簽。後天起到資料組去好好給我修身養性三個月，等風頭過了再回來。懂不懂？」

「我不想簽。」

「我現在可不是求你，也不是和你商量，你搞清楚，這是公司的要求，」趙翔起身把文件塞回彭立中手裡，「你拿回去想想吧，如果你還想待在這個公司裡的話，明天一早人評會召開之前就把它簽好交上來。」

彭立中激動地把文件丟在地上。「我不簽！」他說。

「我勸你最好把它撿起來。」

彭立中並沒有撿起地上的文件，面無表情地看著趙翔。趙翔生氣地嚷著：

「你他媽的聽不懂我說的話是不是？」

彭立中什麼話都沒說，只是露著鄙夷的冷笑，頭也不回地走出了辦公室。

4

看到晚間新聞播出記者會的ＳＯＴ時，彭立中並不那麼介意梅律師指責他的說詞是惡意的謊言。讓彭立中反感的反而是宋菁穎和俞培文的擁抱。真正可惡的不是謊言本身，而是他們說謊時的姿態——用著正義凜然的姿態，說著比他的謊言還要可惡的謊言。

彭立中點起了一支煙，坐在沙發前無聲無息地把香煙抽完。抽完煙之後，他在客廳踱來踱去，又走進廚房，開了一瓶紅酒，拿著酒瓶和酒杯走回沙發前坐下來，給自己倒了一杯酒，並且豪飲了一大口。

夜間新聞才播報完畢，電視還開著，窗外傳來樓下狗吠的聲音，住處裡一片煙霧瀰漫。彭立中拿起遙控器，從錄放影機的硬碟裡找出從前預錄的晚間新聞存檔。在按下播放鍵之前他猶豫了一下。樓下那狗又開始吠了。

不要再看了吧，他告訴自己。

他還是按了播放鍵。螢幕很快出現晚間新聞的片頭，熟悉的音樂，以及片頭之後坐在主播台前的宋菁穎。

「歡迎大家收看今天的晚間新聞，我是宋菁穎。」

看著她用他熟悉得不能再熟悉的姿態、音調播報著新聞時，彭立中心想著——他就要失去她了。樓下的狗又吠了。

他拿起遙控器按暫停播放，起身走到窗戶前，對著樓下大嚷：

「吵死了，叫什麼叫！」

狗反而吠得更大聲了。彭立中忿忿地關上了窗戶，坐回沙發前，喝乾了酒杯裡剩下的酒，又給自己倒了一杯酒。

他拿起遙控器又按了一次播放鍵。

雖然關上窗戶之後，聲音變小了。可是狗仍然吠著。螢幕裡的宋菁穎嘰嘰呱呱地播報著新聞，但不知怎地，這些全莫名其妙地變成了下午記者會的聲明：

彭立中追求本人，儘管本人嚴正拒絕，仍然不斷以跟蹤、送禮物、發簡訊、傳真、信函方式騷擾本人，嚴重對本人造成困擾。這些行為已經構成了對本人的「性騷擾」，雖經本人多次反應，但彭立中依然我行我素……

彭立中從沙發站了起來，心裡想著：「不要逼我。」那隻狗叫著，宋菁穎唸著，所有的人數落著。全世界都在和他作對。

全世界都在和他作對，而他卻束手無策。

不行，他得做些什麼。他想，最起碼的一點什麼！

彭立中從冰箱找出裝著剩菜的飯盒，還從衣櫃找出一條過時領帶，打開門，慢慢走到樓下，沿著騎樓，轉進騎樓旁的巷子裡。

事情比彭立中想像的還要容易很多。他把剩菜放置在籠子外面，看著土狗伸出頭來吃著東西。彭立中輕輕地替牠圍上領帶，等土狗驚覺，拚命想退回籠子內時，彭立中立刻用力勒緊領帶，猛力往外拉，把頭抵在鐵籠的欄杆上。土狗看起來非常痛苦，脹紅臉，死命掙扎，但彭立中一點也不手軟，領帶愈勒愈緊。就這樣，看著狗的臉色漸漸由紅轉暗，由暗變黑。趁土狗開始有點不支時，彭立中抓起巷子裡的空心磚往土狗頭頂用力猛捶。他就這樣連續砸著，數不清到底砸了幾下，甚至沒有聽到狗的叫喊或哀嚎，只見狗的身體慢慢癱軟下來、顫動、變成死寂。

彭立中喘氣，放開領帶，讓狗趴倒在血泊裡。

現在安靜多了。

彭立中走回自己的住處，打開浴室的水龍頭，讓自來水沖掉他手上的血跡。血水流入盥洗台，沿著排水孔慢慢消失。不再有狗吠，不再有記者會的聲明稿，也不再有徬徨、猶豫了。很多事情真的沒有想像中那麼困難的，他想。

只要他展開行動。

現在他總算可以坐在沙發上，好好地收看新聞報導了。一切彷彿又恢復從前，她的氣質清秀，神色端莊，面貌姣好。電視機是神壇，而她是只屬於他一個人的女神。

＊

彭立中現在又覺得自己有精神做點事了。他覺得自己有必要讓宋菁穎明白他並沒有被打敗，於是又發了一封簡訊給她。寫著：

恭喜妳和俞培文用偽善打敗了我對妳的真心。妳當然有權拒絕我，讓我陷入悲慘。我只想提醒妳，既然這是妳的決定，我當然也有權作出我的選擇，讓妳過著跟我一樣的生活……

發完簡訊，彭立中很明顯地感覺到自己的情緒從谷底漸漸爬升。他很慶幸自己經歷了這麼多痛苦的考驗，仍然不曾放棄。他心想，或許這是他們能夠繼續相處下去唯一的方式了。如果宋菁穎一定要選擇這樣的話，他也只好全力配合。畢竟和完全失去她的痛苦相比，他現在的處境已經算是甘甜如蜜了。

說什麼也不能就這樣被打敗。

接著，他又撥了電話給小賈。小賈似乎對於今天記者會的結果感到有點挫折。彭立中安慰小賈，並且鼓舞他，一定要堅持自己相信的事情。不過小賈只是回答他沒什麼。

「對了，有件事你可不可幫忙，」他說：「我想請你幫我繼續盯俞培文。我很不甘心就這樣輸了，我們一定有辦法讓他原形畢露……」

「彭哥，我知道你說得對，我也很想幫忙，可是以目前的態勢看起來，這案子差不多已經結案了，你知道我是人家的員工，我的老闆不可能讓我再浪費時間去盯人……」

彭立中想了一下。

「就算是幫我的忙好了，小賈，」彭立中說：「你請一個禮拜休假幫我盯他，至多二個禮拜。所有的費用由我負責。」

「可是……」

「從明天開始，我每天付你一萬元，如何？」

小賈沉默了一會兒，沒再推辭。

5

隔天一早，在人事評議會之前宋菁穎就把昨天晚上收到的簡訊交給丁副總，並且質疑關於公司性騷擾委員作出決議的有效性。

恭喜妳和俞培文用偽善打敗了我對妳的真心。妳當然有權拒絕我，讓我陷入悲慘。我只想提醒妳，既然這是妳的決定，我當然也有權作出我的選擇，讓妳過著跟我一樣的生活……

丁副總沒說什麼，只答應這件事會在人評會之後給她一個交代。

宋菁穎離開之後，丁副總把孫經理找來，要求他去弄清楚這件事情。孫經理離開辦公室之後，打了個電話給趙翔。趙翔在電話裡告訴孫經理，彭立中不肯簽具結書，也不願簽道歉函。趙翔歎了一口氣說，他管不動，也不想再管彭立中了，人評會決議該怎樣就怎樣，他沒意見。

在九點鐘特別為彭立中召開的人評會上，孫經理提出了開除彭立中的建議案，他認為彭立中的行為已經嚴重妨害公司名譽，且事後毫無悔意，因此依公司章程應予以開除。儘管這個處分比性騷擾委員會的建議更嚴格，但並沒有人發言討論，或提出異議。九點十五分，人評會開始表決。在十一個人贊成，一人棄權的情況之下，通過了孫經理所提出的處分案，即日起生效。

十點鐘，當人事室主任和採訪組副主任帶著解除彭立中職務的公文來到他的座位前時，彭立中發現他網路上的ＩＤ已經被封鎖了。他們宣布他被開除的消息，結算這個月二萬七千四百五十元的薪資，並且給他一個紙箱子，當場就在那裡看著他打包，並且回收鑰匙及識別證。

他們和警衛一起陪著他把紙箱子搬到地下室，裝進汽車後車廂。

「那麼，」人事主任跟他揮揮手，「多保重了。」

彭立中沒有回應，逕自坐進汽車裡，發動了汽車。他沒有揮手，也不想跟任何人道別，直到汽車駛離了公司大門有段距離了，他才從照後鏡看了一眼這個公司。

這個他曾經流血打拚了八年的公司。他心裡想著。這樣也好。

6

宋菁穎一點也不知道彭立中被公司開除的消息，直到下班回家，打開大門，她在信箱裡看到一封信——說得更精確一點，她是先看到了白玫瑰花，然後才是底下的一封信。

信是彭立中寄來的。宋菁穎打開信封時，裡面還掉出來一把鑰匙。信紙上面是清秀的鋼筆字跡，寫著：

菁穎：

讓妳知道一個好消息，我終於被公司開除了。這應該是妳希望的吧？我想，這樣也好，從此以後，我可以專心地跟隨著妳了。

也許妳會納悶為什麼是白玫瑰？如果妳玩塔羅牌的話，一定可以發現：愚人手上有朵白玫瑰，白玫瑰是愚人的特色之一，他們不肯對過去的事做出完結，重新出發。如果妳不喜歡愚人的話，也沒關係。死神的旗幟上也有一朵白玫瑰。死神當然很令人討厭，但我去查了一下塔羅牌字典，死神旗上的白玫瑰也有一個還算光明的意義：它象徵了經歷死亡、黑暗之後重生的過程。不錯吧？

所以，愚人，死神，妳喜歡收到誰送妳的白玫瑰呢？

宋菁穎發現自己拿著信的雙手顫抖著，可是還是忍不住繼續往下看。

今天早上離職時，公司給了我二萬多元，連同我銀行裡剩下的存款，一共有四十六萬多元。我已經把所有的存款都提出來了。我請了一個記者——就是妳已經知道的那個《壹日報》記者賈立德，去跟蹤俞培文。我每天付他一萬元。我預計跟蹤他兩個禮拜，如果我的直覺沒有錯的話，我相信應該可以跟出一點有趣的東西來。扣除掉這十四萬元，還剩下三十二萬多元，這就是我全部的財產了。我不想對妳隱瞞任何事情，我猜我應該很快就會花完這筆錢。不過我一點都不在乎。妳知道，只要妳願意回心轉意，任何代價對我來說都是無所謂的。當然，妳最好祈禱我的錢不要那麼快花完，否則，我就無法在這個現實世界裡和妳一起生活下去了。到時候我一定不會認輸的。我相信一定還存在著別的地方，別的方式，我們可以一起去的！到時候妳願意和我一起離開這裡嗎？

隨信附上的是妳的汽車鑰匙。妳生日那天我去打造的。現在還給妳。我只是想讓妳知道我是曾經多麼地尊重妳，除了把一些特別的禮物放到妳的車上之外，我從來沒有利用它占過妳的任何便宜。再說，現在對我來說汽車鑰匙一點也不重要了。

對了，我還要為昨天的留言道歉。那時候我的心情不太好。現在我完全想通了。為了慶祝我們邁向新生的第一天，我去買了一個漂亮的禮物送給妳。很漂亮喔，它可是價值十四萬元，很珍貴的一個禮物，我把它放在一個妳不可能錯過的地方。不管妳接不接受，我都已經送給妳了。

這樣一來，我的存款只剩下十八萬了。

寫這封信的目的當然不是為了算帳給妳聽。我寫了這麼多，只是要讓妳明瞭，我想要讓妳幸福的決心。我要告訴妳，儘管發生了這麼多事，我對妳的渴望與熱愛只是有增無減。妳一點都不用擔心我會棄妳而去。

只是，妳不會因為我太窮酸了而嫌棄我吧？

立中

光這封信已經讓宋菁穎覺得不寒而慄，更讓她感到驚心動魄的是當她打開住處大門時，一顆明亮耀眼的鑽石就靜靜地躺在地毯上打開的鋪絨珠寶盒裡——她立刻明白，彭立中在信裡說汽車鑰匙一點也不重要的意思了。

宋菁穎嚇得站在門口尖叫，不敢走進門裡去。

「彭立中，出來！」

她又叫了一次。「彭立中，出來！」

樓上樓下的鄰居紛紛探頭出來看發生了什麼事。

「出來！」她又喊了一次。可是彭立中並不在那裡。

7

隔天，宋菁穎在梅律師的建議以及協助下，檢具告訴狀以及證據，向地檢署提出了刑事告訴，控告彭立中涉嫌誹謗、恐嚇危害安全罪、侵入住居罪，以及公然侮辱罪。梅律師很有信心，她告訴宋菁穎這個官司一定能打贏。只要打贏這個官司，就能把彭立中送到監牢裡去。

現在唯一要擔心的只是訴訟的過程耗費時日。

為了確保宋菁穎在這個期間的安全，梅律師還找來保全公司到宋菁穎家裝設全套保全設施，並教導她怎麼使用防身電擊棒。保全人員在宋菁穎住處忙了一整個上午，他們還分別在宋菁穎的客廳、手機各發現了一只竊聽器，以及汽車上的GPS衛星定位器。

「怎麼會這樣？」宋菁穎問。

「對方不只跟蹤妳，」他們告訴她，「他還一直在監視妳。」

第十七章

四周的牆壁上，全誇張地掛上了小說、連續劇，
甚至是我個人的巨幅海報。
到處都是五顏六色、一簇一簇的氣球，
如盛開的花朵般從地面上拔竄出來……

1

我花了一點時間修改王郁萍的稿件〈靈魂的深處〉。修改完之後，我試著把文章從頭到尾唸一遍。唸完一遍之後，我不滿意地重新修改，之後再重新唸一遍……直到我很挫折的理解到，這些文章，無論怎麼修改，沒有光彩就是沒有光彩了。

我在列印稿上簽下了自己的名字，把稿件放進傳真機的掃描匣。正要開始撥《台北日報》副刊的傳真機電話號碼時，我遲疑了一下。

非這樣做不可嗎？

我很懷疑，如果讓大家知道〈靈魂的擁抱〉抄襲王郁萍的作品是一槍斃命的話，現在這樣，算不算是一種凌遲至死呢？

如果同樣都是死路一條，哪種死法更乾脆呢？

正想著，電話鈴聲響了。我一接起電話，就聽到小邵興奮地說：

「我剛剛看到了晚間新聞，好傢伙……什麼『我和俞培文先生雖然是好朋友，但我可以保證我們之間絕對不是彭立中所謂的男女朋友。過去不是，現在不是，將來也不會是』……」

「事情真的不是你們想的那樣。」

「最好不是啦，」小邵說：「你想唬誰啊？」

「唉，別鬧了，我現在真的沒有開玩笑的心情。」

「怎麼？又沒心情了？」

「你知道昨天晚上王郁萍拿著鐵鎚闖進來這裡嗎？」

「什麼？」

小邵聽我這麼說顯然嚇了一跳。於是我把她昨天怎麼闖進來，又怎麼敲碎屋子裡裡外外的玻璃，又怎麼威脅我拿出退稿，還要敲碎我的手掌……都一五一十地告訴小邵。小邵本來還安靜地聽著，等聽到我把兩份好不容易拿回來的手稿又還給她時，他在電話那頭大叫起來：

「你什麼？」

「我還給她了。」

「你怎麼那麼白癡？」

「她手上還有另外一份拷貝，我沒有別的選擇啊。」

「這可麻煩了，」他說：「我得找譚先生商量一下。」

「別再找譚先生了。」

「為什麼？」

「我不想把事情愈弄愈糟……」

小邵安靜了一會兒，才說：「難怪……」

「難怪怎樣？」

「剛剛有個姓羅的律師打電話來找你，他說想和你談一談。我本來打電話來，只想讓你知道有這件事，不過現在如果是這個情況的話，我想你最好見見他。」

「為什麼？」

「因為，他說是關於王郁萍的事情。」
「可是我不認識什麼羅律師啊？」
「羅律師的太太是王郁萍的姊姊。他說是關於王郁萍很重要的事，一定要在明天之前跟你談一談。」
我想了一下，脫口而出：「可是這樣沒有道理啊。找一個律師來告我？」
「沒有什麼道理？」
我告訴小邵，王郁萍要求我在後天之前在《台北日報》刊登她的〈靈魂的深處〉並且約在「黛芙妮」見面的事。「如果王郁萍還想支使我做這個，支使我做那個，她就不可能在這時候找一個律師來對付我啊！」
小邵也想不出什麼道理來，沉默了一會說：「我想明天你還是去看看好了。」他掛斷電話，很快幫我約好了明天和對方見面的時間和地點，又打電話來通知我。
「我剛想了一下，」他說：「你真的確定不找譚先生？」
「我想這次我先處理看看……」
「好吧。」小邵沒再說什麼，掛斷了電話。
地面上到處都是來不及整理的玻璃碎片。我走回傳真機前，又看了一次那篇〈靈魂的深處〉。這次沒再多想，撥了電話就把稿件傳真給《台北日報》方主編。
傳真之後，我打了個電話給方主編，問他有沒有可能在明天登出這篇文章。方主編為難地表示明天版面要用的稿件早就已經發排，現在要抽稿恐怕不可能。我好說歹說請方主編一定要幫忙，如果不是有很迫切但又不方便說出來的理由，我不會做此請求的。如果他可以排除萬難刊登這篇文章的話，我一定會記住方主編這個人情的。

他又考慮了一下，問我後天可以嗎？我想了一下，告訴他後天可以。那是最後的底限了。於是他答應願意設法看看。一聽他能幫忙，我立刻千道謝萬道謝，他也回應我別客氣。我們就這樣在電話上客套地又應對了一會兒之後，主編忽然問：「對了，我最近寫了一本散文集，不曉得有沒有榮幸請俞先生幫我寫序？」

儘管我心裡想著：這個人情未免也要得太快了吧？不過我還是立刻爽快地回答：

「當然，這是我的榮幸。」

掛斷電話之後，我找出了掃帚和畚箕，準備把滿地的玻璃碎片清理一下。我拿著掃帚在地上比畫了兩下。聽見地面上的碎片相互碰撞發出窸窸窣窣的聲音，我停了下來。一整天發生的事忽然像是跑馬燈似地閃過我的腦海，向王郁萍跪地求饒的驚慌，和宋菁穎在山上擁吻的三心二意，在記者會的靈魂擁抱，被迫的〈靈魂的深處〉，對方主編的威脅利誘……想起我的靈魂也變得像地上的玻璃這般破破碎碎，甚至一寸一寸地正在死掉時，我就沒有再繼續整理下去的心情了。

2

當我走進咖啡店時，他們已經在裡面了。咖啡店是那種很老派的咖啡店，古典式的歐風，還播放著巴哈的無伴奏大提琴。一認出我，兩個人立刻起身招呼。坐定之後，男生必恭必敬地遞過來一張名片，寫著：

勝雄律師事務所
律師　羅勝雄

底下是電話，還有手寫的手機電話號碼。

我收下名片，忐忑地打量了他們一眼。男人穿著典型的西裝，女人則是休閒風格的襯衫、牛仔褲打扮。兩個人看起來有點拘謹，但臉上的表情看起來完全不像是要敲詐或興師問罪的樣子。點好飲料，服務生離開之後，女生跟我欠了欠身，客氣地說：

「我叫王郁馨，是王郁萍的姊姊，這位羅律師是我先生，名片上手寫的電話號碼是我的手機。」

我對著他們頷首致意。「所以，今天是為了王郁萍的事？」

王郁馨沉默了一下，彷彿在想著開場白，過了一會兒，才說：

「是這樣的，我妹妹最近常常興奮地打電話來告訴我們，她正在和你交往……」

「對不起，」我立刻打斷她，「這件事可能不是你們想像的那樣……」

「俞先生，你誤會了，」王郁馨沒有讓我繼續說下去，她說：「你是個大作家，不可能和我妹妹交往，這個我們心裡有數。再說，我妹妹的情況我們都很清楚，我相信你應該也覺得很困擾才對，因此，她的行為如果有什麼冒犯或者騷擾到你的地方，我先在這裡很誠懇地向你道歉。」說完她對我低頭致歉。

「別這麼說。」

她一再強調，她妹妹小時候是很活潑的女孩子，雖然偶爾愛幻想或做華麗、高貴的白日夢，但基本上還算正常，並不踰越一個小女孩的常態。她相信王郁萍會變成現在這樣應該和最疼愛她的父親過世有很大的關係。

「你知道的，很多家庭都會這樣。在我們家，母親最疼愛我，父親最疼我妹妹，雖然說表面上看不出來，但是你就是感覺得到。」

接著她開始詳細地告訴我王郁萍的故事。

最早他們發現王郁萍不對勁是她高二時的事。那時她公開宣稱她的國文兼導師和她發生了「師生戀」，引起很大的騷動。事發之後，國文老師跑到家裡來，舉出王郁萍在書信、作文，以及週記上表達的愛意，誠懇地向母親解釋，他一直把王郁萍當學生看待，從沒有任何非分的舉動。老師覺得王郁萍的作文很有潛力，一直引導她在作文上用心，期許她將來成為一個作家。再說老師自己也已婚，太太最近就要生產，他的婚姻生活幸福美滿，不可能發生什麼「師生戀」。老師表示，他可以理解這個年紀的女孩很容易會有愛情的幻想，不過還是請母親多規勸小孩，把心思用到讀書求學上才對。

母親向國文老師道歉連連，表示一定好好規勸。等老師回家之後，她質問王郁萍「師生戀」的事，王郁萍堅持真的存在「師生戀」，老師只是承受不起外界壓力，背叛了她。母親要求王郁萍提出證據，但王郁萍提不出證據。母親要求女兒停止這種荒唐的舉動，於是兩個人開始大吵大鬧。王郁萍怨懟地宣稱：「總有一天，我會證明，你們不相信我是錯的。」

從此之後，她的行為變本加厲，繼續糾纏老師，並且口出威脅。學校幾番警告無效之後，決定給王郁萍記過。母親逼不得已，只好把王郁萍轉學，並且接受輔導室的建議，強迫她去看精神科醫師。王郁萍和母親的衝突愈來愈嚴重，最後終於離家出走了。

「母親很不諒解她，她也一直沒再回家過。」王郁馨說：「從此，我變成了她的聯絡人。負責從家拿錢給她，並且偶爾照顧她的日常生活需要。」

服務生送來了飲料，我們停頓了一下。等服務生走了之後，我又問：

「後來她去看精神科醫師了嗎？」

王郁馨點點頭。「轉診了幾次之後，她總算碰到一個王醫師，給她很大的幫助。有幾年，情況還不錯，她去補習班補習，用同等學歷考上了哲學系，一直讀到了大二才輟學。」

「發生了什麼事？」

「那時候我自己也在忙著準備研究所考試，偶爾才能去看看她。詳細的事情我也不是很清楚，不過聽說是她和學校的學長談戀愛，被對方甩掉了，於是情況又開始惡化了，她的情況愈來愈糟，最後連王醫師也不願意再看她了。」

「為什麼？」

「她開始騷擾王醫師。」

「噢。」

「總之，她離開了學校以後就這樣浮浮沉沉的，她試著去找工作。她的個性……我想俞先生應該也有一點瞭解，我知道她換過許多工作，每個工作都做不了很久。說實在的，母親臨終前最放心不下的就是她，想見她一面，可是她連見母親最後一面也不願意。出殯的時候她也不肯披麻戴孝，只來鞠了個躬，五分鐘不到就走人。我曾經勸過她，要她改改個性，但她不喜歡人家管她，我也知道多說只是徒然破壞我們彼此的感情。幾番折騰之後，我也只好放棄改變她的想法，隨她去了。母親過世後留下來兩棟房子，登記的雖然是我們兩個人的名字，可是我把房子出租，每個月的租金全都給她，或許我心裡覺得對她愧疚吧。但結婚之後我自己也很忙，沒有太多的心力能夠照顧她，這也是真的。」

一直不說話的羅律師清了清喉嚨，連忙補充說：

「我和郁馨結婚之後，幫郁萍處理過不少這類的麻煩。她喜歡糾纏有名的人。我記得的就有：一個創作型的歌手，一個舞台劇的演員，還有一個作家。你知道的，雖然追逐偶像不是什麼壞事，但如果太過分的話，到最後很容易演變成為糾紛……這裡面有不少事情是我幫忙出面處理的。」我注意到他在觀察我的反應，故意停頓了一下才說：「我的意思是，能做的我們都盡量做了。有些事情，我想，就算你想怎樣，沒有辦法的事情就是沒有辦法的。」

「我明白。」

我喝了一口已經有點涼掉了的咖啡。儘管我已經聽了一大段故事，可是我心裡盤算著到目前為止我還是不明白他們的來意。於是我小心翼翼地問：

「所以，你們這次找我是為了……」

「老實說，起初她跟我說她正在和你交往時，我嚇了一跳，心裡只是想著：天啊，別又來了一件麻煩事。不過我告訴自己，這種事我們以前也不是沒處理過，反正船到橋頭自然直吧，擔心太多也沒有用。」她又看了我一眼，像是在揣測什麼似的，「直到前天下午，她打了通電話，除了交代了她的喪禮希望的樣子，想要邀請的對象外，她說她還會寄一個包裹給我。」

前天下午？那應該就是她來我住處大鬧之前。

「昨天傍晚時，我們收到了那個包裹。」她繼續又說：「包裹裡面是一些她私人的物件，以及給你的一封信，和給另外一位『開膛手』的包裹，並且特別交代這些東西等到在她過世之後才寄給你們。」

我平淡地點頭。老實說，我對她的遺物並沒有什麼興趣。

「收到這些我才意識到她已病得這麼嚴重。她從前一直告訴我治療的情況很好，醫生也完全控制住病情，一點也沒想到情況會變成這樣。我連忙打電話給她的主治醫師，主治醫師也告訴我，癌細胞已經轉移到大腦了，情況的確不太樂觀。」

「她的確告訴過我這個情況。」

「在那個包裹裡，她還留給我一個舊信封。信封裡面是十多年前她的國文老師寫給她的情書。我目瞪口呆地看著那封情書，整個人愣在那裡。我有種衝動想拿這封信去找她當年的國文老師，可是又覺得經過了這麼多年，這樣做又有什麼用？一想到十多年來我們一直誤解她，害她變成這樣，我一直哭，我這個做姊姊的人覺得好內疚，我對不起她……」

說到這裡，她已經哽咽起來了。羅律師連忙遞給她衛生紙。她就這樣哭了一會兒，才擦乾了眼淚。

「所以，當昨天她告訴我你們明天會有個約會，還邀請我們一起過去時，我心裡就想，我應該幫她完成這個心願才是。」

「等一下，她要你們一起過去？」我訝異地問：「我完全不知道這件事。」

「她應該是想向我們證明她說的是真的吧。可是她又害怕你不同意。」

我沉默了一下。

「我們知道事情一定不可能是像我妹妹說的那樣，可是她人生所剩的時間已經不多了，所以我和先生特別來懇求你，你可不可以配合她，讓她滿足她的心願。你知道的，就像類似『喜願兒』的慈善活動一樣，讓她有機會向我們證明她說的是真的，我和我先生也會全力配合，至少讓她離開時沒有遺憾……」

「可是……」可是我本來就會去，而且是不得不去。

「我和我先生都知道這樣的要求很過分，可是這是我們唯一能替她做的事情了。我相信她心裡一定也很明白，她所謂的和你交往，無非只是想和自己心儀的偶像一起共度一些最後美好時光而已，不是什麼真的交往，」她愈說愈急，到最後站了起來，對我一直鞠躬，說著：「拜託，拜託！」羅律師看她那樣，也站了起來，沉默地對我深深彎腰鞠躬，然後就靜止不動。他們倆就這樣一靜一動，形成很奇妙的對比。

我連忙讓他們坐下來。「別這樣，我們有話可以慢慢說。」夫妻倆坐下來，相互對望了一眼。

「我知道這其實已經不是你分內該做的事了，」羅律師從手提包裡拿出一疊厚厚的牛皮紙袋交給我，然後說：「這是我們的一點心意……」

我拿起牛皮紙袋，打開封口，看到厚厚的一大疊千元大鈔之後，立刻把紙袋放了下來，推回給他們。

「我不是這個意思，真的不是這個意思。」我沒再說話，他們兩個人似乎也有點不知該怎麼辦。

尷尬的沉默持續了一分多鐘。最後我只好說：

「好吧，明天你們就一起來吧。我會盡量配合的。」在誠實的小人和虛偽的君子之間我選擇了後者，「但是，這個牛皮紙袋請你們務必收回去。」

「我就知道俞先生是個好人，」王郁馨喜出望外，對我點頭連連地說：「一定會答應的。」特別是當羅律師收回牛皮紙袋時，王郁馨還白了他一眼說：「就跟你說俞先生是一個知名的作家，絕對不會收你的錢的，你偏偏不相信。」

3

俞培文從咖啡店出來時小賈就跟蹤在他的後面。從咖啡廳又跟蹤他回到住處去。從昨天接到彭立中電話到現在，他已經整整跟蹤他快一天了。俞培文的行程乏善可陳，除了這個咖啡廳的約會之外，他整天都躲在家裡。他查出了和他見面的是一個姓羅的律師，一個擅長國際商務法律的律師。但小賈直覺這不會有什麼新聞價值。

晚上彭立中送來了十四萬元的支票。

「兩個禮拜的費用我先預付。你可以利用這筆錢去找個人和你輪替早晚班，要是費用不夠的話可以告訴我。」

小賈收下了支票，沒說什麼。他請彭立中暫時替他留守在俞培文住家前一會兒。他得先回家梳洗完再過來。

小賈利用回家梳洗的空檔走了一趟當地的派出所。他在那個派出所有個熟人，透過他的關係，找到了前天晚上接到俞培文鄰居報案，前去處理的員警。

根據員警的描述，那是一個年紀不算太大的女生，留著薄薄的短髮，但並不曉得名字。儘管她敲碎了俞培文住處的大門玻璃，但俞培文卻說不要緊。員警判斷他們應該是朋友，有過爭執，但爭執的內容不得而知。事情雖然有點奇怪，但由於現場沒有什麼犯罪事實，俞培文又希望息事寧人，因此警方也不方便干涉太多。小賈覺得有點失望，這些消息和他已經知道的差不多。不過在掛斷電話之前員警忽然表示，他記得那個女生臨走前曾交給俞培文一張名片，並且約定三天後的中午在名片上的餐廳見面。

「你知道是哪個餐廳嗎？」

「那只是一張名片，」警察抱歉地說：「晚上光線又那麼暗。」

掛斷電話之後，小賈算一算，三天後應該就是明天中午了。儘管員警不知道餐廳的位置，但那不打緊，如果真的存在約會的話，只要明天跟緊俞培文就可以了。

小賈並沒有找報社特偵組的人商量和他輪值夜班賺外快的事。他打算明天再跟蹤俞培文一天。要是還沒什麼看頭的話，他就打算把支票退還給彭立中，不管這件事了。對於像他這樣的狗仔，浪費太多的時間和精力在沒潛力的線索上，真的是太不專業了。

他在兩個小時內做完了梳洗、更衣、所有該做的事，又回到俞培文家門口和彭立中交接。他不知道在他離開的期間，宋菁穎曾打電話警告俞培文會有人跟蹤他。他也不知道俞培文曾走出前庭，從大門內的隙縫中往外窺視。俞培文並沒有看到什麼。就某個程度而言，他也沒有把宋菁穎的警告想得太嚴重。他沒什麼好怕狗仔的。特別在昨天下午記者會的靈魂擁抱之後，俞培文的心裡似乎覺得那件事情已經結束了。小賈的確知道的是，這會是沒有什麼事情發生的晚上。他甚至還帶了棉被在汽車上。如果他猜得沒錯的話，他應該可以在汽車上一夜安眠，直到隔天十二點鐘之前，陪著俞培文一起出門就可以了。

4

隔天中午十二點鐘，當我穿著休閒式T恤、牛仔褲走進王郁萍指定的那家叫「黛芙妮」的餐廳時，我注意到所有排列在接待區等候，並且盛裝打扮的服務生都用著奇怪的眼光盯著我。

「請問是俞培文先生嗎？」看起來顯然是領班的服務員問。

「我是。」

「請跟我來。」她說。

那是一家洛可可式風格的餐廳。我隨著領班服務員穿過接待區，還沒走進餐廳，就聽見音響系統傳來《逾期的愛情》電視連續劇的主題曲，唱個不停。

「這個音樂，」我皺了皺眉頭，「可不可以換成別的？」

「可是這是王小姐指定的……」她面有難色地說：「今天白天，她把整個餐廳都包下來了。」

「整個餐廳？」

服務員點點頭。「她可用心了，從昨天晚上就開始指揮佈置，一直忙到凌晨呢。」

穿過迴廊和仿希臘式的廊柱，在服務員的帶引下走進正廳。我站在入口前，有點被眼前看到的景象震懾住了。

那是一個大約可以容納下二、三十桌客人的場地，桌子全被撤掉了，空曠的大廳裡只剩著一張圓桌和四張古典扶手座椅。桌面鋪設著白色蕾絲邊桌巾，上面優雅地擺著餐具、水杯、蠟燭和花朵。一條長達十多公尺的紅色地毯，從餐桌一路延伸到我的面前。沿著地毯兩旁，每隔一、二公尺就有人面獅身斯芬克斯像以及立式的大理石花台相間排列。花台上則是大手筆的玻璃花瓶，每個花瓶都插著花團錦簇的鮮紅玫瑰。

「你看。」服務員指著大廳周圍。

我轉頭過去看，四周的牆壁上，全誇張地掛上了小說、連續劇，甚至是我個人的巨幅海報。到處都是五顏六色、一簇一簇的氣球，如盛開的花朵般從地面上拔竄出來，金亮閃爍的彩帶、亮片更是充斥在極目所及的空間。

服務員領著我繼續沿著紅毯往前走。王郁萍就站在紅地毯盡頭的前方。她戴著一頭埃及豔后式的假髮，一襲白色蕾絲邊、小荷葉V領、緞帶繫腰連身花卉刺繡蓬蓬裙，配合著白色緞面鑲珠高跟鞋，刻意迎造出一種夢幻小公主的形象。又往前走了幾步，天空忽然飄下白白像是雪花的東西，我本來以為是灰塵或者油漆掉下來了，蹲到地上撿起一片才發現那是新鮮的花瓣——不知道他們怎麼辦到的。音樂似乎變得更大聲了，服務員頻頻回頭看我。老實說，我覺得很不舒服。我相信任何人一定都和我一樣，很難想像三天前她才在我的書房裡砸毀了書櫃的玻璃，又幾乎要用榔頭敲碎了我的手掌，而現在事情卻演變成這樣。

王郁萍似乎完全陶醉在這一切裡，一點也不介意這些唐突。她伸出雙手，抓住了我的手。

「你喜歡我安排的這一切嗎？」

我必須鼓起很大的能量才能違心地說：「喜歡。」

「真的？」她問。

我又花了一點力氣扼殺掉所有隱然浮現的良知，面露微笑地重複了一次：

「真的。」

花瓣雨停了，《逾期的愛情》的主題曲也停了，現在換成了唯美浪漫的鋼琴曲。她拉著我，先讓我入座，然後自己才坐下來。

我從口袋裡拿出今天刊登在《台北日報》上的〈靈魂的深處〉剪報交給她。

「謝謝。」她接過剪報，「其實我今天一大早已經看過了，不過真的還是很謝謝。」

「所以，」我說：「還有什麼需要我幫忙的事嗎？」

她的目光開始左顧右盼，言詞閃爍地說：

「有一件事，我得先跟你說……」

「什麼事？」

「你可能不知道，很多人都很崇拜你。我有一個姊姊，她呢……她和她的先生都是你的粉絲。」

「粉絲。是的。」我其實已經知道她要說什麼，可是我繼續等待。

「他們一聽說我能見到你，羨慕得不得了，吵著說也要來看你，哪怕只是看你一眼。我告訴他們，像你這樣的大作家，是很在乎隱私權的，可是他們夫妻一直煩我……」

「他們人呢？」

「我讓他們在餐廳外面等……對不起，我的意思是說，這必須經過你的同意，而且見過面之後，我保證馬上要他們離開，」王郁萍有點神色慌張地說：「如果你覺得不好，或是不喜歡，我現在就可以直接請他們回去。」

「沒問題，我不介意，」我說：「妳現在就請他們進來。」

「真的？」

我點點頭。

她高興地轉身向站在稍後方的服務員擺了擺手，服務員立刻會意地走出大廳，不到一分鐘，全身盛裝打扮的王郁馨和她先生被帶進大廳，已經沿著紅地毯走了過來。從他們兩個人好奇地東張西望的表情看起來，我相信他們受到的震撼應該也不小於我才對。很快，他們來到了我面前。王郁萍起身向我正經八百地介紹：

「這是我姊姊王郁馨，以及我姊夫羅勝雄律師。」

我站起來和他們一一握手。

「幸會，幸會。」我說。

「久仰，久仰。」他們也回答。

氣氛雖然有點嚴肅，但我們很熱絡地握著手。一切就彷彿他們真的是粉絲，我們的確是第一次見面一樣。短暫寒暄之後，大家全圍著圓桌坐下來。王郁馨說：

「俞先生是這麼聲望崇高的作家，我聽到妹妹在和你交往本來還不敢相信呢，今天看到妹妹這麼幸福的模樣，真是替她感到高興。」

噢，我心裡想著，不要這麼露骨吧？儘管我完全可以理解王郁馨的心情，可是這樣的話聽在耳裡還是覺得刺耳異常。但承諾做一個好人的我似乎也沒有別的選擇了，只能不作聲，低下頭。氣氛變得沉默而尷尬。持續了一會兒，王郁萍率先打破沉默問姊姊說：

「你們不是從家裡帶來了許多書要請俞先生簽名嗎？」

「對了，差點忘記，」王郁馨立刻會意地從皮包裡拿出幾本書來，「麻煩你了。」

我接過書，發現三本都是嶄新的新書，價格標籤剛被撕掉的痕跡還在。如果沒有猜錯的話，應該是他們夫妻剛剛專程去書店買來的道具。

我邊簽名，聽見王郁萍熱心地說：「他們是你最忠實的粉絲了，比我還誇張。你的好多經典段落，他們幾乎都可以倒背如流。」

要不是答應過他們好好地完成這場表演，我真的很有一種戳破謊言的衝動，問他們：「真的嗎？我倒想聽聽。」

結果我只是恰如其分地簽好了名，微笑，還給王郁馨。王郁馨把書收回皮包，做出歡喜的表情說：

「太好了，真是太感激了。」

老實說，我至少看過了千百次那種粉絲拿到簽名之後應有的開心表情，可是王郁馨的表情完全不像。我在想，不曉得崇拜偶像是什麼滋味的她，應該和她妹妹過的人生很不一樣吧。職責所在，儘管對手的演技很蹩腳，我還是很認真地裝出被寵壞了的作家故作謙抑的表情說：「哪裡，應該的。」

緊接著簽名之後是粉絲和偶像聚會時一定要有的合照。我們全部起身，四個人站成一排，服務員拿著王郁馨的數位相機為我們拍照。

「來，說cheese。」服務員說。

「cheese。」

咔嚓！

「再來一次喔。來，」服務員又說：「cheese。」

「cheese。」

咔嚓。

王郁馨接過服務員手上的數位相機，立刻在液晶螢幕上展示照片給我們看，兩張照片的光線都抓得很好，我們全在傻笑。

「太好了，」她一直說：「太好了。」

就在我擔心王郁馨已經沒有新的台詞可以再演下去時，王郁萍及時跳出來提醒王郁馨和姊夫是該離開的時候了。

「你們不是約了別人吃飯嗎？我們也要開始用餐了。再說，俞先生也不喜歡被打攪太久啊。」

「好，好，我明白。再不走就耽誤了你們小倆口單獨相處的時光，對不對？」說完王郁馨轉過身來握著我的手，鄭重地說：「謝謝，真的非常謝謝。」

我的手一直被她握著。從她握手的力道和晃動的頻率，說不上來為什麼，我就是可以感覺到一種和剛剛的演出完全不同的情感。我終於體會到這場戲結束了，於是我鬆了口氣，總算第一次能夠真心真意地對她說：

「真的不客氣。」

放開我的手之後，王郁馨又去擁抱王郁萍。

「我從前不相信妳，我們真的錯了。今天能看到妳這麼幸福，我好高興。」

王郁萍背著我，看不到她的表情。她的聲音有點奇怪，我聽見她用一種沒有什麼情緒的音調淡淡地說：「妳答應將來一定親手幫我轉交那些東西嗎？」

「姊姊答應妳的事，一定做到。」

滿溢的淚水盈眶而出，沿著王郁馨的臉頰流了下來。王郁馨不想讓妹妹發現她流淚，說了再見之後才放開妹妹。他們夫妻兩人轉過身，沿著紅地毯一直走出餐廳去，沒有再回頭過。

＊

等他們的身影消失在入口之外後，服務員走了過來問：

「要開始用餐了嗎？」

「你們可以稍微迴避一下嗎，只要幾分鐘就好，」王郁萍說：「有些事，我得在用餐前，單獨和俞先生談一下。」

「當然。」

餐廳很快只剩下我們兩個人了。我還陶醉在完成任務的微醺裡，一點也沒有察覺到風向正不知不覺地在改變。

我故作瀟灑地問：「妳姊姊和姊夫似乎看起來很滿意？」

她用一種奇怪的眼神看著我，冷不防一巴掌甩了過來，啪的一聲，重重地甩在我的臉頰上。

「你和我姊姊見過面了對不對？」她激動地說：「你答應了她什麼？否則她鬼扯什麼我們交往、小倆口什麼的，你為什麼不反駁呢？」

我閉上了眼睛，告訴自己，不要生氣，可是我還是聽見自己忍不住對她大吼：

「妳還不是一樣騙我，說什麼妳姊姊、姊夫是我最忠實的粉絲。」

她怒不可遏，一巴掌又甩過來，被我閃過。

「妳憑什麼，」我問：「憑什麼？」

她怒氣沖沖轉身，從背後座椅上的皮包裡拿出一張報紙，丟給我。那是昨天的報紙，上面是我和宋菁穎在記者會擁抱的照片，標題寫著：

處女主播與氣質作家的靈魂擁抱

「上次你不是說你是男性公眾人物，我是女性……不方便擁抱嗎？」

我看著報紙，一時之間不知該說什麼才好。

「你為什麼騙我？」她冷不防又一巴掌甩了過來。這次我沒再抵抗，就這樣任巴掌大剌剌地落在我的臉上，發出巨大的聲響。她激動地喘著氣，嚷著：「你這個敗類。」

我撫著熱呼呼的臉頰，看著她，冷冷地問：

「這樣妳滿意了嗎？」

「現在，」她命令著：「抱我！」

我訝異地看著她。

她用更大的聲音吼著：「抱我！」

我不知道是被催眠了還是怎麼回事，竟然看到自己伸出雙手去抱她。

「抱緊我。」她也把手環抱住我。

我閉上眼睛，痛苦地抱緊了她。

「更緊！」她說。

不知抱了多久，我清楚感覺到她開始吻我的脖子。我想逃開，可是身體就像患了精神性全身僵直症一樣，完全不聽使喚。

「我想我們最好不要……」我說。

「不要說話。」她打斷、制止我。

王郁萍的嘴唇繼續移動，她又吻了我的下巴，我心跳愈來愈快，本能地張開了眼睛。

突然有個光影從王郁萍身後的窗戶掠過！我驚覺不妙，移動視線，果然發現那是攝影鏡頭的反光。咔嚓，咔嚓。一台掛著長鏡頭的照相機正靠在窗外，貪婪而恣意地拍著照片。

王郁萍還在我的耳朵、臉頰上奮鬥著——情況變得有點複雜。狗仔在窗外，而王郁萍在我面前。你完全無法分辨何者更令人致命。我沒有遲疑很久，立刻把王郁萍推開！

狗仔發覺我注意到他了，一點也不驚慌，慢條斯理地對我打了個招呼，意味深遠地笑了笑，然後揚長而去。照說我應該立刻追出去的，可是王郁萍卻面紅耳赤地站在我的面前，我只好問她：

「這就是妳要的靈魂擁抱？」

王郁萍低下了頭，沒說什麼。我本來希望她至少能為自己行為道歉的，可是她並沒有。情況很混亂，我忽然又想起，狗仔偷拍的照片似乎更加足以致命……

「妳等一下。」

管不了王郁萍也管不了那麼許多了。我連忙三步併作兩步，氣喘吁吁地衝出大廳，試圖追回那個人。我跑出餐廳左右張望，又繞到窗戶那頭搜尋，之後還在四周的巷道到處觀望、尋找，可是那個狗仔就是消失不見了。

消失不見了？

我現在真的開始懊惱了。陽光亮晃晃的照得我有點暈眩，我一個人站在路口，心裡想著，這張照片被登出來時會是什麼標題？靈魂擁抱，或是靈魂擁吻？標題底下是什麼故事，我又該如何回應呢？

我就這樣失魂落魄地想了一會兒之後，才垂頭喪氣地走回餐廳。

王郁萍顯然不知道發生了什麼事，一看到我立刻說：

「我還以為你飯都還沒開始吃就跑掉了呢！」

是啊，我明明可以跑掉的，怎麼沒想到呢？可是，話又說回來，稿件在王郁萍手裡，照片在狗仔的相機裡，儘管這個世界再大，我又能跑到哪裡去呢？

她就坐在餐桌前，招呼我在她面前坐下來。我失魂落魄地坐在她面前，心裡想的都是這次我真的死定了。不曉得為什麼，我好像永遠有玩不完的生存遊戲，眼前這一關都還沒擺平，立刻又出現更大的危機等著我……

唯一值得慶幸的事情是王郁萍的心情看起來不錯，一點也沒有興趣問我發生了什麼事，剛剛跑到哪裡去了。總之，那種感覺很奇怪，幾分鐘前的事情，像是完全沒發生過似的。

「對了，」她從皮包裡又拿出一些稿件交給我，「我這裡還有一些作品，如果可以的話……」

我瞥了一眼那些作品，不解地問她：

「妳老實告訴我，為什麼要寫這些靈魂什麼什麼的？妳自己真的相信靈魂存在嗎？」

「當然相信啊，」她笑了笑，對我說：「如果不相信，我們彼此用什麼擁抱？」

我們彼此用什麼擁抱？

我小心謹慎地試探她：「前幾天妳拿回去的〈靈魂的擁抱〉原稿，將來打算怎麼處理？」

「將來？」她看著我。

「對啊，」我說：「將來。」

「將來啊，」她意味深遠地笑了起來，「別擔心，將來我會請柏拉圖告訴你的。」

「柏拉圖？」

「對，就是柏拉圖。好了，我今天很快樂。」她似乎不想再繼續這個話題，「你還有什麼問題？」

我沒再發問。

「謝謝你刊登在報紙上的稿子，」她用著那種勵志作家常見的口吻說：「讓我們一起加油來讓這個世界變得更美好。所以，下個禮拜同一時間，再帶著刊出文章的報紙來這裡碰面。我們一個禮拜刊登一篇文章，好嗎？」

我沒說不好，也沒再說什麼。

「我真的很快樂。」她又說了一次。

好了，該是用餐的時間了。她拍拍手，愉快地招來了服務員。

第十八章

失去了這個連結使他陷入一種莫名的焦慮。
這些監視設備給彭立中一種安心的感覺，
不管發生了什麼事情，
他都可以那麼靠近她、傾聽她，共享她的生活。

1

筆記型電腦上的漏斗正跑著。

小賈並沒有跑遠，事實上，他的筆記型電腦就放在對街二樓的一家提供無線網路的咖啡店裡。從他的位置甚至還可以清楚地看到俞培文找不到他，四處張望、懊惱的模樣。他一點也不怕俞培文，他之所以逃開，無非只是想要確保相機不被搶走，或者記憶卡檔案被刪除這類的惡夢不會發生而已。

現在漏斗消失。那表示他已經透過無線網路把照片寄給彭立中了。

他拿起手機，開始撥電話給彭立中。

＊

小賈哇啦哇啦地跟彭立中說了許多他的計畫，打算先做些周邊的功課，把整個事情的全貌拼出個大概，再去找俞培文，請君入甕……彭立中一點也不擔心接下來該怎麼做，對於像小賈這樣的狗仔記者，腥味刺激他們的荷爾蒙，而荷爾蒙讓他們變得神采奕奕，目光炯炯有神。

講完電話之後，彭立中連忙打開電子郵件收信匣，得意地下載了那六張小賈傳來的ＪＰＥＧ檔照片，並且用印表機把它們一一列印出來。

背景吵雜的聲音是印表機正在列印文件。彭立中吹著口哨，在電腦的監視軟體上漫遊。幾秒鐘不到，他的口哨聲停了下來。彭立中急忙重新檢查網路連線，又測試了監視軟體，他很快就確定，安裝在宋菁穎住處、手機的監聽器，以及汽車上的衛星定位訊號全斷訊了。她發現這些竊聽器了。

這個賤人！彭立中低低地詛咒了一聲，她到底知不知道自己在做什麼啊？

印表機仍在列印著。彭立中一個人在房間裡面踱過來又踱過去。

失去了這個連結使他陷入一種莫名的焦慮。這些監視設備給彭立中一種安心的感覺，不管發生了什麼事情，他都可以那麼靠近她、傾聽她，共享她的生活。可是現在彭立中聽不到她的聲音，不曉得她在哪裡……他的整個內在世界接近崩潰，一切彷彿回到了最原始的混亂。

等到晚上七點鐘他就可以在電視新聞上看到她了。可是彭立中看了看錶，現在才下午一點鐘。他愈想愈焦慮。他發現別說六個小時，恐怕再多一個小時、一分鐘，甚至一秒鐘他都無法等待。他很明白自己必須投入，不管用什麼方法，現在就必須投入，讓自己和宋菁穎重新連結起來。否則他就會死掉。

徹徹底底地死掉。

現在印表機差不多已經列印完畢。他隨手從印表機拿出其中一張圖檔。那是一張彩色照片，照片裡，俞培文被一個女人抱著，由於背著鏡頭，看不清楚女人的臉。但從側面仍可以隱約判斷出來，她在吻他。

他發現現在他似乎有了可以去找宋菁穎的好理由。

彭立中收拾了那幾張印好的圖檔，奪門而出。衛星定位最後顯示的汽車位置是宋菁穎家附近的停車場，因此，她現在應該正要出門。他很清楚她的行程，如果沒有變動的話，她應該在八點半左右離開電視公司，直接開車回家……

彭立中坐上汽車，發動引擎。他開著汽車，在馬路上飛快疾駛，他得去找她，看到她，甚至跟她說話。非這樣不可。

＊

彭立中在宋菁穎家的巷口前正好遇見她開著汽車，迎面而來。他故意放慢汽車速度，讓宋菁穎的汽車和他的交錯而過。彭立中不知道宋菁穎注意到他了沒有，但那並不重要。他轉動方向盤，把汽車掉頭迴轉，緩緩跟在宋菁穎汽車的後頭，尾隨著她。現在他們之間又用某種方式神祕地連結在一起了。只要那種連結還在，他就安心了。彭立中就這樣不動聲色地跟蹤著宋菁穎，直到她把汽車開進電視公司裡。他就在電視公司外面等著。

他並不想太早打擾她。他發現自己真的得花一些時間想想，接下來他該做什麼，或者等一會兒該跟宋菁穎說些什麼。

於是他又重新拿出那幾張圖檔，認真地看了半天。

2

小賈利用時間把照片用電子郵件傳給派出所的熟人，請他代找上次的員警指認。在俞培文用餐的時間，他確認了幾件事：首先，餐廳裡的女孩和上次去俞培文家鬧事的女孩是同一個人。再來，餐廳裡的女生頭上戴的應該是假髮。因為上次員警記得她的頭髮只有薄薄一層，幾乎貼到頭皮。

二點鐘，當俞培文護送那個女孩從餐廳出來坐上計程車之後，小賈立刻衝了過去。

「俞先生，」小賈說：「真不巧，我們又碰面了。」

俞培文看起來似乎有點被小賈嚇了一跳，不過他立刻恢復鎮定，裝出若無其事的樣子，自顧自往前走。

「別這樣嘛，我們又不是第一次見面了。那個女生是誰？你們剛剛該不會又是『靈魂擁抱』吧？」

俞培文看了他一眼，淡淡地說：「不干你的事。」

「我看你們不是普通的親密喔？」小賈看俞培文沒反應，又說：「這種好事要跟關心你的老朋友一起分享才對嘛。」

俞培文頭也不回地往前走，走到停在路旁的汽車前，打開車門，轟的一聲關上車門，並且發動引擎。小賈本來想問出一點什麼之後，立刻進餐廳查一查那個女生的名字的，不過俞培文的口風這麼緊，逼得他不得不緊迫盯人。小賈立刻衝回自己的汽車，也發動引擎，緊緊跟隨在汽車後面。

俞培文慢條斯理地開著車，沒有做出任何試圖甩開小賈的動作。小賈就這樣平順而安穩地跟著俞培文的汽車，回到了木柵住處附近的停車場。俞培文從停車場走回住處的途中，小賈很盡責地又做了一次不請自來的貼身採訪，但俞培文只是面無表情地走進他一樓的住處。

烏龜似地縮進牠的烏龜殼裡。

小賈小心翼翼地抄下了俞培文的地址，又打了通電話給分局的員警確認是俞培文的住處。便利商店就在不遠的地方，他提著筆記型電腦走進便利商店把圖片印出來。從便利商店的透明玻璃看出去，俞培文那棟公寓的任何動靜全都一覽無遺。等照片印好之後，他又給俞培文寫了一封短箋，把短箋以及圖片裝進信封裡，直接就走到俞培文家前面，塞進大門底下，並且按門鈴。

3

我打開信封，裡面是信箋以及圖片。

俞大作家：

說點什麼吧，免得到時候又說我給你亂寫！你總不會以為你是烏龜，可以縮在你的烏龜殼裡一輩子吧？

小賈 0995123587

（或者走出來告訴我也可以。我就在門口。）

看完信，我走出庭院，從公寓大門的縫隙看出去，小賈的汽車就停在對面的馬路上。如果我沒看錯的話，他應該正虎視眈眈地朝著我這個方向看著。

我走回客廳，坐在沙發想了一會兒。最後我決定撥電話給小邵，找他商量。我把和王郁萍的姊姊、姊夫見面，中午和王郁萍吃飯，以及吃飯時怎樣被《壹日報》的小賈拍到，一路被追到家裡的事，以及圖片和信箋的內容，都一五一十地在電話中跟小邵說。

「你說他一直問你那個女生是誰……那就表示他還不知道那是王郁萍。」

「我想他應該不知道。」

「所以，他現在有照片……但他不知道照片上的女生是誰，你們為什麼要吃飯，她為什麼會吻你……」

「對。」

「所以，他才會死心塌地地在你門口守株待兔，想盡辦法威脅利誘，逼你說出一些東西。」

「應該是這樣。」

「你不要理他，什麼都不要說，不就得了。」

「可是我總不能在家裡躲一輩子吧。再說，要是他找到王郁萍我可完了。你知不知道王郁萍有情色妄想症？」

「什麼症？」

「情色妄想症，一種精神病，反正很接近花癡就是了。你知道她過去騷擾過男歌手、舞台劇演員、作家，跟我說什麼她曾和開膛手交往，兩個人一天到晚在野外做愛，最高一天性高潮十八次……天啊，這個瘋女人，萬一她也跟記者這樣說我們，我真是跳到黃河也洗不清了。唉，」我焦慮地說：「我可不像宋菁穎，有辦法去弄到什麼醫療診斷，證明我是處男。」

小邵在電話那頭狂笑。老實說，在這件事情上我一點也沒有幽默感，實在想不出來到底有什麼好笑。

「所以，現在最重要的事情，」他又笑了起來。他連連跟我說對不起，很用力地深呼吸了好幾次，才開始能夠正經地說：「最重要的事情，就是：你得比記者更早聯絡到王郁萍。」

「我當然知道要聯絡王郁萍，可是找到王郁萍時，我跟她說什麼呢？」

「就跟她說你的競爭對手，或者別的出版社要陷害你，隨便什麼理由，然後告訴她這樣的照片對你的名譽很不好，希望她能配合你的說法，一起對外。」

「什麼說法呢？」

「靈魂擁抱啦，你不是最會了嗎？」

「靈魂擁抱不行啦，照片是她在吻我，看得很清楚。」

「那就說她是末期癌症患者，你給她機會和心儀的偶像吃飯，你們在進行類似『喜願兒』這樣的活動。你幫她完成人生最後的心願，她向你獻吻……哎呀，」小邵說：「你是作家，怎麼反而是我在幫你想情節？總之，你不要再囉嗦了，想個說法，趁他們現在還搞不清楚吻你的女生是誰之前，趕快聯絡王郁萍，說服她吧。」

掛斷電話，我的心情似乎變得好了一些。我立刻打了手機給王郁萍，不過她沒有接電話。我又撥了她家裡的電話，電話響了十幾聲，仍然還是沒人接聽。

4

小賈發現俞培文拿走了信封之後，一點動靜也沒有。他相信俞培文一定嚇到不敢出門。於是他把汽車停在原地，自己偷偷潛到路口，招了部計程車趕到黛芙妮餐廳。

黛芙妮餐廳裡面大部分的人都在裡面整理、復原中午的場地，餐廳裡面桌椅搬動的聲音從外面櫃台就聽得見。櫃台只剩下一個服務人員。

「先生，你好。」服務人員看到他立刻站了起來，向他鞠躬。

「我們公司想預訂尾牙聚餐的時間，」小賈說：「大概一、二百人，不曉得還有沒有空位？」

「一、二百個人的話……要包場地，」服務人員立刻拿出預約登記簿，「你們公司大概是什麼時候要聚餐？」

「這一、兩個禮拜，時間最好是晚上。」

「我看看，」服務人員翻開登記簿，用手指著登記在週行事曆上面疏密不一的字，「這個禮拜剩下週三、週四晚上，」他又翻到下一頁，「如果下個禮拜晚上的話是週二、週三。」

「你說這個禮拜是週幾？還有下個禮拜是哪幾天？我可不可以看看。」

服務人員把預約登記簿轉了過來，翻回這個禮拜，指著週三、週四的空格說：「這個禮拜週三、週四。」說著又要翻頁。

「你可不可以借我一枝筆？」小賈慢條斯理地從口袋拿出記事簿，又從服務人員手上接過了筆，裝出吃力的樣子地看著登記簿，他一眼就看到了今天中午包場地的人的姓名——王郁萍，以及電話號碼，可是卻喃喃地唸著：「這個禮拜是，禮拜三，還有禮拜四。」他在記事簿寫著：王郁萍。電話0991589632。

服務人員看他寫得差不多了，好心地幫他翻頁。「下個禮拜是禮拜二、禮拜三晚上。」他說。

「下個禮拜是禮拜二，禮拜三晚上。」小賈邊唸又邊在記事本上把王郁萍的名字和電話再抄寫了一遍。

「我們包場地的最低消費是十二萬元。每桌有八千、一萬、一萬二、一萬五不同的價位可供挑選。」

「你可以給我一張名片嗎？」小賈抬起頭問：「我得回去跟經理商量商量。」

服務人員給小賈一張名片，必恭必敬地把他送到門口，招呼他坐上計程車。小賈一坐進計程車立刻就開始撥電話給王郁萍。可是沒有人接電話。

王郁萍。嗯，到底是何方神聖？

他打了個電話給徵信社的朋友，把王郁萍的名字以及電話號碼給他，請他透過電話公司的關係，幫忙找找王郁萍的資料。

回到俞培文住處前，正準備走回汽車裡，他忽然覺得似乎該確認一次俞培文是否還在家裡，於是大剌剌地走到俞培文家門前，開始按門鈴。

「誰啊？」對講機傳來俞培文的聲音。他還在家。

「我是記者。」

如同小賈所預料，俞培文立刻又變成了那隻沉默的烏龜。

5

六點多左右天空下起雨來了，直到八點多左右才停了下來。

彭立中就站在汽車前等著宋菁穎下班。八點二十五分，宋菁穎比他預定的時間提早了一點離開電視公司。當彭立中看到宋菁穎的汽車駛出來時，他用力地揮手，並且親切地展開笑容。他相信宋菁穎一定發現他了，可是她只是不動聲色。

彭立中慢條斯理地坐進汽車裡，發動引擎，尾隨著她一路開到住家附近的停車場。宋菁穎把汽車轉進停車場之後，彭立中繼續往前開，把汽車停在停車場與住家之間的馬路上，熄火，並且拿著小賈拍的照片下車，站在車前等著。

彭立中心想，該是和她好好溝通溝通的時候了。

沒多久，彭立中看見宋菁穎踩著高跟鞋從停車場走出來，於是向前迎了上去。宋菁穎一看到彭立中走來，先是站住，又不自主地後退了兩步。

「你不要再過來！」她說。

「別這麼兇嘛，我只是拿個東西給妳看，」彭立中繼續往前走，嘻皮笑臉地說：「我相信妳一定會有興趣的。」

「我警告你，我已經委託律師去地檢署控告你了，你真的別再自找麻煩，」宋菁穎從皮包拿出防身用的高壓電擊棒，又退了兩步，指著彭立中說：「我真的警告你，別再過來！」

聽到地檢署時彭立中愣了一下，不過只是很短的時間，立刻又恢復了嘻嘻哈哈的表情，然後說：「告我？哎呀，我怕死了。」

「你不要逼我。」

「我怎麼會逼妳呢？要說幾次妳才相信，我不是那種人，」他笑著說：「我只是給妳看一些關於俞培文的東西，我保證妳絕對絕對會非常有興趣的。」

「走開！」

「我不曉得妳為什麼總是不肯跟我好好溝通……」彭立中懊惱地說著，也許覺得自己口氣不對勁，停住了。

他們兩個人就僵持在馬路上。

「你再不走開，我要叫人了！」

彭立中倒退兩步，把圖片放在路燈旁的郵筒上，還找了一塊石頭鎮壓住。

「這樣好了，我把東西放在這裡，」說完他又倒退了好幾步，站到自己的汽車前，「妳看一眼。只要看一眼，我就保證走人，可不可以？」

宋菁穎仍然拿著電擊棒，慢慢走到郵筒前，警覺地看著彭立中，又戒慎恐懼地拿起那一疊圖片。

「這是今天小賈拍到，熱騰騰的照片……」

宋菁穎第一眼瞥到照片的內容時的確愣了一下，可是她立刻恢復鎮定，面無表情地把圖片放下來，繼續往前走。彭立中立刻一個箭步向前，擋在宋菁穎面前，譏諷地問：

「俞培文該不會也告訴妳，這是『靈魂擁抱』吧？」

「你說的一眼我已經看過了，」宋菁穎瞪著彭立中，嚷著：「走開！」

彭立中後退一步，讓宋菁穎走過去。

「俞培文欺騙全世界的感情，他欺騙這個女孩子，」他不甘心地跟著她，在她身後嚷著：「也欺騙了妳。」

宋菁穎往前走了兩步，氣不過，轉過身來。

「不管你怎麼說，」她瞪著彭立中，「我相信俞培文。」說完轉身繼續往前走。

「事實擺在眼前，妳還相信俞培文。妳到底是哪裡有問題？」彭立中跟在宋菁穎後頭，不停地叨唸著。

「我相信俞培文。」

「如果俞培文真像妳說的那麼清白，我立刻向妳道歉，停止跟蹤妳。」

「我就是相信俞培文。」

「妳敢跟我打賭嗎？」

宋菁穎不理彭立中，握著電擊棒一直往前走。彭立中緊跟在後頭，兩個人愈走愈快。

「怎樣？妳敢打賭嗎？」

宋菁穎往前走了幾步，忽然停下來，轉過身來，沒好氣地問：

「你想賭什麼？」

彭立中也停了下來，老實講他還真有幾分訝異。

「只要我查到什麼證據，妳就去地檢署把告訴撤銷了吧，從此不要再隨便亂告人。」

「萬一查不到呢？」

「如果查不到的話，我向妳道歉，從此不再打擾妳。」

「我怎知道你會說話算話？」

「我用人格……再加上生命保證好了。」

「還有，在你找到證據之前，別來糾纏我，可不可以？」

「當然可以。」

「好，一言為定。」宋菁穎沒再說什麼，逕自轉身走開了。

彭立中不曉得宋菁穎為什麼對俞培文這麼有信心。他心想，這次贏定了。彭立中沒有再跟上去，就這樣笑著看宋菁穎，直到她的背影消失在公寓的大門裡。

＊

事實上，宋菁穎一關上大門就開始有點後悔了。她後悔自己剛剛在氣頭上，竟然莫名其妙就和彭立中打了這個賭。她相信俞培文應該不會做出什麼不堪的事情的，就算那張照片是真的，俞培文應該也有很好的解釋。

對，**很好的解釋**。

這樣想時，她忍不住從皮包裡拿出手機，準備打電話給俞培文。可是電話號碼撥了一半，她忽然又停下來了。她是他的書迷，她從小看他的書。可是她不知道如果他接起電話，她應該跟他說些什麼，問他有沒有這個女孩？或者這個女孩為什麼吻他？

她算了算，他們一共見過四次面。三次在山上，一次在記者會。

見過四次面的朋友，應不應該問這些問題呢？

宋菁穎慢慢把手機放回皮包裡。那是她第一次覺得，他們之間或許沒有她想像中的那麼熟。

6

彭立中離開宋菁穎，來到俞培文住處前時，小賈正在汽車裡面打電話。一看到彭立中，小賈立刻放下了電話，並且搖下車窗問：

「怎麼又跑來了？」

「反正沒別的事了，就剩下這件。怎麼樣？」彭立中說：「有沒有什麼發現？」

「那個人叫王郁萍，」小賈得意地說：「我還查到了她的手機號碼，可是我一直打到現在，手機一直沒人回應。」

「查得到這支手機的地址嗎？」

「我拜託人去電話公司查了，剛剛還在聯絡呢。」

「俞培文呢？」

「一直躲在裡面。」

彭立中托著腮，不知想著什麼。他問：

「前面那家便利商店可以無線上網嗎？」

「可以。」

「你那台筆記型電腦先借我用一下。我來查。」

彭立中接過小賈從車窗傳出來的筆記型電腦，拿著筆記型電腦走到便利商店前，就坐在欄杆上，打開電腦，接上了網路。他在Google網頁裡的小視窗輸入了「王郁萍」三個字。鍵入之後，立刻跑出四百多筆和「王郁萍」相關的資料。這些不同的王郁萍們，出現在研究所的放榜名單、會計公司的職員名單、中獎名單、研究論文目錄裡……彭立中又在進階搜索裡鍵入「俞培文」，很快符合搜尋的資料名單裡出現了一個叫做「天空的魚」的部落格。

按了連結鍵之後，網頁跳出天空的魚的部落格首頁。部落格的站長就是王郁萍。彭立中按了按左上角站長的照片，立刻跳出放大圖。

沒錯。是今天照片上那個女孩。

彭立中花了一些時間瀏覽部落格裡的網誌。他很快搞清楚了王郁萍是俞培文的粉絲。就網誌裡的記載，除了中午之外，他們最近至少還見過兩次面。

所以，和俞培文擁吻的是他的粉絲。

太好了，彭立中心裡想，沒有人比他更清楚，一個粉絲碰到偶像時，能為他做出什麼樣瘋狂的事了。

彭立中繼續在網誌裡瀏覽。有另一個俞培文的粉絲留言要和王郁萍交換俞培文的宣傳海報。最讓彭立中興奮的是發現在這個留言底下的回應裡，王郁萍站長很大方地告訴了這位留言的粉絲她的住址是：

台北市聖心路一段18巷22號3樓

賓果！彭立中得意地咧嘴笑了起來。他找出PDA手機，把住址抄上去，並且闔上筆記型電腦，走回汽車。

小賈正好掛斷電話，一看到彭立中走回來，興奮地對他說：

「我找到手機登記的住址了。」

「說說看。」

「台北市聖心路，」

「我也查到了。」彭立中打斷他。

「真的？」

然後兩個人幾乎是齊聲地唸出了之後的「18巷22號3樓」。

小賈很神奇地看著彭立中問：「你怎麼查到的？」

彭立中指了指電腦。「事不宜遲，這樣好了，你繼續打電話，」他看了看手錶，九點零五分，時間還早，「我現在就過去王郁萍的住處。我們非找到她不可。」

7

我走回客廳，拿起手機，又撥了一次王郁萍的電話，仍然還是沒人接聽。從下午到現在，我至少已經打了二十幾通電話給王郁萍了。

到底發生了什麼事情呢？中午吃飯時她還有說有笑的。在這麼融洽的氣氛下，她不可能故意不接我的電話的。她睡著了嗎？可是就算她有午睡的習慣，這時候也應該醒了吧？會不會發生了什麼意外呢？

我又從大門縫隙往外窺看，那部汽車仍然還在。看來他們不會輕意放棄的。我有點擔心，萬一他們先找到了王郁萍怎麼辦？

我打了一通電話給小邵。

「我可不可以麻煩你跑一趟她的住處去找她。你先把她帶到辦公室，或者找個地方把她藏起來都沒關係。總之，在事情搞定之前，不要讓狗仔找到她。」

「萬一找不到呢？」

「就繼續找啊，」我說：「總之，不管你用什麼方法，不能讓別人先找到她就對了。」

8

小邵站在王郁萍住處的門口按了半天門鈴沒有人回應之後，歎了一口氣。他找出了上次闖進來時用的鑰匙，打開了公寓大門，沿著樓梯慢慢爬上三樓。他邊爬邊嘀咕著：如果連俞培文都找不到王郁萍，還有誰找得到王郁萍呢？氣喘吁吁地爬到三樓王郁萍家門口，正要開始按電鈴時，忽然聽見樓下公寓門口有人按鈴的聲音。

小邵走到樓梯間，從窗口往下望，赫然發現一個熟悉的人影站在公寓前。天啊！彭立中！他竟然也要上來。

他不會也是來找王郁萍的吧？（顯然是。）

現在該怎麼辦呢？

他應該用鑰匙開門躲進王郁萍的住宅嗎？可是萬一王郁萍在裡面怎麼辦？她可不是好惹的。可是話又說回來，如果王郁萍在裡面，剛剛按鈴時她為什麼不開門呢？

按了半天門鈴，彭立中開始按整棟大樓所有的門鈴。

「誰啊？找誰？」對講機裡發出此起彼落的聲音，「什麼事？」

「對不起，我是樓上住戶，忘了帶鑰匙，麻煩幫我開門。」

果然聽到「嘟——」的一聲，有人把樓下的大門打開了。

情急之下，小邵連忙沿著樓梯間往四樓的方向走。他拿出手機打電話給譚先生。

「喂。」手機接通了，是譚先生的聲音。

「譚先生啊，我是小邵。我現在在上次王小姐那棟公寓裡，有個叫彭立中的記者找麻煩，」小邵壓低聲音說：「事情有點緊急，我現在沒時間多解釋，你可不可以派兩、三個人過來支援我？」

他聽見樓下住宅大門被打開，又關上了。彭立中正沿著樓梯往上爬的聲音。

「你再撐一下，十五分鐘之內我的人應該會到。」

掛斷電話，小邵聽見彭立中聲音已經在三樓了。他趴到三、四樓的樓梯間，從縫隙偷偷地觀察。彭立中就站在王郁萍住處門口按門鈴。

叮咚，叮咚。

小邵屏息以待。要是王郁萍真來開門，他大概只能衝出去指控彭立中是壞人，並且用「俞培文有事找王郁萍」的理由讓王郁萍相信他，把王郁萍強行帶走。

可是萬一雙方發生衝突呢？他可沒把握能打得過彭立中。

叮咚，叮咚。

「王小姐，王小姐。」彭立中繼續喊著。

也許可以考慮尖叫，引發鄰居的關切。

叮咚，叮咚。

沒有人出來應門。彭立中靜止不動在那裡站了一會兒，又繼續按鈴。

叮咚，叮咚，叮咚。仍然沒有人回應。

「不在家？」彭立中自言自語地說。

彭立中的一雙腳在門口踱過來，又踱過去。最後他似乎決定放棄了。他拿出一張文件，往門縫底下塞。塞完之後，轉身往下走。

小邵聽見彭立中走出公寓，關上樓下大門的聲音。可是他並沒有走遠，從樓梯間的窗口往外望，他似乎還在跟附近的住戶不知打探些什麼。

小邵躡手躡腳地走回三樓王郁萍住處門口。

叮咚，叮咚。他也按鈴。老實說，如果剛剛彭立中按了半天沒有人來開門，他一點也不覺得自己的手氣會好到哪裡去。

沒人回應。

叮咚，叮咚。還是沒有人回應。

就在小邵準備按最後一次門鈴時，忽然聽見門裡面響起手機的鈴聲。

該不會是王郁萍的手機吧？他想。

手機的鈴聲旋律一共響了五、六回。等旋律一停，小邵靈機一動，立刻拿出手機，直撥王郁萍的號碼。果然幾秒鐘不到，同樣的手機鈴聲又響了起來。小邵掛斷手機，鈴聲也在幾秒鐘之後停了下來。

那是王郁萍的手機，就在裡面！既然如此，王郁萍人呢？

小邵拿出鑰匙打開大門，推開大門，輕輕走了進去。為了避免招惹不必要的關注，小邵小心翼翼地只打開一盞壁燈。地面上是彭立中剛剛塞進來的文件。小邵拾起來一看，果然不出所料——是王郁萍激吻俞培文的照片，以及彭立中的手機號碼。

小邵繼續往客廳前進，儘管光線微弱，他還是被眼前看到的景象震懾住了。那是一個零亂的客廳。手機就置放在桌几上。不遠的長沙發上，穿著蕾絲邊荷葉領連身裙的王郁萍，歪斜地躺在沙發上，她的一隻腳在沙發上，另外一隻則從沙發上垂落下來——腳上還掛著高跟鞋。看來她應該是突然昏倒的。

「王郁萍，」小邵衝過去喊她，「王郁萍！」他用手靠近她的鼻尖，雖然還感覺得到鼻息，可是不管怎麼用力叫她，或者是搖晃，她全身就是軟趴趴的，一點反應也沒有。

小邵皺了皺眉頭，立刻撥電話給俞培文。

「我在王郁萍家找到王郁萍了，」他說：「不過她現在已經陷入昏迷了。」

「怎麼會這樣？中午還好好的。」

「你不是說癌症已經轉移到她腦部了嗎？這種病隨時都可能這樣的。」

情勢變得有點複雜。趕快叫救護車？還是當成什麼事都沒發生過，安靜地走開？小邵覺得他似乎應該趕快離開，就像他從來沒有來過一樣，免得惹來不必要的麻煩。可是俞培文堅持應該先救人再說。不久，兩個人就在電話上爭吵了起來。

「你想想，我**不應該出現在這裡**，而且我也**不應該有鑰匙**的。再說，」小邵說：「王郁萍本來就是末期癌症病人，我現在閃人，她自己安靜的、好好的離開，豈不對大家都好嗎？」

「可是你別忘了，我們還有兩份退稿在她那裡。你現在走開，萬一她死了，」俞培文說：「將來這些遺物會落到誰手裡？」俞培文愈說愈大聲，「再說，你有沒有想過這是一條人命？」

「別拿道德的大帽子壓我。她本來就是末期癌症，末期癌症本來就會死的。我可沒害她。你就當成我沒有開門進來，事情還不是一樣？」

「我不管你怎麼打算，我給你五分鐘把那兩份原稿找出來，否則，立刻就叫救護車！」

掛斷電話，小邵開始東翻西找，他原本以為會在上次同樣的位置發現這些退稿，可是他想錯了。小邵又翻箱倒櫃找了一會兒，忽然覺得很荒謬。一小時之前，他還在KTV和一群正妹悠哉遊哉地唱著歌的，現在他卻被俞培文找來這個他不應該進來的地方，在幽暗的光線下，找著那兩份沒有人在乎的退稿。更糟糕的是，沙發上還躺著一個隨時可能掛掉的人。

這時候萬一有人闖進來問起，他將如何解釋？

更扯的是手機響了。小邵接起電話，一個自稱黑皮的傢伙說：

「我是黑皮，譚大哥派我們過來的。我只是想告訴你一聲，你的問題我們已經搞定了。」

「搞定？」

「對啊，我們已經把人抓起來，教訓過一頓了。現在怎麼辦？」

「等等，」屋漏偏逢連夜雨，小邵問：「你們怎麼會認識誰是彭立中？」

「剛剛在巷口碰到的啊。我問他是不是彭立中，他說是，我們就抓起來教訓了一頓啊，這樣不好嗎？」

小邵差點沒昏倒了。他氣急敗壞地說：

「誰叫你們教訓他一頓的？」

「你不是說他找你麻煩嗎？」

「你們知道他是記者嗎？」小邵拍了拍額頭，他說：「誰教你們這樣解決問題的？」

「要不然現在怎麼辦？人還在我們手裡，你要過來嗎？」

「我怎麼過去？我求求你們，」小邵說：「現在立刻放他走，然後你們自己也自動消失，千萬別說出我是誰，也千萬別讓他知道你們是誰。」

「可是……」

「我沒時間囉嗦了，快點，」小邵不耐煩地說：「照我的話做，做完你們全給我自動消失！」

「白癡。」掛斷電話，小邵咒罵了一聲。不過電話立刻又響了起來。是俞培文。

「情況到底怎麼樣？」俞培文問：「急死人了。」

「找不到啊，」小邵說：「燈光這麼暗，譚哥那邊又派了一堆白癡來。」

「那就叫救護車吧，」俞培文說：「你請救護車送她到聯合醫學中心急診室，我們在那裡見。」

「可是，」小邵問：「如果有人問起，為什麼我會出現在這裡呢？」

「那還不簡單，」俞培文說：「你就說我打了很多電話找不到王郁萍，不放心，請你過去看看。你一到覺得情況不對，立刻破門而入，就發現了。」

「退稿怎麼辦？」

「先送她進醫院嘛，只要她住在醫院，我們什麼時候都可以回來找啊！」

小邵想想也覺得有道理，立刻打電話給聯合醫學中心急診室，請他們派救護車來。等做完這些，他忽然想起他應該「破門而入」，可是現在王郁萍家的大門卻是完好的。於是他走出門外，用鑰匙把大門鎖起來，開始用力衝撞。撞了幾次之後，小邵立刻發現以他的力量，要「破門而入」並不像電影裡演的那麼容易。

小邵歎了一口氣，拿起手機撥電話給剛剛才解散的黑皮和他的人馬，要他們緊急趕回來。

「又怎麼了？這次。」聽得出來黑皮的口氣不是很好，「剛剛你不是才叫我們立刻自動消失的嗎？」

「我需要你們過來幫忙，跟我一起，」小邵知道這一切很難解釋，他猶豫了一下，還是說了那四個字：「破門而入。」

9

到現在，彭立中覺得眼窩、胸骨，還有臉頰等好幾個地方仍然隱隱作痛，不過現在他暫時也沒有時間去理會那些傷口了。

太多的疑問在他的心中。首先，他是在回答是之後才挨打的，可見他們是衝著他而來。明明沒有人知道他會出現在這裡的啊！宋菁穎不知道，俞培文不可能知道，是小賈……那更不可能了。再說，如果有人要教訓他，為什麼又不把教訓他的目的講清楚，只叫他別多管閒事。輕描淡寫打了幾下，然後就莫名其妙地放走他了？

總之，太多奇怪的事情挑起了彭立中的好奇心，讓他不肯離開，繼續躲在附近暗巷裡監視這一切。

沒多久，彭立中看見那幾個黑衣人全匆匆忙忙地跑回王郁萍那棟公寓。裡面的住戶幫他們打開了大門，可是過了不久，彭立中又聽見合力撞門的聲音。

到底發生了什麼事？

更不可思議的是，接著，彭立中聽見救護車蜂鳴器的聲音。一部寫著「聯合醫學中心」的救護車閃動著紅光，以凌厲的氣勢開進巷子裡面來，緊急停在王郁萍家門口。救護人員下車打開車門，拉下了擔架推床，衝進公寓裡面去。

這時候，手機響了起來。是小賈打來的。彭立中聽見他興奮的聲音說：

「俞培文出來了，一看到他我就衝過去追問他照片的事，他有點被我惹毛了，很不高興地跳上汽車，不知打算往哪裡去。我現在正跟著他，出了木柵，往台北市區的方向走。」

「明白了，」彭立中說：「我們保持聯絡。」俞培文要去哪裡？

過了一會兒，醫護人員，黑衣人，還有一個看來面熟的男人，一起護送著擔架推床，從公寓裡走了出來。彭立中一眼就認出來推床上那個女人是王郁萍。因為她的頭皮和去俞培文家處理的員警形容的一樣——只有一層薄薄的頭髮。

這一切都奇怪到令人無法理解。他剛剛去按鈴，明明沒有人應門的啊？難道所有的人剛剛都躲在王郁萍的公寓裡面嗎？

彭立中立刻衝回自己的汽車，發動引擎。現在他們已經把王郁萍送上救護車，關上後方車門。救護車再度響起蜂鳴器，凌厲地倒車轉彎，沿著來時路開出巷口。彭立中緊隨著救護車，也把汽車開出巷口，跟著救護車一路闖紅燈前進。他們從聖心路開往新生南路，直到市民大道，又左轉往中山北路的方向前進。

小賈這時打電話來，告訴他：

「我跟在俞培文汽車後面，我們已經從羅斯福路轉進了中山南路。」

彭立中忽然想起王郁萍推床旁那個他覺得面熟男人——就是俞培文的經紀人，他曾經見過他走在俞培文旁邊。彭立中恍然大悟，大叫著：

「他們都要到聯合醫學中心去！」

「聯合醫學中心？」

「對，聯合醫學中心的急診室。你跟緊俞培文，我現在正在王郁萍救護車的後面，」彭立中意氣風發地說：「一會兒我們在急診室門口會合！」

電話才講完，彭立中已經看到聯合醫學中心的正門了。救護車轉了個彎，駛進側面急診室的入口。彭立中也依樣畫葫蘆，把汽車駛進急診室前的停車場。

他從停車場走向急診室，看見王郁萍被從救護車搬下來，推進急診室裡面去了。他就在急診室門口站著，心想著：至少俞培文這次沒地方逃了。

沒多久，小賈的汽車緊追著俞培文的汽車，一前一後開進了急診室前的停車場。俞培文從汽車裡走出來，神色匆匆地往急診室的方向走過來，背著相機跟隨在後面的則是小賈。

俞培文發現彭立中就擋在他面前，抬起頭看著彭立中，站定了腳步。

「俞先生，」彭立中說：「我們花了這麼大的力氣，跟了你這麼久，照片裡的擁抱和接吻到底怎麼回事，你對你的粉絲都做了些什麼好事，你倒是說句話嘛？」

俞培文看看彭立中，又回頭看了看走過來的小賈。

「你總不能這樣躲我們躲一輩子吧？」彭立中志得意滿地說。

他們對峙著。

「好吧，如果你真的想知道的話。」

「當然，洗耳恭聽。」

沉默持續了一會兒。俞培文終於說：

「她是我的書迷，得了末期癌症，時日不多了。我應她家屬的要求，陪她吃飯，滿足她最後的夢想和希望，她快死了，」俞培文用一種嚴肅的目光逼視彭立中，他說：「現在，你們這些狗仔如果還有一點良心的話，請讓開讓我去看她，好嗎？」

俞培文說完，側肩一個跨步越過彭立中，往急診室裡面走。儘管彭立中不相信俞培文說的話，可是他還是本能地跟在俞培文後面走進急診處置區。

現在醫師已經拉起了簾幕，他們全站在外面。從簾幕縫隙看過去，一個護士正在給病人量血壓，另外一個醫師站在頭頂，正在給病人插管。彭立中注意到病人的臉，和照片中的那張臉一模一樣。那是王郁萍沒錯。

「你們是王郁萍的家屬嗎？」一個護士問。

彭立中搖搖頭，退後了一步。俞培文則轉身回答：

「我已經通知她姊姊了，現在人還在路上，馬上就到了。」

不可能，彭立中想著，俞培文不可能是這種人，他完全無法相信他聽到，甚至是看到的這一切。可是王郁萍的確就躺在那裡。他愣神神地退回等候區，面無表情地坐在長排休息椅上。

小賈陪著坐在一旁，一直納悶地問：

「怎麼會這樣？」

彭立中只能搖頭。他沒辦法回答小賈的問題，因為他自己也不停地問著：

到底發生了什麼事？

第十九章

我輕輕地把針筒推到底。

不知道抽送了幾次空氣，

我想我應該已經把王郁萍的靜脈血管、心臟，

還有肺動脈全都像輪胎似的灌飽空氣了。

護士小姐過來給王郁萍換點滴時，連接點滴延伸管的3-way連結器好像出了一些問題，她拿了一把空針接在連結器上，又把點滴瓶拿高拿低的，忙碌得很。

「怎麼了？」我問。

「點滴延長線裡面有空氣，」她說：「必須排除掉。」

「為什麼會有空氣？」我問。

「從3-way跑進去的，」她說：「你要是不小心把3-way開錯方向，空氣很容易就會從高處跑進點滴裡，流進血管裡。」

「流進血管會怎麼樣？」

「如果空氣少還沒關係，要是太多的話，它會從靜脈跑到右心房，右心室，然後進入肺動脈，一旦造成肺動脈氣體栓塞，那就完蛋了。」

「完蛋？」我問。

「嗯。」護士點點頭。她把點滴瓶掛回架子上，用接在3-way連結器上的空針筒，從點滴延長線裡抽出了一段空氣，「看到沒？空氣。」

我把頭伸了過去。

1

王郁萍從加護病房轉回普通病房已經是住院第四天的事了。王郁萍的臉看起來有點腫脹，在急診室插上的氣管內管已經拔除，醫師給她罩上氧氣面罩，現在她可以自行呼吸，但人還在昏迷中。

「目前我們使用類固醇控制她的腦壓，她現在的情況暫時比前幾天穩定一點，但是還要進一步觀察。」穿著白色長袍的洪醫師說。

「她會醒來嗎？」我問。

「很難說。她過去一直靠Irresa控制病情，不過癌細胞似乎已經開始對Irresa產生抗藥性。現在的類固醇只是症狀治療，暫時降低腦壓，但能改善到什麼地步還不敢說，而且，轉移到腦部的癌細胞來勢洶洶，目前Irresa已經是最後一線用藥了，腦部惡化的速度很快，我們擔心……」

醫師欲言又止，沒再往下說。他抬起頭看了我一眼，我無言地點了點頭，表示我完全明白他剛剛說的，以及沒有說的話。

洪醫師在病房裡站著，似乎沒有馬上離開的打算。沉默持續一會兒，他忽然問：

「俞先生是她的朋友？」

「應該算是吧，」我想了一下說：「她是我的書迷，希望見到我，她的姊姊和姊夫跑來拜託我，說這是她最後的希望，希望我能幫忙他們，讓她完成這個心願。所以我才和她見面、吃飯……」

「難怪喔，我記得她很喜歡寫作，還拿過作品給我看，原來她是你的書迷。」

「你記得她寫過什麼嗎？」我小心謹慎地試探。

「她寫很多東西啦，我病人多，自己又忙，所以沒怎麼認真看。我想，這種事還是你們專業的人給她意見比較妥當。雖然我曾經鼓勵她繼續寫作，她也很高興，但，這方面我真的是外行。」

「她跟我提過你鼓勵她的事。」

「真的啊？其實，像她這樣的病人，只要身體情況允許，我們通常都會鼓勵他們盡量去做自己想要做的事情。」洪醫師停頓了一下，問我：「對了，你知道經常守在病房外面那兩個人是……」

「喔，」我說：「他們是記者，想採訪我和王小姐這件事。」

「難得看到這麼認真的記者。」

「可是你知道，我向來低調，不喜歡張揚……」

「不瞞你說，我沒有什麼時間讀小說，可是我太太是你的書迷，你的大名在我們家如雷貫耳。沒見過你之前她常稱讚你多好多好，我還有點不服氣，可是今天看到你對一個普通讀者這麼用心，我真是見識到了。」

對於這些意外的讚美，一時之間，我還真不曉得如何回應才好。

「那麼，我們再觀察看看吧。」

我送他到門口，對他鞠躬告別。他一走出門口，坐在門外的彭立中立刻迎了過去，問他：

「請問，王小姐醒過來了嗎？」

「還沒有。」

「她什麼時候會醒過來？」彭立中亦步亦趨地追著洪醫師。

「很難說。」他似乎也受到我的低調風格感染，簡要說完了該說的字，優雅又安靜地走開了。

彭立中似乎有些失望，轉身走回來。他抬起頭把目光射了過來。在我們四目交接的剎那，他露出一種自信而睥睨的冷笑。我並沒讓他那種自淫式的表演持續太久，在他的自我膨脹到他真以為能把我看穿之前，我關上了大門。

彭立中天天守候在這裡讓事情變得有點麻煩。我被逼得也得不時守在這裡。這就好像看球賽的時候，如果前排有人站起來看球，最後只好所有的人都站著看球的道理一樣。

如果有一天王郁萍醒過來了的話，我一定得搶在彭立中之前見到她，說服她同意我幾天前在急診室門口對彭立中的說法。

如果王郁萍永遠不再醒過來了呢？當然，我也想過。

＊

那是一支50ml的空針筒。也許是為了方便排除空氣緣故，護士沒有拿走，仍把它留在點滴延長線上的3-way連結器上。

我慢慢靠近點滴，拔出空針筒，抽滿了50ml空氣，接回連結器，轉動3-way，讓空針筒連通往血管方向的點滴線……

不行，我告訴自己。不行。

連想都不行。

＊

「你睡著了？」

被這麼一拍，我幾乎是跳了起來，睜開眼睛，轉身一看原來是小邵。

「沒事，剛剛做了一個惡夢。」我問：「〈靈魂的擁抱〉手稿找到了嗎？」

他跟我搖了搖頭，垂頭喪氣地說：

「我和譚先生的幾個兄弟，從天花板到地板，從冰箱到馬桶，從書櫃到廚櫃，只差沒把房子翻過來而已。」

「她明明沒有別的地方好藏了啊。你們要不要再試一次？」

「拜託，我們已經連找了三天了。」小邵說：「倒是你要不要想一想，她之前和你見面時，有沒有提示，或者任何蛛絲馬跡……」

我忽然想起那天在黛芙妮用餐時的談話。「對了，」我打斷小邵，「上次吃飯時，我曾經問過王郁萍〈靈魂的擁抱〉的原稿，將來她打算怎麼處理。」

「她怎麼說？」

「她說：『將來啊，將來我會請柏拉圖告訴你的。』」

「柏拉圖？哎呀，你怎麼不早說？」

「怎麼了？」

「搞不好，手稿放在跟柏拉圖有關的東西旁或夾在柏拉圖的書裡，」小邵興奮地說：「我現在就跑一趟。你等我好消息……」

我趁著送小邵到病房門口時，瞥了一眼門外，彭立中就在走道上的椅子打著瞌睡。我和小邵道別，輕輕地關上了大門。

大門裡面，王郁萍仍然昏迷，安靜而均勻地呼吸著。

午後的醫院有一種死寂的感覺，彷彿所有的人都撤退了，只剩下這一張床，這一個病人和我。

我走到王郁萍床前，定定地看著她。她的情況似乎還在進步著。不知是我眼花看錯還是怎麼著，王郁萍好像睜開眼睛，又閉了起來。

午後的光透過床邊的點滴瓶，透著一種冷凝的光。點滴像是時光的沙漏，以一種看似猶豫，卻又堅決的態度，沿著點滴管，一點一滴地注入王郁萍脆弱而有限的身軀裡。在點滴管與點滴管延長線之間，是3-way的連結器。

50 ml的空針筒就插在那上頭。

*

我慢慢靠近點滴，拔出空針筒，抽滿了50ml空氣，接回連結器，轉動3-way，讓空針筒連通往血管方向的點滴線。

我輕輕地把針筒推到底。不知道抽送了幾次空氣，我想我應該已經把王郁萍的靜脈血管、心臟，還有肺動脈全都像輪胎似的灌飽空氣了。沒多久，王郁萍輕輕地咳了幾下，霎時，她發出哦——哦——哦的怪聲，整個人臉色發紺，呼吸愈來愈快。

我連忙按了呼叫鈴。

一個護士跑過來一看，立刻按鈴，驚慌地大叫：

「410急救，410急救。」

她衝回護理站，推來急救車，跟在她身後是醫師，以及護士。他們合力把床推開，讓醫師站到頭頂的位置，接過咽喉鏡，開始插管。醫師很快把氣管內管插進王郁萍的氣管裡，接上氣囊，連接上氧氣，並且擠壓。醫師用聽診器聽了聽心臟，緊急地下了一連串指令。一個護士立刻衝出門外去，另一個跪到床上去做心肺按摩，另外一個護士找出抽吸管，從氣管內管裡抽出許多粉紅色泡沫狀的液體。

衝出門外的護士很快推了電擊器進來。她插上電源，貼上導電片，並且在兩個電擊板塗抹軟膏……

醫師接過電擊器，讓心肺按摩的護士停下來。「設定電壓在200 mev。」他說著，把電極板分別按壓在病人胸前、左腋下。

碰！病人應聲輕微地彈跳了一下。

我心裡害怕極了。場面比我想像的更殘酷、更血淋淋。我無法克制地發抖起來，聽到背後電話鈴聲一陣一陣地響著……

直到我開始覺得電話鈴聲可能是真的。

「喂。」我睡眼惺忪地接起了電話。

「找到了。」小邵在電話上興奮地說。

「找到了？」現在我整個人清醒過來了。

「就夾在《柏拉圖全集》中。可是只有影印版的退稿。」

「影印版？」我說：「你再找找其他任何跟柏拉圖有關的書籍，蘇格拉底、希臘哲學的也可以……」

「等等，影印版本上面還有寫字。」我聽見紙張展開的聲音。

「寫什麼？」

「寫著：送給俞培文。」

我愣了一下。她知道我一定會去搜索她的房間。

「你還在聽嗎？」小邵問。

「你說。」

於是小邵開始唸：

我知道你一定會來找柏拉圖的，可是你還沒有找到。

因為書只是思想的屍體，柏拉圖的偉大還遠在柏拉圖的書之外。

「就這樣？」

「上面還用迴紋針夾了一張快遞郵件的收據。」

「快遞郵件的收據？」

「對，上面的收件人是：王郁馨，寄件人的名字是：王郁萍，寄件的時間，我算一下……應該是在她被送來醫院前三、四天吧。」

「小邵，」我可以感覺到臉上表情整個坍塌下來，「不用再找了。」

「為什麼？」

她早預料到我會去她家搜尋了。「她說過會請柏拉圖告訴我。如果我沒有猜錯的話，柏拉圖已經告訴我們東西的去向了。」

「在哪裡？」

「你先回來，回來之後再說吧。」

掛斷電話，我又看了一眼躺在病床上、陷入昏迷的王郁萍。此刻，她正均勻而安詳地呼吸著，彷彿只是睡著了似的。我忽然覺得荒謬至極，有種被愚弄了的感覺。一個清醒的人，竟活生生地會被一個昏迷的人牽制，擺佈，無可脫逃？

我拿出那天的名片，撥了王郁馨的手機。電話一接通，我刻意和王郁馨聊了一下王郁萍今天的進展之後，才小心翼翼地問：

「那天見面時，妳好像提過王郁萍寄給你們一個包裹，裡面有給我，還有給開膛手的信件。」

王郁馨不知想著什麼，安靜了一下才說：「是有這些包裹，不過她交代過，一定要我在她的喪禮之後親手用掛號信件寄給你們。」

「我明白了，」我試著繼續旁敲側擊，「妳說給我的是一封信？」

「應該是信吧，或許還有照片之類的東西吧，我不清楚，看起來很薄。」

「妳確定不是文件或者其他的東西？」

「不可能是文件。文件應該是在給開膛手的包裹裡面吧？怎麼了，」王郁馨問：「你知道那是什麼東西嗎？」

「我……不知道。」

「對了，既然你打電話來，我妹妹在昏迷前特別交代過，她說一定得等你打電話問起這些包裹時才能說。」

「什麼事？」

「她說將來萬一你們問起這些包裹，只要說是『柏拉圖』，自然就明白了。」

「噢。」我說。是的，答案已經很明白了。換句話，只要王郁萍一死，那些足以置我於死地的手稿立刻就會被王郁馨寄出去，並且落到開膛手的手裡。

「這樣說你明白嗎？我真的不曉得柏拉圖是什麼意思。」王郁馨又問了一次，「你明白嗎？」

儘管我覺得一陣暈眩，可是仍然裝出若無其事的樣子說：「我想我應該是明白了。」

2

在小賈如願以償地採訪到了王郁馨夫婦之後，他和彭立中又發生了一次嚴重的爭吵。

他們第一次爭吵發生在王郁萍被送進急診室之後的隔天，彭立中仍一口咬定俞培文在說謊，並且堅持要繼續在醫院盯梢。那時候小賈覺得彭立中瘋了。明擺在眼前的事實是：王郁萍是末期癌症患者，她是俞培文的粉絲，而這些和俞培文在急診室門口告訴他們的話可說是完全一致的。他實在想不出彭立中還有什麼道理繼續堅持下去。

彭立中提出二個疑點。首先，如果俞培文真像他自己說的那麼崇高的話，王郁萍感謝他都來不及了，怎麼可能在聚餐前三天大鬧俞培文家，砸破玻璃，還引來鄰居報警？他們到底爭吵些什麼呢？第二個疑點重重的地方，彭立中指出，事情果真如此單純的話，為什麼黑衣人要毆打他？他記得很清楚，這些黑衣人是先問明了他的名字之後，才開始打他的，可見他們是衝著他而來的。所以，這些黑衣人是誰？在背後指使他們的人是誰？他們的目的又是什麼呢？

儘管小賈完全無法回答彭立中的問題，但他認為那些疑點根本和彭立中想做的事情沒有關連。就算彭立中想報復俞培文好了，他唯一的機會無非就是利用照片讓他陷入偷情或敗德的緋聞罷了。可是王郁萍特殊的末期癌症患者身分，卻讓她俱備了一種先天上的道德優勢——就像是弱勢團體或者受難者家屬一樣。傳播媒體是很奇怪的，只有高高在上的人，你才能把他們當落水狗打。如果你報導的對象已經是受難者，那麼他們基本上就對所有你能加諸於他們身上的災難免疫。小賈不懂彭立中為什麼一定要在這上面鑽牛角尖。

任何試圖在受難者身上開玩笑或扒糞的人，是很容易遭到反噬的。

再說，在王郁萍的部落格裡早把她和俞培文的關係交代得一清二楚了，小賈完全不相信這個故事還可能有什麼進一步的隱情可言。小賈相信俞培文再壞、再色情，也不至於找上王郁萍這個末期癌症患者吧。王郁萍這副病懨懨的模樣絕對足以澆熄任何情慾的。老實說，除了類似「喜願兒」這樣的好事之外，小賈想不出還有什麼別的可能讓俞培文願意和她吃飯。不可能有什麼八卦的。別說是俞培文和王郁萍了，任——何——一——個——男——人——都不可能的。

因此，與其說他被俞培文在急診室前的說法說服，還不如說他完全不相信彭立中的想法。說得更明白一點，支持小賈繼續追蹤王郁馨夫婦唯一的理由，就是為了讓彭立中早一點死心而已。過去幾天來，小賈一共試圖採訪王郁馨夫婦兩次，但是兩次都被他們的沉默拒絕了。小賈相信俞培文一定也跟王郁馨夫婦說了些什麼，否則他們應該不至於如此戒心重重。因此，在王郁萍住院後第六天的下午，當王郁馨夫婦探視王郁萍結束，從病房走出來時，小賈決定採取跟前二次完全不同的策略。他擋在他們面前，拿出那天下午拍到的系列照片其中的一張，問他們是否願意看看那張照片。

那是他們第一次在小賈面前停了下來。

他們在醫院地下室的餐廳接受小賈的採訪。王郁馨夫婦告訴小賈在拍照的前一天他們夫婦去找俞培文的事。是他們拜託俞培文，請他滿足妹妹生命中最後的願望的。這就是為什麼隔天俞培文會出現在黛芙妮餐廳，也是小賈會拍到那些照片的原因了。王郁馨夫婦簡直找不出更了不起的形容詞來稱讚俞培文了。俞培文不但沒有提任何條件，還主動退回他們的錢。他們夫婦不明白，像俞培文這麼好的人，八卦雜誌為什麼還要苦苦追殺？

「賈先生，你應該曾經也有過很崇拜的偶像吧？如果你的人生真的有機會和自己的偶像——像俞先生這麼善良、這麼了不起的偶像，共進一餐，甚至擁抱他，你很可能也會情不自禁吧？」

小賈沒說什麼。

「你知道我妹妹快死掉了嗎？」

小賈點點頭。

「既然如此，你們可不可以在她死前給她一些安靜呢？」眼淚在王郁馨的眼眶裡打轉，漸漸滿盈，沿著臉頰溢流下來。「如果你們還在乎什麼叫尊重的話，我們會很感激的。」他們沒再跟小賈多說什麼，起身對小賈一鞠躬，之後安靜地離開了。

王郁馨的語調很溫柔，並不凌厲。雖說當狗仔難免要面對各種辱罵，但是相對那些聲色俱厲的許多指責，這是第一次小賈感覺到自己被羞辱了。

小賈和彭立中的第二次爭執就是在這個採訪之後。這次爭執激烈的程度猶甚於第一次。儘管彭立中堅持還有許多疑點，不肯放棄，但小賈一點也不以為然。他問彭立中：

「你到底在乎的是真相，還是輸贏呢？事實已經這麼明顯，當所有的人都告訴你，俞培文是好人，你輸了，你就是不肯放手。我真的不明白，你這樣繼續固執下去，俞培文就會變成壞人嗎？」

「俞培文不是變成壞人——他本來就是壞人。他不但是壞人，他還說謊，企圖把自己塑造成好人。這種人比壞人還要可惡。」

「既然如此，你提出證據來啊。」

「我在找證據啊，是你說要放棄的……」

「你自己心裡很清楚，事情根本不是那樣。現在你又想說俞培文和王郁萍有什麼曖昧關係，可是王郁萍是俞培文的粉絲，她得了末期癌症，快要死掉了……唉，」小賈歎了一口氣，搖了搖頭說：「你最好搞清楚，這個世界的真相往往不符合我們期望的。」

「事情的真相是——俞培文說謊。我並沒有要事情的真相符合我的期望。」

「別忘了，可是你自己先說謊的——你說和宋菁穎有超友誼關係。現在你為什麼又那麼在乎俞培文說謊了？」

「這個世界沒有不說謊的人，好嗎？我不在乎俞培文說不說謊，也不在乎我自己說不說謊。我無法忍受的事情是：俞培文明明說謊，卻抬出什麼『靈魂』、『道德』的旗幟，裝出道貌岸然的樣子……那才是比謊言還要可惡的謊言。根本沒有道德良心這回事。正因為它們不存在，因此符不符合道德、良心全都靠大家認定。可是大家認定又是怎麼一回事呢？為什麼你跟名流談道德、談靈魂、談良心，永遠談不贏他們呢？那是因為他們擁有你所沒有的發言權與詮釋權，所以，同樣都是說謊，俞培文就是有能力用他的『謊言』指控我的『謊言』。人是生而不平等的，你懂嗎？如果窮人天生就要被資本家剝削、壓榨，那麼我們這些沒有名望的人也一樣被那些有名望的人剝削、壓榨。對我來說，揭發這樣的不公不義，遠比你說的那些簡單的說謊不說謊，還要來得重要太多了。」

「就算是這樣，你憑什麼說俞培文在說謊？」

「我就是相信他在說謊。」

「我實在不知道怎麼跟你……」停頓了一下，小賈問：「你怎麼去相信你根本沒有證據證明的事呢？」

「那些口口聲聲相信上帝，相信靈魂、良知、道德的人，什麼時候又有證據可以證明那些東西真正存在呢？」

「你瘋了，」小賈說：「你大可不必為了宋菁穎這個女人……」

「我是瘋了，」彭立中打斷他，「與其要被關在那些靈魂、良知、道德的監牢裡，我還寧可自由自在地瘋了。」

「我實在沒辦法……」小賈想了想，「這件事到此為止，我決定退出了，我會把支票還給你的。」說完轉身準備往病房外頭走。

彭立中叫住小賈。等小賈站住，轉頭過來時，彭立中說：

「那些已經是你的錢了，你不用還給我。」

小賈往病房外又走了兩步，忽然站住了。他轉身過來問：

「我只問一件事。這件事情有個終點吧？什麼時候，你才願意結束呢？」

彭立中想了一下說：「等我採訪過王郁萍之後。」

「要是王郁萍永遠不會醒過來了呢？」小賈問。

彭立中並不回答他。他的臉上露出一種小賈無法理解的笑。

3

下起雨了。病房外的雨滴攀爬在玻璃上。玻璃外，是燈火通明的夜色街景。病房內燈火通明，色調是一片潔淨到近乎神聖的白。玻璃、點滴瓶、架子、扶手……到處反映著一種冷凝而不真確的光。

那是王郁萍住進醫院的第八天了。王郁萍仍然昏迷不醒。護士小姐給王郁萍擦澡、翻身。為了避免感染，護士重新給她裝設了新的點滴，以及新的導尿管和餵食管，還用手套把塞在肛門裡的糞便挖了出來。

靜極了。這個落起雨來的夜晚，夜晚的病房，病房裡的病床。病床內是王郁萍，病床外是我。靜默是一道神祕的儀式，冗長地把我們緊緊連繫。

病房的門被輕輕推開了，彭立中探頭進來問：

「她醒了嗎？」

我無言地看著他，搖搖頭。他沒說什麼，安靜地退出了門外。

時間變得有點神祕。我坐在病床旁的沙發上看著那個門。那是一個安靜又深邃的門。在門外頭，是如果「王郁萍醒來」的戰場。門裡頭，則是「王郁萍不再醒」來的戰場。在門外頭和門裡頭之間是微薄得不能再微薄的千山萬水，我在千山萬水裡面迷了路，不知道我的戰場到底在門內，還是在門外等待著。

窗外的雨仍然下著，王郁萍沉沉地睡著。

4

連續幾天下來，除了類固醇的副作用讓王郁萍的臉腫脹以外，她全身變得更羸瘦、更虛弱了。或許是她身上發出來的腐敗，或者死亡的氣息，讓我第一次從心裡覺得害怕，害怕王郁萍從此不再醒過來了。然後一切變得無——可——挽——回。

不要，我幾乎大喊出來。我的靈魂不要陪葬，我不要和王郁萍一起死去……

下午一點鐘。王郁萍忽然發出一些無法理解的囈語，聽不清楚是什麼。我以為她要醒過來了，連忙叫護士過來。

不過等護士過來時，一切又恢復了沉靜。

「她真的發出聲音，像這樣啊，啊，咿，唔……」

「我知道，」護士說：「昏迷的病人有時候會這樣。」

「這表示她快醒過來了嗎？」

「很難說，我只能告訴你，她的腦部正在發生變化。」

「噢，」我自言自語地說：「我真的很希望她能夠醒過來……」

「我明白。」護士小姐說。

不，妳不明白。我心裡想著。

護士小姐忽然問我可不可以為她簽名，我說好。她立刻雀躍地回護理站拿出了我的新書《靈魂的擁抱》來讓我簽名。簽完名，她問我：

「你和王小姐真的只是作家和書迷之間普通的關係？」

「當然。」

「你真的很好，常常來看她，」她問：「將來我病得很嚴重時，你也可以像這樣常常來看我嗎？」

我開玩笑地說：「那得看到時候我是不是還活著。」

她笑了。「我可以跟你要一個擁抱嗎？」她說：「你知道，像書上寫的那樣的『靈魂擁抱』？」

我沒有猶豫太久。「當然可以。」我說。

於是我們互相擁抱。

過了一會兒，她放開我，臉上漾著紅暈。

「俞先生，謝謝你的『靈魂擁抱』。你真的和你書上的性情一樣，是個表裡一致的好人。」

「妳過譽了，我可能不是妳想像中那麼好的人。」

我笑了笑，不知道怎麼再進一步跟她解釋。幾天前我的潛意識甚至還想殺掉王郁萍呢，可是現在卻那麼迫切地希望王郁萍醒來。只要她醒來，我就還有機會阻止那些手稿落入開膛手的手中。我可以繼續做她的偶像，可以求她，可以做任何她希望我去做的事情……我發現自己甚至全身不自覺地顫抖著，沒有人知道我的內心有多害怕。我真的不想隨著她的死去——像王郁萍說的那樣——失去了榮耀，失去了精神的光環，行屍走肉似的活著，真的一點也不希望事情變成這樣……

「不，俞先生你太謙虛了。」護士小姐帶著書要離開病房前，又鄭重地說了一次，「在我的心目中，你真的是一個非常好非常好的好人。」

老實說，要不是經歷了這些，我或許會相信護士小姐告訴我的話吧。可是現在我很清楚地知道我不是。

5

隔天，以及之後的第二天，王郁萍都不再有任何動靜，只是安靜地睡著。一切又恢復了死寂。不眠不休已經夠讓我筋疲力竭了，加上想到王郁萍可能不再醒來這個事實，更是讓人萬念俱灰。

護士小姐好心地勸我回去休息，我搖了搖頭。

「看這個樣子，她今天應該不會醒來了。」她說：「我建議你真的先回去休息一個晚上，等明天早上精神好一點再過來。」

我還是搖搖頭。

「你回去休息一下吧。你看你的眼睛已經都是血絲了，將來要照顧她時間還多著呢，別讓自己先累倒了……」

我看了一眼王郁萍躺在病床上安睡的樣子，心想，或許她說得有道理。

我拿著外套離開病房時，看見彭立中仍在走廊上的長椅歪斜地睡著。他顯然比我還要狼狽。我想不透到底是什麼樣的信念支撐著他，讓他可以這樣。我必須承認那時候我的確稍微猶豫了一下，不過我說服自己，那並不是畏懼或者退縮。我只是回去洗個澡，換套衣服，很快就回來了。

＊

一切都太白又太亮了，她不知道自己身在何處、何時。一個穿著白衣服的女孩在她面前走來走去，像是天堂，彷彿又不是。她聽到了有人叫喚她的名字，可是那只是很短的時間，像沒有調準頻道的廣播從遙遠的地方傳送過來，但聲音很快又消失了。她的記憶是閃爍的片段，在沒有重力的狀態裡飄浮著，邏輯和邏輯互不相連，沒有聲音、光影，也沒有任何意義。

她覺得自己一直往後退，直到退無可退，直到退進了一個深不見底的深淵，然後開始往下掉。她一直往下掉，經過了絕對的黑暗，絕對的安靜，一直往下掉，往下掉，直到她感覺不到東西南北，感覺不到上下左右，也感覺不到時間。

彷彿在遙遠的地方有光，她可以感覺到。輕柔得宛如細水般的時光流過。

那是昏迷的第十二天，俞培文剛拿著外套離開病房之後不到五分鐘，王郁萍睜開了眼睛。

6

彭立中睡眼惺忪地從長椅上坐起來。他聽見王郁萍房間有人拉鈴的聲音。一個護士小姐急急忙忙從護理站跑進王郁萍病房。

彭立中直覺想到可能是王郁萍醒了，於是起身往門口方向走。還沒走到門口，護士小姐又匆匆忙忙衝了出來，差點和他撞個正著。

「王郁萍醒了，對不對？」他問。

「她現在還很虛弱，你不要去……」護士小姐說到一半，忽然改口說：「我現在很忙，我有很多事情得聯絡。」說完丟下彭立中一個人，往護理站走。

彭立中慢慢走回長椅上坐著。遠遠地，他可以聽見護士小姐正在護理站打電話，通知主治醫師王郁萍醒過來了。

好運總是在最想不到的時刻來臨。

彭立中連忙拿出手機，打算叫小賈趕快拿相機過來。不過手機才拿出來，還沒撥號，他又放下了。彭立中心想，等到小賈趕到時，俞培文來了，主治醫師來了，所有的人都來了。

他得在他們到來之前，給王郁萍看那張照片，聽聽她的說法。

現在是唯一的機會了。於是他找出那張圖片，站起來走向病房，輕輕地推開了大門。

7

我離開醫院還不到半個小時，護士小姐的電話就打來了。

好消息是王郁萍醒過來了，壞消息是姓彭的記者闖進了病房裡企圖採訪王郁萍。

我大吃一驚，立刻打電話要小邵來醫院跟我會合。等我上氣不接下氣，匆匆忙忙趕到醫院時，小邵已經買了一大束鮮花，站在門口等我了。

「現在情況怎麼樣？」小邵邊走邊問。

「我也不是很清楚。一聽到有記者闖進病房，立刻就衝過來了。」我忐忑地問：「你想他們該不至於從王郁萍那裡問出什麼來吧？」

「不會吧，」小邵抓了抓頭，愈說愈沒有把握，「不過也很難說。」

不知不覺我們兩個人的腳步愈走愈快。老實說，我有點後悔，錯過了她醒過來的這一刻，讓彭立中抓住了這個機會。早知道，我應該不分晝夜地守在那裡的。可是現在說這些也沒有用了。人生很多時候就是這樣，很多事情只是一念之差。

我們搭著電梯到八樓，轉進癌症病房區，一起走到王郁萍病房，就在門口停下來。

「哪，你要的鮮花。」小邵把花束交到我的手裡，「我在這裡照應外面的事，不進去了。」

「你不一起進去？」

「哎呀，她想見你，我幹嘛湊熱鬧？」

我看了看花束，從花束裡挑出了三朵大紅玫瑰花，交到小邵手裡。

「幹嘛？」小邵問。

「紅玫瑰？別再節外生枝了。」

叩，叩，叩。我敲了敲門。沒有回應。我又敲了一遍。仍然沒有回應。於是我推開門，走了進去。

一打開門，我立刻明白為什麼沒有回應的道理。

病房裡正播放著音樂。那是一段男高音，比才在《採珠人》歌劇裡那段〈聖殿深處〉華麗而深沉的詠歎調。她半坐臥在病床上，定定地望著我，我也沉默地望著她。在我們的目光以及音樂之間，形成一種奇怪的氛圍，引導著我走向她。雖然從大門到病床並沒有很遠的距離，可是我有種錯覺，好像我還在走著那天黛芙妮的那條紅毯似的。我就這樣走了好久，終於走到她的面前。

「妳醒了？」我把花交給她。

她拿著花，聞了聞，對我說：「謝謝。」

她把花束交給我，示意我把花插在窗台前的玻璃花瓶裡。我走到窗台前，拿起花瓶到浴室裝水，解開花束，把花朵插好，又擺回窗台前。

「我本來想播〈天空的魚〉，可是千拜託萬拜託，護士小姐臨時只能找到這個，我又怕你不喜歡……」

「這個音樂很好。」我在病床前的沙發椅坐了下來。

「謝謝你。」她忽然說。

「謝我什麼？」

「謝謝你這麼關心我。護士小姐說在我昏迷的期間你常常來看我。」

「別這麼說。」
「我覺得我好像在天堂。」她說完喜孜孜地看著我。
我的感覺剛好相反。
「對了，」我避開了她的眼神，然後說：「護士小姐告訴我，剛剛有幾個記者闖進來煩妳……」
「他們闖進來，拿了那張照片給我看。」
「妳怎麼回答他們？」我問。
「你希望我怎麼回答？」
我沒說話。
「你可不可以幫我把CD關掉？」她忽然說：「我想音樂應該夠了。」
我起身走到病床另一頭，把床頭櫃上的手提音響關掉。現在病房變得很安靜。王郁萍說：
「我剛剛把記者趕走了。」
「為什麼？」
「我還沒有準備好。」她停頓了一會兒，又問：「他們是你的敵人嗎？」
「不完全是吧。」
「他們為什麼要偷拍那些照片？」
「我想，他們的工作，」我小心翼翼地說：「有很大部分的成就感，應該是來自於讓別人出糗吧。」
她想了一下，又問：「那張照片會讓你出糗嗎？」

「事實上他們也問過我，我也曾經告訴他們妳是我的書迷，妳生了重病，妳希望跟我靈魂擁抱，可是他們不相信。」

「為什麼？」

「因為照片看起來好像不只是『靈魂擁抱』。」

「我明白了。」淚水忽然撲簌簌地從王郁萍的眼眶流下來，她語帶哽咽地說：「對不起，真的很對不起，我並不是故意要讓你出糗的。那天在黛芙妮，我不該那樣。對不起。」

我沒說什麼，安靜地聽著她哭了一會兒。

「現在該怎麼辦？」她問。

「我也不知道。」

王郁萍歪著頭想了一下，忽然問：「我們現在可以重新開始一個『靈魂擁抱』嗎？」

「啊？」

「我做錯了很多事……我不知道該怎麼說，可是我希望你可以給我一個機會，我們可以重新開始一個靈魂擁抱，真正的靈魂擁抱。」

「真的靈魂擁抱？」我問：「需要拍照嗎？」

「不用，只要是真正的『靈魂擁抱』就可以了。」

儘管我還是覺得莫名其妙，可是嘴裡仍說：「好啊。」反正也不是什麼壞事。

「現在？」

她沒說什麼，只是張開手，準備迎接我的擁抱。

於是我只好彎下腰去擁抱她。我必須承認我有點心不在焉。這個甦醒過來的王郁萍和我原來認識的王郁萍有不小的落差，我無法評估到底發生了什麼事情。是她發生改變了，或者她又有了什麼新的花樣？我們擁抱了快有一分鐘那麼久吧，直到她放開手，我們分開來。

「你覺得剛剛那個靈魂擁抱，」她看著我，「是真的靈魂擁抱嗎？」

現在我有點明白她的意思了。我必須真的全心全意擁抱，直到我自己都相信為止。於是我問：

「可以再試一次嗎？」

「當然。」她說。

沒有別的選擇了，我只能真心真意地用靈魂擁抱她——如果我還有靈魂的話。於是我伸出雙手，再一次彎下腰，專注、而認真地擁抱著她，就像我們過去從來沒有擁抱過，將來也不會再有機會了一樣。

我不知道過了多久，直到我感覺到她的全身不自主的顫慄，才放開了手。

「妳還好嗎？」我真擔心萬一她又陷入昏迷。

她沒有回答我，緊閉著眼睛。直到過了好一會兒，那陣顫慄慢慢停下來，她才睜開了眼睛。

「妳還好嗎？」我又問了一次。

「謝謝。」

我有點尷尬，不知道該說什麼才好。倒是她，像個才放學的學童似的，興奮地說：

「現在我知道該怎麼辦了。」

「什麼事該怎麼辦？」

「那張照片啊。」她說：「你去通知剛剛的記者，我已經準備好了。明天早上十點鐘，我可以在這裡接受他們的採訪。」

8

那是持續了將近一個小時的採訪。我一言不發地坐在陪病椅子上，看著坐在沙發椅上的彭立中以及小賈對王郁萍自由提問。

王郁萍大部分的回答沒有太多意外。大部分的問題他們都問過我，或者問過王郁馨了。而王郁萍的答案，基本上也不超出我們曾經有過的回答。

我感覺得到彭立中變得愈來愈不耐煩了。為了這個採訪——或者說是這個與我對決的機會，他已經等待了十三天。可是到目前為止，他能得到的答案和十三天前沒有什麼兩樣。最後的對決比想像中的還要安靜。他不斷地發問著各種問題，而王郁萍也用一種虛弱的聲音，平鋪直敘地回答。彭立中看起來像是迷宮裡的老鼠，試試這裡，又試試那裡，可是我很清楚，這個迷宮並沒有出口。我甚至不用開口，就差不多已經可以預知這場對決的結果了。

讓人覺得驚險的問題並不多，最後他問王郁萍：

「妳曾經闖入俞培文家？」

「不能算闖入吧？」王郁萍說：「我按了電鈴，是他親自給我開門的。」

「可是根據報案的鄰居表示，他聽到你們爭執的聲音，然後還聽到玻璃破碎的聲音？是真的嗎？」

「真的。」

「你們在爭執什麼？」

「我向俞先生提議一件事情，他說要考慮考慮，我很生氣，你們知道我生病了之後脾氣變得很差，」王郁萍停了一下，「最後我不小心弄破了他的玻璃。不久警察就來了。」

「既然你們已經不歡而散了，為什麼還要約定三天後在黛芙妮見面呢？」

「因為他說要考慮三天。」

「可是妳姊姊說俞先生是受了他們的請託，才答應和妳再見面，完成妳最後的心願。」

「那是我最後的心願沒錯。」

「妳最後的心願是什麼？」

「10592個靈魂擁抱。」

「10592個靈魂擁抱？」

「對，從我開始，他要跟10592個人靈魂擁抱。」

「為什麼是10592個人？」

「我曾經做過一個夢，夢見我會在二十九歲生日那天死去，如果這個夢沒錯的話，我一共活了10592天。我要他和我靈魂擁抱，然後再去擁抱其他10591個人。只要我們真心擁抱，我們的靈魂彼此結合，我就會繼續在所有人的身上活著。我曾經活過的10592天是有限的，可是我的每一天幻化成一個靈魂，當我們擁抱時，10592個靈魂代表的卻是超越我的生命，更豐富、更無限、更永恆的存在。」

彭立中開始搖著頭。他拿出那張照片，不以為然地問：

「如果事情真像妳說的那樣的話，這張照片妳怎麼解釋？」

王郁萍看著那張照片半天，才抬起頭來。

「當他終於答應我願意和10592個人靈魂擁抱時，我忘情地吻了他。」

老實說，王郁萍的回答讓我感到意外。可是我相信彭立中一定比我還要更覺得意外。他憤怒地從沙發上站起來，把相片丟在地上——像個輸了網球賽、在球場上摔拍子的球員似的，開始對著王郁萍暴躁地大嚷：

「妳說謊，妳在說謊！妳根本就是在說謊。」

儘管王郁萍病懨懨地躺在病床上，可是她仍然維持著優雅的氣勢，似乎一點也不受到彭立中的影響。

「我說的都是真的，」她慢條斯理地轉過頭來，對我說：「俞先生，你告訴他，我說的都是真的。」

那是整個採訪從頭到尾我僅有的一次發言。我聽見自己的聲音對著彭立中說：

「她說的都是真的。」

9

彭立中被小賈拉到病房外時，還在破口大罵個不停。

「不要這樣，彭哥，」小賈說：「她只是個來日無多的癌症病人。」

「可是她明明在說謊，說出來的全部都是謊言……」

「彭哥，你是記者，不是檢察官，她已經接受你採訪了。」

「怎麼？」彭立中愣了一下，忽然問：「連你也不相信我。」

小賈不說話。

「連你也不相信我了嗎？事實明擺在眼前，不可能是她講的那樣！如果是那樣，為什麼會有黑衣人出現？為什麼還會有背後的指使者？為什麼……」

「彭哥，我曾經問過你，這件事情什麼時候你願意讓它結束，你說等你採訪過王郁萍之後。現在王郁萍醒了，你也採訪過她了。儘管答案和你預期的不一樣，不過我想這個採訪是該結束了。」

「為什麼連你也……」彭立中氣得用力搥打牆壁。

「彭哥，你聽我說。我昨天打電話回電視公司給老同事，你的事我全都知道了……我明白你現在的處境和心情，可是彭哥，你聽我一句勸，饒了別人，也饒了你自己吧，宋菁穎這件事你真的做得過火了。」

彭立中抓著小賈的衣領，瘋狂地大嚷著：

「為什麼你們都不相信我？為什麼？」

小賈沒有抵抗，任彭立中不斷地搖晃他，直到彭立中停下來。

「當初你請我來幫忙兩個禮拜，現在時間差不多也到了。」他從口袋拿出那張支票還給彭立中，「以你目前的情況，這個錢我收不下去。拜託你好好想想我的話吧。該勸的我也勸了，該幫的忙我也幫了。我想，我得回報社發稿去了。」

小賈說完轉身要走，被彭立中叫住。他說：

「小賈，你把相機的記憶體交出來，這條新聞不准發。」

「為什麼？」

「俞培文根本不是王郁萍說的那種好人。」

「那只是你個人的看法，不是嗎？」

彭立中一個箭步過來要搶小賈的相機，兩個人抓著相機，糾纏在一起，一陣拉扯。好不容易小賈掙脫了彭立中，緊抓著相機，後退兩步。

「我寫我看到的，有什麼不對？」他上氣不接下氣地問。

「像你這麼一個微不足道的八卦記者，給我任何一個理由，」彭立中也氣喘吁吁地說：「為什麼非得報導這則好人好事不可？」

「八卦記者並沒有什麼微不足道，」小賈冷冷地笑了笑，「如果這個世界上有任何理由，讓我不敢報導我親眼看到、親耳聽到的事，那我才變成了真正的微不足道。」

小賈說完頭也不回地走了。

第二十章

你曾經迷戀過一個人嗎？迷戀到沒有他不行，
迷戀到在乎他更甚於在乎你自己，
迷戀到只要對方願意有所回報，
哪怕只是一點點微不足道的回報，
你都準備為他付出一切？

王郁萍：當他答應和10592人靈魂擁抱時，我忘情地吻了他

作家俞培文成全癌末病患心願　今起展開靈魂擁抱活動

【記者賈立德、韓國明／台北報導】

甫出版暢銷書《靈魂的擁抱》的作者俞培文先生，為了幫助他的書迷同時也是末期肺癌病患王郁萍完成最後的心願，決定從今日起，每日從上午九時到下午五時止，於聯合醫院大廳展開和10592人「靈魂擁抱」的活動。

「靈魂擁抱」的概念來自俞培文新書的一篇文章。這篇文章裡面描寫了一個和父親缺乏溝通的孩子在父親生病之後發現父親對他的愛，並且在父親過世之後擁抱父親的屍體撫屍痛哭的情境與悲慟。作者在〈靈魂的擁抱〉結論中疾聲呼籲：「愛從一個感動開始，經由一個微笑渲染開來，最後在一個擁抱裡完成。只要我們放下內在的偏見和冷漠，勇敢地打開心靈的門扉，你會發現，生命並不像我們想像的那麼不堪。這個世界缺乏的，很可能只是一個真誠的擁抱——身體對身體，靈魂對靈魂的擁抱。」

二十九歲身患肺癌的王郁萍看到這篇文章之後大受感動，鼓起勇氣去參加俞培文的新書發表。她第一次見到俞培文就以書迷兼末期癌症患者的身分，首度對俞培文提出以行動落實這個理念的建議。俞培文表示：「我本來也有幾分猶豫，可是她讓我看到在生命的有限裡，無限的可能性。特別

在她陷入昏迷之後，我很後悔，我覺得寫了〈靈魂的擁抱〉這篇作品的我，欠了她，也欠了所有的書迷一個靈魂擁抱。感謝老天她終於甦醒了，讓我能夠真的開始去做。」

俞培文認為，我們都活在一個太在乎物質，又彼此太過於冷漠的世界了。他希望藉由這個擁抱的活動，大家都能夠站出來表達自己對生命的熱愛，為了自己的靈魂，為了更美好的世界，展開實際的實踐行動。靈魂擁抱活動是俞培文第一個實踐行動的開始。他希望以王郁萍的生命為種子，把這個想法傳遞出去。藉由每一個參與擁抱的人，立下為別人做一件好事的心願，擴散更多的靈魂擁抱，開展更美好的世界。

10592人來自王郁萍二十九歲的年紀，她表示：「只要我們真心擁抱，我們的靈魂彼此結合，我就會繼續在所有人的身上活著。我曾經活過的10592天是有限的，可是我的每一天幻化成一個靈魂，當我們擁抱時，10592個靈魂所代表的卻是超越我的生命，更豐富、更無限、更永恆的存在。」

這項活動，將由王郁萍與俞培文的第一個擁抱開始，並且歡迎所有理念認同的靈魂到聯合醫院大廳參與，直到完成10592個擁抱為止。

靈魂的擁抱 再度炒紅俞培文

政客主播粉絲名流愛擁抱　作家身陷風暴以行動化解爭議

【記者賈立德、韓國明／綜合整理報導】

俞培文的新書《靈魂的擁抱》出版至今一個多月，儘管話題、風波不斷，但聲勢不但不墜，還長踞各大連鎖書店暢銷排行榜第一名，屹立不搖。這在近幾年來外國文學熱賣，本土文學不振的情況之下，實在是一個很特別的異數。

根據出版業界人士指出，以《逾期的愛情》、《天空的魚》走紅文壇的作家俞培文，儘管知名度高，但受到國內書籍銷售不景氣的影響，這幾年銷售量並不如從前。因此俞培文這次的新書，首度跳脫小說、散文的純文學傳統，改走勵志小品文路線。令人注目的是，一反過去低調的習慣，在《靈魂的擁抱》新書出版前，俞培文公開在電視新聞指責暢銷作家「開膛手」的作品是沒有意義的垃圾，雙方並且在平面媒體展開筆仗。無獨有偶，總統在接見反對黨領袖時，引用了〈靈魂的擁抱〉文章的片段，更是推波助瀾，在這本書一出版時，就把這篇文章推上了眾所注目的焦點。

不但如此，在VTV主播宋菁穎小姐控告同台新聞記者彭立中性騷擾的事件中，攝影記者意外拍攝到俞培文和宋菁穎之間「親密」的照片，日前俞培文也以作家與書迷之間的「靈魂擁抱」說明照片裡面的擁抱，並且鄭重否認他和宋菁穎有任何的戀情。

因此，對於這次俞培文為癌末病人圓夢所舉辦的「靈魂擁抱10592人」活動，評價不一。有人認為俞培文的作品缺乏文學性，刻意的操作又嫌炒作過頭。大遠集團汪總裁則表示：「〈靈魂的擁抱〉能夠跳脫文學的範疇，落實到實踐的層次，這是完全不一樣的意義。文學作品能夠創造出這樣的力量，當然比單純的純文學作品更教人佩服。」汪總裁將於今日響應並親自出席俞培文的「靈魂擁抱」活動，並且和俞培文「靈魂擁抱」。

據悉，汪總裁息影多年的夫人尹麗華也將破例出席並且響應這次的擁抱活動。

1

那是頭版頭條新聞。標題下方是王郁萍擁抱著俞培文，並且吻他的斗大照片。更旁邊稍小的照片是記者會時俞培文和宋菁穎擁抱的照片，以及王郁萍躺在病床上接受訪問的樣子。《台北日報》副刊編輯范娟放下報紙，第一個感覺就是這件事情應該不是報紙報導的那樣。

首先，王郁萍應該是俞培文的助理。她不可能是俞培文的粉絲，如果只是粉絲，俞培文的稿件〈高貴的靈魂〉，怎麼會從俞培文辦公室傳送出來呢？再者，如果王郁萍真的只是俞培文的粉絲，根據新聞報導，他們應該在去年十二月新書發表之後才見過第一次面。但范娟明明去年五月份時就讀過了以「王郁萍」為名投稿來的〈靈魂的擁抱〉──那應該是俞培文的作品沒錯吧？如果王郁萍不是俞培文的助理，怎麼可能在那麼早之前，就拿到了文章，還試圖用自己的名字發表呢？

范娟記得很清楚，上個月她還曾發傳真問過王郁萍是不是曾經用自己的名字投來〈靈魂的擁抱〉稿子，那時候王郁萍不回覆，她就覺得這件事奇怪了。現在這份報導更是證實了她的想法。

總之，事實絕對不是新聞報導的那一回事。

一個無名的助理偷了老闆的稿件，用自己的名字發表，范娟很有理由說服自己不要好管閒事。但如果是俞培文利用自己助理，謊稱是為了成全粉絲的心願進行「靈魂擁抱」，並且炒作自己的新書，那就是另一回事了。一種莫名的正義感慫恿范娟一定要打電話給報導這篇文章的記者。

她很快透過報社裡的同事打聽到賈立德的電話，並且聯絡上了賈立德。不知道為什麼，范娟跟賈立德說了〈高貴的靈魂〉，又說了〈靈魂的擁抱〉的事之後，他竟一反常態地對她的爆料興趣缺缺，不斷地說：

「謝謝妳的消息，但是這篇報導到此為止，我不想再追了，謝謝。」

「可是事實不可能是你報導的那樣……」

范娟不斷地推理、分析給賈立德聽，可是賈立德仍然推三阻四地，最後范娟生氣了，對著電話大吼：

「為什麼我說的明明是事實，你卻置之不理，你到底拿了俞培文什麼好處？」

「我沒有拿誰什麼好處，一毛錢的好處都沒有，」賈立德也大吼：「我就是不想再管了，好嗎？」

「你不能不管，因為你報導的消息不對。」

雙方安靜了一會兒，

「妳去找彭立中吧，他可能對妳說的會有興趣。」賈立德慢慢地唸彭立中的電話，好讓范娟仔細抄下。唸完之後，他說：「就這樣，對我而言，這件事到此為止了。祝你們挖出大新聞。」

掛斷電話之後，范娟不抱什麼希望地又打了個電話給彭立中。彭立中的聲音在電話中聽起來很冷淡。

「是你的朋友賈立德給我你的電話，他說你可能會對我要說的事情有興趣。」

「可是我現在已經不是記者了。」

「不是記者了？」范娟想了一下問：「所以，你還希望我說嗎？」

彭立中也想了一下。「妳想不想說呢？」

「這樣吧，」范娟說：「我只占用你三分鐘的時間，如果你沒有興趣，隨時可以打斷。」

於是范娟開始說。她先說〈高貴的靈魂〉從王郁萍那裡傳真過來的事，接著又說了〈靈魂的擁抱〉曾經在五月份被王郁萍用自己的名字投稿的事，話才說到一半，就被彭立中打斷了。

「范小姐，妳不介意我們見個面吧？」彭立中說：「這件事情我太有興趣了。」

2

九點鐘，王郁萍和俞培文在聯合醫院大廳展開了第一個擁抱。王郁萍戴著假髮，臉上略施薄妝，刻意換上了那天在黛芙妮穿的夢幻公主裝，坐在由王郁馨推著的輪椅上。本來是俞培文準備彎下腰去和她擁抱的，但她堅持要站起來，於是只好由王郁馨和另外一個護士小姐攙扶著她站起來，把她送到俞培文的懷抱裡。

在他們的身後有一個活動的看板，看板上面是可以翻動的五組號碼牌，顯示著第00001個擁抱。當王郁萍和俞培文抱在一起的時候，鎂光燈閃閃爍爍，現場所有的人都在拍手。由於王郁萍是那麼虛弱，因此第一個靈魂擁抱看起來不像兩個人互相擁抱，反而比較接近是俞培文抱著一個垂危的病人。可是愈是那樣，愈讓畫面有了更生動的感覺。

那個擁抱持續了很久。現場至少吸引了四家電子媒體，還有將近六、七家的平面媒體記者，以及攝影記者。當擁抱結束時，王郁萍坐回輪椅上，大家搶著把麥克風擠到她的面前，然而王郁萍只是一直哭，一直哭，什麼話都沒有說。

參加現場活動的，還有汪總裁、汪總裁夫人尹麗華、聯合醫院馬院長、腫瘤科王主任、楊護理長、主治醫師洪醫師、其他醫護人員、病人，以及參加活動的民眾。看板的號碼牌翻到第00002個擁抱時，馬院長和汪總裁不停地謙讓。他們兩個人推來推去，最後有記者建議不如讓尹麗華來擔任第二位「靈魂擁抱」者，大家都拍手。結果尹麗華變成了第二個「靈魂擁抱」的參與者。鎂光燈一樣閃個不停，風頭之健，不下於王郁萍。在尹麗華之後是馬院長，然後是汪總裁、王主任、洪醫師、楊護理長……

記者採訪了尹麗華，也採訪了馬院長、汪總裁，還採訪了王郁萍的主治醫師洪醫師。王郁萍一直沒有說話，俞培文則是忙著和排成一長隊的人擁抱，根本沒有時間接受訪問。他們還採訪了現場的民眾，以及一個排隊參加擁抱的腫瘤病房護士。她對著鏡頭說：

「〈靈魂的擁抱〉那篇文章裡的故事，那個得了癌症的老先生是我照顧的，俞培文寫的故事都是真的。」

拍夠了鏡頭之後，VTV的記者和攝影記者匆匆忙忙收拾了攝影機，準備回電視公司剪輯這則新聞。當他們的採訪車開進到公司地下室時，記者忽然想到也許他可以再去問問宋菁穎會不會參加這次的「靈魂擁抱」。

下午一點半時，他們在座位上找到了宋菁穎。

宋菁穎欣然同意接受採訪，她的心情看起來不錯。她記得彭立中和她打賭過，如果他找不到俞培文什麼把柄，他就輸了。

於是攝影師打開了攝影機。

「請問妳會參加俞培文這次的10592個靈魂擁抱活動嗎？」

宋菁穎說：「當然會。」

她相信彭立中會看到。就某個角度來說，她覺得這個宣誓，以及這番話也是為了說給彭立中聽的。

「為什麼？」記者問。

「因為我相信人和人之間存在單純而真誠的『靈魂擁抱』。」宋菁穎用一種嚴厲的眼神逼視攝影機鏡頭，彷彿彭立中就在鏡頭裡似的。她還興致勃勃地說了很多別的意見，採訪她的新聞記者很禮貌地讓攝影機繼續轉了一會兒，不過他心裡想著，他要的畫面應該已經足夠了。

3

彭立中和范娟約定在報社附近的咖啡店見面。范娟帶了王郁萍以及俞培文最近傳來報社的所有稿件，以及退稿登錄簿的影印本。沒有太多寒暄，也沒有太多客套，兩個人很快就進入了主題，並且確定了幾件事情。

首先，**王郁萍不是俞培文的助理。**

彭立中詳細讀過王郁萍的網誌。除非那些文章全是造假，否則王郁萍描述到俞培文的口氣，完全是粉絲的口氣。他打開手提電腦，接上無線網路之後，連結上了王郁萍的部落格。部落格記載了兩次他們單獨會面的紀錄，分別是在簽書會之後，及在她闖入俞培文家之前。彭立中還指出第三次他們單獨的會面在黛芙妮。不過由於那天稍晚王郁萍就昏倒了，因此網誌上並沒有紀錄。

「總之，從網誌的紀錄裡，妳絕對讀得出來，不管是他們見面的頻率，或者見面時的心情，王郁萍絕對不可能是俞培文的助理。」

「可是，如果不是助理，你看看這個，」范娟把退稿登錄簿的影本交給彭立中：「她怎麼可能在去年五月份就拿到〈靈魂的擁抱〉的原稿，並且投到報社來呢？」

「妳確定是和俞培文書上的〈靈魂的擁抱〉一模一樣的稿子？」

范娟點點頭。「那是我親自審閱，並且把它退了回去的稿子。」

彭立中接過那份登錄簿影印，一眼就看到登記在上面是王郁萍，以及熟悉的住址。

「這的確是從王郁萍的住處寄出來的東西，」彭立中撫著下巴，「可是王郁萍如果只是粉絲，怎麼可能在書籍出版七個月之前，就擁有俞培文的手稿，並且用她自己的名字投稿呢？」

「如果他們是粉絲與偶像的話……」范娟說：「這表示這對粉絲與偶像之間的關係比我們想像的還要親密。」

「妳手上有王郁萍那份退稿的原稿嗎？」

「已經被王郁萍領回去了。」

彭立中把目光轉向掛在咖啡店牆壁上的油畫。閃過他腦海的是晚年的畢卡索曾經以年輕的女人為模特兒，畫了許多油畫，後來又隨手把那些油畫送給那些女人當禮物，讓她們發了一筆財。

「如果他們的關係比我們想像的還要親密這個推論成立的話，〈靈魂的擁抱〉有沒有可能類似禮物的概念……嗯，怎麼形容呢？就像畫家把畫當成禮物送給模特兒一樣……」

「你是說，〈靈魂的擁抱〉是俞培文送給王郁萍的禮物？」

「對，只有這樣，王郁萍才可能用自己的署名投稿到報社。」

「既然是禮物，」范娟不解地問：「後來這篇文章為什麼又變成了俞培文的名字，還被收錄進俞培文的新書裡呢？」

「妳不是把它退回去了嗎？」彭立中說：「可見〈靈魂的擁抱〉用王郁萍的名字刊不出來，所以才會變成俞培文……」

「啊，」范娟大叫一聲說：「我想起來了，〈高貴的靈魂〉傳來那天，俞培文和開膛手在打筆仗，他應該傳來和開膛手筆仗的稿子，可是〈高貴的靈魂〉卻從王郁萍那裡的傳真機傳過來了。顯然俞培文不願意看到〈高貴的靈魂〉刊登，他要求我們先把〈高貴的靈魂〉傳回去，才肯把他的新稿傳過來。」

「俞培文要求稿子退回的理由是什麼？」

「他說那篇文章他不滿意，還得修改。但奇怪的是，隔天俞培文急急忙忙把稿子又傳過來，千拜託萬拜託我們主編，馬上要見報。你能相信嗎？他一個字也沒改，可見原來那個理由根本不成立，更誇張的是，不久之後又有一篇〈靈魂的深處〉，也是一模一樣的情形，要求立刻見報，急如星火……」

「看來俞培文送的禮物還不只〈靈魂的擁抱〉一篇，」彭立中說：「顯然是王郁萍處心積慮要發表這些作品，可是為了某些我不明白的理由，俞培文並不樂意看到這些作品被發表，但王郁萍強迫他……」

范娟不知想到什麼，忽然拿出〈高貴的靈魂〉的稿件影印本，和電腦上的網誌比對。她說：「你知道嗎，俞培文希望〈高貴的靈魂〉立刻見報，因為見報那天正好是他和王郁萍見面的日子。」

「妳說之後還有一篇？」

「〈靈魂的深處〉。」

他們比對了一下〈靈魂的深處〉刊登的日期，果然也正好是俞培文和王郁萍在黛芙妮見面的那一天。

「我想你說得沒錯，」范娟說：「每次俞培文要求要刊登作品的時間正好就是他們見面的時間，可見俞培文並不想發表這些作品，但王郁萍一定要看到這些作品被發表出來。」

「我不明白，既然是俞培文自己的作品，為什麼他不肯發表？」

「這很簡單，」范娟說：「因為這些作品寫得並不好。」

「〈靈魂的擁抱〉很暢銷，不是嗎？」

「你應該知道作品暢銷和作品好不好完全是兩回事吧？俞培文的『靈魂』系列作品，稍有一點程度的人一看就知道寫得並不好。我相信他一定只是信手塗鴉，寫了這些東西，隨手就送給王郁萍當禮物，也許為了哄她，或討她歡心，總之，他覺得那些作品不好，無論如何都不願意讓王郁萍發表出來……」

「難怪，」彭立中恍然大悟地說：「在〈靈魂的深處〉刊登出來的三天前，王郁萍還曾闖進俞培文住處，砸破了他住處的玻璃，還是鄰居聽到爭吵的聲音去報警找來警察。根據現場的員警表示，王郁萍給了他一張餐廳的名片，要求他三天後在那裡見面，我想見面的目的無非就是為了刊登〈靈魂的深處〉……可是我想不通，不刊登那些作品，為什麼會惹她那麼生氣呢？」

「我想一個女人如果和男人沒有名分，她就會拚命地想抓住一些東西來證明他們之間曾經存在過情感。或許〈靈魂的擁抱〉這一系列的作品在精神上有這樣的意義吧，特別是王郁萍已經是末期癌症的病人，公開這些作品說不定變成了她的人生最期盼，也是最有意義的一件事情。而俞培文不想刊登這些作品，除了覺得作品不好外，在王郁萍看起來，不免讓她懷疑某種程度上他想擺脫她，這當然會讓她恐懼，或者發狂……」

「所以〈靈魂的擁抱〉是專屬於王郁萍的……我現在明白了。」彭立中恍然大悟地說：「妳知道那天為什麼王郁萍會那麼生氣地去俞培文家，並且砸破玻璃嗎？因為在王郁萍闖入俞培文家之前不久，俞培文曾 call in 進電視《麻辣開講》，並聲稱照片上他和宋菁穎的擁抱是『靈魂擁抱』。我相信王郁萍一定看到了。這犯了一個很大的禁忌，那就是：**靈魂擁抱只能屬於王郁萍，可是俞培文卻用在宋菁穎身上**。我相信王郁萍因此生氣了，才會跑到俞培文家裡去大吵大鬧。」

「我完全同意你的說法。」

「可是，」彭立中又問：「她憑什麼讓俞培文乖乖聽她的話，並且予取予求？」

「一定是他們之間親密關係的證據吧？是照片、情書，或者別的什麼我不知道，總之，證據一定還在她的手裡，而俞培文不想讓那些證據被公開出來。」

這個說法解開了彭立中長久的疑惑。那些證據應該就藏在王郁萍住處。這也是為什麼那個晚上彭立中跑去王郁萍住處敲門，莫名其妙挨揍的理由。如果在他挨揍之後沒多久救護車就來了，倒推一下當時的時間，不難想像，當他在王郁萍門外敲門時，王郁萍其實已經昏倒了。而俞培文的人馬正在屋子裡面大肆搜索，試圖找回所謂的證據吧？彭立中掉進自己的思緒裡好一會兒，直到他聽見范娟喊他。

「什麼事？」他問。

「我想我能告訴你的大概就是這些了。」

彭立中謝謝她，並且和她一起作了幾個結論：

一、靈魂擁抱是個假活動。

二、王郁萍和俞培文關係非比尋常，遠超出粉絲和作家的正常關係。

三、王郁萍手上握有某種證據，是俞培文不樂見大眾知道的。這些論據足以讓俞培文對王郁萍屈服。

「我想應該就是這樣了，」范娟把名片遞了過去，並且把手上的資料都給彭立中。她說：「如果你沒有問題的話，我得趕去報社上班了。還有什麼問題的話歡迎隨時聯絡，後續的事情就交給你了……」

「最後一個問題，妳覺得接下來應該怎麼進行比較好？」

范娟的回答和彭立中想的差不多。「不管那些證據現在落在哪裡，把它們找出來吧。」

4

彭立中直覺俞培文一定沒有找到那些證據，否則，他不可能在王郁萍昏迷的期間不斷地來醫院探望她。但是，這些證據現在會在哪裡呢？在王郁萍手裡嗎？如果在王郁萍手裡，俞培文怎麼可能沒找出來？如果不在王郁萍手裡，她又會把它藏在哪裡呢？

無論如何，彭立中的希望只剩下王郁萍了。范娟的新證據讓他對這整件事有了完全不一樣的看法。解鈴還需繫鈴人，他很明白，他必須回醫院再一次面對王郁萍，唯有拆穿王郁萍的謊言，突破王郁萍的心防，這整件事才有扭轉的可能。

彭立中趕回病房，向王郁萍提出再一次採訪的請求，她並沒有拒絕。為了避免夜長夢多，彭立中當場就在病床旁坐下來，開始這次的訪問。

「妳曾經在去年五月，用妳自己的名字，投過一篇〈靈魂的擁抱〉的作品給《台北日報》，對不對？這是《台北日報》收發處的紀錄。」彭立中把范娟給他的紀錄交給躺在病床上的王郁萍，「〈靈魂的擁抱〉應該是俞培文的作品吧？可是那時候他根本還沒有發表過這篇作品，妳是一個粉絲，怎麼會有他這篇作品呢？」

王郁萍接過那張紀錄，只是看著，一句話也沒有說。

彭立中看著王郁萍，可是她只是動也不動地凝視著那張紀錄。

「王小姐，」彭立中又問了一次，「妳在去年五月時怎麼會有俞培文先生的〈靈魂的擁抱〉呢？」

王郁萍收斂起目光，慢慢地轉過頭來。

「我只能回答你一次。」她面無表情地說：「你知道，我病得很嚴重。」

「所以，妳的答案是……」

「我病得很嚴重，因為肺部的癌細胞跑到腦袋去了，所以現在我的腦袋裡面有很多壞東西。」

「所以呢？」

「你說的事我全都不記得了。」

「王小姐，」彭立中說：「妳不可能不記得，這上面是妳的名字，妳的地址，退稿簽收的地方也是妳的簽名。」

「對不起，我病得很嚴重，只能回答你一次。」

彭立中又氣又無奈地看著王郁萍。

「那我請問，為什麼兩個多禮拜前，妳闖進俞培文家大吼大鬧，還敲碎他家的玻璃？」彭立中又問：「為什麼三天之後，妳和俞培文又開開心心地在黛芙妮餐廳擁抱？這期間發生了什麼事情？」

「沒有發生什麼事情。」

彭立中又拿出〈靈魂的深處〉的剪報，交給王郁萍。「是因為這篇文章刊出來了嗎？」

王郁萍看著那篇文章，變得很激動。看得出來她在壓抑。她用一種平靜的聲音說：「不是。」

儘管如此，她說完之後，眼淚還是流了出來。

「你們之間的關係比大家想像的還要親密對不對？妳明明希望全世界都知道你們的關係的，不是嗎？」彭立中說：「只要妳願意告訴我啊，我就可以讓所有的人都知道你們之間到底發生了什麼事。難道這不是妳希望的嗎？」

王郁萍翻身去找床頭櫃上的衛生紙，彭立中趕忙抽出幾張遞給她。王郁萍接過衛生紙，擦了擦眼淚，又用另一張衛生紙擤了擤鼻涕。

「彭先生，你是一個用心追求真理的記者，我很感動。可是你知道嗎？」她說：「很多時候，真理並沒有那麼重要。」

「那什麼是重要的呢？」

「彭先生，」她說：「你曾經迷戀過一個人嗎？」

「迷戀？」

「迷戀到沒有他不行，迷戀到在乎他更甚於在乎你自己，迷戀到只要對方願意有所回報，哪怕只是一點點微不足道的回報，你都準備為他付出一切？」

彭立中想了想。「算是有類似的經驗吧。」

「你覺得我還能活多久呢？」

「我不知道。」

「老實說，我也不知道自己還能活多久。可是為了這麼一點點回報，你覺得有什麼東西是我不能捨棄的呢？」王郁萍對彭立中露出了淺淺的笑容。

「所以呢？」

「生命實在太孤獨了，所以很多東西都比真理還要重要。」她說：「愛比真理重要，快樂比真理重要，擁抱也比真理重要。」

這讓他想起了宋菁穎，也讓他驚覺到他們是同類。正因為他們是同類，他太明白她在說什麼了。彭立中知道他大概無法再從這個女人身上套出什麼了。何況王郁萍才得到了俞培文的關注與在眾人之前的「靈魂擁抱」——專屬於她，無法被奪走的「靈魂擁抱」。她這一生的最高潮，才正要開始，不是嗎？一股悲傷突然湧上他的心頭。就在眼前這個女人費盡心機地得到了她想要的一切時，他卻徹底地失去了。彭立中想起他甚至願意捨棄更多，哪怕只是為了得到宋菁穎一點點更微不足道的回報。

混合著一點恨意、一點嫉妒、一點點同情，那些甚至他自己也無法釐清的情緒，輕輕地爆炸開來，最初只是一朵蕈狀雲，漸漸核彈似的連鎖反應，以更巨大、更毀滅性的氣勢擴散開來，山崩地裂地撼動一切。彭立中甚至沒有預期，也無法評估它的殺傷力。雨夜宋菁穎用手機砸破他的汽車玻璃時沒有那麼痛，電視公司請他離職時沒那麼痛，甚至黑衣人揍他，小賈離開他時，當是非黑白一切都顛倒了時，也沒有那麼痛……

不斷升高的痛楚讓他簡直要窒息。

「你還有什麼問題嗎？」王郁萍問。

他覺得害怕極了。那聲音聽起來像是來自冥界的幽魂，從地獄深處對他發出的質問。

「沒有了。」彭立中想，他得在這一切醞釀到不可收拾之前離開這裡。

5

彭立中喝掉了半瓶威士忌之後，晚間新聞開始了。

「歡迎大家來關心今天的國內外大事，我是宋菁穎。」

螢幕裡，宋菁穎仍然如同以往一樣微笑地播報著新聞。可是甚至連宋菁穎也沒有辦法安撫他了。一切的努力都是徒勞。在他們之間，不再有想望，不再有未來。除了慾望之外，似乎什麼都不剩了。

如果只剩下了慾望的話……

當那個想法浮上腦海時，彭立中輕輕地笑了起來。宋菁穎的聲音應該很適合叫床的吧？他過去從來沒有做過這樣的事。可是他沒有別的選擇了。當正義、理念，以及美好的想像都棄他而去時，只剩下了慾望還忠實地伴隨著他。**他能有什麼選擇呢？現在什麼都不剩了，他只是個徹底絕望的人。**這樣想時，他的體內彷彿有股還沒死掉的什麼，呼應著慾望的呼喚，漸漸飽脹了起來。**是的，慾望。**彭立中微笑地放下酒杯，從褲襠裡掏出自己的陽具，並且在電視機螢幕前開始手淫。他微微地笑著，搓動著自己的陽具。

他想像宋菁穎赤裸著全身，與他在床上翻雲覆雨。他想像著自己，舔吻宋菁穎的乳房、腋下，沿著她美麗的曲線一路往下舔吻她的細腰、腹部、肚臍，他們流汗，喘息，他想像她款擺腰肢，隨著他吻她的每一吋肌膚時，發出不自主的收縮和顫動……

螢幕上傳來播報的聲音變成了她的嬌嗔和微微的喘息。立法院再度上演全武行，火車對撞五死十七傷，平民火攻總統官邸，男人不願分手怒捅女友二十刀，牧師涉嫌性侵女信徒……災難如夢幻泡影，如露又如電，一切都讓他亢奮。不再有任何罣礙，也不再有任何恐懼了，當一切到最後都變成絕望時，只剩下慾望還在輕輕地呼喚。

他想像著宋菁穎的雙腿微張，他舔吻她柔軟的小腹，腹股溝，然後是她的大腿，大腿外側，她微翹的臀部……

他搓動自己陽具，傻氣地笑著。他的血脈僨張，情慾高漲。

螢幕上是「靈魂擁抱」的現場。俞培文和王郁萍擁抱的畫面。彭立中想像著，他舔吻著她那白皙而有彈性的臀部，往內側移動。他繼續搓動。畫面是俞培文和尹麗華擁抱的畫面。**不行**。彭立中專心地想像，他舔吻宋菁穎的臀部。畫面是俞培文和汪總裁的擁抱。**不行，不行**。彭立中想像著。他在新聞ＳＯＴ畫面中認出了幾個「靈魂擁抱」的工作人員就是上次揍他的黑衣人。**不行，不行，不行**。他搓動著。尹麗華說話。汪總裁說話。洪醫師說話。最後是宋菁穎。

「請問妳會參加俞培文這次的10592個靈魂擁抱活動嗎？」記者問。

「當然會。」宋菁穎回答。

「為什麼？」記者問。

「因為我相信人和人之間存在單純而真誠的『靈魂擁抱』。」

彭立中大罵：「不行，妳不可以去。」他停下了搓動，注意到自己血脈僨張的內在，開始有些什麼漸漸枯萎了下來。

不行，不行，不行，不行。他想著。

畫面跳回主播台，仍然是宋菁穎。她對著觀眾嫣然一笑，然後說：

「在這個人與人變得愈來愈冷漠的社會，我個人覺得這個活動很有意義。如果觀眾朋友也有相同的感覺，歡迎你也和我一起到聯合醫院的大廳共襄盛舉喔。」

「不行，妳不可以去！」彭立中又大罵了一聲。

他的下體疲軟得已經沒有辦法搓動，甚至連握住也不行了。新聞播報著，仍然是宋菁穎甜甜的笑。可是一陣空虛感卻緊緊地攫住彭立中。忽然間，他明白他真的什麼都不剩了，連慾望都背過臉，離他而去。

「不行。」他發現自己的聲音變得哽咽，就這樣號啕大哭了起來。淒厲的聲音活生生撕裂了空間中什麼似地，讓天地之間產生了裂縫，不斷地向四面八方展開。彭立中掉進了那道裂縫裡，不停地下墜。他從無止境的深淵裡發出絕望的哭號。深淵是無盡的，可是哭號裡的絕望卻比無盡的深淵還要深。

連慾望都沒有的絕望，比徹底的絕望還要徹底的絕望。他不甘心。他想。他得讓她知道。他拿出手機發簡訊。

不行，妳不可以去。

發出簡訊之後，他哭得更厲害了。他不明白自己到底怎麼回事，也不想明白。他不甘心。他想，他得讓她知道。於是他繼續發訊息。

不行，妳不可以去。

不行，妳不可以去。

不行，妳不可以去。

不行，妳不可以去。

不行，妳不可以去。

他仍然哭著。發了簡訊之後，他更不甘心。他想，他得讓她知道。於是他繼續又發訊息。

不行，妳不可以去。

不行，妳不可以去。

不行，妳不可以去。

不行，妳不可以去。

不行，妳不可以去。

……………………

他一點也不知道為什麼他會這樣不停地重複著同樣的動作，彷彿只要簡訊發得夠多，他就可以阻止這一切似的。他也不記得自己到底發了多少封簡訊，直到他哭乾淚水，開始乾嘔為止。

第二十一章

當所有的人都看不到妳的完美，

當所有的人都企圖玷污妳時，

只剩下我，願意用生命和鮮血捍衛妳的完美。

1

儘管梅律師謹慎地找來了保全公司的保鑣接送宋菁穎上下班，但是隔天下午出門前，當宋菁穎接到彭立中傳來的簡訊時，她還是感受到微微的不安。

遠離靈魂擁抱。不要去。也不可以去。回答我！

她看了一眼簡訊，告訴隨行的保鑣說：

「我有一種預感，他應該在附近。」

保鑣點點頭，拿出自己的無線電話，要求附近的單位緊急支援待命。講完無線電話之後，他說：「別擔心，我們出門吧。萬一他真有什麼過分的行為，我會保護妳的。總之，最重要的原則就是妳盡量遠離他，好嗎？」

宋菁穎點點頭。

他們一起離開住處，保鑣走在前面，宋菁穎跟在後頭。沿著樓梯往下走，宋菁穎一路收到好幾通彭立中傳來，和剛才一模一樣的簡訊。

「他一定就在門口！」

保鑣一手握著腰間的警棍，一手往後要宋菁穎跟他保持適度的距離，慢慢走向前去，緩緩地打開公寓大門。果然彭立中就在門外十幾公尺的前方。

「他在前面！」宋菁穎說。

保鑣要宋菁穎跟在他的身後。他們往前走，彭立中也往前走。保鑣回頭示意宋菁穎暫時停住。他一個人繼續往前走，伸出左手要求彭立中別再靠近。不過彭立中又走了幾公尺之後才停下來。

「有什麼事嗎？」保鑣問。

彭立中不回答他，只是拿出了手機，然後慢慢地高舉拿著手機的左手，做了一個按鍵的動作。

「俞培文和王郁萍的靈魂擁抱是假的。」他指著手機，對著宋菁穎喊著。

宋菁穎感覺到自己的手機簡訊鈴響了起來。她拿起手機瞥了一眼。

菁穎：

我並沒有背叛我們的約定，報紙上寫的關於靈魂擁抱的事情都不是真的。小賈只是一個三流的記者，被當事人聯合給欺騙了。我得告訴妳，我和他鬧翻了。他是白癡，他報導的新聞也只有白癡相信。

以下是我必須讓妳知道的真相……

那是一封很長的簡訊，宋菁穎瞄了一眼，不想再繼續看下去了。她按下刪除鍵，並且對彭立中嚷著：

「你輸了。你沒有資格來這裡的。」

宋菁穎瞪著彭立中，她一點也不想讓他覺得她怕他。他們打過賭的，彭立中輸了，他現在連站在這裡和她說話的資格都沒有。

三個人就這樣對峙著，沒有人說話。

彭立中緩緩地把左手放下來，用右手在手機上又按了幾下，接著緩緩地又舉起了左手上的手機。喊著：

「我說的都是真的。」

宋菁穎聽到了簡訊傳來的鈴聲。仍然同樣的簡訊。

宋菁穎立刻打開手機蓋板取出裡面的ＳＩＭ卡，高高的拿起ＳＩＭ卡讓彭立中看到，並且把它往空中拋得遠遠的。

「你沒有資格來這裡。」說完往前大步邁開。

「不可以！」彭立中大喊。

保鑣見彭立中要衝過來阻攔宋菁穎，立刻上前抱住他，不讓他靠近讓宋菁穎。宋菁穎利用這個空檔，快步走向停車場。

「不可以！」儘管被保鑣抱個正著的彭立中面紅耳赤地極力掙脫，可是魁梧的保鑣讓他完全動彈不得。

宋菁穎打開車門，發動引擎，很快把汽車開到保鑣身旁。她搖下電動車窗，對保鑣說：「我們走！」

保鑣不客氣地把彭立中推到地上去。「別再過來！」他轉身打開車門，迅速地坐了上去。

汽車很快開出巷道，保鑣淡淡地說：

「我有種預感，這傢伙很難纏，他應該不會就這樣善罷干休。」

＊

他們往台北方向行駛。汽車走了一會兒，保鑣忽然指著後方問：

「那輛白色汽車是不是那個人的？」

宋菁穎看了一眼照後鏡，露出嫌惡的表情。的確是彭立中的汽車。又來了，她沒好氣地想。

「小心，他正在加速！」保鑣邊說邊拿起無線電，請求其他的保全人員前來支援。

宋菁穎索性猛踩油門加速。彭立中的汽車也不甘示弱地急起直追。兩部汽車之間的距離愈來愈近，眼看就要追上宋菁穎。

「小心！」保鑣喊著。

說時遲那時快，彭立中的汽車切進內側車道，並且漸漸追上了宋菁穎，和她的汽車並駕齊驅。彭立中轉過頭來看宋菁穎一眼，並且把汽車擠向外側，試圖逼迫宋菁穎的汽車停到路旁。

宋菁穎才不屈服，她試圖加快車速，甩開彭立中的汽車。

兩部汽車的車速愈來愈快。

「別急。」保鑣說。

「不行，我不能慢下來。」宋菁穎看著前方，又看了看彭立中，一點也沒有停下來的打算。

彭立中把汽車逼得更靠近，甚至開始輕輕碰撞宋菁穎的汽車。宋菁穎不服輸，猛然把方向盤向左迴轉，用力地也回撞彭立中的汽車。汽車與汽車發出金屬摩擦的火光。

「宋小姐，」保鑣勸她，「妳沒有必要這樣拿自己的生命開玩笑啊。」
「可是他要逼我停車啊！我為什麼要屈服？」
現在彭立中又把汽車漸漸拉開距離，朝宋菁穎的方向又撞了過來。只聽到碰的一聲，宋菁穎的汽車開始側滑，不穩地蛇行。等好不容易恢復重心之後，宋菁穎仍然加速往前開，不過彭立中的汽車又挨近了過來。
「宋小姐，這傢伙瘋了，妳不一定要陪他玩命。」
這回彭立中試圖超到宋菁穎的左前方，逼迫汽車往路邊靠，可是宋菁穎哪肯屈服，也拚命踩油門。
「妳只要停車，公司的人五分鐘之內馬上就到了，他不能拿妳怎樣的。」
碰！又是一個碰撞，這次汽車搖擺的幅度更大了。
「宋小姐，我真的建議妳停車，」保鑣說：「這樣我沒有辦法保護妳的安全。」
眼看彭立中的汽車重整旗鼓，又挨了過來。
「好吧。」宋菁穎一個緊急煞車，把汽車慢慢駛往路旁，停了下來。
彭立中見狀立刻也跟著煞車，把汽車往路邊靠，就停在宋菁穎汽車前十多公尺的地方。他打開車門，背著一個帆布側背袋下車，拿出一份文件，面無表情地往她的方向走過來。
宋菁穎讓引擎發動著。
「我來應付他。」保鑣說著，打開車門下車，走上前去。
宋菁穎坐在駕駛座，用手指敲打著方向盤。

「你車是怎麼開的，」保鑣用手攔住他說：「你知道這樣很危險嗎？」

「我怎麼開車不干你的事。」彭立中往前繼續走，試圖穿越保鑣。

保鑣伸手去推彭立中，被彭立中撥開，一意想往前走。保鑣見狀只好回過頭來拉住彭立中。彭立中也不客氣，和他用力拉扯。保鑣抓住彭立中的手臂，順勢一個側肩摔，把他摜在地上。

彭立中從地上爬起來，他拍了拍灰塵，繼續往前走，走了沒幾步，又被保鑣用身體擋住。

「我要送一封信給宋小姐，」彭立中揚起下巴，桀驁不馴地說：「不干你的事。」

「我的工作是保護宋小姐，任何和她的安全相關的事，都是我的事。」

「這是大馬路，我要送信給宋小姐。」彭立中惱羞成怒地從側背袋抄出一把藍波刀，指著保鑣說：「我行使我應有的權利，不干你的事。」

保鑣後退一步，掏出警棍指著彭立中，緊張地說：「你不要過來。」

眼看情勢一觸即發，宋菁穎立刻跳下汽車，大喊著：「你讓他送信！」

她走到保鑣身後，示意他接過彭立中手裡的信。

保鑣的警棍仍然指著彭立中，伸出左手接過那封信。

「靈魂擁抱是謊言，妳不可以去。」彭立中目不轉睛地看著宋菁穎。

「你有你的權利，我也有我的權利，」說完接過保鑣手裡那封信，看都不看，當場把那封信撕得粉碎，隨風飄散，「這樣你滿意了嗎？」

同一時間，三部保全公司的保全車疾駛過來，緊急煞車，停在他們身後。宋菁穎轉頭去看，看見七、八個頭戴鋼盔、全副武裝的安全人員同時從保全車上跳了下來。

2

彭立中回到住處，從信箱取出了大大小小的信件，包括了電話的繳費通知、各種廣告信件。管理員還幫他簽收了一張掛號信，那是地檢署的應訊通知。彭立中看了看時間，心想，應該就是後天早上十點鐘了。

後天早上十點鐘。

彭立中把帆布袋放在客廳桌几上，取出裡面的藍波刀，又找出了潤滑油，仔細地給刀刃上油。上好油之後，他把藍波刀放在桌几上。

他又取出了帆布袋裡面的存摺、印章，以及剛剛從銀行領回所剩的全部存款——感謝上次小賈沒有領走十四萬元——一共是三十萬六千四百四十元。

他還把帆布袋裡的皮夾、手機、紙張、透明文件套、原子筆、汽車和房屋鑰匙全倒出來，連同剛剛所有的東西，全部整齊地在桌几上一字排開。

人生很多時候很荒謬，但也很簡單。他安靜地看著這些東西好一會兒，心裡想著：這就是他奮鬥了半生所得，完整的一張清單了。

他拿起紙張和筆，打開手機中的已寄簡訊，開始一字一句重新抄寫起來：

菁穎：

我並沒有背叛我們的約定，報紙上寫的關於靈魂擁抱的事情都不是真的。小賈只是一個三流的記者，被當事人聯合給欺騙了。我得告訴妳，我和他鬧翻了。他是白癡，他報導的新聞也只有白癡相信。

以下是我必須讓妳知道的真相：

首先，俞培文跟王郁萍的關係非比尋常。

根據《台北日報》副刊編輯范娟指出，王郁萍在去年五月俞培文尚未發表〈靈魂的擁抱〉之前就擁有手稿，並且試圖用自己的名字發表。此外，〈高貴的靈魂〉這篇後來刊出的手稿，也是從王郁萍的住處傳真過去的。

再來，管區警員證實：兩個多禮拜前，王郁萍曾去俞培文家大鬧，並且砸毀玻璃，可是俞培文不敢聲張，向警員表示沒事。

如果不是有什麼不願讓別人知道的祕密掌握在王郁萍手裡，俞培文為什麼會願意這樣呢？

換句話，他們之間非比尋常的關係也就是這個祕密。為了讓王郁萍守密，俞培文不得不答應這場荒謬的「靈魂擁抱」。妳明白嗎？靈魂擁抱只是一場偽善的鬧劇。惡起碼是誠實的，但偽善卻是欺騙，是比惡還要可惡的惡。

妳是我心中最完美的完美。完美到不容許任何玷污的，妳明白嗎？

遠離靈魂擁抱。不要去。也不可以去。

妳知道為了拯救妳，以及拯救這個世界上的最完美，我是願意付出任何代價的。

彭立中

寫完這些，他把信件裝入透明文件套裡，又把文件套和筆整齊擺回桌几上。

他得讓她看到這些。她可以丟掉ＳＩＭ卡，可以撕掉他的信，但是他的關心是永遠無法撕掉的。

她得看到他的信，他的心意。

彭立中重新又看了一次應訊通知。後天早上十點鐘。一股說不上來的怒火在他的心頭燃燒著。憑什麼不義的可以反過來告正義的了呢？

他得做些事情挽回所有這傾頹崩毀的一切。

他把應訊通知、藍波刀、存摺、印章、現金、皮夾、手機、紙張、透明文件套、原子筆、汽車和房屋鑰匙全裝回側背袋裡，背上了側背袋。

出門的時候天色已經開始轉暗，天空甚至下起了微雨。可是那一點也澆不熄他心中燃燒著的一切。彭立中不斷重複地想著自己剛剛手抄的句子：

妳是我心中最完美的完美。完美到不容許任何玷污的，妳明白嗎？

他甚至不曉得自己該做什麼，或者怎麼做才對。可是他很明白，為了拯救宋菁穎，他真的是願意付出任何代價的。

是的，任何代價。

3

宋菁穎播報完新聞，走進電視公司的地下停車場時，保鑣也走了過來。

「我剛剛已經把門口前前後後都搜尋過一次了，他不在這裡。」保鑣正要上車，忽然問：「對了，如果妳不介意的話，我來開車好了。」

「為什麼？」

「萬一他等在妳家門口的話，我可以直接送妳到門口，省掉從停車場到妳家那段路。」

於是宋菁穎讓出座位，由保鑣開車。

汽車駛離公司大門時，正下著大雨。保鑣開啟雨刷，讓汽車沿著外側車道行駛。路面濕濕暗暗的，視線不是很清楚了，對向車道更不時有開著遠光燈的貨車迎面而來，一陣一陣的強光轟炸教人目眩。他們愈開愈慢。

汽車走了沒幾分鐘，宋菁穎忽然神經兮兮地問：

「他不會等在半路上吧？」

「應該不至於吧。」

「為什麼？」

「下這麼大的雨。」

宋菁穎同意保鑣的說法。雨下這麼大，彭立中應該不會在半路上攔她。不過汽車又走了不到一百公尺，宋菁穎發現前方四、五十公尺的馬路正中央站著一個人，對他們張開雙手，不斷地揮舞著。保鑣立刻打開車上的遠光燈。等車燈照在那個人的臉上時，宋菁穎發現剛剛她想錯了。

「是彭立中！」

保鑣一個緊急煞車，把汽車停在離彭立中五公尺不到的前方。保鑣見苗頭不對，立刻換檔倒車。汽車一後退，彭立中就往前進。保鑣又換成前進檔，把汽車往左開，彭立中也跟著往左，汽車往右，彭立中也跟著向右移。保鑣又按了一聲喇叭，可是彭立中完全不為所動。

「你到底想怎樣？」宋菁穎搖下窗戶，探頭對著他咆哮。

彭立中不說話，站在雨中，對她高舉左手，靜止不動。

現在宋菁穎看到他左手上的透明文件套了。如果她沒有猜錯的話，文件套裡面應該是下午她撕掉那張一模一樣的信。又來了。宋菁穎沒好氣地側過身去猛按方向盤上的喇叭。可是他仍然還是屹立不動。

「別下車！」保鑣叮嚀她，「他身上有武器！」

宋菁穎才不理會，二話不說打開車門走下車去，準備和彭立中理論。保鑣眼看阻擋不住，只好也跟著下車，亦步亦趨地跟在宋菁穎身旁。

雨下得比車內看到的還要大，不但如此，雨水隨著風勢吹進她的眼睛，還打濕她全身的衣服。風雨交加的聲音逼得宋菁穎必須用力嘶吼：

「我們曾經打過賭，你憑什麼出現在我面前？」

「妳被俞培文騙了，我得拯救妳。」

「我看你自己才需要被拯救。」宋菁穎不屑地說。

「妳看我的信就明白了。」彭立中放下了手上的透明文件套，向宋菁穎的方向推了推。

「我不相信你。」宋菁穎搖頭。

「妳看我的信。」

「我不相信。」

「妳看我的信，」彭立中從身上的側背袋掏出一把藍波刀，刀刃在車燈的照映下，發出冷凝的光，「不要不相信，我可以證明給妳看。」

保鑣一見到藍波刀，立刻衝到宋菁穎前面，掏出警棍，指著彭立中。

「別再過來，」保鑣說：「否則我就不客氣了。」

彭立中停住了腳步，露出了冷冷的笑容。

「我可以用鮮血證明給妳看。」

「用什麼證明我都不相信……」

宋菁穎話還沒說完，彭立中已經用藍波刀在左手臂上用力劃了一刀，鮮血從傷口溢出來，混著雨水，沿著手臂，竄流而下。

「啊！」宋菁穎尖叫了起來。

「不要不相信，我可以用生命證明給妳看。」他拿著透明文件夾，對宋菁穎伸長了左手。

「不要！」宋菁穎說。

彭立中又優雅地在宋菁穎面前劃下一刀，彷彿他割的不是自己的皮膚似的——傷口比原先還要長，還要深。

更多的血，更大的雨，更多混合在一起的血水。神奇地，彭立中感覺到的甚至不是痛，而是一種超越了痛苦的昇華，比慾望還要深刻、還要真實的快感。

雨水、血水從彭立中的全身不斷地滴落。

「不要！」宋菁穎幾乎是踉踉蹌蹌地爬上了汽車。抓起手機打一一九報案。

保鑣見宋菁穎上車，立刻也衝回駕駛座，關上車門，把引擎打進倒車檔，用力猛踩油門，讓汽車倒退。

彭立中見狀立刻撲上來，趕在汽車緊急轉彎之前，又劃下了第三道傷口。在宋菁穎尖叫的同時，鮮血已經濺在她的車窗上了。

電話接通了，手機傳來值班人員的聲音問：

「喂，這裡是一一九，妳好！請問妳有什麼需要服務的嗎……」

宋菁穎沒有辦法回答。

保鑣死命地又讓汽車後退十多公尺，碰的一聲撞到了馬路旁的路燈。雨刷刷呀刷地把車窗上的血水刷得糊成一片。

「喂，這裡是一一九。」值班人員又問了一次。

他緊急換檔，轉動方向盤，一個左側大迴轉，沿著相反的方向，飛速地脫離了彭立中。

過了一會兒，宋菁穎驚魂甫定，總算才能夠集中精神跟一一九的值班人員說話。

「這裡有個人受傷了，一直在流血。」她說。

＊

彭立中站在雨中，看著宋菁穎的汽車漸漸離去，消失在黑夜的盡頭。血液仍不停地從他身上湧流出來。他在雨中蹲下來，又在雨中坐下來。沒多久，他就發現自己已經坐在一攤血水之上了。一陣陣的暈眩湧上他的腦海。他很好奇，自己身上的血水，是不是也像天上的雨水一樣，永遠不會乾涸呢？聽見救護車蜂鳴器的聲音從遠方傳來，顯然它們正往他的方向前進。那至少證實宋菁穎在離開之前，撥打的電話是一一九——**她為他撥打的電話**。他覺得頭變得愈來愈暈，抓不住手上的藍波刀，也抓不住文件套。他甚至懷疑自己是不是快要死掉了。

迷戀到沒有他不行，迷戀到在乎他更甚於在乎你自己，迷戀到只要對方願意有所回報，哪怕只是一點點微不足道的回報，你都準備為他付出一切。

一切的一切。

大雨中他想起了王郁萍曾驕傲地對他說過的話。他還聽見了救護車愈來愈近的聲音。他覺得自己開始飄浮，整個世界彷彿在旋轉。

可是**那裡至少還有宋菁穎為他撥打電話叫來的救護車**。想起那麼一點點微不足道的回報，那時，他就是忍不住，露出了心滿意足的微笑。

4

彭立中醒來時，覺得自己昏昏沉沉地，全身無力。

「這是哪裡？」彭立中發現自己身上吊著點滴，左手包裹著厚重的紗布。

「你在醫院的病房裡，」病房的護士告訴他，「醫生已經為你縫合了血管和韌帶。」

他試圖起身，可是只是讓自己變得更暈眩。

「你最好多休息，」護士連忙制止他，「昨天醫師還幫你輸了兩千西西的血。」

彭立中慢慢躺回床上，現在他漸漸想起昨天晚上的事了。

「我的東西呢？」他問。

護士小姐從病房的櫃子裡找出了一個塑膠袋給他。

「是這些嗎？」她說：「衣服濕了，我已經幫你吊在浴室了。」

彭立中接過塑膠袋，看了一眼。塑膠袋裡面是透明文件夾，還有側背袋。他取出側背袋，檢查了一下裡面的東西，應訊通知、存摺、印章、現金、皮夾、手機、紙張、原子筆、汽車和房屋鑰匙全部都在。他特別還看了塑膠袋一眼，沒有別的了，就這麼多。

顯然藍波刀已經被拿走了。他心想。他們怕他再度自殺。

「你想看看電視嗎？」護士小姐問他。

彭立中點點頭。於是護士小姐打開了電視，幫彭立中搖高了床，調整好枕頭，把遙控器交給他。

螢幕裡的電影台播映著一部名叫《V怪客》的電影。

V怪客是個戴著「蓋·福克斯（Guy Fawkes）」面具專和獨裁政府作對的顛覆者和炸彈客。身為天主教徒的蓋·福克斯曾於一六〇五年十一月五日計畫以火藥炸毀英國國會大廈，企圖暗殺英國國王詹姆斯一世推翻政權，但因事跡暴露失敗，以叛國的罪名被處死。至今英國人仍在這天晚上舉行遊行，拿著火把押解福克斯的人像到終點焚燒，並且施放煙火，大肆慶祝。

彭立中本來只覺得這個一心一意效法「蓋·福克斯」的V怪客行徑十分有趣，漸漸，他被V怪客堅持自由、正義、誠實的理念吸引了，以至於最後V怪客被警長開槍打中時，彭立中無聲無息流下了眼淚。

「**你認為你殺得了我？在這斗篷之下不是你殺得了的血肉之軀……**」V怪客說：「**在這斗篷之下只有一個理念，而理念是刀槍不入的。**」彭立中發現自己重複地唸著影片裡的對白。

這樣重複地唸著對白給了他新的鼓舞。正因為他為了維護心中最完美的完美而不在乎自己的生命，因此他也讓自己變成了理念。而理念是刀槍不入的。沒有人能夠毀壞這樣的血肉之軀，藍波刀不能，他自己不能，甚至宋菁穎本人，也不能毀壞。

護士離開之後，他曾經試圖下床，可是愈是這樣，他愈覺得全身無力，暈眩欲嘔。他掙扎了一會兒，終於放棄了。他把自己放回枕頭上，一陣軟弱虛脫的感覺席捲上來……

他就這樣又睡著了。

*

七點鐘他打開電視，宋菁穎在螢幕上播著晚間新聞。

七點十分左右，彭立中注意到螢幕上的跑馬燈顯示著：

宋菁穎主播將於明晨十至十二時於聯合醫院大廳，親自為俞培文先生的「靈魂擁抱」活動站台，歡迎有興趣與俞培文、宋菁穎擁抱的朋友到場參與。

他看了一會兒，猛然拿起遙控器對準螢幕，倏地關掉電視機。這是他有生以來，第一次沒看完宋菁穎的晚間新聞就關掉電視。他不曉得該怎麼形容那種感覺，為了讓宋菁穎相信他說的是真話，他曾為她做了這麼多事，甚至幾乎喪失掉性命，可是她卻一點也不知珍惜。他不能想像明天十點鐘，當他們大張旗鼓地在聯合醫院大廳偽善地彼此擁抱時，他卻必須在地檢署接受檢察官充滿了惡意的調查。

他甚至願意為她死了，怎麼可能對她有任何性騷擾、性侵害的企圖，更別說是傷害她了，他對她的一切只有愛，只有誠實……

彭立中發現就算他真的死了，到最後無非只是姑息了這個世界的偽善罷了。那種感覺漸漸變成了一種憤怒，不斷地擴張。他覺得宋菁穎背叛了他，背叛了他願意為她死的真摯，整個世界用他們的虛偽背叛了他。

他們到底把他當成什麼啊？

彭立中感覺到自己還很虛弱，可是他勉強自己爬下床。如果連死亡都擋不住他，那就沒有什麼可以真的讓他停下來了。

他硬撐著身體，拄著點滴架，走進廁所。他在廁所裡拆掉手上的點滴，脫掉病人制服，一件一件穿回那些原本吊在浴室的衣服——儘管衣服還有些潮濕，但是他一點也不在意。彭立中慢慢走回病床，從床頭的塑膠袋取出側背袋，把所有東西都裝進側背袋，做了最後一次檢查之後，背上側背袋。

彭立中的確曾考慮過向護理站要回他的藍波刀，不過為了讓事情更簡單一點，他並沒有這樣做。他背著側背袋，若無其事地走出病房，搭著電梯來到位於地下室的商店街，很容易就買到了一把和原來的藍波刀大小相仿的水果刀。

沒有任何人發現彭立中消失不見了，也沒有人覺得他看起來有什麼異狀。

他又搭著電梯來到一樓，緩緩地穿越急診室走廊，經過護理站前方，來到急診室門口。彭立中就在急診室門口叫了一部計程車，坐著計程車離開醫院，消失在急診室外的夜色之中。

5

播報完晚間新聞之後，保鑣開車載著她和曹心瑩回家。

宋菁穎一整天的心情比昨晚好多了。先是保全公司的人告訴她，彭立中手術之後已經脫離險境，目前沒有生命危險。再來是曹心瑩主動提出晚上陪她回家過夜。宋菁穎以為總算度過一個沒有彭立中騷擾的一天。不過當他們下車，在保鑣的護送下回到住處時，她打開住處大門，赫然發現地板上有一封信。宋菁穎拾起那封信，信封裡掉下來一張剪報，剪報上是一個躺在血泊中的女子，她的身旁橫臥著一個血淋淋的男子。剪報下寫著關於「被女友提出分手的男子心有不甘，憤而闖入住宅刺殺女子之後自殺」的新聞說明。信封裡面還有一封信。宋菁穎取出信，展開信紙，上面寫著：

菁穎：

我想妳會有興趣知道，我已經離開醫院了。

這是我今天在報紙上看到的新聞。我必須承認，像這樣的事情對我的誘惑很大。因為這樣一來，我的名字和妳的名字，就會永遠連結在一起。那實在是一個美好而永恆的境界，沒有污染，沒有人可以把我們分開。我很想這樣做，可是我又很猶豫，不願意這樣做。對我而言，我看重妳的生命遠超過我自己的，我甚至願意用我的生命來保護妳……

我死掉過一次，可是我又復活了。我相信妳一定也明白，為了妳，我是一點也不在乎我自己的生命的。可是今天看到新聞上的跑馬燈，我忽然理解到，如果我死了，就再也沒有人可以用生命保護妳的完美，讓妳免於謊言、偽善與墮落了。

妳不需要保鑣的，我得說他們一點也不能保護妳。只要有我在，就沒有人能傷害妳。當所有的人都看不到妳的完美，當所有的人都企圖玷污妳時，只剩下我，願意用生命和鮮血捍衛妳的完美。我已經在這個醜惡的世界活得夠久了，如果不是妳帶給我美好的想像。可是萬一當這個世界上連最後的完美都消失了時，也就是我該離開的時候了。我很不願意事情變成那樣，我很猶豫，到時候，我是不是應該帶妳一起走？

我們身在光明與黑暗的交叉口。但選擇在妳。在妳作完選擇之後，我必然也會作出我的選擇。

妳一定猜得到我的選擇。因為妳明白，為了保護我們無可分離的一切，我是願意付出任何代價的。

別參加靈魂擁抱！或許這是最後一次，我有機會好好地告訴妳了。

彭立中

宋菁穎看完之後把信交給曹心瑩看。曹心瑩看完之後又給保鑣看。

「怎麼辦？」宋菁穎問。

曹心瑩沉默了一下說：「說真的，妳要不要考慮一下，明天不要去參加了，免得觸怒他。我真的覺得事情愈來愈詭異。」

「可是我已經向社會大眾預告要去了，臨時取消，不太好吧……」

「新聞這種事情妳又不是不曉得。這條新聞妳又不是主角，誰在乎妳到最後去了沒有？妳臨時有事取消，有什麼關係呢，又沒有說不去。我看妳還是別太掉以輕心，如果這傢伙殺死自己都敢了，那就沒有什麼他不敢做的事。碰到這種神經病，妳又何必自找麻煩？」

「可是是我主動聯絡俞大哥，日期也是我決定的。」

「那就打電話去告訴他啊，他又不是不明白妳的狀況。」

宋菁穎被曹心瑩說得有些心動，她走到電話前，拿起話筒，開始撥號。撥到一半，她想了想，又放下了電話。

「又怎麼了？」曹心瑩問。

「我想我還是要去。」

「為什麼？」

「我和他周旋這麼久了，如果現在他寫封信我就嚇得退讓，那將來他對我不是更加予取予求嗎？」

6

隔天早上九點半出門前，小邵就打電話給宋菁穎確認過行程，並且預告已經有不少媒體記者在醫院大廳現場守候了。宋菁穎並沒有告訴小邵關於彭立中的事，她想，這件事情她應該應付得來，沒有必要給俞培文增添不必要的麻煩。

保全公司加派了一個保鑣，連同曹心瑩，一共是四個人一起出門。

「情況有點麻煩，」保鑣說：「妳最好有心理準備。」

宋菁穎點點頭。一走出大門，立刻就明白保鑣的意思了。她發現門口被貼滿了一張張由A4紙影印的手寫信。

菁穎：

我並沒有背叛我們的約定，報紙上寫的關於靈魂擁抱的事情都不是真的。小賈只是一個三流的記者，被當事人聯合給欺騙了。我得告訴妳……

是那張他一再要拿給她看的信。宋菁穎心裡想：好吧，戰鬥開始了。

他們沿著公寓的樓梯往下走，保鑣走在最前面，之後是宋菁穎、曹心瑩，最後則是另外一個保鑣。一路上，樓梯間的牆壁，全貼滿了一模一樣的影印文件。文件上，粗線條的紅色簽字筆，一張紙一個字，醒目地寫著：

只剩下我，願意用生命和鮮血捍衛妳的完美！

「他一定就在附近！」宋菁穎說。

「別擔心。」保全人員回頭告訴她。

他們來到一樓，打開公寓大門，大門一樣被貼滿了影印信，寫著：

「靈魂擁抱」是偽善！

他們繼續往停車場的方向走，一路上的行道樹、路燈，都被貼滿了影印信，影印紙的邊緣被風吹得抖擻。影印紙上歪七扭八地寫著標語：

偽善是惡，是比惡還要可惡的惡！

當惡與惡擁抱時，地獄就降臨了。

「他以為他是誰？」曹心瑩說。

宋菁穎一句話都說不出來，邊走邊看著那些標題，只覺得一股怒火在她胸中熊熊地燃燒。

當不義反過來控訴正義時，地獄就降臨了。

宋菁穎的情緒變得愈來愈激昂，當她走到汽車前，看見汽車車窗及擋風玻璃上也被貼滿了影印信，每一面車窗的影印紙都畫著巨大的心形，心裡面是彭立中與宋菁穎的名字時，她的情緒被激發到了最高點。心形外頭仍然是紅色的標語：

遠離靈魂擁抱！

撤銷告訴！

宋菁穎氣得用力去撕那些影印紙。

「無恥！」她破口大罵著：「不要臉！」她愈撕愈生氣，愈撕愈歇斯底里。

曹心瑩見狀也過來幫忙。她才撕了兩張影印信，就聽見身後的保鑣說：

「彭立中來了！」

宋菁穎和曹心瑩同時都停了下來，轉過頭去看他。兩個保鑣立刻機警地走上前去，擋在宋菁穎前面。

彭立中步伐蹣跚地走過來，就在他們面前五、六公尺左右的地方站住。他仍然是前天晚上那套衣服，背著側背包，左手綁繃帶的地方滲著濕濕的一大攤血。他的樣子看起來很虛弱，整張臉是毫無血色的浮腫，暗黑的眼窩與唇色更是讓他的臉色顯得愈發慘白。

「走開！」

彭立中絲毫不為所動。

「走開！」宋菁穎又嚷了一次。

「不——要——去——靈——魂——擁——抱！」他說。

「走開！」

彭立中不但不走開，反而又向前進了一步說：

「不要去靈魂擁抱！」

宋菁穎氣得往前走，撥開保鑣，來到彭立中面前，二話不說伸手就是一個巴掌打在他的臉上，只聽見啪的一聲。

「你沒有資格！」宋菁穎說。

彭立中被打得後退了一步，差點跌倒在地上。不過他很快站穩了身體，又向前走了一步。

「不要去靈魂擁抱！求求妳！」

兩個保鑣連忙跑到宋菁穎左右側翼來保護她。宋菁穎卻一個箭步衝了上去，對著彭立中又是一巴掌，速度更快，力道更猛，啪的一聲把彭立中打得跌倒在地上。

「不要臉，」她失控地嚷著：「你憑什麼？你憑什麼？」

兩位保鑣看她這麼激動，用手拉住她。「宋小姐，不要這樣，他身上有傷。」

彭立中被打在地上，仍然不死心，企圖從地上爬起來。保鑣眼看宋菁穎還要衝過去，連忙把她抓得更緊，拚命地把她往汽車的方向拉。

宋菁穎掙扎著，不甘示弱地也對彭立中嚷著：

「我現在就要去靈魂擁抱，我要讓你坐一輩子的牢，我永遠永遠不要再看到你。」

他們把宋菁穎拖到汽車裡，讓其中一個保鑣陪她坐在後座。保鑣和曹心瑩一起撕掉車窗上所有的影印信之後，坐進前座。汽車引擎發動，正要開走時，彭立中又衝上來，跪在汽車前，阻擋住他們的去路，哀求著：

「求求妳！不要去靈魂擁抱。」

坐在駕駛座上的保鑣搖了搖頭，要後座的保鑣下車去把彭立中拉開。

彭立中看起來已經疲憊軟弱到沒有什麼回擊的力量了，可是被保鑣拉開時，他仍然不放棄，他邊掙扎，邊聲嘶力竭地喊著：

「不要去，求求妳！」

等確定彭立中被拉開得夠遠了之後，保鑣才奔跑回來，坐上汽車，並且開動。被拉開的彭立中還不死心試圖追上來。除了駕駛之外，車廂裡的人都回頭看他，儘管他們都看得出來他已經追不上汽車了，可是還能聽見他口裡喊著一些聽不太清楚的話語。

＊

宋菁穎抵達醫院，在停車場下了車。她一走進聯合醫院大廳，媒體以及攝影記者立刻就來簇擁著她。

小邵過來帶領她走向「靈魂擁抱」活動場地。場地周圍是一條稀稀落落的隊伍，隊伍裡面是醫院的工作人員、病患，還有一些是專程來參加活動的一般民眾。俞培文正跟民眾擁抱，看見宋菁穎之後，也停了下來和她招手致意。

俞培文走過來拉著宋菁穎的手，向大家介紹說：

「我要向大家介紹我的好朋友，ＶＴＶ晚間新聞的宋菁穎主播。她今天特別來為『靈魂擁抱』這個活動站台，從早上十點到十二點鐘，歡迎所有的朋友也和我的好朋友宋菁穎小姐『靈魂擁抱』。」

說完轉身相向，開始熱情地「靈魂擁抱」。一時鎂光燈閃爍個不停，群眾都給他們拍手。

俞培文放開宋菁穎之後，記者問：

「宋主播可不可以說說為什麼替『靈魂擁抱』站台？」

「因為俞大哥是我的偶像啊，他『靈魂擁抱』的想法我很贊成。這個世界有太多的誤解與隔閡了，我相信人與人之間只要願意，一定能夠去除掉這些障礙，彼此真心擁抱。」

「妳為這個活動站台，不擔心有人乘機吃妳豆腐嗎？」

「這個活動是為了推廣人與人之間的善意與溝通。我相信人的善意。我認為只要我們內心存著純潔的念頭，擁抱就是純潔的。」

＊

趁著攝影機與人群包圍著俞培文與宋菁穎的一陣混亂，彭立中走到登記處，在編號2007的地方登記了自己的名字之後，工作人員發給他一張號碼牌，讓他拿著牌子走進不算太長的隊伍盡頭。

沒有人注意到他。

這時候如果還有機會再寫一封信給宋菁穎，彭立中忽然想，他會寫什麼呢？他會老老實實地告訴她「這一切都是妳造成的，是妳毀掉了那個我們本來可以擁有的完美」嗎？或者他會寫一些別的事呢？

當然，彭立中知道他已經沒有機會了。宋菁穎也沒有機會了。

彭立中已經一個晚上沒有睡覺了，他的頭一直痛著，左手臂的傷口比昨天更脹麻痠痛。此外，他覺得整個人搖搖欲墜。聽見群眾之間響起掌聲，彭立中知道他已經無力阻止完美的崩壞了。一切都在崩壞，本來可以完美的人生，可以完美的戀情……整個世界都在旋轉、沉淪、崩坍。他覺得累極了，可是在他自己也傾倒之前，還有一件事情必須完成。

在短暫的暫停之後，活動似乎又繼續進行了。

「1998！」工作人員唱著號碼。立刻有一個人交出牌子，走進活動會場裡和宋菁穎擁抱完之後，又走了二步，向前去和俞培文擁抱。彭立中夾雜在隊伍中緩緩地往前移，他在人群裡向來是如此平庸而不顯眼的。可是他很明白，再過幾分鐘之後，大廳裡所有的攝影機都將對準他。

屆時，他將對著鏡頭說什麼呢？

「你知道宋菁穎剛剛說了什麼嗎？」拿著2006號牌子的小女生忽然轉過頭來問。

彭立中搖搖頭。

「她說她相信只要念頭純潔，擁抱就是純潔的。她說得真好。」小女生興奮地說：「我是特別為宋菁穎來的，你呢？」

「我也是。」彭立中說。

他也是。彭立中甚至懷疑他這輩子都是為宋菁穎來的。從來沒有人，可以像他那麼明白她的完美，用一種足以匹配的愛來愛她。那種愛的極致，到了最後，就像《神曲》的〈地獄篇〉裡法蘭西絲卡對但丁說的：「**愛，不容許那被愛的從愛中解脫。**」

他並不喜歡這樣的結果，他曾經許應過她天堂。可是她就是不放過他，寧可選擇地獄。他想，就算到了地獄，他仍然還是要愛她。

1999，2000，2001……他們唱著號碼。更多失去了靈魂的靈魂擁抱。更多的偽善，更多的謊言，更多的欺騙，更多的虛情假意。一切都已然崩坍，無法挽回了，可是她還是不願意讓他從她的愛之中解脫。

彭立中被隊伍簇擁著向前。他聽見了2006的唱號，看見小女孩交出號碼牌，興奮地衝上前去和宋菁穎擁抱。小女孩擁抱完了宋菁穎之後，又往前擁抱俞培文。他還看見了保鑣銳利的眼神注視著他。2007。他們發現他了。彭立中聽見工作人員唱號的聲音。

保鑣擋住他，嚷著：「別動！」

「難道妳不敢跟我靈魂擁抱嗎？」彭立中拿著2007號的號碼牌。

沒有人回答。攝影機轉動著。

「難道妳不敢跟我靈魂擁抱嗎？」彭立中又問了一次。

宋菁穎直視著彭立中。現場一片沉默。

「別擋他，」她告訴保鑣，「讓他靈魂擁抱。」

彭立中把號碼牌交給工作人員。他看見宋菁穎深吸了一口氣，張開了雙手，一臉從容就義的表情。彭立中猶豫了一下。他發現自己全身在顫抖。但他沒有猶豫很久，立刻向前一步，抱住了宋菁穎。

「抱緊我，我要擁抱妳的靈魂，」他用顫抖的聲音說：「這是最後的機會了。」

宋菁穎並沒有太熱切地回應他。她聞到他身上發酸的汗味、體臭混合著傷口的血腥味。儘管她試圖讓自己專注，可是太多事情都讓她分心，記憶、聲音、氣味、紗布……一切的一切。

「我擁抱不到妳的靈魂，」彭立中更用力地抱緊宋菁穎，像是要把她擠出什麼似的。他尋找什麼似的不斷地變換姿態，激動地說：「我得擁抱妳的靈魂。」他聞到她髮際的芬芳，沐浴後淡淡的香郁，可是他找不到她的靈魂。

攝影機轉動著。彭立中愈是那樣，宋菁穎愈是明白自己做不到。她強忍著想嘔吐的衝動，任他在她的身體尋找。

「我擁抱不到妳的靈魂，」彭立中仍努力著，用著幾乎是哀求的語氣說：「讓我擁抱妳的靈魂。只要一次就好，求求妳，這是最後的機會了。」

宋菁穎完全明白他在說什麼，她甚至感覺到了他的淚水滴在她的額頭上，沿著臉頰滑落，可是她就是沒有辦法。

過了比想像還要久的時間吧，直到他們理解到，那只是彼此的身體擁抱時，彭立中終於放開了宋菁穎。

「謝謝。」他說，儘管宋菁穎並沒有回應。他又轉身，走向朝著他張開雙手的俞培文。在他們擁抱在一起之前，彭立中站定了，問他：

「除了自己之外，你愛過別人嗎？真正的愛過別人？」**愛是不容許那被愛的從愛中解脫。他想，誰都別想脫逃。**

俞培文有點搞不清楚為什麼彭立中會這樣問，可是仍然露出了微笑。

偽善者慣有的那種微笑。彭立中想，是讓這一切結束的時候了。他從側背包裡拿出了那把水果刀……

對宋菁穎而言，那短短的幾秒鐘變成了一種**慢·得·不·能·再·慢·的·慢·動·作**。她先是轉頭看到了水果刀閃動的金屬光，接著她忽然明白彭立中剛剛一直說著「求求妳，這是最後的機會了」真正的意思了。

說時遲那時快，她立刻推開2008號民眾，轉身奔向俞培文……

「小心！」她衝過去要阻擋，「他有刀！」

但已經來不及了。

在俞培文的微笑消失之前，彭立中已經把他手上的刀，**深·深·刺·入·俞·培·文·的·**

腹．腔。鮮血。隨著彭立中**抽．出．的．刀．刃．噴．了．出．來**。**正．好．噴．到．宋．菁．穎．的．臉．上**。

「不！」她驚叫著。

在警衛與保鑣衝過來之前，彭立中推開宋菁穎，往俞培文的胸腔又**刺．入．第．二．刀，緩．緩．地．抽．出．刀．刃**……

血如湧泉。俞培文一手撫著胸口，一手撫著腹部，兩隻手都流滿了鮮血。

「為什麼？」他不解地問：「為什麼？」

在彭立中還來不及刺入俞培文第三刀之前，俞培文已經倒在血泊裡了。

現場一片尖叫與混亂，醫院大廳到處是血淋淋的景象。彭立中又刺傷了三個安全人員以及一個民眾，才被制伏。

在場的攝影機全都沒錯過這些驚心動魄的畫面。當記者試圖追問已被逮捕的彭立中後不後悔做這樣的事時，彭立中忽然停了下來。他回過頭，終於說出了那段他曾經想了又想的話。

「我愛她，我用最真實的方式愛她，」他對著鏡頭露出窮凶極惡的表情說：「我一點也不後悔！」

第二十二章

我忽然感覺到一股莫名的悲痛，

巨大到令人無法承受的哀傷，

我就這樣無可抑遏地在病房放聲痛哭了起來。

1

喪禮之前，發生了幾件事。

首先是我醒過來了。上一秒鐘，我還記得我趴倒在地上，清楚地聽見有人尖叫的聲音，看得到地面上近距離的人奔跑追逐的腳步，以及攝影記者們的攝影機，好奇又疏遠地保持著一定的安全距離拍攝著……我被刺了兩刀，很深的兩刀。奇怪的是，當時並不覺得傷口痛，反倒是一陣一陣不斷湧上來的思緒讓我不好承受。我是不是快死了？可是我又想：我就在醫院裡，應該還有希望的，不是嗎？我還得完成10592個擁抱，而現在才只是第2007個擁抱，我應該不會死的……我就這樣想著，頭愈來愈暈。我看見原來在肚子底下的那一攤血泊無聲無息地往外擴張，越過手臂底下的地面，蔓延到我的眼前。

然後我昏過去了。感覺上那真的只是上一秒鐘的事，我閉上眼睛，然後這一秒鐘睜開了眼睛。所以，任何人應該不難明白，上一秒和這一秒鐘，對我而言應該是連續的。

「我昏迷多久了？」頂多幾個小時吧，我心裡想。

「天啊，你終於醒了，」護士小姐激動又興奮地說：「你已經昏迷十一天了。」

「十一天？」

「對，十一天。」

這顯然是一個不算小的意外。原來那種只有在電影上才發生的事情也可以真實地發生在我的人生——一個淡出，一個淡入，中間跳過了十一天。

總統夫人拔得頭籌，在我甦醒過來的第二天早上跑來病房看我。雖然過去我們從不曾見過面，但她人看起來還算不錯，常見的那種官太太的架式在她身上並不明顯。我比較難適應的是一屋子的醫院高層、記者，以及攝影機。由於我還很虛弱，沒有辦法下床，但總統夫人堅持要和我擁抱，於是我只好半躺臥在病床上，像個小嬰兒似的讓總統夫人擁抱。我相信為了配合我，許多姿勢對總統夫人而言應該不太舒服，不過她似乎一點也不介意。最後，她終於努力地找出了一個完美的姿勢抱住了我，並且抬起頭，露出了好像真的很愉快的微笑。我當然也跟著微笑，儘管我們只是表演擁抱，並沒有真正地擁抱。但記者們都很滿意。

擁抱完之後，總統夫人對著鏡頭發表感言。她義憤填膺地說：

「我相信『愛』的力量，最後一定會戰勝『暴力』。」

醫院的高層們紛紛帶頭鼓掌。現場響起了稀稀落落的掌聲。

我必須承認，當時我一點也不明白她在說什麼，直到後來我看到刊登在《台北日報》上那張我遇刺後撫著傷口，搖搖欲墜的照片，我才明白了事情的脈絡。那天新聞頭條的標題寫著：

為什麼？俞培文問：為什麼？愛的擁抱不敵暴力的執迷？

標題底下，則是彭立中對於宋菁穎的性騷擾始末，以及因愛生恨，進而對靈魂擁抱活動滋生不滿，最後終於付諸行動，刺殺俞培文的過程做了完整的報導。

根據小邵的說法，我撫著傷口問：「為什麼？為什麼？」倒在血泊中的畫面，至少被所有的電視台重播了數百遍以上。儘管當時我直接的想法是：「為什麼是我？」可是報紙的標題卻自行看圖說故事。那個說法說中了讀者心中的恐懼。

於是，我的生死存活化成了「愛」是否能夠戰勝「暴力」的精神象徵。醫院大廳裡，點起了大大小小祈求我恢復健康的蠟燭，不時有人專程而來，為我祈禱，並且在那裡互相擁抱。政黨領袖紛紛發表聲明，同聲譴責暴力，並且支持靈魂擁抱的精神。醫院的主治醫師、外科主任、醫院院長更是被迫每天召開記者會，發布我的最新病情。

當然，在總統夫人與我擁抱時，我其實是完全不明白這些的。

「你會把這個當成第2008個擁抱嗎？」記者問。

「可以啊。」

「經過這次的事件，」他又問：「你還打算繼續完成那沒完成的10592個擁抱嗎？」

「當然。」

「王郁萍有來看過你嗎？」

「我不知道，」我說：「因為過去幾天，我一直在睡覺。」

總統夫人笑了，大家也都笑了。

我在當晚的晚間新聞看到了自己接受訪問時的畫面。或許正因為少了一些機心，我在螢幕上看起來單純、樂觀而勇敢。記者同時還訪問了很多的民眾，其中有好幾個人得知我已經甦醒了，竟感動地流下了眼淚。

我並沒有那麼享受變成了英雄的感覺，我甚至感到一股隱隱約約的空虛感和不安。老實說，在這一秒鐘和上一秒鐘之間，除了被刺二刀之外，我並沒有真正做了什麼有貢獻的事。我一直是同樣的那個人。如果真的有什麼差別，我只是昏迷，然後又甦醒了過來，如此而已。

「王郁萍呢？」我問小邵。

我得拿回那些稿件，否則等到「柏拉圖」寄到開膛手那裡去時，現在所有的榮耀，立刻又將在下一秒鐘，化為無限的屈辱。榮耀是虛幻的，但屈辱卻是真實的。

「她應該會過來的。」小邵說：「你好好養病。」

「她還好嗎？」

「還好。」

儘管小邵的眼神閃爍，但是我並沒有懷疑他的話——或者說，並沒有想到他的話有什麼好值得懷疑的。小邵是我最親密的經紀人，而王郁萍的病床就在八樓。

我把大部分的心思花在重新思考我現在必須面對的新情勢。

依照原定計畫，我原本的打算是等完成10592個擁抱之後，懇求王郁萍從王郁馨那裡撤回那封收件人是「開膛手」的信，並且把〈靈魂的擁抱〉手稿還給我。我相信在完成她的願望之後，她似乎沒有繼續懲罰我的必要。再說，以她的身體狀況，繼續再操控我似乎也是多餘的……

然而，在平白無故地浪費掉這十幾天之後，顯然這個盤算必須有所修正了。否則，就算我的身體狀況允許，依照過去的進度，這10592個擁抱少說還需要兩個禮拜才能完成。我有點擔心，萬一王郁萍撐不到那個時候怎麼辦？

因此，我覺得我有必要更改計畫，趁著這個機會跟她開口。如果我的遇刺可以讓那麼多民眾流下眼淚，那麼，王郁萍就沒有道理不覺得感動——更何況她還是「靈魂擁抱」這個活動的始作俑者。

「王郁萍呢？」隔天我又問小邵，「她會過來嗎？」

「她應該會過來的。」小邵說：「你好好養病。」

由於我還很虛弱，全身插著胸導管、掛著氧氣鼻管，因此我只能躺在床上，不斷地演練著碰到王郁萍時該對她說什麼話，用什麼理由請她把〈靈魂的擁抱〉的手稿從王郁馨那裡要回來，交給我。我甚至準備了一篇動人的懺悔演說準備發表，如果王郁萍仍不信任我的話……

第三天，醫師拔除了我身上的胸導管，也拆掉了皮膚上的縫線。可是王郁萍仍然還是沒有出現。我掙扎著讓自己下床，坐上病房專用的輪椅，掛著點滴，讓護士小姐推著我到八樓的病房去。很顯然，如果王郁萍不來看我，我就得去找她。

在我見到王郁萍之前，心裡其實已經做好了最壞的打算。最可能的情況是她已經過世，或者她陷入昏迷。否則，我相信她不可能不過來看我的。

癌症病房的護士小姐看到我來了，顯得格外開心，直接彎下腰就給我一個大擁抱。

「來看王郁萍？」護士小姐放開我之後問。

我點點頭。

「跟我來。」她帶領著我們沿著長廊往前走。

至少王郁萍還活著，我心裡想。

我們走到王郁萍的病房，推開門，走了進去。一個看護模樣的太太站了起來。王郁萍就躺在床上，儘管她看起來非常虛弱，可是仍微微睜開眼睛看著我。我鬆了一口氣，想著，至少兩個最壞的情況並沒有發生。

「王郁萍。」我喊她。

「王郁萍。」

她沒有回答，一雙眼睛只是巴答巴答地看著我。於是我又喊了她一遍：

這次仍然沒有回答，但是她的目光露著迷惘。

「你——是——誰？」她忽然問我。我注意到她說話的速度變慢了。

「我是俞培文啊。」

聽到俞培文，她又陷入了某種停滯，好像運算功能不足的電腦，遇上了太大的程式，機器骨碌骨碌地算著，但是螢幕上什麼都沒出現。

「怎麼會這樣？」我詫異地問剛剛和我擁抱的那個護士。

她彎下腰來，小聲地對我說：

「她這幾天腦部的腫瘤惡化得很快，她什麼人都不認得，什麼事都不記得了。」

天啊！「她會一直這樣嗎？」

「有可能。」護士小姐說：「上次有個腦部轉移的病人就是這樣，忘了所有的事情、所有的人，甚至也忘了自己得到癌症，她就這樣時好時壞，最後退化回小孩的狀態，不知道煩惱，也沒有憂愁，就這樣漸漸昏迷，然後過世。」

怎麼會這樣呢？「我是俞培文啊。」我不甘心地又試了一次，「妳不認得我了嗎？」

這次她終於有反應了。

我用手推動輪椅，好讓自己更靠近病床。

「俞——培——文，是誰？」她問。

「俞培文是個作家，」我激動地說：「妳是我的書迷，妳最愛看我的書了，妳不記得了嗎？」

她仍是面無表情地看著我。

「妳真的不記得了嗎？」我急得快哭出來了，前傾身體，好讓一張臉就擺在她的眼前，我激動地說：「看著我，我們曾經一起吃飯的啊，還曾經靈魂擁抱的啊，妳真的不記得了嗎？」不可以。我心裡吶喊著。不可以這樣。

王郁萍目光渙散地望著我。她像是在看我，可是目光焦點彷彿又不在我的身上。我定定地看著她的眼睛，試圖找一些線索，可是她的瞳孔裡只是個什麼都沒有的無底洞。

我的腦袋頓時一片空白，就像拳賽中冷不防挨了一記無可閃躲的致命勾拳似的。轟！在倒地不起之前，你只能想著：完了。

2

當我萬念俱灰地被護士小姐推著輪椅走出王郁萍病房時，在走廊上被一個女人叫住了。

「你是俞培文先生嗎？」她問。

我點點頭。她是隔壁病房胡先生的家屬。她的先生患了肺癌，昨天晚上過世了，剛剛才在護理站辦完了死亡證明以及必要的手續。

「我要謝謝你。你寫的〈靈魂的擁抱〉給我很大的感動和幫助。」胡太太說：「我先生生病之後，為了避免對他造成打擊，家人全都反對告訴他病情。我們聯合醫師、護士瞞著他，鼓勵他，想盡辦法給他各種可能的治療。可是治療到最後，他的脾氣變得很暴躁，常常對我大吼大叫……我照顧他到了簡直要崩潰的地步了。我當然知道他是病人，可是……你知道，那時候他很痛苦，我比他更痛苦。他可以發脾氣，我卻無處發洩。我完全不知道該怎麼辦才好………直到我在電視上看到你『靈魂擁抱』的活動。我去買了你的書來看。你知道嗎？你的書給我很大的啟示。看完之後我心裡想，我不要用這樣的方式和他走完人生的旅程，我也不要到了他死了之後，才抱著他的屍體痛哭。於是我下定決心，要讓我先生知道他自己的病情。」

我點點頭，讓她繼續往下說。

「四天前的晚上，我決定告訴他一切。當我跟他說完之後，他竟然只是平靜地歎了一口氣，很長的一口氣，然後說：『我猜想我的病情應該也是這樣。』他告訴我他自己早就看開了，也準備好了一切。可是我們瞞他，讓他覺得很挫折，又很無助。他有許多事情想要交代，可是我們根本不聽，因此，隨著他的病情惡化，他就愈著急、愈生氣。你知道嗎？我真的沒想到他會是這樣的情緒。那天晚上，我們把許多心中的情結都攤開來說。他對自己的喪禮、邀請的賓客、下葬的方式以及許多後事早就有了想法。那天我們談到將近天亮，抱在一起痛哭流淚。隔天起，他變得很不一樣，也不再發脾氣。那三天，我陪著他，打電話向朋友一一告別，還陪著他一起做他最想做的事情。」

眼淚從她的眼眶滿溢出來，但我只是安靜地聽著，沒有表示什麼。她也不擦眼淚，繼續又說：

「前天下午，他說他想吃冰，我還特別用輪椅推著他到地下商店街去吃冰……謝謝你，真的，」她深深地對我鞠了一個躬，「我真的不敢想像，如果我不告訴他真相，就讓他含恨地走了，我會有多麼遺憾。謝謝你，真的。」說完，她又深深地一鞠躬。

我連忙也回禮。「你們能夠有這麼一段美好的時光，我覺得很欣慰。」

「我可以跟你擁抱嗎？」她問。

「當然。」我說。

她彎下腰激動地抱緊我。

「謝謝。」她說：「真的很謝謝。」

她就這樣擁抱我好幾秒鐘，才放開手。然後互相告別。

走了沒幾步，胡太太忽然轉過頭來對我說：

「王郁萍小姐的情況好像不太好？」

「我本來以為還有機會跟她告別，」我感傷地說：「可是妳知道，她的情況變化很快，我又被刺傷，昏迷了十幾天……」

胡太太想起什麼似的，轉身走向我。

「我可以和俞先生單獨說句話嗎？」她問護士小姐。

護士小姐點點頭，轉身往護理站的方向走，把我單獨留在走廊上。

胡太太神祕地從皮包裡拿出一包名字叫「Tarceva」的藥，塞到我的手裡。

「這是美國最新批准的抗癌標靶藥物。目前台灣還沒有通過，但是這個藥物對於肺癌轉移的治療效果很好，我先生靠這個藥物，又延長了兩個多月的性命。」

「可是，」我看著那包藥，疑惑地問：「妳怎麼會有這個藥……」

「這是我美國的醫生朋友介紹的，你拿去給王小姐試看看，如果有用的話，我可以請美國的朋友幫你找……」

「可是，這個藥應該不便宜吧？」我說：「我應該給妳多少錢？」

「這些藥對我也沒有用，反正剩下的也不多，你先給王小姐試看看吧。真的不要和我客氣，」說完，她留下一張名片給我，「那麼，再見了。」

「謝謝妳。」我說。

＊

我在Google鍵入「Tarceva」之後，跳出來406000項結果。其中一份中文的連結寫著：

用在治療非小細胞肺癌的標靶治療藥物又有新藥問世。以往使用最多的艾瑞莎，由於有選擇性的考慮，包括女性、非抽煙者，以及屬於肺腺癌的患者，不在此類的患者就不適用，可是同屬這類標靶治療的口服新藥Tarceva，就較不「挑」病人，提供肺癌患者治療上的選擇。根據醫師表示，Tarceva也是用在已接受過至少一種化學治療組合失敗的局部晚期，或轉移性非小細胞肺癌病患，是一種抑制上皮細胞生長因子接受體的口服標靶治療藥物……

我又查詢了其他的連結，也是類似的結果。看來這個藥物在美國已經開始使用，並且得到一定的成效，但是台灣還只在臨床試驗階段，要通過恐怕得再等一會兒。

查完網路之後，我刻意又到病房找洪醫師，旁敲側擊地試探在王郁萍身上使用Tarceva的可能性。洪醫師認為，如果不給予積極的治療，王郁萍最可能的情況就是慢慢陷入昏迷，然後過世。因此，洪醫師並不贊成再進行積極治療的立場。他認為，以王郁萍目前惡化的程度，服用Tarceva這個藥物恐怕效果不彰，最好的情況也只是延長生命而已。再者，目前王郁萍並沒有疼痛或者其他難以忍受的症狀，所以如果她慢慢陷入昏迷，然後離開，對一個末期癌症病患而言，未嘗不是好事。如果一定要使用Tarceva來延長壽命，將來癌細胞很可能繼續轉移到其他的器官，導致更劇烈的疼痛或者併發症，造成她無謂的痛苦。

「這樣的壽命延長，」洪醫師問：「你覺得有必要嗎？」

我並沒有回應洪醫師。那是一個很難回答的問題，我只能點點頭，表示我聽懂了他的意思。

*

我在王郁萍的病房裡反覆地把玩著那一排藥片，那是一排PVC泡罩包裝的Tarceva藥片。包裝裡十顆藥片已經被用掉二顆。白色的藥片上寫著棕色的字Tarceva 150。我心裡想著，只要讓王郁萍清醒過來，認得我，記起所有的事情，哪怕只有一小時的時間。

技術上，那並不困難。只要她恢復記憶，我願意做任何事情，求她原諒我——我相信以目前的情況，那應該不是太難的事。一旦她肯原諒我，只需一分鐘的時間，我就可以撥通王郁馨電話，讓王郁萍對她說：「我改變主意了，妳把那些關於柏拉圖的信件帶來交給俞培文。」只要一分鐘，整件事情就可以解決了。

推我來王郁萍病房的小姐已經回到原來的護理站去了。我告訴她我希望和王郁萍獨處一會兒。如果有需要的話，我會撥電話請她派人過來接我回到病房。

病房裡安靜極了。王郁萍就在病床上安詳地睡著，在床邊打著瞌睡的是看護黃太太。看著王郁萍的臉龐，我想著：讓她吃藥恢復記憶是一種自私嗎?或者應該放任她漸漸邁入死亡才算慈悲?

我就這樣不停地想著，直到聽見門外有人敲門。

「餐盤放在哪裡呢？」我回神一看，是廚房的伙食人員送來了晚餐。

「放這邊好了。」黃太太醒來了，指著床頭櫃。

我看了一眼晚餐。那是一份有盒蓋的餐盤。晚餐是稀飯，以及三色清淡的小菜。

「該叫她起來吃晚餐了嗎？」我問。

「時間差不多了。」黃太太說。

「妳先到樓下商店幫我買一罐果汁，」我從口袋裡掏出一百元給她：「我會叫她。」

支開黃太太之後，我打開餐盤盒蓋，取出裡面的湯匙。我把其中的一顆 Tarceva 藥片從包裝取出來，找出一張紙，用湯匙把藥片磨成粉末，再把粉末倒回湯匙。

我輕輕地喚醒王郁萍。用遙控器搖高床背，讓她半坐半臥在病床上。她惺忪著眼睛，花了好一會兒才醒過來，虛弱地問我：

「你——是——誰？」

「我是俞培文，」我說：「妳最喜歡的作家。」
「我……好像，見——過你。」
「是啊，」我說：「剛剛妳睡著之前我們才見過面。妳肚子餓不餓？晚餐時間到了，我餵妳吃稀飯好不好？」
她點點頭。
我端起餐盤上的那碗稀飯，並且小心地用湯匙舀了一匙稀飯，餵到她的嘴巴裡。雖然她進食的動作有點慢，甚至一些粥湯沿著嘴角流了出來，但大致上她還能夠咀嚼，並且順利地吞嚥。我放下飯碗，找出衛生紙擦拭她的嘴角。
湯匙上還有一些殘餘的藥粉，於是我拿起飯碗，又舀了一匙稀飯。
「再來一口？」
她點點頭，很乖順地又吃了一口，慢慢地咀嚼。
「好不好吃？」
她毫無困難地吞嚥，並且對我說：
「好——吃。」

3

隔天我已經可以不用輪椅，靠著自己的力量下床，拄著點滴架來到王郁萍的病房。我早在浴室裡就預先把 Tarceva 研磨成粉末，包在便條紙摺成的紙包裡。這次我把藥粉摻在果汁裡，讓王郁萍用吸管吸。她很快就把果汁喝完了。

喝完果汁之後她忽然問我：

「你——明天，再——來，好——不好？」

「如果妳記得我是誰的話，我就來。」我說。

「我——當——然——記——得。你是，俞——培——文，」她很認真地說：「我——最——喜歡，的，作——家。」

根據黃太太的說法，她昏睡的時間比昨天少，清醒的時候精神明顯比較好，恍神的頻率也變少了。這很令人振奮。我的直覺也告訴我她的情況似乎比昨天好了一些，但我又不太確定那是否就是Tarceva的功效。

＊

「你偷偷給她吃什麼？」小邵接過胡太太的名片，眼睛睜得比從前任何時候都大。

於是我只好把「Tarceva」又跟他說了一次。「這是在美國FDA已經批准的藥，台灣還沒有核准，聽說很有效，」我說：「這位胡太太的先生靠這個藥又多撐了兩個月。」

「所以，你要我去找胡太太，請她幫忙從美國買藥？」

我點點頭。

「天啊，」小邵拍了一下額頭，發出很大的聲響，「你跟洪醫師商量過嗎？」

「洪醫師認為服用Tarceva只是延長她痛苦的時間，對她沒有什麼意義。」

「你和她的家人商量過嗎？」

我搖搖頭。「我想他們應該不會同意。」

「既然沒有人同意，你幹嘛給她吃？」

「我得把〈靈魂的擁抱〉手稿拿回來啊！」

小邵愣了一下。「你是說讓她吃這個什麼亂七八糟的藥，讓她恢復記憶，然後你再求她原諒你，好讓……」他邊笑邊搖頭說：「你未免太天真了。」

「我還能有什麼選擇呢？」我說。

「你何不趁她現在迷迷糊糊之際，寫張『悔過書』，讓她簽名？這樣不就解決了。」

「什麼『悔過書』？」

「就說她不該抄襲你的〈靈魂的擁抱〉，拿去《台北日報》投稿啊，請你原諒她之類的悔過書，讓她簽名。只要有悔過書，就算將來開膛手拿到了《台北日報》退稿的手稿，存心讓你難看，你也可以拿出『悔過書』，宣稱那份手稿是王郁萍抄襲你的作品。」

「拜託，這根本說不過去。王郁萍是我的書迷，她怎麼可能在〈靈魂的擁抱〉正式發表前幾個月前就看過、並且抄襲那篇稿子？」

「怎麼會說不過去呢？你可以說是你演講時掉在會場，或者是任何什麼地方，被她撿到了手稿……話隨便你怎麼說啊，反正到時候她已經過世了，你怎麼說她又無所謂。再說，就算她不以為然，總不能跳出來跟你爭辯吧。」

「我總覺得這樣很不道德。」

「道德？」小邵笑了笑，「像你現在這樣偷偷摸摸地餵她吃藥，就比較有道德？」

「至少我在挽救她的生命。」

「你少自欺欺人，」小邵說：「你不過是為了解決自己的問題而延長她的痛苦罷了。」

我沒有反駁小邵，從某個角度而言，他說的並非沒有道理。我的選擇對王郁萍可能造成的傷害是現在身體上的痛苦，小邵的選擇則是將來精神與名譽上的損失。我很難跟他解釋清楚，為什麼我的選擇會讓我的良心覺得舒服些。

＊

隔天，我繼續讓王郁萍吃下——或者更正確地說，喝下了第三片Tarceva。

吃晚飯時，正好王郁馨和羅律師來了，王郁萍對於她的姊姊倒還記得很清楚，並沒有失憶的現象。這我沒什麼好妒忌的，畢竟她們從小一起長大。再說，這也說明了王郁萍的記憶並非完全喪失。我的做法並非完全沒有機會。

我們趁著王郁萍休息的時間，在病房的會客室聊了一會兒。

「如果現在有一些新的治療，」我試探性地問：「像是Tarceva之類的標靶藥物……」

「除非新的治療真能有把握把她治好，否則，我實在不想讓她繼續再受苦了。在你昏迷的期間，她曾經跟我談過這件事。那時候她的情況比現在好很多，她說她希望不要有疼痛，能夠保有尊嚴。那時候我們答應過她，還簽署了放棄急救聲明書。」王郁馨停頓了一下，似乎在想著什麼，忽然又說：「她現在的樣子，讓我想起她小時候的模樣，真的很可愛……說真的，如果她可以就這樣沒有痛苦地慢慢陷入昏迷，然後安靜地離開，雖然我會很捨不得，可是我也能夠接受。」

儘管我還想再多說一些什麼，可是話到嘴邊，又全說不出來了。

聽王郁馨這樣說，我忽然很希望 Tarceva 對王郁萍的病情一點效果都沒有，這樣我就不用背負任何良心上的負擔。可是我又擔心：一旦那樣，我的人生以及我的寫作生涯恐怕真的要陷入萬劫不復的境界了。

*

第五片 Tarceva。

王郁萍現在已經完全記住我是俞培文——她最喜歡的作家這件事了。她變得很多話，儘管很多詞句的文法、邏輯表達還有問題，但是在字與字的連結上，明顯有了很大的進步。

晚餐後黃太太表示她臨時有點急事，必須回家一趟，一、二個小時就回來。我說沒有問題，我會留在這裡照顧王郁萍。黃太太離開後，我問躺在床上的王郁萍：

「妳要看一些最近發生的事嗎？」為了加速王郁萍的記憶恢復，我得找出一些能夠刺激她想起我們關係的事情。

她點點頭。

於是我打開螢幕，把準備好的光碟片插入光碟播放器裡，開始播放。那是小邵幫我搜集，並且燒製關於「靈魂擁抱」活動的新聞剪輯。不久，螢幕就出現了宋菁穎坐在主播台上的畫面。

知名作家俞培文為了完成得到癌症的忠實粉絲王郁萍的心願，並且推動人與人之間真誠的關懷與溝通，今天下午在聯合醫院大廳舉行了「靈魂擁抱」活動。根據俞培文表示，這個活動將持續擁抱10592個人，希望藉由……

新聞畫面跳出來時，王郁萍歪著頭，興奮地說：

「那是——我欸。」

「是啊，那是妳。」我連忙附和著，「等一下我們會擁抱喔。」

新聞畫面上鎂光燈閃爍。然後是擁抱。掌聲。

「我們，為什麼——擁抱呢？」她不解地問。

「因為妳是我的讀者，妳生病了，妳希望跟我靈魂擁抱。」

「為什麼，要——跟你——靈魂，擁抱？」

「當一個讀者閱讀作者的書，被內容感動時，她和作者其實就完成了一次靈魂的擁抱。」看王郁萍似懂非懂地點著頭，我繼續又說：「妳希望能一直保有那個擁抱和感動，所以我們擁抱。」

她的眼睛盯著電視螢幕，似乎在想著什麼。過了一會兒，才又問我：

「可是，為什麼，我——不太——記得了？」

「妳會記得的。」我說。

螢幕上的新聞畫面不斷流動著，現在畫面上出現了宋菁穎來到靈魂擁抱的現場。

「我，可以——再，試一次嗎？擁抱。」她問。

「可以啊。」

我走過去床畔，正要彎下腰抱著她時，忽然聽到她的尖叫聲。

「啊！」她用力抱緊我，全身顫抖。

我轉頭一看，注意到螢幕上正好播映著我被彭立中用水果刀刺中的畫面。

「他，」她哽咽著問：「為什麼要——這樣？」畫面上，彭立中又刺了一刀，人群尖叫，到處亂竄。

「有人不喜歡看到這樣，所以他要阻止我們。」

「你，會不會——很——痛？」她問。

「妳不用擔心，我現在已經好多了啊。」我安慰她，同時看見螢幕裡，我無助地撫著傷口無助地站在大廳，慢慢地倒在血泊裡。

王郁萍流淚緊抱著我。螢幕上仍播放著不同的電視台的新聞畫面。感覺上好像我被刺了又刺，倒了又倒。現在她的情緒漸漸安穩了下來，只是拍撫著我的背。

「你好——可憐。」

她不斷地說著，認真而又專注地拍撫著我，彷彿受到驚嚇的是我似的。

這些新聞畫面從清醒到現在，我其實已經看過好幾次了。可是不曉得為什麼，這是第一次，我把自己和畫面裡的人連結了起來。我第一次感受到畫面裡面的被害人是我，而我真真實實地被刺中了。忽然間，我想起了我經歷過的所有荒謬與不堪。那種鋪天蓋地而來的傷痛感覺連我自己都不明白到底怎麼一回事。或許潛意識裡，我曾相信自己能以冷靜而堅強的意志，度過這一切，讓自己存活下來吧。可是那些冷靜而堅強的意志，忽然被一陣強大的情緒席捲，在一剎那之間完全崩潰了。
「你好——可憐，」王郁萍仍不斷輕輕地說著：「你好——可憐。」
就在那時候，眼前變得一片模糊，我竟發現自己在流淚。

＊

「我，過去——為——什麼，會——喜歡，你呢？」王郁萍問。
「因為我是妳最喜歡的作家啊。」我說。
「你可以，唸——你的作品，給我，聽嗎？」
我想起病房裡還有一本小邵拿過來要我簽名的《靈魂的擁抱》，於是點點頭。
很快，我走回自己病房，拿了那本書過來。
「搖我坐起來。」
我用控制器讓床背立了起來，並且用枕頭把王郁萍的背墊高。
「我準備好了。」她露出期待的表情。
於是我坐回床旁的椅子上，翻開書本，開始唸：
靈魂的擁抱。朋友！你覺得人生是孤獨的嗎？你覺得這個生命是扭曲的？你覺得生活是痛苦的嗎？如果你一直有這樣的感覺，也許你可以聽聽最近朋友對我傾訴的一個故事。它可能改變你的看法……

在朗誦的過程中，偶爾我會停下來，看她一眼。她從不打斷我，只是目不轉睛地看著我，表情似乎在想著什麼。

朋友決定親自為父親更衣入殮。當他看著父親的身體，不曉得為什麼，明明知道死者是自己的父親，卻覺得這個身體對他竟是這麼的陌生。等他想起來這是他從來沒有擁抱過的身體時，他再也克制不住自己，擁抱著父親的屍體，放聲痛哭了起來……

「好——奇怪。」

我一直唸著，直到唸到這裡，忽然被王郁萍打斷了。

「怎麼了？」我問。

「書上，這個人，」她說：「我——好像，見過。」

「真的嗎？」她好像開始想起事情了。

「可是——想，不起來，在——哪裡了。」她露出很困惑的表情。

「沒關係，等妳想到時再告訴我。」我問：「妳還要我繼續唸下去嗎？」

「好。」她說。

於是我繼續又唸：

朋友！你覺得人生是孤獨的嗎？你覺得這個生命是扭曲的？你覺得生活是痛苦的嗎？會不會你

的人生所以孤獨，世界所以扭曲，生活所以痛苦，只是因為你一直沒有打開心靈的門扉，看不到那些對你伸出來的雙手？

愛從一個感動開始，經由一個微笑渲染開來，最後在一個擁抱裡完成。只要我們放下內在的偏見和冷漠，勇敢地打開心靈的門扉，你會發現，生命並不像我們想像的那麼不堪。這個世界缺乏的，很可能只是一個真誠的擁抱——身體對身體，靈魂對靈魂的擁抱。

等我唸完全文抬起頭看她時，她已經淚流滿面了。

「怎麼了？」我問她。

「我——知道，為——什麼，會，喜歡——你的書了。」

我找出一張衛生紙遞給她，可是她並不伸手來拿，只是問：

「我可以擁抱你嗎？」

於是我又擁抱了她。擁抱著她時，我想著很多事。我不知道，如果換了不同的場合、不同的機緣相遇，我們會不會真的是好朋友。

她似乎十分高興，不停地說著：

「我——現在，知道——了。你是——我，最喜歡——的，作家。」

*

王郁萍記得愈來愈多的事情，能一口氣說完的句子也變得愈來愈長。我記得吃完第七片Tarceva

之後沒多久，她忽然對我說：

「我，昨天晚上，做了，一個夢。我好害怕。」

「什麼夢？」我問。

「我在一個地方，有很多書。你也在。我敲碎玻璃。我好生氣，我還要敲你的手。你很害怕。一直求我。你說不要。可是我好壞，我討厭我自己……」她停頓了一下，問我：「那，不是真的吧？」

我稍微愣了一下。我知道她變得愈來愈清醒了，也知道她必須變回原來那個王郁萍。可是我一點也不確定在我內心深處是否真的喜歡這樣。於是我告訴她：

「那不是真的。」

「那，我就放心了。」她微笑了起來，「你今天還要擁抱我嗎？」

「當然。」

*

「你確定真要再買嗎？」小邵在電話中問我。他已經透過胡太太，找到了購買的管道。原裝的Tarceva並不便宜，一盒150mg的Tarceva包裝有三十片藥錠，一個月份的藥物售價大約十萬元新台幣。

「當然要啊。」我說。

PVC泡罩包裝裡的Tarceva藥片只剩下一片了。可是我有種感覺，她快要恢復記憶了。我告訴自己，我並沒有為了自己的目的延長她的痛苦。她的情況正在改善中。沒有疼痛，也沒有什麼讓她失去尊嚴的副作用發生。

4

那是用完了胡太太給我的 Tarceva 之後第三天，小邵又給我找來了新的藥片。如同往常，我走到王郁萍的病房，敲她的門。

沒有人回應，於是我推開大門。

由於病房裡沒開燈，王郁萍就坐在病床上，一張蒼白的臉反映著螢幕忽明忽暗的光，掛在她臉上的淚痕更是閃閃發亮。

「怎麼了？」我問。

她沒回答，只是拿著遙控器。螢幕上正播放著的是我遇刺的新聞畫面。驚叫，晃動，我無助的表情，倒在血泊裡的動作。

我安靜地坐到她的床旁，陪她一起看那些新聞畫面。我們之間沒有任何對話。我不時轉頭看她，她似乎沒有察覺，只是專注地凝視著螢幕，眼淚撲簌簌地流。儘管我試著拿衛生紙給她，不過她也沒搭理我。我們就這樣又看了將近三遍的重播，直到她把電視關起來為止。

幽暗中，我聽到她哽咽地對我說：

「對不起。」

「啊？」我問。

「我現在，全部都記起來了。那是你的書房，我敲碎玻璃，我還要敲碎你的手，都是真的。」

我本想起身去開燈，可是聽她這樣說，整個人愣住了。

「對不起，」她繼續又激動說：「我對你，做了很多，不應該做的事。」

「我不明白，」這一切來得太突然了，我問：「妳為什麼這樣說？」我不知道她到底記起了什麼、不記得什麼，她到底又有什麼意圖。

一陣不能算短的沉默，直到她長長地呼出一口氣——像是歎息，又彷彿不是的一口氣，打破了寧靜為止。

「我這一生最羨慕、也最崇拜有才華的人了。不知道是不是因為那樣的緣故，我追求過很多男人……那些男人，他們都很有才華，」她停頓了一下，不知想著什麼，接著又說：「只要能和他們在一起，什麼事情我都願意做。那給我一種感覺，好像只要和他們在一起，這個世界就可以變得很有趣。」

我在黑暗裡安靜地聽著。雖然我沒有說話，可是內心卻覺得震撼莫名。我得承認，這麼劇烈的變化讓我有一點措手不及。我告訴自己：這不是癌細胞已經發生腦部轉移、心智退化的王郁萍，而是一個清醒得不能再清醒的靈魂在跟我說話。

「可是不知道為什麼，我在他們身上感受不到靈魂。他們不像我喜歡他們那樣的喜歡我。你明白我的意思嗎？好像一切都不對……我甚至曾經自殺過好幾次，直到後來，我找上了你。」

「為什麼是我？」我問。

「我其實也不完全明白為什麼。我從小就看你的文章……可能是你的作品裡有一種溫暖與靈魂的特質，讓我選上你，」她想了一下說：「特別是知道自己得了癌症以後，我把對於這個世界的遺憾與渴望，都投射到你的身上。我希望藉由你去擁抱世界，希望經由你去改變我對這個世界所有的不滿與遺憾……到最後，我把你當成了我活在這個世界最後的希望與救贖……」

我笑了笑，告訴她：

「但我只是凡人，我讓妳的希望幻滅了，所以妳才會拿著羊角錘到我家敲碎了所有的玻璃，還威脅要打斷我的手指……」

「對不起，那時候我太生氣了。」

「妳為什麼要告訴我這些？」

「或許，」她想了一下，對我說：「我真的很期待能和你有一次真正的靈魂擁抱吧。」

「我們在醫院大廳不是已經做過一次靈魂擁抱了嗎？」

「那不是真正的靈魂擁抱。」她說：「因為是我逼你這麼做的。」

我深深地吸了一口氣。

「我不懂，妳為什麼要一個真正的靈魂擁抱？這對妳有什麼用？」

「因——為——我——知——道——我——快——死——了。」

聽她這樣說，我遲疑了一下。並非我吝惜一個擁抱，而是我太明白她說的「真正的靈魂擁抱」背後所代表的莊嚴意義了。

「在真正的靈魂擁抱之前，」我強迫自己一定得那樣說，如果我們彼此非得要真正靈魂擁抱的話，「妳可以把那些將來要寄出去的『柏拉圖』信件還給我嗎？」

接著是一陣長得令人忐忑不安的沉默。彷彿過了天長地久那麼久吧，她終於說：

「好。你現在就撥電話給我姊姊吧，我跟她說。」

我幾乎可以聽到內心鬆了一口氣，又長又舒緩的聲音。

我打開電燈，拾起床頭櫃上的電話話筒，開始在電話機上鍵入王郁萍告訴我的電話號碼。亮晃晃的光線刺得我有點睜不開眼睛來。看著王郁萍蒼白的臉龐，我有種很奇怪的念頭，彷彿過去的幾分鐘——或者說幾個月，我只是做了一場惡夢。只要再過幾秒鐘接通電話，這場惡夢就可以清醒過來了。結局動人而溫馨，我將在亮晃晃的燈光下，和王郁萍靈魂擁抱……

嘟——嘟——話筒裡傳來鈴聲的聲響。

我的心情非常複雜。相對於過去幾個月我所經歷的一切，眼前這個句點似乎太過雲淡風輕，太過令人不敢置信了。

「喂。」那是王郁馨的聲音。

「我是俞培文，我在醫院，」我說：「王郁萍現在精神很好，她說她有話要跟妳說。」

不過更令人不敢置信的是接下來幾秒鐘發生的事。

我把話筒遞向王郁萍，但她並沒有伸手過來接。我最先注意到的是她看我的眼神有點奇怪，接著那個眼神變得空洞而渙散。

「王郁萍，」我提醒她，「妳姊姊的電話。」

「你——是——誰？」她忽然問。

「我是俞培文啊。」我心裡暗暗覺得不妙，「妳不是要跟姊姊講關於柏拉圖信件的事嗎？」

「我——是——誰……」

她的瞳仁忽然往上吊，嘴角開始抽搐，接著白色泡沫斷斷續續從嘴巴吐出來，並且從喉嚨發出：「噢、噢、噢……」的聲音。抽搐的動作持續擴散，很快的，臉部、脖子、肩膀、手臂，全身也開始痙攣、抽搐。

我立刻丟掉話筒，衝到床頭去拉「叫人鈴」。護理站護士小姐的聲音很快透過擴音器傳來，她問：「什麼事？」

「王郁萍，」我驚慌地大叫：「在抽搐，她在抽搐！」

我坐上病床，抱住王郁萍。

「王郁萍，」我不斷地喊她：「王郁萍。」可是她一點回應也沒有。

一切都被打亂了。除了知道我完蛋了之外，我什麼都沒辦法想。

白色的泡沫仍不斷地從王郁萍的口中吐出來。我聽見掉在地上的話筒，王郁馨的聲音著急地喊著：「喂，喂，發生了什麼事？」的聲音。同時，走廊上也傳來了護士奔跑的腳步聲以及急救用的推車骨碌骨碌的滾輪聲。

5

那是王郁萍陷入昏迷的隔天，我接到了開膛手打來的電話。

「我去醫院看過王郁萍了，對於她的情況我覺得很遺憾，」開膛手說：「不過你對王郁萍所做的事情，我真的很感佩。」

我一點也不喜歡他的客套話，直覺他應該還有別的話要說，於是我問：「請問有什麼事嗎？」

他沉默了一下，似乎在想著怎麼開場白，過了好一會兒，才開門見山地問：「王郁萍曾跟你提過關於『柏拉圖』的信嗎？」

「『柏拉圖』的信？」我嚇了一跳。

「就是在她過世之後會寄到你手上的一封信？」

「我不知道什麼『柏拉圖』的信。」我知道我在說謊，可是我不信任開膛手，一點也不信任。

「噢。」他的聲音聽不出來是失望還是不相信。

就在那一刻的沉默裡，我忽然意識到，開膛手問的是在喪禮後會寄到「我」手中的那一封信。這和我所擔心的那封會寄到「他」手上的信是完全不一樣的。

「你為什麼會這樣問？」我又問他。

「沒什麼，」他說：「只是隨口問問。」

當然不是隨口問問，於是我又問：

「誰告訴你在她過世之後會有一封信寄到我的手中的？」

「沒有人告訴我，」他閃爍其詞地說：「那可能是我弄錯了。」

我很想再多問，不過他似乎很害怕我繼續刺探，應付了我幾句話之後，很快地掛斷了電話。

這的確是一通很詭異的電話。回想了一下，王郁馨的確告訴過我，王郁萍曾寄給她一個包裹，要她在王郁萍的喪禮之後代為寄出一封給我，還有另一封給開膛手的信件。所以，我心裡想，如果我需要的文件在給開膛手的包裹裡面，那麼，寄給我的那一封薄薄的東西又是什麼呢？

想到這裡，我立刻從床上起身撥了一通電話給小邵，並且把剛剛那通電話的內容跟他複述了一次。小邵很快就抓到我要說的重點。

「所以，你認為王郁萍是故意在她死後把你的把柄寄給開膛手，再把開膛手的把柄寄給你。可是，」他問：「你覺得她這樣做的目的是什麼呢？」

「我明白了，」我恍然大悟，「她應該是想在過世之後繼續牽制我們，讓我們兩個人不得不出席她的喪禮，並且為她歌功頌德。」

「你是說，如果不出席喪禮的話……」

「不出席喪禮的人，就不會收到『柏拉圖』的信件，」我說：「也就是說，到最後，對方會擁有你的把柄，但你卻沒有對方的把柄。」說完我心中打了一個冷顫。果真如此的話，我不得不佩服王郁萍的深謀遠慮了。

「或許這也正是王郁萍最終的目的吧——讓你們出席喪禮，擁有彼此的把柄，然後相互交換。畢竟她只想確保你們出席喪禮，並不想毀滅掉你們兩個人。」小邵想起什麼，忽然又問：「你要我打電話給開膛手，和他直接談談條件嗎？」

「我想，」我說：「暫時還是不要吧。」不知道為什麼，我一點也不信任開膛手。我寧可跟王郁萍打一百次交道，也不願和開膛手做一次交易。

「我想你心裡應該明白，」小邵提醒我，「王郁萍恐怕不會再醒過來了吧？」

儘管我知道小邵說得沒錯，可是我忍不住就是想起昏迷前王郁萍在黑暗中對我說著：「或許，我想要和你擁有一次真正的靈魂擁抱吧。」時的聲音。我想起我甚至都已經撥通了王郁馨的電話，準備把話筒遞給她了，完美的結局曾經離我只有咫尺不到的距離……

我不知道是因為我不願接受這個無可挽回的事實，還是我真的太在乎那個完美的結局了。我竟告訴小邵：「她應該會再醒過來吧。」

「你不會真的這麼想吧？」

「真的。」我說。

6

我並沒有說錯。我的的確確看到王郁萍睜開了眼睛，並且還對我說話。

「你們最好有心理準備，應該就是這幾天了。」洪醫師鄭重地說。

那時王郁萍已經進入第三天的昏迷了。三天來，她的昏迷指數、血氧指數以及種種檢查都顯示情況在退步。洪醫師認為那次痙攣應該是癌細胞阻塞腦血管所導致的栓塞。這惡化了原本已經水腫的腦部，並且連帶影響到其他重要器官。

那是凌晨接近日出時分，天光仍然黝暗。我閉著眼睛歪在病床旁的沙發椅上，忽然聽到有人發出微弱的聲音。

我睜開眼睛，環顧四周。黃太太正躺在陪伴床上平靜地睡著。我把頭又轉向病床的方向。就在那時候，我看到了王郁萍睜得大大的眼睛。

「俞，俞……」她虛弱地喊著。

她醒來了。她醒來了。我激動地想著。連忙起身走到病床旁，讓她看見我。她的目光焦點看起來有些渙散，我不確定她是否能夠看見我，於是我彎下腰來，在她的耳邊說：「我是俞培文。」

她聽見了，試圖牽動臉上的肌肉。

「什麼？」我更靠近她了。那是一種死亡的氣味，從她身上散發出來。

「抱……」她說。

我調整枕頭，墊在床頭，讓自己靠坐上去，並且一手輕輕抱起王郁萍，讓她躺在我的懷抱裡。

「像這樣嗎？」我問。

我有點驚訝她竟然變得那麼輕，輕到彷彿隨時會化成灰燼，隨風而逝似的。

她闔上眼睛，貪婪而滿足地享受著。不久，她又睜開眼睛，掙扎地說：「抱……」

「靈魂擁抱嗎？」我就這樣猜謎似的翻譯著她的每一個字，「真正的靈魂擁抱。」

她聽懂了我的話，閉上眼睛，眼淚沿著臉頰流了下來。

「不要哭，」我急忙說：「我們靈魂擁抱，真正的靈魂擁抱。」

她的臉上虛弱到甚至連表情也沒有了，只是一直流著淚。

「真……正。」她說。

「真正的靈魂擁抱。」

不曉得為什麼，這幾天來緊繃的情緒完全崩潰了。我發現淚水也從我的眼眶滿溢，沿著臉頰流了下來。

我不確定她是否聽見了我的話，因為她閉上了眼睛，沒有再睜開過。

我甚至沒有想到過再也要不回來的〈靈魂的擁抱〉手稿，也沒有想過我之後的處境。我只是專注地抱著她。天光漸漸變亮了。我可以感覺到她的靈魂——那個彷彿比整個世界還要重，但卻又比她的身體還要輕的重量，就在我的擁抱裡，被我抱住，然後帶著微笑，慢慢地消失了。

靜極了。在那陣靜默裡，我想起我人生似乎已經好久不曾擁有一個像這樣的靈魂擁抱了。這樣想時，我忽然感覺到一股莫名的悲痛，巨大到令人無法承受的哀傷，我就這樣無可抑遏地在病房放聲痛哭了起來。

我一點也沒有察覺黃太太是什麼時候被我吵醒的。她跑去護理站，和護士帶著血壓計與聽診器衝回病房時，王郁萍已經在我的懷抱裡好一會兒了。那時我已不再哭泣了，只是疲憊地說：

「她已經走了。」

護士仍抓起王郁萍的手腕，試圖觸摸她的脈搏。儘管她沒有說什麼，但我很清楚知道她的靈魂已經離開了。

那時是六點〇九分。

*

我在護理站幫忙王郁馨辦理應辦的手續之後，刻意去王郁萍的病房走了一趟。房間已經完全清空，並且整理好了。再過不久就有新的病人要住進來。

早上八點半，小邵那時匆匆忙忙趕到醫院，就在空盪盪的病房裡找到了我。

「你覺得我應該打個電話給開膛手嗎？」他問。

我告訴他王郁萍醒了，還告訴他剛剛我們之間的全部對話。如同我所預料，小邵一點也不相信，認為那只是我一廂情願的想像。

「就算真的有這件事，你沒要回退稿，結果跟沒有還不是差不多。」他像個經紀人似地又問了我一次，「言歸正傳，你覺得我應該打個電話給開膛手嗎？」

我不知道該怎麼回答。我知道小邵又在召喚我回到現實的世界了。可是我像是打了一場滄桑的十年戰爭，迷航在歸鄉路上的尤里西斯，不知道出發時的故鄉到底在哪裡？

「如果你不說不的話，」小邵說：「我就打了喔。」

不久，我就聽見小邵在我面前跟開膛手講著電話的聲音。陽光比我想像的還要刺眼，亮晃晃地映進空曠的病房，拉出我和小邵長長的身影。聽他們的對話，我有種恍惚的感覺，彷彿今天清晨發生的事情，曾經有過的靈魂擁抱，還有那些對話，以及淚水，真的只是我一廂情願的想像而已。

那是頭一次，我開始覺得這個我曾經習以為常的現實世界，是這麼地陌生，又如此地令人難以適應。

王郁萍的喪禮在第一殯儀館舉行。儘管靈堂裡參加告別式的親友不多，但媒體得知我和開膛手都將出席並且致詞這次喪禮，早就在禮堂外架起一整排大大小小的攝影機了。

由於告別式採佛教儀式，從頭到尾，我們只是聽著會場的僧侶誦經，並且跟著司儀的號令行禮如儀。開膛手就坐在我的隔壁，我們並沒有太多的交談。誦經禮佛之後，由開膛手和我分別為王郁萍致詞。相較於曾發表過的作品，我們兩個人的致詞只能說乏善可陳。儘管如此，開膛手還是充分地發揮了他的「媒體魅力」，聲淚俱下地在攝影機和眾人之前，表演完了他的致詞。

在開膛手致詞完畢後，由王郁馨上台致答謝辭。開膛手從台上走回我的座位旁，忽然轉過頭來對我說：

「你的經紀人打電話告訴我，說你同意交換我們彼此的『柏拉圖』信件？」

我點了點頭，沒打算和他再多說。但他卻自言自語地說了起來。

「我想你和她在一起是在她生病之後吧。說真的，在她還沒有生病之前，的確長得算是漂亮，可是在她生病之後……我真的很佩服你，我不像你，我只是跟她玩玩，我從來沒有真的愛過她。」

我很想反駁開膛手，我和王郁萍靈魂擁抱，跟我愛上王郁萍是完全不同的兩回事。但我只是問他：「你到底想說什麼？」

「我想讓你知道，那些柏拉圖信件裡面關於我和王郁萍的內容，我其實一點也不在乎。你跟我打過筆仗，我相信你一定知道那些事情不會讓我感到任何的良心不安。我之所以願意交換，只是希望少招惹一些不必要的麻煩罷了。」

「噢。」我說。

「那你呢？」他神祕地笑了笑，問我：「寄給我的柏拉圖信件裡，內容是什麼？你又有多在乎？」

如果可以的話，我很想揍他一頓。但我冷靜地說：「如果你不想交換的話，我也不在乎。」

「我可沒說不想交換。」他連忙說：「我說我——願——意交換，因為我不想招惹不必要的麻煩。」

我看了他一眼，不想再多說。很快，王郁馨致詞完畢，大家開始排成二列，一一走向王郁萍的靈前拈香。

等我拈完香，打算走出靈堂時，開膛手忽然從後方追了上來，與我並肩走著。

「你是不是不打算交換柏拉圖信件？」

「我沒說不交換。」

「如果你擔心收到『柏拉圖』信件之後我會先拷貝一份保留，我們可以互派經紀人到對方家裡互相監視。」

「如果我不派經紀人去你家監視，」我不耐煩地問：「你會偷偷拷貝一份嗎？」

「我？」他說：「我當然不會這樣做。」

「好吧，那就等到我們彼此都收到信件之後再聯絡吧。」

走出靈堂，迎面是一道由扛著攝影機、舉著照相機，以及拿著麥克風的記者所組成的人牆。由於人數實在太多了，我們只好停下來。一時之間，咔嚓咔嚓的快門聲此起彼落。

「可不可以說說王郁萍在你們心中的感覺？」

「要不然開膛手先生你先說啦。」

開膛手清了清喉嚨，看了我一眼，開始說：

「所有偉大的作者都是因為偉大的讀者而存在的。我們未必是最偉大的作者，但王郁萍絕對是最偉大的讀者。」

「俞先生，你呢？」

「我同意。」沒辦法說得比他更好了。

「兩位大師難得想法一致，你們願意為此，來個『靈魂擁抱』嗎？」

我還來不及反應這個問題，開膛手的手已經伸過來了。

「當然。」他說。

我就這樣毫無拒絕餘地跟開膛手開始擁抱。咔嚓咔嚓的快門聲再一次浪潮似的又響了起來，比剛剛走出來時更加激烈，更令人覺得震耳欲聾。

尾聲

那封教人寢食難安的掛號信在隔天早上寄到。

當我從郵差先生手裡接過那封信時，順手取出了信箱裡的《台北日報》。《台北日報》的頭條就是那張我和開膛手擁抱的照片。標題寫著：

偉大的作者因偉大的讀者而存在

兩大作家破天荒出席喪禮　化解宿怨為讀者靈魂擁抱

我並沒有心情細讀大標題底下的報導，我發現自己變得口乾舌燥，心跳愈來愈快。我就這樣拿著信與報紙，三步併作兩步快步走進書房裡，並且把報紙放在書桌上。我從抽屜取出拆信刀開始拆信。信封拆開後，掉出一張照片，我拾起來一看，那是我和王郁萍合照的照片。

我慢慢放下照片，納悶地想著，是不是弄錯了？再看看信封裡面，發現還有一封信。於是我展開那封信，讀了起來。

俞先生：

我要告訴你，今天我已經從姊姊那裡拿回之前寄給她的包裹，把它們統統燒掉了。我知道這件事對你很重要，但請別怪我姊姊沒告訴你，是我不讓她說的。

我想告訴你，我曾對你做了很多不好的事，但那些都不是我真正的本意。

我無法像你一樣，把柏拉圖說得那麼好。可是當我對你說「柏拉圖」時，我真正在意的就是柏拉圖在意的一切。不管是真、是善、是美……我知道柏拉圖說的還要超過這些，我也知道我沒有辦法把它們全說出來，但你知道那是我真正的本意。

今天中午在黛芙妮與你擁抱時，我第一次感覺到我快要死掉了。好奇怪，我雖然知道自己得了癌症，可是從來沒有一次像今天中午當你擁抱我時，那麼真實地覺得我會死掉。我知道今天中午我對你做了一些不好的事。做完那些事我忽然感覺到我就要死掉了，可是那些事都不是我真正的本意。我不知道你明不明白我的意思？

於是我決定把包裹拿回來，並且把裡面的東西都燒掉了。

我只留下了這張照片，做為我想對你說的一切的代表。

你還記得這張照片嗎？

那時候你把〈靈魂的擁抱〉選進你的書裡去了，你為我簽名，請我喝咖啡。你很關心我，問我的病情，當我拿出稿子時，你很樂意地說要為我批改……那是我覺得最美好的時光。我覺得你很喜歡我，所有的希望才正要開始，死亡離我還很遙遠，一切就像柏拉圖所說的那樣。這就是我希望你看到照片時能夠記起我的一切。

我真的很抱歉曾經做了很多不好的事，就像這個世界上所有的人曾經做過的一樣，但那些真的都不是我們的本意。

我真的沒辦法像你一樣，把自己的意思表達得那麼好。但是再見了，我最喜愛的作家。謝謝你陪我這麼長的一段時間，我真的很感謝你讓我學會的事情。雖然我只留給你一張照片，但這卻代表了我想留給這個世界的一切。也是我希望你能記得我的一切。

再見。

你的讀者　王郁萍

看完信，我把它放在桌面上。太多思緒在我的腦海裡迴盪著，我忍不住深深地吸一口氣，又慢慢地吐了出來。

那張我和王郁萍合照的照片就掉在我和開膛手擁抱的頭版大照片上。儘管那是很不一樣的兩張照片，但照片裡，我們擁抱著，也笑著，看不出這些擁抱與笑容有什麼太大的差別。

我慢慢拿起那張和王郁萍的合照。現在我漸漸想起那時她應該才從咖啡廳裡的洗手間裡走出來沒多久，給了我要修改的稿子，還給了我她的名片……如果沒記錯的話，那應該是一張手機相機拍出來的照片，因此相片看起來有些模糊。不過我卻一點也不介意。我凝視著那張照片，彷彿畫面裡真有千言萬語似的。

我就這樣看了好久，看得出了神。

國家圖書館出版品預行編目資料

靈魂擁抱 / 侯文詠著. --二版.--臺北市：皇冠文化.
2022.11
面；公分（皇冠叢書；第5057種）（侯文詠作品集；13）

ISBN 978-957-33-3955-7(平裝)

863.57 111016719

皇冠叢書第5057種
侯文詠作品 13

靈魂擁抱

【十五週年淬鍊真實紀念版】

作　　者—侯文詠
發 行 人—平　雲
出版發行—皇冠文化出版有限公司
台北市敦化北路120巷50號
電話◎02-27168888
郵撥帳號◎15261516號
皇冠出版社(香港)有限公司
香港銅鑼灣道180號百樂商業中心
19字樓1903室
電話◎2529-1778　傳真◎2527-0904
總 編 輯—許婷婷
責任編輯—黃雅群
美術設計—嚴昱琳
行銷企劃—許瑄文
著作完成日期—2007年07月
初版一刷日期—2007年09月
二版一刷日期—2022年11月
法律顧問—王惠光律師

讀者服務傳真專線◎02-27150507
電腦編號◎010112
ISBN◎978-957-33-3955-7 (平裝)
Printed in Taiwan
本書定價◎新台幣520元/港幣174元